AF190606

Brandwunden
Elke Bergsma

Elke Bergsma

Brandwunden

Impressum
Copyright: © 2015 Elke Bergsma, www.elke-bergsma.de
Am alten Handelshafen 1, 26789 Leer
Lektorat und Korrektorat: Michael Mogel
Satz: Corinna Rindlisbacher, www.ebokks.de
Cover: Susanne Elsen, www.mohnrot.com
unter Verwendung eines Fotos von © froodmat / photocase.de
Verlag: BoD · Books on Demand GmbH, Überseering 33,
22297 Hamburg, bod@bod.de
Druck: Libri Plureos GmbH, Friedensallee 273, 22763 Hamburg

ISBN: 978-3-7693-5336-5

Alle in diesem Buch geschilderten Handlungen und Personen sind
frei erfunden. Ähnlichkeiten mit lebenden oder verstorbenen Personen wären zufällig und nicht beabsichtigt.

Für meine
„Lieblingsautoren"
Was wäre ich ohne Euch.

1

Ein Zyniker hätte bei dem sich hier bietenden Anblick womöglich die Worte *vorausschauend*, wenn nicht gar *zweckdienlich* in den Mund genommen. Und auch Hauptkommissar David Büttner schossen für einen kurzen Augenblick ähnliche Begriffe durch den Kopf, als er und sein Assistent Sebastian Hasenkrug am frühen Morgen das Bestattungsinstitut in Groothusen betraten. Beim Anblick der um den Sarg herumstehenden Familienangehörigen schluckte er eine entsprechende Bemerkung jedoch hinunter und sagte stattdessen: „Moin. Mein Name ist Büttner, das hier ist mein Assistent Hasenkrug. Wir sind von der Kriminalpolizei. Zunächst einmal mein herzliches Beileid. Wenn Sie sich dazu in der Lage fühlen, würde ich Ihnen gerne ein paar Fragen stellen."

„Wüsste nicht, was die Polizei mit ihm zu tun hat", erwiderte ein dürrer Mann in schwarzem Anzug und deutete mit dem Kopf auf den aufgebahrten Toten, der mit einem seltsam entrückten Gesichtsausdruck in einem mit Seide ausgeschlagenen Sarg lag und ein wenig so aussah, als wäre er in einem berauschten Zustand in Gottes Ewigkeit hinübergeschwebt. „Der Chef hat sich selbst umgebracht, das ist doch klar. Am besten wird sein, wir bringen ihn schnellstmöglich unter die Erde, damit es hier weitergehen kann."

„Aber Rufus, das – nun hör aber mal auf damit!" Eine ältere Frau warf dem Mann einen vernichtenden Blick zu, während Büttner die Stirn runzelte und erwiderte: „Ob wir was mit diesem Toten zu tun haben oder nicht, das werden wir selbst beurteilen. Aber wenn wir schon mal dabei sind, dann können Sie mir ja gleich mitteilen, warum Sie der Ansicht sind, Ihr Chef Suntke Mennen habe sich selbst das Leben genommen."

Büttner blickte forschend von einem zum anderen. Außer ihm und seinem Assistenten sowie der Mannschaft der Spurensicherung befanden sich noch vier weitere Personen in der Ausstellungshalle des Bestattungsinstituts. Umgeben von Särgen, Urnen und Grabschmuck schienen sie von der Tatsache, dass sie den Firmenchef an diesem Morgen nicht wie sonst üblich an seinem Schreibtisch, sondern in einem der Särge aufgefunden hatten, auf unterschiedliche Art betroffen zu sein.

Da war zum einen der dürre Mann, der ihnen jetzt von einem uniformierten Kollegen als der Angestellte Rufus Häming vorgestellt wurde. Wie in einer Art Übersprunghandlung begann dieser gerade damit, die in einem Ständer stehenden Beileidskarten umzusortieren. Seine Statur und seine Mimik bedienten jedes Klischee, das man gemeinhin von einem Totengräber hatte. Bis auf die Knochen abgemagert hing er mehr in seinem schwarzen Anzug, als dass er diesen trug. Sein wachsbleiches Gesicht warf Falten und erinnerte verblüffend an einen Bloodhound, und auch sein leidender Gesichtsausdruck kam diesem erstaunlich nahe.

Bei der älteren Dame handelte es sich um die Mutter

des Verstorbenen, Jurine Mennen. Ebenfalls in Schwarz gekleidet, wischte sie sich ständig mit dem Taschentuch über die Augen und schüttelte beim Anblick ihres Sohnes immer wieder den Kopf, als könnte sie damit das Offensichtliche ungeschehen machen.

Außerdem anwesend waren die Ehefrau des Bestattungsunternehmers sowie deren gemeinsame Tochter. Während die Gattin mit starrer Miene auf einen nicht definierten Punkt an der gegenüberliegenden Wand blickte, zupfte die vielleicht sechzehnjährige Tochter nervös an dem Saum ihrer Bluse herum und traktierte mit den Zähnen ihre Unterlippe. Im Gegensatz zu ihrer Mutter war sie sichtlich darum bemüht, ihre Tränen zu unterdrücken.

„Der Chef war doch schon seit Wochen nicht mehr er selbst", antwortete Rufus Häming auf Büttners Frage. „Er hatte Sorgen. Hat jeder gemerkt. Nur gesagt hat er nichts." Nachdem die Beileidskarten offensichtlich zu seiner Zufriedenheit sortiert waren, wandte er sich einem Regal mit Urnen zu und bearbeitete diese mit einem Staubtuch.

„Würden Sie das bitte lassen!", fuhr Büttner ihn ein wenig zu schroff an. „Solange die Spurensicherung hier nicht fertig ist, wird nichts angefasst."

Der Mann erwiderte diese Anweisung mit einer fahrigen Geste, sagte aber nichts.

„Wussten Sie von den Sorgen Ihres Mannes?", sprach Sebastian Hasenkrug die Witwe an. Er bemühte sich, seinen Blick nicht andauernd zum Leichnam schweifen zu lassen. Ihm waren in seinem Leben schon viele Mordopfer begegnet, aber noch nie eines, das bereits im schwarzen Anzug aufgebahrt in einem Sarg lag, als sie eintrafen.

„Was weiß denn ich", erwiderte Antje Mennen gepresst, „er hat doch schon lange nicht mehr mit mir gesprochen. Schon gar nicht über seine Gefühle." Mit einem unergründlichen Blick auf ihren verblichenen Gatten stieß sie ein kurzes Schnauben hervor und fügte dann schmallippig hinzu: „Daran wird sich ja nun wohl auch nichts mehr ändern."

„Mama!", rief Tochter Judith empört aus. „Papa ist tot und du – und du …!" Der Rest des Satzes ging in einem verzweifelten Schluchzen unter, und im nächsten Moment ließ sich das Mädchen in die Arme ihrer Großmutter sinken.

„Du bist doch wirklich das Allerletzte!", hörte Büttner die alte Frau in Richtung ihrer Schwiegertochter zischen, doch wurde er im nächsten Moment von der Gerichtsmedizinerin Dr. Anja Wilkens abgelenkt, die ihren Koffer anhob und sich zum Gehen anschickte. „Nehmen Sie den Leichnam jetzt mit?", wollte er von ihr wissen.

„Sicher. Ich brauche ein toxikologisches Gutachten. Es spricht vieles dafür, dass er vergiftet wurde. Das will ich genauer wissen."

„Oder dass er sich selbst vergiftet hat?", hakte Hasenkrug nach.

„Auch möglich. Das herauszufinden ist allerdings Ihr Job." Sie strich sich eine Haarsträhne hinter das Ohr und nickte den beiden Polizisten kurz zu, dann war sie verschwunden. Nach einer auffordernden Kopfbewegung von Büttner machten sich nun auch die herbeigerufenen Mitbewerber Suntke Mennens daran, den Sarg mit dem Leichnam in ein bereitgestelltes Fahrzeug zu schaffen.

„So einfach macht man es uns ja selten", flachste einer der

Männer, als sie den Sarg zur Tür hinaustransportierten. „Ich wünschte, jede Leiche würde sich schon mal in die Kiste legen, bevor wir kommen. Hat was für sich."

„War ja klar, dass der Chef nun zum Gespött der ganzen Nachbarschaft wird", maulte Rufus Häming und verzog das Gesicht zu einer wahren Leichenbittermiene. Mit einer schlaffen Geste deutete er auf eine Gruppe Schaulustiger, die sich vor dem Institut auf der Straße versammelt hatten und eifrig miteinander tuschelten. „Also, wenn's nach mir ginge, dann würden wir ihn ja einfach …"

„Es geht aber nicht nach Ihnen!", erwiderte Büttner scharf. „Allerdings ist es interessant zu beobachten, wie schnell Sie den Leichnam Ihres Chefs aus dem Weg räumen wollen. Ihnen ist ja sicherlich klar, dass Sie sich mit diesem Verhalten äußerst verdächtig machen, oder?"

„Das mit dem Umbringen hat er schon ganz alleine besorgt", wiederholte Rufus Häming schulterzuckend seine Vermutung. „Dafür brauchte der niemanden. Und ganz bestimmt nicht mich."

„Wenn Sie meinen." Büttner verspürte keine Lust, sich von diesem seltsamen Mann provozieren zu lassen. Er würde zu einem späteren Zeitpunkt noch ausreichend Gelegenheit haben, ihn in die Mangel nehmen.

„Darf ich fragen, wann Sie Ihren Mann zum letzten Mal lebend gesehen haben?", wollte Hasenkrug von Antje Mennen wissen, als er bemerkte, dass sein Chef sich von Häming abwandte und mit zusammengezogenen Brauen eine Sammlung Grabkerzen begutachtete, die auf einem Tisch zu einem Kreuz angeordnet standen und still vor sich hin flackerten.

„Gestern Abend. So gegen zehn", antwortete die Frau ohne Umschweife. „Ich bin ins Bett gegangen. Hatte furchtbare Kopfschmerzen. Suntke wollte noch die Buchhaltung machen."

„Und Sie haben sich nicht gewundert, dass er die ganze Nacht wegblieb?"

„Mama hat Papa schon lange ausquartiert", meldete sich Judith im typisch quengeligen Tonfall einer Pubertierenden zu Wort. „Er musste im Gästezimmer schlafen. Da lief nichts mehr."

„Judith!" Die Mutter des Mädchens schnappte empört nach Luft. „Ich wüsste nicht, was die Polizei …!"

„Stimmt doch!", schnitt ihr nun die Schwiegermutter keifend das Wort ab. „Kaltgestellt hast du ihn. Konnte ja keiner mehr mit ansehen, wie du ihn behandelt hast. Aber ich hab ihm ja damals gleich gesagt, dass er dich nicht heiraten soll. Sollt mich nicht wundern, wenn du ihn nun auch noch vergiftet hast." Sie kniff die Augen zu schmalen Schlitzen zusammen und fügte hinzu: „Bestimmt mit der Bohnensuppe von gestern Abend. Ich hab zwar keine Ahnung, was der an der versalzenen Brühe fand, aber …"

„Sie wohnen alle unter einem Dach?", beeilte sich Büttner zu fragen und versperrte Antje Mennen mit einer abwehrenden Geste den Weg, als diese Anstalten machte, sich mit geballten Fäusten auf ihre hämisch grinsende Schwiegermutter zu stürzen. Wo, um Himmels Willen, war er hier nur gelandet?

„Von nun an nicht mehr", ätzte die frischgebackene Witwe. „Ruckzuck ist die biestige Alte im Heim, das kann ich Ihnen sagen!"

„Du undankbares Geschöpf, du! Ohne meinen Suntke wärst du doch in der Gosse verreckt! Wer hat dich denn damals aus deinem Elend …"

„Schluss jetzt!", donnerte Büttner in den Raum. „Schämen Sie sich denn gar nicht, hier ein solches Theater abzuziehen!?" Er spürte, dass ihm die Nerven durchzugehen drohten und atmete tief durch. Dann sagte er ruhiger, als ihm zumute war: „Ich will Sie heute Nachmittag alle zum Verhör im Kommissariat sehen und zwar jeden für sich. Und ich wäre Ihnen dankbar, wenn Sie sich bis dahin gegenseitig am Leben ließen. Ich denke doch, dass wir mit einem potenziellen Mordopfer schon genug Scherereien haben."

Auf diese Worte hin herrschte im Raum plötzlich eine wohltuende Stille, wie Büttner zufrieden feststellte. Er nickte seinem Assistenten kurz zu, dann verschwanden sie schnellen Schrittes zur Tür hinaus. Zurück blieben neben den Mitarbeitern der Spurensicherung drei Frauen und ein Mann, die ihnen mit offenen Mündern hinterherstierten.

2

Der Sonnenaufgang war an diesem Morgen ganz besonders schön gewesen. Wie an jedem Tag war Imke Rieken bereits sehr früh aufgestanden, hatte sich einen Tee aus frischen Kräutern zubereitet und war nach dieser ersten Stärkung mit ihrer Hündin Cora in die Felder hinausgelaufen.

Als blutroter Ball war die Sonne über dem Horizont emporgestiegen und hatte die flache ostfriesische Landschaft, über der noch die frühsommerlichen Nebelschwaden waberten, in ein Meer aus kaum zu benennenden Farben getaucht.

In früheren Jahren hatte Imke oft versucht, dieses unglaubliche Farbenspiel einzufangen und auf Leinwand zu bannen. Doch war das jeweilige Ergebnis trotz aller Anstrengungen mehr als enttäuschend gewesen, und sie hatte schließlich einsehen müssen, dass die Natur zu Dingen fähig war, die den Menschen wohl auf ewig verschlossen bleiben würden.

Seither begnügte sie sich damit, das täglich wechselnde Naturschauspiel einfach nur zu genießen und an jedem Morgen erneut festzustellen, dass jeder einzelne Sonnenaufgang ein einmaliges Erlebnis war und dass keiner von ihnen einem der vorangegangenen glich. Ja, sie hatte begriffen, dass die Natur nichts Bewahrendes hatte, sondern sich an jedem Tag neu erfand.

Wie sehr wünschte sie sich, dass dies auch auf die Menschen zuträfe!

Mit einem tiefen Seufzer setzte Imke ihren Weg durch die Wiesen fort, nachdem sie wohl zum hundertsten Mal Coras Ball aufgenommen und den schmalen asphaltierten Weg entlang geworfen hatte. Um diese Jahreszeit vermied sie es, ihren Hund über Wiesen und Felder streifen zu lassen, denn sie wollte verhindern, dass Cora die Gelege von am Boden brütenden Vögeln oder auch den Nachwuchs der Feldhasen aufspürte und vernaschte.

Es gab nicht mehr viele unbelastete Flächen, in denen die wild lebenden Tiere von den Einflüssen der industrialisierten Landwirtschaft verschont blieben. Fast überall setzten ihnen die durch Düngemittel und Pestizide verseuchten Wiesen und Äcker zu.

Und so sah es Imke dort, wo es noch sich selbst überlassene Brachen oder ökologisch bewirtschaftete Flächen gab, als ihre Pflicht an, alles dafür zu tun, dass die Tiere wenigstens hier ihre Ruhe vor allem hatten, was in irgendeiner Form menschlichen Einflüssen entsprang.

Gerade bückte sie sich erneut nach Coras Ball, als diese durch ein sich näherndes Geräusch abgelenkt wurde und in Habachtstellung den Weg entlangstierte. In vielleicht hundert Metern Entfernung näherte sich ein Mann, der ebenfalls einen Hund mit sich führte. Als Cora diesen bemerkte, begann sie sofort aufgeregt mit dem Schwanz zu wedeln, denn sie liebte die Gesellschaft von Artgenossen – zumindest, wenn diese eine ähnliche Körpergröße vorzuweisen hatten wie sie selbst. Bei größeren Hunden jedoch verkroch sie sich gerne hinter ihrem Frauchen, die kleinen ignorierte sie.

Dieser Artgenosse aber, der sich jetzt näherte, schien genau ihre Kragenweite zu sein. Er war mittelgroß, hatte ein gepflegtes schwarz-weißes Fell, und seine Schlappohren wippten bei jeder Bewegung auf und ab. Die Ähnlichkeit zu Cora war wirklich verblüffend.

„Moin", grüßte der Mann, als er schließlich neben Imke stand, und deutete auf seinen Hund. „So, wie die beiden aussehen, könnten sie ja fast Zwillinge sein. Ich hoffe, es geht in Ordnung, dass Caruso Ihrer Hündin schöne Augen macht." Er lachte ein kehliges Lachen.

„Das beruht wohl auf Gegenseitigkeit", lächelte Imke und spürte, wie ihr die Röte in die Wangen schoss. Sie war den Umgang mit anderen Menschen kaum noch gewöhnt. Bereits vor etlichen Jahren hatte sie sich in ihr kleines Häuschen am Rande des Dorfes zurückgezogen und seither kaum noch Kontakt zur Außenwelt. Zu viele Enttäuschungen hatten ihr über Jahre hinweg das Leben verleidet, und so hatte sie schließlich beschlossen, sich so wenig wie möglich auf die Menschen in ihrer Umgebung einzulassen. Mit dem Resultat, dass sie inzwischen in der ganzen Krummhörn als seltsam verschrien war. Aber damit konnte sie gut leben. Genau genommen hatte sie sich noch nie so wohl gefühlt wie in den Tagen ihrer selbst erwählten Einsamkeit.

„Sie sind doch die Dame, die am Ortsrand von Groothusen in diesem kleinen Häuschen wohnt", fuhr der Mann fort und sah sie prüfend, wenn auch nach wie vor freundlich an.

Sofort versteifte sich Imkes Körperhaltung und sie schaltete auf innere Abwehr. Zu oft schon hatten sie irgendwelche Leute angesprochen und alles, was sie daraufhin gesagt hatte, später in der Dorfkneipe oder an Gartenzäunen breitgetreten und ausgeschmückt. Sie schienen sich darin übertrumpfen zu wollen, möglichst bizarre Dinge von ihrer so seltsamen Nachbarin erzählen zu können. Als *Kräuterhexe* wurde sie dabei bezeichnet, manchmal sogar als *die Bekloppte*.

„Entschuldigen Sie, ich möchte Ihnen wirklich nicht zu nahe treten", sagte der Mann, als er Imkes abwehrende Reaktion bemerkte. „Ich bin vor Kurzem erst hierher gezogen. Und nun bin ich dabei, meine neuen Nachbarn kennen zu lernen."

„Aha."

„Ja. Und als ich im Vorbeigehen Ihr Haus sah, da wurde ich neidisch. Genau so eines habe ich mir immer gewünscht."

„Aha." Imke presste die Lippen aufeinander und beobachtete abwesend Cora und Caruso, die nun ausgelassen miteinander spielten. Sie fragte sich, was dieser Mann von ihr wollte und wünschte sich nichts mehr, als dass er endlich weiterginge und sie in Ruhe ließe.

„Ich bewundere Menschen, die sich von der Masse abheben", fuhr der vielleicht vierzigjährige Mann mit dem dunklen Haar und den blauen Augen fort. „Abnicker und Duckmäuser gibt es in diesem Land doch genug. Da ist es schön zu sehen, dass es auch anders geht."

Imke horchte auf und sah ihr Gegenüber von unten herauf skeptisch an. Sie war sich nicht sicher, ob er seine Worte ernst meinte, oder ob er lediglich vorhatte, sie durch Komplimente aus der Reserve zu locken.

„Und wie genau heben Sie sich von der Masse ab?", fragte sie bewusst provokativ.

„Zum Beispiel, indem ich mich mit Ihnen unterhalte. Das scheint hier schon außergewöhnlich genug zu sein, wie ich in den letzten Tagen erfahren musste", erwiderte er mit einem Zwinkern.

Wider Willen entschlüpfte Imke ein Lächeln. „Wenigstens sind Sie ehrlich", sagte sie.

„Ehrlichkeit ist mein zweiter Vorname", lächelte der Mann zurück. „Übrigens, ich heiße Marlon Hufschmied." Er streckte ihr die Hand entgegen, die sie jedoch ignorierte. Sie hasste es, fremde Personen berühren zu müssen.

„Marlon ist hier kein sehr gewöhnlicher Name", sagte sie stattdessen.

„Ich sagte doch, dass ich mich von der Masse abhebe." Er schien sich durch ihre Ablehnung nicht beirren zu lassen, sondern grinste breit und hob zum Abschied die Hand. Dann pfiff er nach Caruso, der sofort angesprungen kam. Der Hund schien gut erzogen zu sein, stellte Imke bewundernd fest. Auch davon gab es nicht sehr viele im Dorf.

Sie war verwundert über das Bedauern, das sie empfand, als die beiden kurz darauf hinter einer Baumgruppe verschwanden.

Rund eine Viertelstunde später stand Imke in ihrem Badezimmer vor dem Spiegel und betrachtete ihr Gesicht. Auch das hatte sie bereits seit Langem nicht mehr getan. Schließlich war es ihr egal, was die Leute von ihr dachten, und das betraf auch ihr Aussehen.

Doch nun hatte der fremde Mann, der sich ihr mit dem

Namen Marlon vorgestellt hatte, irgendetwas in ihr berührt. Ein Gefühl, das sie längst vergessen geglaubt hatte. Und auch wenn sie sich über sich selbst ärgerte, so war es ihr keineswegs egal, wie er sie wahrgenommen hatte. *Ich bewundere Menschen, die sich von der Masse abheben*, hatte er gesagt. Natürlich hatte er diese Bemerkung nicht auf ihr Aussehen bezogen; dennoch fragte sie sich, ob ihm ihr Äußeres als attraktiv erschienen war. Oder vielleicht sogar als hübsch?

Wohl kaum. Hatte man sie früher durchaus als hübsch bezeichnet, so erschrak sie nun beinahe selbst über ihre ungepflegte Erscheinung.

Da sie ihre feuerroten, lockigen Haare nach dem Aufstehen nicht gekämmt hatte, standen sie ihr in wilden Büscheln und teilweise verknotet vom Kopf ab. Ihr Gesicht hatte durch die vielen Aufenthalte an frischer Luft zwar eine gesunde Farbe; dennoch erschien ihre von Sommersprossen übersäte Haut großporig und unrein. Dazu passend war der Ausdruck ihrer grünen Augen allenfalls melancholisch zu nennen, ihr aber fiel spontan nur das Adjektiv trübsinnig ein.

Nein. Was auch immer Marlon in ihr gesehen haben mochte, das Wort attraktiv war ihm dabei ganz gewiss nicht in den Sinn gekommen. Zumal sie ihren schlanken Körper mit dem vollen Busen und den ellenlangen Beinen unter sackartigen Klamotten in Grau- und Brauntönen versteckte, in denen sie plump und ungelenk aussah.

Sie war gerade einmal vierunddreißig Jahre alt, hätte sich selber aber auf mindestens zehn Jahre älter geschätzt.

Vielleicht sollte sie sich mal ein wenig hübscher …

„Ach, vergiss es einfach!", sagte sie unwirsch zu sich selbst, als sie sich ihrer Gedanken bewusst wurde, und wandte sich vom Spiegel ab. „Als käme es im Leben darauf an, dass dich irgendjemand attraktiv findet! Sei doch froh, wenn sie dir alle keine Beachtung schenken, denn genau so hast du es doch gewollt!"

Wieder in der Küche, gab Imke der bereits ungeduldig wartenden Cora ihr Futter und goss sich selber einen weiteren Kräutertee auf. Sie liebte dieses Ritual, das sich an jedem Morgen wiederholte. Wie sehr sie es genoss, sich die für den Tag passenden Kräuter aus den zahlreichen Töpfen zu zupfen, die seit den wieder frostfreien Nächten bunt aufgereiht auf den außen liegenden Fensterbänken ihrer Küche standen. Instinktiv wusste sie, welche Kräuter ihr helfen würden, in guter physischer und psychischer Verfassung durch den Tag zu kommen.

Imke lächelte, als sie nun einige Blätter des intensiv duftenden Salbeis in ihre Tasse fallen ließ. Vielleicht war die Bezeichnung *Kräuterhexe* ja gar nicht so verkehrt, dachte sie. Sie sollte sie als Kompliment nehmen. Denn war es nicht etwas ganz Wunderbares, wenn man den Signalen seines eigenen Körpers vertrauen und ihnen die Nähr- und Wirkstoffe zuführen konnte, die er an genau diesem Tag brauchte?

Sie nahm ihre Tasse mit dem dampfenden Tee und setzte sich an den mitten in der Küche stehenden massiven Holztisch. Ja, dachte sie, als sie nun damit begann, sich ein Müsli aus unterschiedlichen Getreidesorten und frischem Obst aus ökologischem Anbau zuzubereiten, genauso wollte sie es haben und nicht anders. Denn alles andere machte ihr Angst. Vor allem die Menschen.

Ihr Blick fiel auf die Tageszeitung, die sie beim Betreten des Hauses aus dem Briefkasten gefischt hatte, und sie zuckte zusammen. Schon wieder der Feuerteufel!

Seit Monaten schon gingen in der Krummhörn in unregelmäßigen Zeitabständen Mülltonnen, Gartenhütten oder Scheunen in Flammen auf. Bereits mehrmals hatte es sogar die Ställe von Bauernhöfen erwischt. Was Imke dabei am meisten schmerzte, war die Tatsache, dass hierbei Tiere umgekommen waren. Kühe, Schweine, Katzen und Kaninchen hatten ihr Leben lassen müssen, einmal auch ein Pferd und ein Hund. Es war so furchtbar! Wer machte denn bloß so etwas?

Das fragte sich auch die Polizei, die nach wie vor völlig im Dunkeln tappte. Zwar hatte sie ihre nächtlichen Streifen in der Krummhörn verstärkt, dennoch konnte sie ja unmöglich an allen Orten gleichzeitig sein.

Und nun war der Brandstifter ihnen also schon wieder entwischt.

Imke las nur die Überschriften. Auf den Rest verzichtete sie, als sie bereits in der Unterüberschrift erfuhr, dass in der letzten Nacht bei dem neuerlichen Brand in Woltzeten eine Sau mit ihren zehn Ferkeln elendig verbrannt war.

Erstaunlich fand sie, dass die Zeitung diese Meldung bereits brachte, obwohl der Brand erst wenige Stunden her war. Anscheinend hatten sie die Meldung kurz vor dem Druck noch mit aufgenommen, um sichergehen zu können, dass sie die ersten waren, die darüber berichteten.

Abwesend strich Imke ihrer Hündin Cora, die sie mit ihrer Schnauze anstupste, über den Kopf. Nein, dachte sie, sie wollte jetzt nicht darüber nachdenken, welche

Ängste diese arme Sau und ihr Nachwuchs angesichts des lodernden Feuers durchgestanden hatten. Wenn sie das Leid der Tiere an sich heranließ, würde sie wieder nächtelang nicht ruhig schlafen und von Albträumen gequält werden. So wie all die anderen Male, als es ihr erst nach großen Mühen gelungen war, die in ihrem Kopf entstehenden Bilder von panisch schreienden Tieren in die hinterste Ecke ihres Gehirns zu verbannen.

Sie versuchte, ihre Gedanken in eine andere Richtung zu lenken, was ihr allerdings nur schwer gelang.

Also entschloss sie sich dazu zu meditieren, schreckte jedoch Minuten später auf, als jemand ein paar Mal heftig mit dem schmiedeeisernen Ring gegen ihre Haustür klopfte. Da Cora keinen Mucks von sich gab, ging Imke davon aus, dass es sich bei dem frühen Besucher um ihren Großvater handelte, der im Ortskern von Groothusen lebte und regelmäßig bei ihr vorbeischaute.

„Was machst denn du hier so früh am Morgen?", fragte sie wenig später, als der Großvater bei ihr in der Küche stand.

„Hast du schon gehört?", fragte Anton Rieken und ließ sich mit einem gequälten Ächzen auf einen Stuhl sinken. Seit Langem schon machten ihm seine Gelenke zu schaffen, aber er weigerte sich, einen Orthopäden aufzusuchen. *Alles Quacksalber*, pflegte er zu sagen. Er misstraute allen Ärzten zutiefst, seit seine Frau vor einigen Jahren an den Wechselwirkungen unterschiedlichster Medikamente gestorben war. Eigentlich war sie nur an Rheuma erkrankt gewesen. Die Ärzte aber hatten es mit ihrem Chemiepamp, wie Opa es nannte, geschafft, dass auch ihre Organe nach und nach in Mitleidenschaft gezogen worden waren, bis sie eines Tages schließlich komplett ihren Dienst versagten.

Seither versuchte Imke, die arthritischen Schmerzen ihres Opas mit Naturheilkräutern zumindest so weit zu lindern, dass er annähernd schmerzfrei durch den Tag kam. In der Regel gelang das ganz gut. Lediglich am frühen Morgen mussten sich seine morschen Knochen erst einmal an die neuerliche Belastung gewöhnen, bis die natürlichen Schmerzmittel in Form von Salben, Tinkturen und Tees ihre Wirkung entfalteten.

„Was hab ich gehört?", fragte Imke nun, nachdem sie ihrem Großvater eine Tasse Kräutertee in die Hand gedrückt hatte. „Meinst du das Feuer in Woltzeten?"

„Nee. Ich meine das mit Suntke Mennen."

Imke zog die Stirn in Falten. Sie wollte nicht an diesen Mann erinnert werden, das wusste Opa doch ganz genau. „Was ist mit Suntke?", fragte sie dennoch.

„Er ist tot."

„Tot?", hauchte Imke, und sie spürte, wie ihr Herzschlag für einen Moment aussetzte.

„Jo. Sie haben ihn gefunden heute Morgen. Lag im Sarg. Mausetot."

„Er lag im Sarg?" Imke verzog das Gesicht. „Warum das denn?"

„Das weiß keiner. Weiß auch keiner, ob das Selbstmord war oder Mord." Der Großvater nahm schlürfend einen Schluck Tee, dann fügte er hinzu: „Ich tippe ja auf Mord. Bestimmt hat ihn seine Frau um die Ecke gebracht. Sollt mich nicht wundern. Antje wollte ihn doch schon lange

23

loswerden. Und nun geht sie bestimmt mit all seinem Geld nach Mallorca und macht sich da ein schönes Leben."

„Nach Mallorca? Warum denn ausgerechnet Mallorca?", wollte Imke wissen.

„Weil sie da schon immer hinwollte. Nur Suntke wollte nicht. Aber das kann ihr ja nun egal sein."

Imke blies abwesend in ihren Tee. Im Gegensatz zum Tod der Schweine war ihr der Tod des Bestattungsunternehmers egal. Genau genommen war sie sogar ganz froh darüber. Es gab einfach Menschen, die die Welt nicht brauchte. Und Suntke Mennen gehörte ganz sicher dazu.

„Und die alte Johannette Kamphusen, die ist auch tot", fuhr der Großvater in Imkes Gedanken hinein fort.

„Johannette?" Imke sah ihn erstaunt an. „Die hab ich doch gestern noch getroffen. Da war sie quicklebendig."

„Jo. Aber nu isse tot. Verbrannt isse. Mit der Sau." Der Großvater deutete auf die Zeitung, die aufgeschlagen auf dem Tisch lag.

„Verbrannt?" Imke schlug sich entsetzt die Hand vor den Mund. „Aber davon steht da doch gar nichts!"

„Nee. Sie haben die Alte auch erst später als die Sau entdeckt. Unter den Trümmern." Der alte Mann nahm einen Schluck Tee. „Wenn sie Glück hatte, ist ihr erst einer von den morschen Balken auf den Kopf gefallen, bevor sie das Feuer erwischt hat. Wäre ihr ja zu wünschen. Ist ja nicht schön, bei lebendigem Leibe zu verbrennen."

Bei den Worten ihres Großvaters spürte Imke eine plötzliche Übelkeit in sich aufsteigen, und sie rannte zur Toilette, wo sie sich minutenlang in die Kloschüssel erbrach.

3

Auf dem alten Bauernhof war einiges los, als Hauptkommissar David Büttner und sein Assistent Sebastian Hasenkrug gegen acht Uhr am Morgen eintrafen. Beinahe neun Stunden nach der Entdeckung des Brandes waren noch zahlreiche Feuerwehrleute vor Ort und inspizierten die Unglücksstelle praktisch Zentimeter für Zentimeter, um noch eventuell vorhandene Glutnester aufzuspüren.

Es war Glück im Unglück gewesen, dass ein benachbarter Bauer in der Nacht nach seiner erkrankten Kuh hatte sehen müssen und dabei das Feuer bei den Kamphusens entdeckte. So hatte man es Büttner bereits am Telefon erklärt. Die Feuerwehr hatte gleich ausrücken und eine Ausweitung des Brandes verhindern können. Zweifelsohne wäre vom Hof ansonsten nichts mehr übrig geblieben als ein Haufen Asche.

Nicht viel später sollte Büttner, nachdem er sich ein wenig umgesehen hatte, in einem Anfall von Sarkasmus feststellen, dass dies eigentlich gar nicht die schlechteste aller Lösungen gewesen wäre.

Als Büttner und Hasenkrug aus dem Auto ausstiegen, lag der Geruch verbrannten Fleisches und verkohlten Holzes in der Luft. Wüsste er es nicht besser, dann hätte Büttner jetzt angenommen, dass hier irgendwer die Grillsaison eingeläutet habe.

„Die Leiche wurde bereits in die Gerichtsmedizin gebracht?", fragte er einen vorbeilaufenden Polizeibeamten, während Hasenkrug sich einen anderen Kollegen schnappte, um erste Informationen einzuholen.

„Ja." Der Beamte deutete auf seine Kamera, die ihm um den Hals baumelte. „Aber ich hab Fotos. Wenn Sie sie mal anschauen wollen …"

„Jetzt nicht", winkte Büttner schnell ab. Auf eine verkohlte Leiche auf nüchternen Magen war er nicht erpicht. Es war schlimm genug, dass man ihn schon vor dem Frühstück zu einem toten Bestatter gerufen hatte. Eigentlich hatte er danach gleich nach Hause fahren und sich ein paar Eier in die Pfanne schlagen wollen. Aber noch auf dem Weg dorthin hatte ihn der Anruf erreicht, dass an dem Brandort der vergangenen Nacht eine Leiche gefunden worden sei. Also hatte er seinen Wagen gewendet, Hasenkrug eingesammelt und war nach Woltzeten gefahren.

Jetzt lechzte Büttner nach einem Kaffee. Er hatte gehofft, dass man ihm am Ort des Geschehens einen anbieten würde. Als er sich nun aber auf dem Gelände umsah, beschloss er, aus hygienischen Gründen doch lieber darauf zu verzichten.

Nur selten hatte der Hauptkommissar ein solch heruntergekommenes Anwesen gesehen wie diesen alten Gulfhof, der in der letzten Nacht ganz offensichtlich einem Brandanschlag des umherziehenden Feuerteufels zum Opfer gefallen war. Schon von außen machte nicht nur der Stall, sondern auch das zu dem Bauernhof gehörende Wohnhaus einen völlig verlotterten Eindruck. Das Mauerwerk war von Rissen durchzogen, hier und da sah man Ansätze von Ausbesserungsarbeiten. Diese jedoch mussten bereits vor etlichen Jahren getätigt worden sein, denn letztlich hatten die mit Flechten überzogenen roten Backsteine dem Zerren und Reißen des sich stets in Bewegung befindlichen Untergrunds nicht standhalten können und waren – tektonischen Platten gleich – in unterschiedliche Richtungen auseinandergedriftet.

Auch um das Dach des Gebäudes schien sich schon seit Ewigkeiten niemand mehr gekümmert zu haben. An mehreren Stellen waren die Ziegel heruntergefallen und lagen zerschmettert am Boden. Das eine oder andere Loch hatte man notdürftig mit blauer Plane abgedichtet, aber auch diese flatterte längst unkontrolliert im frischen Wind des Frühsommers.

Mit dem Umfeld des Bauernhofes verhielt es sich nicht viel besser. Ein ganzer Maschinenpark rostete unter freiem Himmel vor sich hin, diverses Grünzeug bahnte sich seinen Weg durch den aufgesprungenen Asphalt. In den zahlreich vorhandenen Schlaglöchern stand das Wasser zum Teil so tief, dass sich ein paar Wildenten darin eingefunden hatten, um bei einem morgendlichen Bad und unter lautem Geschnatter ihr Gefieder zu putzen.

Büttners Befürchtung, dass es auch im Wohnhaus nicht viel besser aussehen würde, bestätigte sich auf den ersten Blick. Schon nach dem Öffnen der Haustür schlug ihm und seinem Assistenten ein modrig-muffiger Geruch entgegen, der sich jedoch nicht allein durch das löchrige Dach erklären ließ. Irgendwo musste es andere Quellen geben, aus denen … Büttner unterbrach sich selbst in seinem Gedanken, als nun ein Kollege die Tür öffnete, die anscheinend zum Keller führte. Kaum, dass sie einen Spalt breit offen stand, wurden sie von einer Geruchswelle überrollt, die sie unweigerlich die Hand vor das Gesicht schlagen ließ.

„Boah, was ist denn das!?", presste Sebastian Hasenkrug angeekelt zwischen seinen Fingern hervor und nestelte ein Taschentuch aus der Hosentasche, um es sich rasch vor die Nase zu drücken.

„Hier gibt's kein Durchkommen mehr", rief der uniformierte Kollege von der Kellertreppe her. „Alles voller Müll. Säckeweise. Muss seit Jahren hier gesammelt worden sein."

„So ein Scheiß", war alles, was Büttner dazu einfiel. Schnell wandte er sich ab und bahnte sich um diverse Pappkartons herum einen Weg in die Küche. Auch hier war es nicht eben sauber, aber wenigstens stank es lediglich nach vergorener Milch, angebranntem Essen und kaltem Zigarettenrauch.

„Moin." Er nickte einem Mann von vielleicht fünfzig Jahren zu, der auf einer Eckbank mit abgeschabtem Polster undefinierbarer Farbe saß und ihm mit abwesendem Blick entgegensah – oder vielleicht auch nicht, denn dieser Mann schielte so stark, dass man unmöglich sagen konnte, in welche Richtung er schaute. Das Gesicht jedoch hatte er dem Hauptkommissar zugewandt, sodass dieser jetzt einfach mal annahm, dass der Blick ihm galt.

„Mama ist tot", sagte der Mann mit seltsam näselnder Stimme. „Sieht aus wie ein Brikett. Hat der Mann da gesagt." Er deutete auf einen Mitarbeiter der Spurensicherung, dessen Gesicht sogleich tiefrot anlief und der sich nun rasch bückte und vorgab, etwas in seinem Alukoffer zu suchen.

Hasenkrug warf einen Blick in seinen Notizblock. „Sie sind Hinrikus Kamphusen?", fragte er.

„Ja. Aber ich bin nicht mein Papa und auch nicht mein Opa. Ich bin ich", nickte der Angesprochene mit feierlichem Gesichtsausdruck.

„Sein Vater und sein Großvater hießen ebenfalls Hinrikus", flüsterte die herbeigerufene Polizeipsychologin, die soeben wieder zur Tür hereinkam, den beiden irritierten Polizisten zu. „Sie leben aber beide schon lange nicht mehr. Wie Sie sicherlich schon bemerkt haben, ist der Sohn des Opfers geistig nicht ganz auf der Höhe. Sie werden von ihm also nicht allzu viel Erhellendes erfahren können."

„Aha. Wann haben Sie Ihre Mutter denn zum letzten Mal gesehen?", wagte Büttner dennoch einen Versuch und bedeutete der jungen Polizistin, die sich bisher um den Mann gekümmert hatte, dass sie sich anderen Aufgaben widmen könne.

„Heute Morgen nämlich."

„Heute Morgen?"

„Ja. Da waren so Männer, die haben sie weggebracht. Sie sah aus wie ein Brikett. Hat der Mann da gesagt."

Büttner sah die Psychologin fassungslos an. „Er hat die verkohlte Leiche seiner Mutter gesehen?"

„Ja. Leider. Die Feuerwehrleute wussten nicht, dass er inzwischen wach geworden war. Sie hatten ihn zwar gefunden, als sie nach dem Notruf hier eintrafen, aber da schlief er wohl tief und fest. Die Männer sind ja alle hier

29

aus der Gegend und kennen Hinrikus. Sie wussten, dass seine Mutter ihm immer Schlaftabletten gab, damit er nachts nicht auf die Idee kam, hilflos durch die Gegend zu stromern, wie er es als Kind häufig getan hatte. Also haben sie ihn schlafen lassen und dann zu spät gemerkt, dass er aufgewacht war."

Hinrikus schielte kurz zu einer Uhr an der Wand und sagte dann: „Mama kommt um elf Uhr. Gleich nach dem Einkaufen. Ich weiß doch, dass sie um elf Uhr wiederkommt. Immer nach dem Einkaufen."

„Haben Sie heute Nacht irgendwas gehört?", hakte Büttner vorsichtshalber doch noch mal nach, obwohl das wohl kaum möglich war, wenn Hinrikus tatsächlich unter Schlafmitteln gestanden hatte.

„Ja." Auf Hinrikus Gesicht erschien ein Lächeln.

„Ja?" Büttner sah ihn forschend an. „Was haben Sie denn gehört?"

„Das Lied."

„Welches Lied?"

„Was Mama immer singt, wenn ich ins Bett gehe." Hinrikus begann, die Melodie von *Guten Abend, gut' Nacht* vor sich hinzusummen.

„Und wer hat dieses Lied gesungen?"

„Mama."

„Und wissen Sie auch, wann genau sie es gesungen hat?"

„Ja. Als sie mich ins Bett gebracht hat. Sie singt es immer, wenn sie mich ins Bett bringt."

„Nun gut." Büttner räusperte sich. „Ich fürchte, dass wir hier nicht weiterkommen." Er warf seinem Assistenten, der sich bereits bei den Kollegen ein wenig umgehört hatte, einen schnellen Blick zu. „Haben sich irgendwelche anderen Zeugen gemeldet, Hasenkrug?"

„Nur der Nachbar, der das Feuer entdeckt hat. Aber der konnte keine weiteren Angaben machen, sagen die Kollegen. Er hat niemanden gesehen und auch nichts gehört."

„Wusste der Nachbar denn, ob es üblich war, dass sich die alte Bäuerin nachts im Stall herumtrieb?"

„Dazu konnte er nichts sagen. Er vermutet aber, dass sie nach der Sau und den Ferkeln sehen wollte."

„Gibt es denn niemanden, der sie hier auf dem Hof unterstützt hat?"

„Nein. Johannette Kamphusen und ihr Sohn", Hasenkrug zeigte auf Hinrikus, „haben hier alles alleine gemacht. Es gab allerdings auch nur noch dieses eine Schwein und ein paar Hühner. Ansonsten haben sie von der kleinen Rente des verstorbenen Mannes gelebt. Außerdem haben sie schon vor Jahren die zum Hof gehörenden Ländereien verkauft."

„So arm können sie dann ja gar nicht sein", konstatierte Büttner und sah sich mit kritischem Blick in der Küche um, in der man nicht mehr unterscheiden konnte, was brauchbares Mobiliar und was Gerümpel war. „Hier allerdings sieht es aus, als wäre die Küche zum letzten Mal vor dem Weltkrieg instandgesetzt worden." Er zog eine Grimasse und fügte hinzu: „Vor dem ersten Weltkrieg, meine ich natürlich."

„An Geld hat es nicht gemangelt", mischte sich die Psychologin erneut ins Gespräch und machte eine raumgreifende Bewegung mit den Armen. „Dafür gab es hier andere Defizite, wie man unschwer feststellen kann."

„Das ist kaum zu übersehen", meinte Büttner. „Allerdings wundere ich mich, dass niemand etwas gegen diese Zustände unternommen hat."

„Der Nachbar sagt, das ganze Dorf habe es jahrelang versucht. Nach dem Tod des Bauern habe seine Witwe auch noch regelmäßig Helfer gehabt. Allerdings sei die alte Dame mit der Zeit immer schrulliger geworden und habe schließlich niemanden mehr auf den Hof gelassen. Selbst der Briefträger musste die Post vor dem Hoftor ablegen. Irgendwann habe sie dann sogar mit der Schrotflinte auf Leute gezielt, die ihrer Ansicht nach zu neugierig waren."

„Wussten die Behörden davon?", wollte Hasenkrug wissen.

„Natürlich. Wie sollte so was in der Krummhörn wohl geheim bleiben." Die Psychologin zuckte die Schultern. „Aber Sie wissen ja, wie das ist. Solange nicht wirklich was passiert und niemand zu Schaden kommt, wird erstmal abgewartet. Alles andere kostet den Staat viel Geld."

„Wie alt war denn eigentlich das Opfer?", fragte Büttner.

„Johannette Kamphusen war fünfundachtzig", antwortete Hasenkrug. „Aber körperlich wie auch geistig muss sie noch auf der Höhe gewesen sein. Also, wenn man von den soeben geschilderten Umständen mal absieht."

„Sie werden verstehen, wenn ich an der geistigen Gesundheit der Dame so meine Zweifel anmelde", brummte Büttner.

„Sagen wir mal, sie kam im täglichen Leben noch einigermaßen zurecht", meinte die Psychologin.

„Was passiert nun mit ihm?" Hasenkrug deutete auf Hinrikus, der immer noch still das Lied vor sich hin summte und dabei selig lächelte. Inzwischen war eine Katze zu ihm auf die Bank gesprungen und ließ sich von ihm unter dem Kinn kraulen.

„Ich werde ihn zunächst in die Psychiatrie einweisen. Alles Weitere sehen wir dann. Vielleicht gibt es eine Wohngruppe, in der er sich wohl fühlt. Das muss man ausprobieren."

„Gar nicht mehr so lange, dann kommt Mama zurück", bemerkte Hinrikus und strahlte die Umstehenden an. „Immer um elf. Immer nach dem Einkaufen."

4

In der Krummhörn gab es an diesem Tag kaum ein anderes Gesprächsthema als den Tod des Bestattungsunternehmers Suntke Mennen und der alten Bäuerin Johannette Kamphusen. Allenthalben wurde darüber spekuliert, wie diese beiden Todesfälle miteinander zusammenhängen könnten. Denn zwei unnatürlich herbeigeführte Todesfälle in einer einzigen Nacht – das konnte doch kein Zufall sein, oder?

Marlon Hufschmied saß in einer Bäckerei in Groothusen und ließ sich seinen Kaffee und ein Schinkenbrötchen schmecken. Interessiert beobachtete er die Menschen, die hier ein und aus gingen. Täuschte er sich, oder waren es tatsächlich mehr Bäckerei-Besucher als an einem ganz gewöhnlichen anderen Tag?

„Moin", grüßte gerade ein Mann, der zur Tür hereinkam und sich unter den bereits anwesenden sieben Personen umblickte. Seine Augen begannen zu leuchten, als er offensichtlich mehrere Bekannte entdeckte, die sich ebenfalls in die Schlange vor dem Verkaufstresen eingereiht hatten und ihm nun mit scheinbar teilnahmslosen Blicken zunickten.

„Moin, Meinhard. Heute auch mal Stutjes* holen?", fragte einer der Männer.

* Brötchen

„Jo", antwortete der Angesprochene knapp, kam dann jedoch ohne Umschweife zur Sache: „Ist ja schrecklich, das mit Suntke und Johannette. Wie kann so was wohl möglich sein in ein und derselben Nacht."

„Man sacht, Suntke hätte letzte Nacht das Haus noch mal verlassen. Soll dann Richtung Woltzeten gefahren sein, und kurz darauf hat's da gebrannt."

„Wer sacht das?"

„Cornelia hat gehört, wie Antje das zu Marianne ihrer Schwester sagte. Und Antje muss es ja wohl wissen, schließlich ist sie – also war sie Suntkes Frau."

„Ist ja schon komisch, dass es in den letzten Wochen immer dann gebrannt hat, wenn Sunkte das Haus verlassen hat. War ihm vielleicht jetzt zu viel, das mit der alten Bäuerin, und er hat sich dann selbst umgebracht."

„Du meinst, der konnt das nicht mehr ertragen?"

„Na ja. Jetzt, wo dabei nicht nur Tiere, sondern auch ein Mensch umgekommen ist, da war es ihm vielleicht zu viel."

Marlon räusperte sich vernehmlich und zog damit die Aufmerksamkeit aller umstehenden Personen auf sich. „Habt ihr das auch schon der Polizei gesagt?", fragte er und blickte von einem zum anderen. „Wäre vielleicht gut, die wissen von eurem Verdacht."

„Wird Antje denen ja wohl gesacht haben", zuckte Meinhard die Schultern. „Weiß nicht, was uns das angehen sollte."

Die Umstehenden nickten zustimmend und fuhren dann in ihren Gesprächen fort. Keiner schien es an diesem Tag eilig zu haben, die Bäckerei wieder zu verlassen. Nachdem sie ihre Brötchen erstanden hatten, bestellten sie sich noch wahlweise Tee oder Kaffee und setzten sich an einen der Tische, um sogleich ihre Meinung zu den Vorkommnissen kundzutun. Nach ungefähr einer halben Stunde hatten sich schließlich alle darauf verständigen können, dass sie von nun an Suntke Mennen für den Mörder von Johannette Kamphusen hielten und Ersterer sich in seiner Verzweiflung über die Tat selbst das Leben genommen hatte.

Nun gut, dachte Marlon und grinste innerlich, da konnte die Polizei ihre Ermittlungen ja praktisch einstellen, schließlich bekamen sie den Verantwortlichen für all das Schlamassel jetzt von den Groothusern frei Haus geliefert – vorausgesetzt natürlich, die Ergebnisse dieser Diskussionsrunde fanden jemals den Weg zu den Beamten. Und daran hegte Marlon so seine Zweifel.

„Wie kommt ihr eigentlich darauf, dass Suntke der Feuerteufel war?", fragte er Meinhard, als dieser nun aufstand und mit seiner Brötchentüte dem Ausgang zustrebte.

„Weil der doch schon als Kind immer gezündelt hat", meldete sich anstelle des Angesprochenen eine Frau um die Fünfzig zu Wort, von der Marlon wusste, dass sie Elfriede Kramminga hieß.

„Hat er das?" Marlon hob interessiert die Brauen.

„Jo. Das kannst du natürlich nicht wissen. Bist ja noch nicht so lange hier." Elfriede sah Marlon nun so bedauernd an, als hätte er durch den Umstand, kein gebürtiger Ostfriese zu sein, praktisch den Großteil eines lebenswerten Daseins versäumt. Dann hob sie theatralisch die Hände und sagte: „Auf den Jung konnste ja gar nicht aufpassen, so schnell hat der irgendwo ein Streichholz drangehalten.

Einmal, da hätte nicht viel gefehlt, und er hätte ganz Groothusen abgefackelt. Ach herrje, war das eine Not! Ist aber dann doch noch mal gutgegangen, weil der Pastor den Brand in der Kirche Gott sei Dank schnell entdeckt und gelöscht hat. Aber das muss man sich mal vorstellen, dass einer in der Kirche Feuer legt!" Sie drehte sich zu den anderen Anwesenden um und sagte: „Ihr könnt euch daran doch auch noch erinnern, oder nicht?"

Die Umstehenden nickten wissend, und eine andere Frau meinte: „Kannst wirklich von Glück sagen, dass der jetzt tot ist."

Als auch auf diese Bemerkung hin ein zustimmendes Gemurmel durch den Raum ging, wandte sich Marlon lieber wieder seinem Kaffee zu und dachte bei sich, dass die von allen so skeptisch beäugte Imke Rieken womöglich ganz gut daran tat, sich aus der dörflichen Gemeinschaft weitgehend auszuklinken. Manchmal war es einfach nur schwindelerregend, mit welch einem Tempo die neusten Gerüchte die Runde im Dorf machten. Und noch viel schwindelerregender war es, was letztlich aus ihnen wurde. Marlon erinnerte es immer an das Prinzip *Stille Post*, das vor allem dann Spaß machte, wenn man die ursprüngliche Mitteilung auf seinem Weg durch die Stationen so weit wie irgend möglich entfremdete.

Doch nicht nur aufgrund ihrer Zurückhaltung hatte Imke ihm gefallen. Ihr ganzes Auftreten hatte etwas Sympathisches. Vor allem aber gefiel ihm ihr kleines Haus, das inmitten von Wiesen und Feldern in einiger Entfernung der Ortschaft lag. Es musste mindestens schon ein Jahrhundert auf dem Buckel haben, schätzte er, eher mehr. Die

Mauern in rotem Klinker waren – genauso wie die sie umgebenden knorrigen und windschiefen alten Bäume – über Jahrzehnte dem Unbill des rauen Nordseeklimas ausgesetzt gewesen. Auch die dunkelgrünen Fensterläden sahen so aus, als hätten sie schon so mancher frischen Brise getrotzt, und beim Vorbeigehen hatte es Marlon in den Fingern gejuckt, zu Hobel, Spachtel und Pinsel zu greifen und ihnen einen neuen Anstrich zu verpassen.

Am interessantesten jedoch schien ihm der hinter dem Haus liegende Kräuter- und Gemüsegarten zu sein, in dem er sogar drei Bienenstöcke gesichtet hatte. Seine Nachbarn hatten ihm erzählt, dass Imke bemüht war, sich das ganze Jahr über selbst zu versorgen und nur in einem Supermarkt erschien, wenn es unbedingt nötig war. In Metzgereien oder an Fleischtheken hingegen wurde sie nie gesehen, denn sie lehnte es ab, dass Tiere nur aufgrund menschlicher Vorlieben auf brutale Art leben und sterben mussten. Das einzige Fleisch, das sie in ihrem Haushalt zuließ, war das für ihre Hündin Cora, welches sie allerdings ausschließlich im Bioladen erwarb.

Womit genau Imke ihren Lebensunterhalt verdiente, vermochte im Dorf keiner zu sagen. Es hieß, sie verkaufe Kräuter, Tinkturen und Salben. Doch keiner in Groothusen wollte diese jemals ausprobiert haben, wenn man sie danach fragte.

Ob sie es ihm wohl verraten würde?, überlegte Marlon.

Vor seinem geistigen Auge versuchte er, sich Imkes Aussehen noch einmal zu vergegenwärtigen, was ihm allerdings nicht allzu schwer fiel, denn schließlich war er sehr von ihr beeindruckt gewesen. Versuchte sie auch, sich hinter einem möglichst unattraktiven Äußeren zu verstecken, so war es Marlon dennoch nicht entgangen, welch hübsche Frau Imke eigentlich war. Ihr schmales Gesicht mit den hohen Wangenknochen zeigte ebenmäßige Züge, ihre mandelförmigen grünen Augen erinnerten unweigerlich an eine Katze. Wenn sie an diesem Morgen auch hauptsächlich damit beschäftigt gewesen war, ihre vollen Lippen zusammenzupressen, so hatte er doch unschwer erkennen können, dass diese auch ohne Lippenstift von dunkelroter Farbe waren. Am auffallendsten war natürlich ihr lockiges, feuerrotes Haar. Er fand es wunderschön, auch wenn es ein wenig ungepflegt ausgesehen hatte.

Ja, Imke war eine attraktive Frau. Und sie gefiel ihm mindestens ebenso gut, wie ihre Hündin seinem Rüden Caruso gefallen hatte. Doch wie sollte er ihr das mitteilen? Und hatte es überhaupt Sinn, sich über eine weitere Annäherung Gedanken zu machen? Schließlich lebte sie schon seit etlichen Jahren alleine und zurückgezogen, ohne dass ihr jemand diese Lebensform aufgezwungen hätte.

Daher war es eher unwahrscheinlich, dass sie überhaupt den Wunsch hegte, einen Mann näher kennen zu lernen. Schade eigentlich.

Denn trotz aller Avancen, die ihm seit seinem Umzug nach Groothusen von etlichen Frauen gemacht worden waren, hatte bislang nur eine tatsächlich sein Interesse wecken können: Imke Rieken, die eigenwillige Kräuterhexe.

Vielleicht rührte sein Interesse an dieser Frau daher, dass sie ein wenig so war wie er selbst. Auch er hatte sich nie um die gesellschaftlichen Konventionen geschert, sondern war immer seinen eigenen Weg gegangen. Wenn auch nicht in der gleichen Konsequenz, wie es Imke getan hatte.

Er stammte aus einem sehr wohlhabenden Elternhaus in Lübeck, und in seiner Familie ergriff man schon seit Generationen nur zwei Berufe: Entweder wurde man Banker oder man wurde Jurist. Am besten wurde man beides.

Nicht so Marlon. Schon so manches Mal hatte er sich gefragt, ob er wirklich der Sohn seines Vaters war oder ob er nicht vielleicht einer heimlichen Affäre seiner Mutter mit einem der Handwerker entstammte, die bei ihm zu Hause ein und aus gingen. Sein Interesse an Finanzfragen oder gar an der Juristerei tendierte schon immer gegen Null. Ganz im Gegenteil hatte er derlei Dinge stets verabscheut.

Marlons Leidenschaft galt allem, was mit Holz zu tun hatte. Schon als kleiner Junge hatte er es geliebt, in seiner holsteinischen Heimat durch die Wälder zu streifen, mehr oder weniger dicke Stöcke und Äste zu sammeln und aus ihnen mit seinem Schweizer Messer Figuren zu schnitzen. Das Monopoly-Spiel hingegen, das er schon im Kindergartenalter von seinem Vater geschenkt bekommen hatte, hatte ihn immer tödlich gelangweilt. Zwar hatte er es seinen Eltern zuliebe manchmal herausgeholt und sich mit seinem Bruder, der heute im Vorstand eines großen Kreditinstituts saß, ein paar Partien geliefert. Aber mangels Interesse an dem An- und Verkauf von Hotels in möglichst guter Lage hatte er immer verloren.

Als er seinen Eltern nach dem Abitur verkündete, er würde eine Schreinerlehre machen, hätte das Entsetzen nicht größer sein können. Stundenlange Sitzungen im

Familienrat waren die Folge gewesen. Sämtliche Onkels und Tanten wurden herbeizitiert, um den missratenen Sprössling davon zu überzeugen, wie unglaublich bereichernd (und das in jeder Hinsicht, haha!) es sei, sich als erfolgreicher Jurist oder Finanzfachmann die Welt zu erobern. Partys, Champagner, Kaviar und schöne Frauen waren die Stichworte, die Marlon aus diesen Gesprächen – oder sollte er sagen Indoktrinationsversuchen? – im Gedächtnis geblieben waren.

Mit dem Ergebnis, dass er von alledem fortan lieber die Finger gelassen hatte. Bis auf die Frauen natürlich. Doch waren die Frauen, die gemeinhin seiner Vorstellung von Schönheit entsprachen, keineswegs die, die ihm seine Eltern ans Herz gelegt und manchmal auch vorgestellt hatten. An diesen Tagen war er sich vorgekommen wie auf einer Tierauktion.

Seit dem Tag aber, an dem Marlon trotz aller Proteste, Drohungen und Schmeicheleien verkündet hatte, seinem Lebenstraum zu folgen und Schreiner zu werden, hatte er seine Eltern nicht mehr gesehen. Das war jetzt mehr als zwanzig Jahre her.

Gleich nach dem Rausschmiss aus dem Elternhaus hatte er auf einem Frachter als Schiffsjunge angeheuert und war nach Neuseeland gefahren. Dort hatte er seine Ausbildung gemacht und sich anschließend in den unterschiedlichsten Ländern der Welt als Waldarbeiter und Schreiner verdingt. Für ihn war dieses Leben das Paradies gewesen. Vor ziemlich genau einem halben Jahr aber, nachdem sich seine kanadische Frau Debbie wegen eines anderen Mannes von ihm hatte scheiden lassen, hatte er die Lust am Globetrotter-Dasein verloren und war nach Deutschland zurückgekehrt. Er hatte in Groothusen eine Schreinerei gekauft und sich gleich nebenan in einem urigen Friesenhaus niedergelassen, das beinahe so schön war wie das von Imke Rieken.

Aber eben nur beinahe.

Marlon warf einen Blick auf seine Armbanduhr. Ob sie zu Hause war? Er verspürte plötzlich den dringenden Wunsch, sie noch einmal zu sehen und mit ihr zu reden. Mit ihrer verschlossenen Art war sie eine Herausforderung für jeden, der mehr über sie erfahren wollte.

Er liebte Herausforderungen. Und er würde sie annehmen.

Kurzentschlossen erhob sich Marlon von seinem Platz und grüßte zum Tresen hinüber, hinter dem sich die Bäckersfrau nach dem ungewohnten Ansturm an diesem Vormittag um das Umsortieren und Auffüllen der Auslage kümmerte.

„Schönen Tach noch, Marlon", nickte sie ihm zu, und schon im nächsten Moment verschwand er zur Tür hinaus.

5

Dieser Tag würde ein langer werden, das hatte Haupt-kommissar David Büttner im Gespür. Zwei Leichen gleich nach dem Aufstehen verhießen nichts Gutes. Nachdem sich sein Assistent Sebastian Hasenkrug in Groothusen ein wenig umgehört hatte und zu berichten wusste, dass die Dorfbevölkerung sich bereits auf den Mörder von Johannette Kamphusen verständigt habe, war ihm die Lust auf den Fall gründlich vergangen.

Ihm schien es wenig plausibel, warum Suntke Mennen sich erst als Brandstifter betätigen und später aus lauter Gram darüber, dass es tatsächlich gebrannt hatte, das Leben nehmen sollte. Okay, natürlich hatte es bei diesem Brand erstmals in der Serie des Feuerteufels ein mensch-liches Opfer gegeben. Aber würde ausgerechnet ein Be-stattungsunternehmer daran verzweifeln, wenn es in seinem Einzugsgebiet eine Tote mehr gab?

Büttner war sich durchaus bewusst, dass dieser Gedanke etwas Zynisches hatte. Doch auch, wenn es für ihn mehr Arbeit bedeutete, so hatte er schon am Morgen, als er vor dem im Sarg aufgebahrten Suntke Mennen gestanden hatte, Zweifel an der Selbstmordtheorie gehegt. Warum es so war, das wusste er selbst nicht zu sagen. Es war nur so ein Gefühl.

Andererseits: Wenn er sich vorstellte, dass der arme Mann zeitlebens mit den drei Furien hatte zurechtkommen müssen, die angesichts seiner Leiche nicht eben vor Trauer zerflossen waren, sondern sich nicht einmal in dieser Situation zu blöd gewesen waren, sich gegenseitig Respektlosigkeiten an den Kopf zu werfen, dann schien ihm der Gedanke an einen freiwilligen Tod gar nicht mehr so abwegig zu sein.

Büttner warf einen Blick auf seinen schlafenden Hund Heinrich, den er nach einem verspäteten Frühstück mit ins Büro gebracht hatte. Nach der aktuellen Zeitungslektüre fragte er sich nicht zum ersten Mal, was für ein Mensch man sein musste, wenn man bewusst in Kauf nahm, dass unschuldige und harmlose Haustiere bei einem absichtlich gelegten Feuer elendig ums Leben kamen.

Und nun auch noch ein Mensch.

Bereits seit Monaten hielt der Feuerteufel die ganze Region in Atem. Was ihn so gefährlich machte, war seine Unberechenbarkeit. Er schien nach keinem bestimmten Muster vorzugehen, sondern völlig willkürlich zu zündeln. Weder die zeitlichen Abstände der Taten, noch die Tatorte oder die Uhrzeiten der Brände zeigten irgendwelche Gemeinsamkeiten auf.

Noch beim letzten Feuer, das vor rund drei Wochen in einer alten, freistehenden Scheune bei Hamswehrum ausgebrochen war, hatte Büttner sich beglückwünscht, dass diese Vorkommnisse nicht in seine Zuständigkeit fielen. Er hasste es, hilflos mit ansehen zu müssen, wie immer neues Leid entstand. Und er hasste es, nur auf einen Zufall hoffen zu können, der es den Ermittlungsbehörden ge-

gebenenfalls irgendwann einmal ermöglichte, dem Spuk ein Ende zu setzen.

Doch nun hing er mit drin. Die ersten Untersuchungen auf dem Hof der Kamphusens hatten ergeben, dass weder Benzin noch Brandbeschleuniger im Spiel gewesen waren. Es stand zu vermuten, dass der Feuerteufel wie auch in allen anderen Fällen einfach nur ein Streichholz oder ein Feuerzeug an einen Strohballen oder ähnlich Entflammbares gehalten hatte. Es schien ihm also nicht darum zu gehen, in kürzester Zeit eine möglichst große Wirkung zu entfalten. Fast hatte es sogar den Anschein, als nehme er in Kauf, dass die Flammen nicht genug Futter fanden und womöglich schnell wieder erloschen.

Oder stand er daneben und achtete darauf, dass eben dies nicht geschah? Aber warum nahm er dann nicht einfach einen Kanister Benzin oder eine Flasche Spiritus zur Hilfe?

„Draußen auf dem Flur sitzt die Witwe des Bestatters. Sie will wissen, wann die Leiche ihres Mannes freigegeben wird, damit sie den Termin für die Beerdigung festlegen kann", unterbrach der hereinkommende Sebastian Hasenkrug die Gedanken seines Chefs. Er befreite seinen nassen Regenschirm vom Wasser, indem er ihn von sich streckte und ein paarmal auf und zu klappen ließ. Dann lehnte er ihn gegen die Wand an der Garderobe.

„Regnet's?", wunderte sich Büttner und warf einen erstaunten Blick aus dem Fenster. In den letzten Wochen hatte sich der Frühsommer ganz gut angelassen. Nur ab und zu hatte es über Nacht mal ein paar kurze, wenig ergiebige Schauer gegeben, ansonsten aber war es meist sonnig und mild gewesen. Er hätte nichts dagegen gehabt, wenn es so geblieben wäre.

„Es schüttet", bemerkte Hasenkrug. „Schade nur, dass es das nicht schon heute Nacht getan hat. Womöglich würde die alte Bäuerin dann noch leben."

„Das Denken im Konjunktiv war im Nachhinein schon immer wenig hilfreich", knurrte Büttner. „Die Bestatterin will ihren Mann zurück?", wechselte er im gleichen Atemzug das Thema.

„Ja. Sie scheint mit ihrem Angestellten, diesem Rufus Häming, einer Meinung zu sein, dass man ihren verblichenen Gatten möglichst schnell einen Meter achtzig tiefer legen sollte. Vorausschauend wie sie sind, haben sie ihn ja auch schon gleich in die Kiste gelegt. Womöglich hatten sie angenommen, dass sie dann nur noch den Deckel zuklappen müssten und – zackdibumm! – sei die Sache erledigt. Jetzt scheint sie einen ziemlichen Hals zu schieben, dass die Gerichtsmedizin ihn wieder rausgeholt hat."

„Sie glauben, dass ihn jemand aus der Familie auf dem Gewissen hat?"

Hasenkrug schob die Unterlippe vor und zuckte die Schultern. „Echte Trauer sieht anders aus, wenn Sie mich fragen. Vielmehr scheinen alle froh zu sein, dass sie den Alten los sind. Sogar seine Mutter, auch wenn sie zumindest eine gewisse Trauer vorgetäuscht hat. Das einzige Problem aber, das sie mit dem Tod ihres Sohnes zu haben scheint, ist die Tatsache, dass die Schwiegertochter jetzt Chefin des Ladens ist. Die Alte weiß genau, dass sie dort dann zukünftig keine Rolle mehr spielen wird."

„Bis sie irgendwann selbst in waagerechter Position in den Laden zurückkehrt. Dann ist ihr sogar die Hauptrolle sicher", spottete Büttner und fragte dann: „Wer genau hat die Leiche denn eigentlich zuerst entdeckt?"

„Die Tochter. Judith heißt sie ja wohl. Sie wollte ihren Vater um Geld anbetteln, bevor sie zur Schule ging. Sie hat dann auch die Polizei gerufen."

„Besonders geschockt scheint aber auch sie nicht gewesen zu sein."

„Nein. Nicht wirklich. Rufus Häming hat mich soeben auf dem Handy angerufen, um zu verkünden, dass er wegen heute noch anstehender Beerdigungen erst gegen Abend Zeit haben würde, ins Kommissariat zu kommen. Er sagt, die erste Reaktion der Tochter beim Anblick ihres toten Vaters war: *Schöne Scheiße! Und wer zahlt mir nun mein neues Handy?*"

„Woher will er das wissen, wenn es angeblich das Mädchen war, das die Leiche gefunden hat?"

„Er sagt, er sei in diesem Moment zur Tür hereingekommen."

„So früh am Morgen? Als wir dort ankamen, war es gerade einmal halb sieben", wunderte sich Büttner.

„Häming sagt, dass er extra früh gekommen sei. Wegen der zahlreichen Beerdigungen eben. Es sei noch jede Menge zu tun gewesen."

„Was wir ihm jetzt vermasselt haben."

„Na ja, er meinte, auch mit dem durch uns verursachten Zeitverzug würde er es noch hinkriegen, die Bestattungen pünktlich beginnen zu lassen."

„Da bin ich aber froh." Büttner zog eine Grimasse. „Der

Deutschen liebster Zeitvertreib sind Leichenschmaus und Pünktlichkeit."

„Wie poetisch", grinste Hasenkrug. „Von wem ist das denn?"

„Von mir."

„Glückwunsch, Chef, Sie sind ja ein echtes Improvisationstalent. Sie hätten mehr aus sich machen können."

„Ich weiß. Das sagt meine Frau auch immer. Aber was nicht ist, kann ja noch werden." Büttner seufzte theatralisch, nahm einen Schokoriegel aus der Schublade und biss herzhaft hinein. „Wir sollten uns jetzt mal um die Frau des Bestatters kümmern", schmatzte er dann. „Wie hieß sie noch gleich?"

„Antje Mennen. In einer Stunde muss sie bei einer Beerdigung sein, sagt sie. Ansonsten müssten die Gäste nach der Beisetzung auf die Teetafel inklusive Freud- und Leidkuchen verzichten. Und das könne ja schließlich keiner wollen."

„Erstaunlich, worum sich die Gute angesichts ihres zeitnah verblichenen Gatten so alles Gedanken macht", stellte Büttner fest und fügte nach kurzem Zögern hinzu: „Obwohl – das mit dem Kuchen kann ich gut verstehen."

„Ihre Schwiegermutter und Ihre Tochter haben Sie nicht mitgebracht?" Büttner betrat grußlos den Vernehmungsraum und sah Antje Mennen prüfend an. Aus den Akten wusste er, dass sie zweiundvierzig Jahre alt war. Genau wie ihr verstorbener Mann war sie von schlanker, sportlicher Statur. Ihre mittelblonden Haare trug sie zu einer kunstvollen Frisur aufgesteckt. Wenn sie nicht so angesäuert gucken würde, hätte man sie vermutlich als hübsch bezeichnen können. Durch die tiefen Falten aber, die sich um ihre Mundwinkel herum eingegraben hatten, sprang einen ihre Unzufriedenheit geradezu an. Die auffallend schmale Nase verstärkte diesen Eindruck ebenso wie ihre kühlen grauen Augen.

Na ja, dachte Büttner, mit diesem Gesichtsausdruck konnte sie zumindest bei Trauernden nichts falsch machen.

„Die beiden kommen später. Judith ist noch in der Schule und meine Schwiegermutter leistet Trauerarbeit", erwiderte Antje Mennen in seine Gedanken hinein.

„Nun ja. Angesichts des Todes ihres Sohnes kann man das ja auch ein Stück weit verstehen...", setzte Hasenkrug zum Sprechen an, wurde jedoch sogleich von der schneidenden Stimme der Frau unterbrochen.

„Papperlapapp! Sie trauert nicht um Suntke, sondern um Johannette. Die beiden waren sehr lange befreundet."

„Aha." Büttner räusperte sich. Er hatte in seinem Job ja schon vieles erlebt, eine solche Kaltschnäuzigkeit aber war ihm nur äußerst selten begegnet. „Wie man hört, war Frau Kamphusen in den letzten Jahren keine so angenehme Zeitgenossin mehr", gab er zu bedenken. „Angeblich hat sie niemanden mehr auf ihren Hof gelassen."

„Das stimmt. Niemanden, außer ihren Bruder und meine Schwiegermutter." Antje Mennen verzog das Gesicht. „Aber das passt ja auch. Zwei Hyänen auf einen Streich."

„Mich würde mal interessieren, warum Sie vom plötzlichen Tod Ihres Mannes so gänzlich unbeeindruckt sind", kam Büttner zur Sache. „Es scheint Sie wenig überrascht zu haben, ihn plötzlich tot im Sarg vorzufinden."

„Ach!" Antje Mennen machte eine wegwerfende Handbewegung. „Er war doch in der letzten Zeit nur noch am Jammern. Es verging kein Tag, ohne dass er sagte, dass er keinen Spaß mehr am Leben habe. Ganz krank gemacht hat er uns mit seiner ständigen Drohung, sich das Leben zu nehmen. Nun hatte er wenigstens den Mumm es zu tun."

„Und Sie haben nicht einen Moment darüber nachgedacht, dass bei seinem Tod jemand nachgeholfen haben könnte?"

„Nein. Wieso sollte ich? Ich wüsste auch nicht, wer so was tun sollte." Antje Mennen legte den Kopf schief, bevor sie hinzufügte: „Außer meine Schwiegermutter vielleicht."

„Ihre Schwiegermutter?" Büttner war baff. „Was sollte denn die für ein Motiv haben, ihren eigenen Sohn umzubringen?"

„Er wollte ihr verbieten, wieder zu heiraten."

„Ihre Schwiegermutter will heiraten?" Büttner saß nun mit offenem Mund da.

„Ja. Den Bruder von Johannette Kamphusen. Den ehemaligen Pfarrer Ulfert Busker. Sie bildet sich ein, dass sie sich schon immer geliebt hätten. Faselt ständig irgendwas von großer Liebe und so. Angeblich habe sie immer nur ihn gewollt, dann aber Suntkes Vater heiraten müssen, der sie nur unglücklich gemacht habe, blabla. Wirres Gewäsch einer senilen Alten eben."

„Klingt ein bisschen nach Schnulzenroman, wenn Sie mich fragen", entfuhr es Hasenkrug.

„Das können Sie laut sagen."

„Dennoch sehe ich kein wirkliches Motiv", hakte Büttner nach. „Schließlich kann Ihre Schwiegermutter doch heiraten, wen sie will. Das muss sie sich von ihrem Sohn doch nicht genehmigen lassen."

„So sieht's aus. Deshalb sage ich ja, dass es Selbstmord war. Außer meiner Schwiegermutter mit ihren beknackten Heiratsfantasien fällt mir nämlich keiner ein, der Suntke etwas antun sollte. Ja, es war Selbstmord, ganz klar." Den letzten Satz hatte Antje Mennen mit so deutlich erhobener Stimme gesagt, als müsse sie sich durch ihn selber Gewissheit verschaffen.

„Nun, da bin ich ja mal gespannt, ob die Gerichtsmedizin der gleichen Ansicht ist", bemerkte Hasenkrug nach einem Blick auf sein schrillendes Handy. „Ja?", sagte er im nächsten Moment, als er den Anruf entgegennahm.

Für eine Weile war es still im Raum. Hasenkrug nickte nur hin und wieder, während sich seine Stirn mehr und mehr in Falten legte. Mit einem *Dankeschön!* legte er schließlich wieder auf und winkte seinem Chef, mit ihm vor die Tür zu treten.

„Es war Mord", sagte er knapp, als sie alleine waren.

„Also doch." Büttner seufzte und fuhr sich müde über das Gesicht. „Vergiftet?", fragte er dann.

„So sah es zunächst aus", antwortete Hasenkrug kryptisch. „Zumindest hatte Suntke Mennen wohl eine ganze Menge K.o.-Tropfen intus. Sie alleine hätten womöglich ausgereicht, um ihn in das Reich der ewigen Träume hinüber zu befördern."

„Aber?"

„Da auch Doktor Wilkens nicht so recht an einen Selbstmord glauben wollte – und den könnte man bei einer Überdosis K.o.-Tropfen ja durchaus vermuten – hat sie sich den Leichnam ein wenig genauer angesehen. In der Armbeuge hat sie dann gefunden, wonach sie gesucht hatte: Ein Einstichloch."

„Von einer Spritze?"

„Ja. Vermutlich wurde ihm eine hohe Dosis Insulin verabreicht. Am genauen Nachweis ist sie aber noch dran."

„Da wollte wohl jemand auf Nummer sicher gehen", nahm Büttner an. „Zuerst die Tropfen und dann das Insulin."

„Möglich wäre auch, dass sich Suntke Mennen die Tropfen selbst verabreicht hat und dann hat noch jemand anderes …"

„Das wäre ja mal ein charmanter Zufall", unterbrach Büttner seinen Assistenten. „Da will sich ein des Lebens Überdrüssiger selbst einschläfern, versäumt aber, es seinem Mörder vorab mitzuteilen und der setzt noch eins oben drauf. Hm." Er rieb sich das Kinn und legte den Kopf in den Nacken, bevor er laut überlegte: „Als was wertet man das dann? Als Mord oder als Selbstmord?"

„Kommt dann wohl drauf an, woran er zuerst starb", grinste Hasenkrug.

„Da bin ich jetzt aber mal gespannt, zu welchem abschließenden Ergebnis Doktor Wilkens kommt. Fakt ist jedenfalls, dass eine Spritze im Spiel war. Damit fängt unsere Arbeit jetzt erst richtig an." Büttner seufzte. „Sich nur um eine einzige Leiche kümmern zu müssen, wäre ja auch ein bisschen wenig gewesen."

„Sollen wir Frau Mennen mit unserem Halbwissen konfrontieren?", fragte Hasenkrug.

„Nein", antwortete Büttner nach kurzem Zögern. „Sie

kann jetzt gehen. Solange wir nicht gesichert wissen, ob es Mord war, scheuchen wir am besten niemanden auf. Sagen Sie ihr, dass sie sich zu unserer Verfügung halten soll. Und dann kümmern wir uns um den Brandfall. Ich würde sagen, wir fahren jetzt nach Groothusen, wo man den Feuerteufel ja schon meint zu kennen, und hören uns da mal ein wenig um."

6

„Wie kann der liebe Gott so was nur zulassen? Ich versteh das nicht. Ich meine, wenn man diese Welt so lange ertragen hat, wie Johannette, dann muss es einem doch wohl vergönnt sein, in Frieden zu sterben."

Mit fahrigen Händen stellte der alte Mann zwei Teetassen auf den Tisch und versuchte dann, den Docht des Teelichtes mit einem Streichholz anzuzünden. Doch auch beim dritten Versuch wollte es ihm nicht gelingen; das Streichholz zerbrach ihm zwischen den Fingern.

„Lass gut sein, Opa." Samuel nahm seinem Großvater die Schachtel aus der Hand und machte sich am messingfarbenen Stövchen zu schaffen. Nur wenige Sekunden später flackerte eine kleine Flamme im seichten, durch das gekippte Fenster strömenden Luftstrom.

„Du kannst mir ruhig sagen, wie ihr Johannette gefunden habt", sagte Ulfert Busker und sah seinen Enkel beinahe beschwörend an. „War sie – ganz verbrannt?"

„Ach, Opa, ich hab dir nun doch schon mehrmals gesagt, dass du es gar nicht wissen willst. Behalt du deine Schwester mal so in Erinnerung, wie sie gewesen ist. Alles andere macht nur schlechte Träume." Samuel rieb sich die vom beißenden Rauch immer noch brennenden Augen.

Es war eine lange Nacht gewesen, wie so viele in der

letzten Zeit. Dennoch fühlte er sich auf eine fast beängstigende Weise aufgedreht. Er wusste, dass, wenn er sich jetzt ins Bett legte, er sowieso nicht würde schlafen können. Der Adrenalinstoß der vergangenen Nacht wirkte immer noch nach.

Samuel war mit Leib und Seele Feuerwehrmann. Jedes Mal, wenn sein Piepser, den er stets bei sich trug, einen neuen Einsatz ankündigte, spürte er das Leben in sich erst so richtig pulsieren.

Nicht nur einmal hatte er sich nach einem Einsatz bei dem Wunsch erwischt, es möge doch bitte sehr bald der nächste folgen. Natürlich war es nicht schön, das Leid zu sehen, das so mancher Brand oder auch ein Verkehrsunfall mit sich brachte. Und ganz bestimmt war es ein Schock gewesen, unter einem Haufen verkohlter und zum Teil noch glühender Dachbalken den verbrannten Leichnam seiner Großtante zu finden.

Bei ihm aber überwog nach einem Einsatz stets das gute Gefühl, geholfen zu haben. Das Gefühl, auf der richtigen Seite gestanden zu haben.

Vor allem jedoch gefiel ihm das Gefühl, für das, was er tat, Anerkennung und Respekt zu bekommen. Wie zum Beispiel in der letzten Nacht, als der Zugführer nach dem Einsatz zu ihm kam, ihm auf die Schulter klopfte und sagte, er habe wieder einmal einen fantastischen Job gemacht.

Ja, dachte der zweiunddreißigjährige Samuel, die Feuerwehr war sein Leben. Für nichts auf der Welt würde er diese Leidenschaft, die in ihm wirkte wie eine Droge und die ihn regelmäßig in einen Zustand glückseliger Euphorie versetzte, freiwillig wieder aufgeben.

„Was hatte Johannette nur mitten in der Nacht im Schweinestall zu suchen?", hörte der Großvater nicht auf zu grübeln. „Ich war doch am Mittag zusammen mit Jurine noch dagewesen, und da war mit der Sau und ihren Ferkeln alles in Ordnung. Das hat sie uns selber gesagt. Es gab doch gar keinen Grund, mitten in der Nacht nach ihnen zu gucken."

Als er nach einer Schachtel seiner Lieblingskekse griff, die auf einer Anrichte standen, fiel sein Blick auf eine Schwarzweißfotografie, die ihn und seine verstorbene Frau bei ihrer Hochzeit zeigte. In diesem Jahr hätten sie ihre Diamantene Hochzeit feiern können. Doch leider war seine Helene schon seit fünf Jahren tot. Eines Morgens war sie gleich nach dem Aufstehen einfach umgekippt. Akutes Herzversagen. Einfach so, ohne Ankündigung. Manchmal konnte einem das Leben schon böse mitspielen.

„Vielleicht will mich der liebe Gott ja bestrafen", sprach Ulfert Busker den Gedanken laut aus, der ihn schon seit Stunden quälte. „Vielleicht ist es ihm nicht recht, dass ich wieder heiraten will." Er nahm einen kräftigen Schluck Tee und schenkte noch mal nach, bevor er nachdenklich hinzufügte: „Ja, so könnte es sein. Schließlich hat er nun ja auch Suntke zu sich genommen. Johannette und Suntke, beide in einer Nacht. Er tat es bestimmt, um Jurine und mich für unsere Untreue zu bestrafen und um uns zu sagen, dass wir nicht das Recht haben, unsere lieben Verstorbenen zu verraten. Ja, bestimmt ist es ein Zeichen Gottes."

„Dann ist dein Gott kein lieber, sondern ein gemeiner Gott", sagte Samuel und schaute seinen Großvater mürrisch an. „Ein lieber Gott würde wollen, dass du glücklich bist. Also rede dir nun mal nicht so einen Mist ein."

„Wie oft hab ich dir schon gesagt, dass ich in meinem Haus keine Gotteslästerung dulde!" Ulfert Busker donnerte seine Faust so hart auf den Tisch, dass die Teetassen geräuschvoll schepperten.

„Und wie oft hab ich dir schon gesagt, dass du mich mit diesem Scheiß verschonen sollst!", donnerte Samuel zurück und spürte – wie immer, wenn das Thema zur Sprache kam – eine plötzliche Übelkeit in sich aufsteigen.

Schon von Kindesbeinen an hatte Samuel ein Problem mit der Kirche gehabt. Nie hatte er verstanden, was einem der Glaube an etwas Unsichtbares nützen sollte. Für ihn war immer nur das von Belang gewesen, was man sehen oder fühlen konnte. Das, was im wahrsten Sinne des Wortes greifbar war. Deshalb war er auch Physiotherapeut geworden. Da konnte er Menschen auf ganz konkrete Art helfen und musste ihnen nicht einreden, dass sie die Hilfe, die ihnen zustand, erst im Jenseits erfahren würden.

Diese in den Augen seiner Verwandtschaft unhaltbar blasphemische Einstellung vertrat er zu deren Missfallen auch nach außen ganz offensiv. Als er noch nicht volljährig war, unterließen seine Eltern unter Androhung von Strafe keinen Versuch, ihm dieses Verhalten zu untersagen. Und zu seiner Läuterung zwangen sie ihn, an jedem Sonn- und Feiertag den Gottesdienst zu besuchen. *So viel zur Toleranz der Christen gegenüber Andersdenkenden*, hatte er dann immer gesagt und dafür nicht nur einmal eine Ohrfeige kassiert.

Noch heute lag Samuel in Glaubensfragen mit seinen

Familienmitgliedern im Clinch, auch wenn das Thema inzwischen, so weit es irgend ging, vermieden wurde, wenn man sich traf. Was gar nicht so einfach war, denn schließlich waren sowohl sein Großvater als auch sein Vater Pastoren. Während Ersterer inzwischen in Rente war, gehörte sein Vater zu den aktivsten und auch beliebtesten Pastoren in der Krummhörn.

Samuel hatte dieses geballte Auftreten religiösen Eifers in seiner Familie stets als Zumutung empfunden. Sobald er sich eine eigene Meinung hatte bilden können, hatte er religiöse Gemeinschaften nicht als bereichernd, sondern als weltfremd, zerstörerisch und menschenverachtend empfunden. Dabei hatte er zwischen den Religionen keinen Unterschied gemacht. Für ihn waren sie alle, jede auf ihre Art, die Ausgeburt des Bösen in der Welt.

Und jeder Tag, der ins Land ging und beherrscht wurde von Nachrichten über religiös motivierte Auseinandersetzungen, Kriege und Gewalttaten war nicht eben dazu angetan, ihn von dieser Ansicht abzubringen. Ganz im Gegenteil plädierte er inzwischen dafür, alle religiösen Eiferer dieser Welt – ganz gleich welcher Glaubensrichtung sie sich zugehörig fühlten – in einer Art Reservat einzusperren, in dem sie sich nach Belieben verständigen oder auch gegenseitig die Köpfe einschlagen konnten. Denn warum, so fragte er sich, sollte man all diesen Heuchlern noch länger erlauben, ihren Irrsinn an Unschuldigen auszuleben, obwohl sie selbst seit Jahrhunderten genau das Gegenteil von dem praktizierten, was sie in ihren Gotteshäusern predigten?

„Wir sollten uns darum kümmern, dass Johannette ein

schönes Begräbnis bekommt." Ulfert Busker wechselte schnell das Thema und sah seinen Enkel von unten herauf an. Sein Blick hatte nun etwas Flehendes. Mit kaum hörbarer Stimme fügte er hinzu: „Sie hat mal gesagt, dass sie auf keinen Fall verbrannt werden wolle. Aber das ist nun ja irgendwie anders gekommen. Ihr Wunsch war immer eine feierliche Erdbestattung mit allem Drum und Dran. Das sagte sie zumindest, als ihr Mann starb. Hinterher war es ja dann nicht immer so einfach, mit ihr umzugehen."

Samuel schluckte eine bissige Bemerkung herunter, fand aber, dass der letzte Satz seines Großvaters stark untertrieben war. Seine Großtante Johannette war in den letzten Jahren schlicht der Schrecken der ganzen Umgebung gewesen. Streitsüchtig, zänkisch, aggressiv. Vermutlich war ihr Verhalten ganz einfach aus einer Überforderungssituation heraus entstanden, denn nach dem plötzlichen Tod ihres Mannes war sie von einem Tag auf den anderen ganz alleine für all die Dinge zuständig gewesen, um die sie sich wegen ihres behinderten Kindes zuvor nie gekümmert hatte. Vor allem die betriebswirtschaftlichen Aufgaben hatten ihr zu schaffen gemacht. Da sie aber zum Geiz neigte, hatte sie ihre Buchhaltung nicht an einen Fachmann geben wollen. Mit dem Ergebnis, dass ihr Betrieb innerhalb kürzester Zeit vor dem Ruin stand und sie auch der letzte Arbeiter, der ihr bis dahin treu zur Seite gestanden hatte, verließ. Irgendwann war dann gar nichts mehr zu retten gewesen, nicht einmal der früher so umgängliche und gütige Charakter der Hofeigentümerin.

Samuel warf einen Blick auf die Uhr und sagte: „Ich denke, dass Papa und Mama gleich hier sein werden. Vermutlich haben sie schon einiges in die Wege geleitet. Papa hat da ja eine gewisse Übung, schließlich bringt er ständig Leute unter die Erde." Er lächelte seinen Großvater an und tätschelte ihm die Hand. „Außerdem hast du ja jetzt die besten Beziehungen zur Familie Mennen. Musst dir also keine Gedanken machen, dass bei der Beerdigung irgendwas schief geht."

„Im Dorf erzählen sie, dass Suntke für Johannettes Tod verantwortlich ist", kam der Großvater wieder auf den Brand zu sprechen. „Aber das kann ich mir nicht vorstellen. Suntke war doch kein schlechter Mensch."

Samuel schnaubte. „Ach, Opa, du willst immer nur das Gute im Menschen sehen und übersiehst dabei das Offensichtliche. Suntke war ein Arschloch, daran ist nun wirklich nichts schönzureden. Guck mal, was er alleine schon bei dir und Jurine für ein Theater gemacht hat, als er hörte, dass ihr heiraten wollt. Und das alles nur, weil er dachte, dass ihm dann sein Erbe durch die Lappen geht. Nee, nee, ich kann verstehen, dass die Leute ihm nur das Schlechteste zutrauen. Warum also nicht auch Brandstiftung?"

„Es stimmt ja, dass Suntke als Junge immer fasziniert vom Feuer war." Ulfert Busker hob die Arme, und ließ sie dann mit Schwung wieder fallen, sodass seine Handflächen auf die Tischplatte klatschten. „Kinners nee, hat der mir damals 'nen Schrecken eingejagt, als plötzlich die Kanzel in Flammen stand! Und wie schnell er laufen konnte, als ich ihn dabei erwischt hab, wie er auch noch am Holzkreuz an der Wand rumzündelte! Aber deswegen steckt er doch noch lange keine Menschen in Brand!"

„Es sagt ja auch keiner, dass er Johannette absichtlich angesteckt hat."

„Na, das wäre ja auch noch schöner!", rief der Opa empört aus. „Das muss man sich nur mal vorstellen: Da zündet jemand den Stall an, obwohl er weiß, dass da jemand drin ist! Nee, mien Jung, da hört sich dann ja wohl alles auf!"

„Aber es kann mir keiner erzählen, dass der nicht gewusst hat, dass die Sau da drin ist", knurrte Samuel.

„Wie sprichst du denn über deine Großtante!" Ulfert Busker funkelte seinen Enkel aus schmalen Augen wütend an und zitterte nun am ganzen Leib. „Ich verbitte mir, dass in diesem Haus so über meine Schwester gesprochen wird!"

Samuel brauchte einen Moment, bis er verstand, worüber sich sein Großvater so derart aufregte. Als er es schließlich begriff, konnte er sich nur mit Mühe ein Grinsen verkneifen und hob beschwichtigend die Hände. „Aber, Opa, so war es doch nicht gemeint! Ich hab von dem Schwein mit ihren Ferkeln gesprochen, nicht von Johannette!"

Ulfert Busker stutzte kurz, dann brach er in ein raues Lachen aus. „Das war nun aber mal ein blödes Missverständnis, wa!?"

Nun musste auch Samuel lachen, hörte aber im nächsten Moment, wie sich ein Schlüssel in der Haustür drehte. „Das sind bestimmt Mama und Papa", sagte er und stand auf. „Ich lass euch dann mal in Ruhe und leg mich ein wenig aufs Ohr. War 'ne anstrengende Nacht."

„Das mach du mal", nickte der Großvater und wischte sich eine Lachträne von der Wange. „Wir können ja dann auch später noch überlegen, ob du beim Trauergottesdienst vielleicht die Andacht liest. Das hätte Johannette sicherlich gefallen."

Samuel seufzte schwer. Nun war es wirklich an der Zeit, das Weite zu suchen.

7

Als die Sonne plötzlich wieder durch die Wolken blitzte und sie durch die sich in den Wasserlachen brechenden Strahlen geblendet wurde, schirmte Imke Rieken mit ihrer Hand die Augen ab, um ihren Blick über ihre Pflanzen schweifen lassen zu können. Gut zwei Stunden lang war ein seichter Landregen über ihrem Garten niedergegangen, und Imke bildete sich ein, quasi körperlich spüren zu können, wie ihre geliebten Pflanzen das Wasser nun gierig aus dem gut durchnässten Boden sogen. Sahen sie nicht schon jetzt viel frischer aus als in den letzten Tagen?

Ihr Herz schnürte sich vor Glück zusammen, als sie mit ihren Fingern über die zarten neuen Triebe einzelner Pflanzen fuhr, hier und da ein welkes Blatt abrupfte oder ihre Hände ganz einfach nur in der feuchten Erde vergrub. Tief sog sie den aromatischen Duft ihrer selbst gezogenen Kräuter ein, die sich nach dem Regen wieder der Sonne entgegenstreckten und durch den zarten Windhauch den Eindruck erweckten, als würden sie sich in den wärmenden Strahlen wohlig rekeln.

Wie gut es sich anfühlte, nach einem ungewöhnlich langen Winter und einem weitgehend verregneten Frühjahr endlich wieder von der frühsommerlichen Wärme eingehüllt zu werden und zuzusehen, wie alles Verdorrte zu neuem Leben erwachte! Ein Lächeln schlich sich auf Imkes Gesicht, als sie nicht weit entfernt ein paar Feldhasen im fröhlichen Zickzack über die Äcker springen sah. Auch sie schienen nicht so recht zu wissen, wohin mit ihrer neu erwachten Lebensfreude.

„Sie haben hier wirklich ein ganz herrliches Fleckchen Erde", hörte Imke hinter sich eine Stimme. Sie drehte sich um und sah in die Augen von Marlon Hufschmied, der auf der anderen Seite des niedrigen Gartenzauns stand und sie freundlich anlächelte. Imke fragte sich, warum ihr Herz bei seinem Anblick kurz ins Stolpern geriet, und ärgerte sich sogleich über sich selbst. Was, so fragte sie sich, löste dieser Mann alleine durch seine Anwesenheit in ihr aus? Hatte sie sich nicht hoch und heilig geschworen, einem Mann nie wieder Macht über ihre Gefühle zu geben? Und hatte sie diesen Vorsatz nicht schon acht Jahre lang ohne Probleme beherzigt?

„Moin. Ja, ich fühl mich ganz wohl hier", erwiderte sie und bemühte sich, ihre Stimme möglichst emotionslos klingen zu lassen.

„Ganz wohl hier?", zwinkerte Marlon und pfiff seinen Hund Caruso zu sich, der einige Dutzend Meter weiter am Wegesrand im Gras schnüffelte. „Sie leben in einem Paradies und fühlen sich *ganz wohl hier?*"

Imkes Mundwinkel umspielte ein kaum wahrnehmbares Lächeln, während sie ihren Blick nicht ohne Stolz über ihr Meer aus Blumen und Kräutern schweifen ließ. „Mögen Sie einen Tee?", hörte sie sich im nächsten Moment zu ihrem eigenen Erstaunen fragen. Sie runzelte die Stirn.

Außer ihren Großvater hatte sie noch nie jemanden zu sich ins Haus eingeladen. Warum also jetzt?

„Ich hatte gehofft, dass Sie mich das fragen", antwortete Marlon und sprang mit einem eleganten Satz über den niedrigen Zaun, wobei er darauf achtete, keines der zarten Pflänzchen zu zertreten, die sich mühsam ihren Weg ans Licht bahnten. Dann lief er zum hölzernen Gartentor und ließ Caruso hinein.

Wie auf Kommando linste nun auch Cora verschlafen um die Hausecke. Sie hatte Seite an Seite mit einer Katze aus der Nachbarschaft an einem geschützten Plätzchen ihren Mittagsschlaf gemacht. Beim Anblick ihres neuen Freundes Caruso aber schien sie von einem Moment auf den anderen hellwach und kam schwanzwedelnd auf ihn zugelaufen. Sofort verfiel der Rüde in seinen Spielmodus, und die beiden begannen, übermütig durch den Garten zu tollen und sich neckisch zu beißen.

„Ich hoffe, die beiden machen in ihrem Übermut nicht allzu viel kaputt", bemerkte Marlon und sah den Hunden kritisch hinterher. „Soll ich Caruso zurückrufen?"

„Ach was", winkte Imke ab. „Sie sollen ihre gute Laune genießen. Erfahrungsgemäß geht bei solchen Aktionen weniger kaputt, als man denkt. Wir Menschen sind da viel zu misstrauisch."

„Keine getrockneten Hühnerbeine, keine geschrumpften Affenköpfe und auch keine züngelnden Schlangen", bemerkte Marlon, als er sich wenig später in der kleinen Küche umsah.

„Bitte?" Imke, die soeben den Wasserkessel über der Spüle auffüllte, drehte sich mit hochgezogenen Brauen zu ihm um.

„Ach, ich wollte nur mein Erstaunen darüber kund-
tun, was hier wider Erwarten nicht zu finden ist", grinste
Marlon. „Im Dorf wusste man nämlich zu berichten, dass
Sie all diese absonderlichen Dinge hier horten."

„Dann richten Sie den Leuten bitte aus, dass ich sie kurz
bevor wir die Küche betraten weggehext habe", erwiderte
Imke trocken und stellte den Kessel auf den Herd. „Sie verlieren nämlich ihre Zauberkräfte, wenn sie ein Ungläubiger
zu Gesicht bekommt."

„So ähnlich habe ich es mir schon gedacht", übernahm
Marlon ihren ernsten Tonfall und nickte wissend. „Mir
war schon so, als hätten Sie mehrmals *Simsalabim* vor sich
hin gemurmelt, als wir das Haus betraten."

„Da haben Sie gewiss richtig gehört", grinste Imke,
wechselte dann jedoch lieber schnell das Thema. „Haben
Sie Lust auf einen Tee aus frischer Minze?", fragte sie
ein wenig zu laut. Dieses Herumgeflachse mit einem ihr
fremden Mann verwirrte sie. Sie hatte eigentlich geglaubt,
diese Art der Konversation längst verlernt zu haben. Wie
sie so vieles glaubte, in den Jahren der selbst gewählten
Einsamkeit verlernt zu haben. Zum Beispiel, wie man
Gäste bewirtet, dachte sie verärgert, als ihr nun vor lauter
Nervosität die Löffel, die sie aus der Schublade genommen
hatte, mit einem lauten Scheppern aus der Hand und auf
den gefliesten Boden fielen.

Vor lauter Verlegenheit schoss ihr die Röte in die Wangen,
als Marlon aufsprang, die Löffel wieder aufhob und sie ihr
mit einem warmen Lächeln in die Hand drückte.

*Lass dich nicht auf Fremde ein, lass dich nicht auf Fremde
ein*, begann sie ihr Mantra tonlos aufzusagen, wusste

aber bereits, dass dieser Satz diesmal nicht die Wirkung entfalten würde, die sie sich erhoffte. Denn bei diesem Fremden schien alles anders zu sein als sonst.

Das Komische war, so musste sie sich eingestehen, dass Marlon ihr gar nicht fremd vorkam, obwohl sie ihn an diesem Morgen doch zum ersten Mal in ihrem Leben gesehen hatte. Nein, bei ihm hatte sie das Gefühl, dass er schon immer dagewesen war. Vielleicht ein Seelenverwandter aus einem anderen Leben, überlegte sie.

Während sie zum Pflanzkübel ging, um eine Handvoll frischer Minzblätter zu zupfen, spürte Imke Marlons Blicke auf sich ruhen. Was wollte er von ihr? Warum war er gekommen? Und vor allem: Was mochte er über sie denken?

Plötzlich wurde sie sich wieder ihres wenig ansehnlichen Anblicks bewusst. Wie immer trug sie einen ausgeleierten und viel zu großen grauen Pullover über ihren fleckigen Jeans. Über die Füße hatte sie trotz des milden Wetters Wollsocken gezogen, die sie im Herbst aus selbst gesponnener Wolle gestrickt hatte, denn der Fliesenboden in der Küche war kalt. Ihre verzottelten roten Haare sahen nach wie vor aus wie ein Vogelnest. Dass er sie in irgendeiner Weise attraktiv fand, war ausgeschlossen. Warum also war er hier?

„Haben Sie von dem neuerlichen Brand gehört?", fragte Marlon in ihre Gedanken hinein.

„Ja." Imke griff den Themenwechsel dankbar auf und deutete mit dem Kopf auf die Tageszeitung, die nach wie vor auf dem Tisch lag. Sie war froh, dass er dieses unverfängliche Thema angesprochen hatte, so musste sie sich nicht weiter mit sich selbst befassen. Es irritierte sie, wie sehr sie auf diesen Mann mit der sportlichen Figur und den angegrauten dunklen Haaren reagierte. „Es ist einfach furchtbar. Ich frage mich, warum ein Mensch so was macht." Sie strich sich eine vorwitzige Locke aus der Stirn, die sich aus ihrem Haarband gelöst hatte. „Mein Großvater erzählte mir, dass Johannette Kamphusen bei dem Feuer ums Leben kam."

„Glauben Sie auch, dass Suntke Mennen der Feuerteufel ist?", fragte Marlon, als Imke eine Tasse mit dampfendem Tee vor ihm auf den Tisch stellte. „Im Dorf ist man davon überzeugt, dass er sich aus lauter Scham über den Tod der alten Frau selbst umgebracht hat. Man munkelt, dass er in der Nacht nach Woltzeten fuhr, kurz bevor es bei den Kamphusens brannte."

Beim Namen des Bestattungsunternehmers entfuhr Imke reflexartig ein Schnauben. „Waren Sie mit ihm befreundet?", wollte sie wissen.

„Hatte er denn Freunde?", stellte Marlon die Gegenfrage.

„Da haben Sie auch wieder recht. Suntke war ein Widerling. Das Einzige, was man Positives über ihn sagen kann, ist, dass er die Verstorbenen ganz passabel unter die Erde brachte. Aber das ist dann auch schon alles."

„Damit haben Sie aber meine Frage noch nicht beantwortet." Marlon musterte sie über den Tassenrand hinweg aus schmalen Augen.

„Warum interessiert Sie meine Meinung?" Imke setzte sich zu ihm an den Tisch und schlug die Beine übereinander. „Es reicht doch, wenn alle anderen sich das Maul über solche Dinge zerreißen."

„Nur, dass die anderen wie die Lemminge sind, die

stumpf hintereinander hertrotten und bereit sind, jedes schlechte Wort über ihre Mitmenschen zu glauben, solange sie nur selbst nicht in die Schusslinie geraten." Marlon schlürfte für einige Augenblicke an seinem Tee, bevor er hinzufügte: „Du bist anders, Imke. Du hast gelernt, unabhängig zu denken. Deswegen interessiert mich deine Meinung."

Als Marlon unvermittelt zum Du überging, hätte Imke sich aus lauter Verlegenheit beinahe an ihrem Tee verschluckt. Eine heiße Welle durchfuhr ihren Körper, und sie wagte nicht, ihren Blick zu heben. Viel zu lange schon war sie in Sachen zwischenmenschliche Beziehungen aus der Übung und hatte keine Ahnung, wie sie sich jetzt verhalten sollte. Sie wünschte, er würde jetzt gehen. Doch kaum hatte sie diesen Gedanken gefasst, spürte sie, wie sich alles in ihr dagegen wehrte, dass er ging. Sie verstand sich selbst nicht mehr.

„Ich bin Marlon. Und da wir beide hier die einzigen Nicht-Lemminge sind, dachte ich, wir könnten uns gegen den Rest der Welt zusammenrotten. Darauf einen Tee!" Marlon nahm seine Tasse in die Hand und prostete Imke zu. „Mit der frischen Minze schmeckt er übrigens ganz köstlich."

„Gut möglich, dass es Samuel war", trat Imke mit leiser Stimme die Flucht nach vorne an, ohne auf Marlons Bemerkung einzugehen. Zu ihrem Entsetzen spürte sie, wie eine eisige Kälte in ihr hochkroch, als sie diesen Namen nannte. Unwillkürlich schlug sie die Arme vor ihrem Körper zusammen, als würde sie plötzlich frieren. Doch konnte sie sich diese Reaktion selbst nicht erklären – auch wenn sie sie beim Gedanken an Samuel nicht zum ersten Mal überkam.

„Wer ist Samuel? Und was soll er gewesen sein?" Jetzt wirkte Marlon überrumpelt und sah sie verwirrt an. Zu Imkes Erleichterung aber ließ er nun die Lemminge Lemminge sein.

Imke zögerte kurz, bevor sie antwortete: „Samuel ist der Sohn des Pastors. Und er ist Feuerwehrmann."

„Und warum sollte Samuel dann Brände legen?" Marlon sah sie zweifelnd an. „Gemeinhin sind Feuerwehrleute doch dazu da, sie zu löschen."

„Ich – weiß es nicht. Es ist nur so ein Gefühl. Ich kann es nicht mal genau erklären. Aber immer, wenn ich von den Bränden lese, dann fällt mir als erster Samuel ein. Er verfolgt mich bis in meine Träume."

Mit zittriger Hand griff Imke nach einem kleinen Blumentopf, der in Reichweite auf der Fensterbank stand. Mit der anderen zog sie einen Eimer voll Blumenerde und dann ein Tütchen mit Samenkörnern aus einem Regal hervor. Sie begann, die Erde mit bloßen Händen in den Topf zu füllen, und sofort wurde sie ruhiger. Ob Marlon sie jetzt für überdreht hielt, so wie es alle anderen taten, fragte sie sich. Zu ihrer Verwunderung war es ihr diesmal nicht egal, was jemand von ihr dachte. Marlon war ihr nicht egal. Diese Einsicht erschreckte und beruhigte sie zugleich. Was war nur los mit ihr?

Vorsichtig hob sie ihren Blick, um zu sehen, wie Marlon auf ihre Äußerungen reagierte. Der aber nippte nur an seinem Tee und sah sie ruhig an.

„Irgendwoher muss dieses Gefühl ja kommen", bemerkte

er unaufgeregt. „Kein Gefühl entsteht aus dem Nichts heraus. Also wird schon was dran sein."

„Du meinst also nicht, dass ich mir da was zusammenreime?"

„Ich habe keine Ahnung, ob du dir was zusammenreimst. Aber wenn du das Gefühl hast, dass dieser Samuel irgendwas mit der Sache zu tun haben könnte, dann wird das schon seinen Grund haben."

„Oder auch nicht." Imke hielt kurz in ihrer Arbeit inne und zuckte die Schultern. „Es ist nicht richtig, Samuel zu verdächtigen, wenn es keinen Hinweis auf seine Schuld gibt. Und ich habe keinen Hinweis. Nicht einen einzigen." Nachdenklich rollte sie ein Samenkorn zwischen Daumen und Zeigefinger hin und her und sagte dann: „Ich bin wohl keinen Deut besser als die anderen, die über alles und jeden ablästern. Also vergiss am besten, was ich gesagt habe."

Marlon nickte nur und sah ihr noch für eine Weile dabei zu, wie sie einen Blumentopf nach dem anderen mit Erde füllte und kleine Samenkörner in dieser vergrub. „Ich geh dann mal wieder", sagte er schließlich und stand auf. „Es würde mich freuen, wenn wir bald wieder einen Tee zusammen trinken würden. Wäre es okay, wenn ich mal wieder vorbeischaue?"

Auf gar keinen Fall!, schrie es in ihr, doch stattdessen hörte Imke sich sagen: „Natürlich. Sehr gerne. Ich freue mich."

Als Marlon mit Caruso gegangen war, ließ sie sich völlig erschöpft in die weichen Kissen ihres Sofas sinken und schlief sofort ein.

8

Nachdem man sich bei der Gerichtsmedizin sicher gewesen war, dass Suntke Mennen an einer Überdosis Insulin verstorben war, hatte Dr. Wilkens dessen Leichnam schneller als erwartet wieder freigegeben. Diesen Umstand hatte die Familie trotz der angeblich so zahlreich zu organisierenden Beerdigungen zum Anlass genommen, den Toten rasch ein wenig zurechtzumachen und ihn dann in die Groothuser Kirche zu überführen, damit ein jeder, der sich dazu verpflichtet sah, ihm dort die letzte Ehre erweisen konnte.

Genau diesen Umstand wollten Hauptkommissar David Büttner und sein Assistent Sebastian Hasenkrug dazu nutzen, sich bei den Trauernden, die sich am Sarg einfanden, ein wenig umzuhören. Zwar hatten sie inzwischen von unterschiedlicher Stelle gehört, dass der Bestatter bei der Dorfbevölkerung alles andere als beliebt gewesen war. Dennoch hofften sie, dass man sich auch in diesem Fall auf die Neugierde der Menschen verlassen konnte und diese zahlreich ein Interesse daran haben würden zu erfahren, ob der Anblick eines Mordopfers ihnen womöglich eine andere Art Schauer über den Rücken jagte als der eines auf natürlichem Wege gestorbenen Menschen.

Die altehrwürdige reformierte Kirche mit ihrem

mächtigen Turm und dem spitz in den Himmel auf-
ragenden Dachreiter war in der Weite der ostfriesischen
Landschaft auch über eine größere Entfernung nicht zu
übersehen. Sie imponierte schon durch ihre majestätische
Größe; dass sie zudem in exponierter Lage auf der Warft
des Dorfes Groothusen stand, ließ sie noch ein gutes Stück
erhabener erscheinen.

Es war bereits später Nachmittag, als die Polizisten an der
Kirche ausstiegen und an zahlreichen Gräbern vorbei dem
Eingang zustrebten. Eigentlich hatten sie schon viel früher
in Groothusen sein wollen, doch waren sie noch zu einem
längeren Gespräch mit dem Staatsanwalt beordert worden,
der gemeint hatte, sie über allerhand nebensächliche Sach-
verhalte informieren zu müssen und ihnen darüber hinaus
in einem beschwörenden Tonfall aufgetragen hatte, in
Sachen Feuerteufel nun endlich mal zu einer Verhaftung
zu kommen.

Auf Büttners sarkastische Feststellung hin, der Herr
Staatsanwalt bräuchte ihnen nur Namen und Adresse
des Feuerteufels zu nennen und schon würden sie zur Tat
schreiten, war dessen Laune nicht eben gestiegen, und sie
hatten sich auch noch einen längeren Vortrag über den
Vorteil gut durchdachter und vorbildlich organisierter Er-
mittlungsverfahren anhören dürfen.

Nun ja, dachte Büttner, als er die Tür zur Kirche öffnete
und hineintrat, wenn der Monolog des Staatsanwalts
auch nichts Erhellendes gebracht hatte, so hatte diese Ver-
zögerung immerhin den Vorteil, dass sie jetzt womöglich an
einem zentralen Ort viele Leute treffen würden, die Suntke
Mennen gekannt hatten. Das ersparte ihnen hoffentlich

die Rennerei von Haustür zu Haustür, die sie noch für den Mittag geplant hatten.

Im Gotteshaus war es kalt. Durch die insgesamt acht verbliebenen, nicht zugemauerten Spitzbogenfenster fiel zwar Sonnenlicht herein und ließ im Inneren der Kirche interessante Schattenspiele entstehen. Allerdings reichten diese Strahlen nicht aus, um das Kirchenschiff mit den weiß getünchten Wänden und den taubenblauen Bänken auch nur ansatzweise zu erwärmen.

Der Sarg mit dem Leichnam Suntke Mennens stand vor der in Weiß und Gold gehaltenen Kanzel, über ihm schwebte auf der Galerie die strahlendweiße Orgel, die auch gerne als *Die weiße Königin der Krummhörn* bezeichnet wurde.

Wie Büttner gehofft hatte, standen fünf Männer um den Sarg herum und unterhielten sich mit gesenkten Stimmen und ausladender Gestik.

„Moin." Büttner grüßte einmal in die Runde, stellte sich und Hasenkrug vor und zeigte seine Dienstmarke. „Haben Sie den Toten gekannt?"

Wie auf Absprache wandten sich jetzt fünf nickende Köpfe dem Leichnam zu und ein älterer Mann sagte: „Sicher. Die Mennens kennt hier jeder. So ist das doch, wenn einer im Dorf ein Geschäft hat."

„Waren Sie mit ihm befreundet?", wollte Hasenkrug wissen.

„Jo. Früher mal. Aber das ist schon eine Weile her", mischte sich ein Mann um die Vierzig ein.

„Und warum jetzt nicht mehr?"

Der Mann schob die Unterlippe vor und kratze sich am

unrasierten Kinn. „Tja", sagte er dann, „über Tote soll man ja nix Schlechtes sagen."

„Aber?"

„Tja. Ich will mal so sagen: Suntke war früher ganz normal. Aber in den letzten Jahren wurde er dann immer – hm – schwieriger."

Die anderen vier Männer in der Runde nickten stumm und sahen den Toten so betreten an, als wollten sie sich bei ihm für die Feststellung ihres Kumpels entschuldigen.

„Was genau meinen Sie mit schwieriger?", hakte Büttner nach.

Zunächst sagte keiner der Männer ein Wort. Sie starrten nun so angestrengt vor sich auf den Boden, als hätten sie da plötzlich etwas furchtbar Spannendes entdeckt. Als Büttner gerade eine Bemerkung machen wollte, hörte er, wie hinter ihm die Kirchentür aufschwang. Er drehte sich um und sah einen Mann von vielleicht sechzig Jahren auf sich zukommen.

„Moin", grüßten die Männer im Chor. „Guck mal, Jochen, die beiden sind von der Kriminalpolizei", deutete dann einer auf Büttner und Hasenkrug.

„Moin." Der Mann reichte den beiden Polizisten die Hand. „Jochen Busker. Ich bin hier der Pastor. Wie kann ich Ihnen helfen?"

„Ich hatte gerade die Herren hier gefragt, was sie damit meinten, dass Suntke Mennen in den letzten Jahren schwierig wurde", antwortete Büttner. „Sie tun sich etwas schwer mit der Antwort. Aber vielleicht können Sie mir weiterhelfen?"

Zu Büttners Überraschung druckste nun auch der Pastor

herum und sah mit schmalen Augen von einem zum anderen. Dann holte er tief Luft und sagte: „Nun gut, es nützt ja nichts. Sie werden es ja sowieso erfahren." Er holte sich von den Männern eine stumme Zustimmung ein, bevor er sich räusperte und sagte: „Suntke kam vor vielleicht drei, vier Jahren in seine Midlife-Crisis, was mit, na ja, einer erhöhten sexuellen Aktivität einherging."

„Er ist also fremdgegangen", stellte Büttner nüchtern fest.

„Pah! Fremdgegangen!", spuckte einer der Männer aus. „Der hat alles gevögelt, was nicht bei drei auf den Bäumen war!"

„Und wie viele Ihrer Frauen waren nicht bei drei auf den Bäumen?", fragte Büttner und sah forschend in die Runde.

„Hä?"

Die Blicke von vier Männern wanderten von ihrem Kumpel, der den Spruch mit den Bäumen gemacht hatte, zu dem Pastor und wieder zurück.

„Er hatte ein Verhältnis mit Ihren beiden Frauen?", schlussfolgerte Hasenkrug.

Die beiden Männer nickten. „So ist es", sagte der Pastor und fügte ein wenig zu schnell hinzu: „Die Sache mit meiner Frau lief allerdings nur kurze Zeit. Sie ist dann zur Einsicht gekommen. Es ist bestimmt schon ein Jahr her."

„Und Sie?", wandte sich Büttner an den kahlköpfigen Sprücheklopfer, dessen Kopf nun einer Leuchtboje glich. „Dürfte ich Ihren Namen wissen?"

„Meinhard Jansen."

„Also, Herr Jansen. Liegt das Verhältnis zwischen Ihrer Frau und Herrn Mennen auch schon längere Zeit zurück?"

Der Mann senkte kurz den Kopf und blickte dann

wieder auf. „Wohl nicht", presste er zwischen den Zähnen hervor und fühlte sich nun sichtlich unwohl in seiner Haut.

„Das heißt, noch bis zum Tod von Herrn Mennen waren die beiden liiert?"

„Yepp."

„Aha. Und warum, wenn ich fragen darf, kommen Sie dann in die Kirche, um Abschied zu nehmen?"

„Abschied nehmen? Wer sagt denn was von Abschied nehmen?" Meinhard Jansen sah den Toten jetzt feindselig an. „Ich wollt nur gucken, ob der auch wirklich tot ist, der geile Bock."

„Ist er", knurrte Büttner, „spätestens seit der Obduktion." Als alle ihn daraufhin irritiert ansahen, fügte er schnell hinzu: „Wir sind jetzt sicher, dass er ermordet wurde. Also hätte ich jetzt gerne mal Ihre Alibis. Herr Jansen?"

„Wir haben Skat gespielt", beeilte sich einer der anderen Männer zu sagen, noch bevor Meinhard Jansen antworten konnte.

„Alle fünf?"

„Jo", kam es einhellig aus fünf Mündern.

„Wie lange haben Sie denn gespielt?"

„So bis um ein Uhr bestimmt, wa!?"

Alle nickten.

„Tja, Pech für Sie", hob Büttner bedauernd die Schultern. „Suntke Mennen starb erst gegen zwei Uhr dreißig in der Nacht, sagt die Gerichtsmedizin."

„Ach wat."

„Sach bloß."

„Wat 'n Schiet."

Die Männer sahen ihren gehörnten Freund nun mit echtem Bedauern an.

„Und wo waren Sie?", wollte Büttner vom Pastor wissen.

„Ich war zu Hause im Bett. Meine Frau und mein Sohn können das bestätigen. Samuel, also unser Sohn, hat in der Nacht bei uns geschlafen."

„Samuel war dann aber beim Brand, wie wir alle", korrigierte ihn einer der Männer.

„Ihr Sohn ist bei der Feuerwehr?", fragte Büttner den Pastor.

„Ja. Ja, stimmt. Samuel musste mitten in der Nacht zum Einsatz. Ich hab noch die Türen schlagen hören."

„Der Feuerwehreinsatz war bereits gegen ein Uhr dreißig beendet", stellte Hasenkrug nach einem Blick in seinen Notizblock fest. „Oder gehörte Ihr Sohn zu denjenigen, die hinterher am Brandort noch Wache hielten?"

Der Pastor fuhr sich ein paar Mal durchs schüttere Haar und sagte dann: „Ich weiß es nicht genau. Da müssten Sie bei der Feuerwehr nachfragen."

„Das werden wir tun. Wo wohnt Ihr Sohn denn, wenn er nicht bei Ihnen schläft?", fragte Hasenkrug.

„Er wohnt auch hier in Groothusen. Er – hat aber gerade Ärger mit seiner Lebensgefährtin. Da wollte er lieber nicht nach Hause."

„Aha." Büttner schürzte die Lippen. „Darf ich fragen, wie alt Ihr Sohn ist?"

„Zweiunddreißig."

„Und da rennt er zu Mama und Papa, wenn er Ärger mit seiner Freundin hat?", wunderte sich Büttner.

„Das ist ja wohl unsere Sache", erwiderte der Pastor frostig.

„Samuel ist einer unserer besten Feuerwehrmänner",

warf Meinhard Jansen zusammenhanglos ein. „Wenn man von einem sagen kann, dass der seine Arbeit richtig gut macht, dann ist das er."

„Das hab ich nie bezweifelt", meinte Büttner. „Ich will nur wissen, wer sich in der besagten Nacht, in der zwei Menschen ihr Leben lassen mussten, wo aufgehalten hat." Er machte eine kurze Pause und sah die Männer einen nach dem anderen so kritisch an, dass sie die Blicke senkten. Dann sagte er: „Deswegen stelle ich mir auch gerade die Frage, wie es sein kann, dass Sie gemeinsam bis ein Uhr Skat gespielt haben, obwohl das Feuer doch bereits gegen Mitternacht gemeldet worden war? Sagten Sie nicht gerade, Sie wären, genau wie Samuel Busker, auch beim Einsatz der Feuerwehr dabei gewesen?"

„Öhm."

„Dabei waren wir, das ist ja mal sicher."

„Also?", fragte Büttner lauernd.

„Tja, dann haben wir das Spiel wohl früher beendet", meinte einer der Männer.

„Das muss wohl so sein", sagte ein anderer.

„Aber Sie sind sich sicher, dass Sie zu fünft Skat gespielt haben?"

Die Männer warfen sich mit gesenkten Köpfen gegenseitig kurze Blicke zu, dann nickten sie einhellig.

„Na gut. Aber ein bombensicheres Alibi sieht anders aus. Können Sie mir sagen, wo ich Ihren Sohn finde?", wandte Büttner sich an den Pastor.

„Ist er jetzt etwa verdächtig, nur weil er in der Nacht bei seinen Eltern statt zu Hause geschlafen hat?" Der Pastor schien jetzt ehrlich empört.

„Im Moment ist jeder verdächtig", antwortete Büttner. „Mich interessieren einfach die Abläufe in dieser Nacht. Um mir ein Bild machen zu können, brauche ich zunächst so viele Zeugenaussagen wie möglich – und natürlich so viele Alibis wie möglich."

„Entschuldigen Sie bitte", erwiderte der Pastor kleinlaut, nannte an Hasenkrug gewandt die Adresse seines Sohnes und hob dann beschwichtigend die Hand. „Wir stehen nach diesen furchtbaren Ereignissen alle noch unter Schock. Da sagt man schon mal etwas Unbedachtes. Und außerdem …" Der Pastor stoppte mitten im Satz, biss sich auf die Lippen und seufzte schwer.

„Und außerdem?" Büttner sah ihn fragend an.

„Könnten wir das vielleicht in kleiner Runde weiter besprechen? Es ist – also, ich will nicht, dass hier irgendwas …" Wieder ein tiefer Seufzer. „Es ist privat, verstehen Sie."

„Dann lassen Sie uns nach draußen gehen", sagte Büttner, als von den Umstehenden keiner Anstalten machte, sich vom Fleck zu rühren. „Da ist es sowieso viel wärmer als hier drinnen."

Als sie wenig später vor der Tür inmitten bunt bepflanzter Gräber auf dem Friedhof standen, machte Pastor Jochen Busker eine alles umfassende Bewegung mit den Armen und sagte: „Viele der Menschen, die hier begraben liegen, habe ich beerdigt, noch viel mehr mein Vater, der vor mir in dieser Gemeinde Pastor war. Genauso viele haben wir getauft. Manche haben wir getauft und nicht lange danach beerdigt. Wir kennen die Einwohner und ihre Geschichten und ihre Eigenarten. Wir wissen von ihren Ängsten und Nöten, aber auch von ihren Freuden. Wir sind mit diesem

Ort so eng verbunden wie sonst kaum einer hier. Er ist unsere Heimat. Die Menschen hier sind unsere Heimat."

„Amen", rutschte es Büttner heraus. Er wusste nicht ganz, worauf der Pastor mit seinen salbungsvollen Worten hinauswollte. „Und das heißt?"

„Das heißt, dass ich mir niemanden vorstellen kann, der solch eine abscheuliche Tat verüben würde wie den Mord an Suntke Mennen oder die Brandstiftung bei Johannette Kamphusen."

„Ihr Vertrauen in die Groothuser in allen Ehren", erwiderte Büttner, während Hasenkrug sich ein paar Schritte entfernte und nach seinem Handy griff, das schrill angefangen hatte zu läuten. „Aber glauben Sie mir, Herr Busker, manchmal wird man gerade von den Menschen überrascht, die man bis dahin für die größten Langweiler auf Gottes Erdboden hielt. Oder, um es anders auszudrücken: Leider mussten wir in unserem Job die Erfahrung machen, dass wohl niemand vor Gewalttaten gefeit ist, auch wenn er sich nie hatte vorstellen können, einem anderen Menschen etwas anzutun. Manchmal genügt ein kleiner Auslöser, und der bis dahin so friedliche Mensch wird zur reißenden Bestie. Da steckt man nicht drin. Mein Beruf zeigt mir leider, dass jeder – ganz egal, wie er gestrickt ist – überall und jederzeit zum Mörder werden kann. Der Weg dahin ist nicht so weit, wie man gemeinhin denkt."

„Ich ziehe es vor, an das Gute im Menschen zu glauben", entgegnete der Pastor.

„Nun, das ist Ihr Job", zuckte Büttner die Schultern. „Aber Sie wollten mir etwas Privates sagen, wenn ich mich richtig erinnere."

„Ja. Ich wollte es nicht vor den Männern in der Kirche tun, um sie nicht auf falsche Gedanken zu bringen."

„Nämlich?"

„Mein Vater und Jurine Mennen – also die Mutter des Toten – haben den Wunsch geäußert zu heiraten."

„Das ist mir bekannt, ja", nickte Büttner und sah sich nach Hasenkrug um, der nach wie vor sein Handy ans Ohr drückte und mit dem anderen Arm aufgeregt gestikulierte. Ob das Gespräch mit ihrem Fall zu tun hatte?

„Dann wissen Sie auch, dass Suntke etwas gegen diese Hochzeitspläne einzuwenden hatte", stellte der Pastor fest.

„Auch das ist mir bekannt, ja."

„Nun, ich möchte Sie bitten, etwaigen Gerüchten, mein Vater habe etwas mit dem Mord an Suntke zu tun, keine Beachtung zu schenken. Ein von der Polizei geäußerter Verdacht in diese Richtung würde ihn nur aufregen, und das könnte für ihn gefährlich werden, da er leider sehr herzkrank ist."

„Noch ist Ihr Vater nicht verdächtiger als jeder andere", erwiderte Büttner. „Sollte sich der Verdacht gegen ihn allerdings erhärten, dann kommen wir leider nicht umhin, ihn damit zu konfrontieren."

„Er ist ein alter Mann ...", setzte der Pastor zu einer Erwiderung an, Büttner jedoch schnitt ihm mit einer Geste das Wort ab.

„Noch ist es ja nicht soweit." Der Hauptkommissar kniff die Augen zusammen und sah sein Gegenüber prüfend an. „Oder versuchen Sie gerade, mir durch die Blume irgendetwas mitzuteilen?"

„Gott bewahre, nein!" Der Pastor riss erschrocken die

Augen auf und hob die Arme gen Himmel. „Ich wollte nur, dass Sie über den Gesundheitszustand meines Vaters Bescheid wissen, bevor Sie etwas Unüberlegtes tun."

„Zu meinem Job gehört es, über das, was ich irgendwem vorwerfe, nachzudenken, bevor ich es tue. Da können Sie ganz beruhigt sein."

„Hinrikus, was machst du denn hier?" Der Pastor reagierte nicht mehr auf Büttners Worte, sondern lief nun dem völlig verstört wirkenden Sohn der toten Johannette Kamphusen entgegen, der ihnen quer über den Friedhof entgegenkam.

Hinrikus sah Büttner misstrauisch an, bevor er tief Luft holte und nach einem Blick auf seine Armbanduhr mit weinerlicher Stimme sagte: „Ich suche Mama. Sie kommt um elf nach Hause. Immer um elf."

„Aber Hinrikus, deine Mama …"

„Ach, Gott sei Dank, da ist er ja!", fiel Hasenkrug, der eiligen Schrittes angelaufen kam, dem Pastor ins Wort. „Gerade hat Frau Weniger angerufen, um mir zu sagen, dass Hinrikus der Betreuerin entwischt ist, zu der man ihn heute Vormittag gebracht hatte."

„Mama kommt um elf nach Hause. Immer nach dem Einkaufen. Immer um elf", nickte Hinrikus wie zur Bestätigung.

„Komm, Hinrikus, wir trinken jetzt mal einen Tee zusammen." Der Pastor legte ihm eine Hand auf die Schulter und deutete mit dem Kopf zu seinem Wohnhaus hinüber. „Ich würde mich jetzt gerne um den Jungen kümmern, geht das?", fragte er an die Polizisten gewandt.

Büttner zögerte kurz, dann nickte er. „Natürlich. Wir

geben den zuständigen Stellen Bescheid. Dann sollen die entscheiden, was passiert."

„Johannette Kamphusen kam vermutlich durch das Feuer ums Leben. Sie ist bei lebendigem Leibe verbrannt", teilte Hasenkrug seinem Chef mit, nachdem der Pastor und Hinrikus gegangen waren. „Zumindest konnte Doktor Wilkens ausschließen, dass sie vergiftet wurde, da ihr Körper nur oberflächlich verbrannt war. Anscheinend hat sie rechtzeitig Löschwasser abbekommen."

„Zu äußeren Verletzungen ist nichts bekannt?"

„Eine heftige Delle im Schädel. Frau Dr. Wilkens geht davon aus, dass sie einen herabstürzenden Dachbalken auf den Kopf bekommen hat und ohnmächtig wurde. Nach Fremdeinwirkung sieht die Delle wohl nicht aus, weil auch Holzsplitter vom Dachbalken drinstecken."

„Also ist der Brandstifter für ihren Tod verantwortlich", folgerte Büttner.

„So sieht's wohl aus."

„Dann müssen wir ihn ja nur noch finden." Büttner verzog das Gesicht.

„Und das möglichst schnell, denn da ist noch was", sagte Hasenkrug und sah seinen Chef bedeutungsvoll an.

„Ja?"

„Es brennt schon wieder. Diesmal steht eine Scheune in Flammen. In Eilsum."

9

Samuel zog seine Brandhandschuhe aus und wischte sich mit dem Ärmel den Schweiß aus dem rußverschmierten Gesicht. Er machte kurz Pause und hatte sich ein gutes Stück von dem abgebrannten Gebäude entfernt, um ein paar Züge frische Luft atmen zu können. Jetzt betrachtete er das Geschehen von der Absperrung aus, die die Polizei gezogen hatte, um Unberechtigte vom Einsatzort fernzuhalten.

Ein Kollege reichte ihm im Vorbeigehen eine Wasserflasche, die er dankbar entgegennahm und in großen Schlucken leerte. Wie gut es sich anfühlte, das kühle Nass durch die vom beißenden Rauch geschundene Kehle laufen zu lassen!

Samuel ließ seinen Blick über die verbrannten Trümmer schweifen, die allenfalls noch erahnen ließen, dass hier einmal eine Scheune gestanden hatte. Angesichts des Aschehaufens, aus dem sich nach wie vor schwarze, in der Lunge brennende Rauchschwaden lösten und vom Wind in Richtung Osten getrieben wurden, stiegen in Samuel Bilder seiner Kindheit hoch:

Lachend saß er als kleiner Junge auf seinem Fahrrad und fuhr mit seinen Freunden um die Wette. An seinem Gepäckträger

befestigt, rumpelte ein in die Jahre gekommener, von den Ost-
friesen landläufig als Wippke *bezeichneter Anhänger hinter*
ihm her, der voll beladen war mit Geäst, Holzplanken und
sonstigen brennbaren Materialien. In zahlreichen Fuhren
waren er und die anderen Kinder durchs ganze Dorf gefahren
und hatten all das eingesammelt, was die Leute extra zu
diesem Zweck vor ihren Häusern auf die Straße gelegt hatten.

Und nun ging es erneut zum Osterfeuer auf die grüne Wiese.
Seit einer Woche schon waren sie unterwegs, und der Haufen,
den sie am Abend des Ostersamstags entzünden würden,
wurde mit jedem Tag höher und höher. Samuel schätzte
ihn auf inzwischen vier Meter, bei einem Durchmesser von
vielleicht fünf Metern. Bestimmt würden sie am Samstag das
größte und schönste Feuer der ganzen Krummhörn haben!
Und das Aufregendste daran war, dass er, der zehnjährige
Samuel, zum ersten Mal bei der Feuerwache dabei sein und
gemeinsam mit den Erwachsenen darauf achten durfte, dass
an diesem Abend und noch die folgende Nacht hindurch
nichts außer Kontrolle geriet.

Samuel lachte vor lauter Glück und dachte an den Augen-
blick zurück, als sein Zugführer ihm diese fantastische Mit-
teilung gemacht hatte. Samuel, hatte der gesagt und ihm seine
Hand auf die Schulter gelegt, du bist jetzt groß genug und hast
im vergangenen Jahr so viel dazugelernt, dass du dieses Mal
dabei sein darfst, wenn wir darauf achten, dass beim Oster-
feuer nichts danebengeht.

Samuel hätte in diesem Moment platzen können vor Stolz!
Als das Feuer dann endlich brannte, passte Samuel bis
weit nach Mitternacht auf, dass niemand zu nah an das
Feuer herantrat, keiner der Besoffenen seinen Alkohol in

die Flammen schüttete und niemand von umherfliegenden
Funken oder brennenden Stöckchen verletzt wurde.
Es war die Nacht seines Lebens.

Samuel lächelte verschmitzt und tat, als würde er den verkohlten Trümmern mit seiner Wasserflasche zuprosten. Ja,
dachte er, tatsächlich hatte er sich nie zuvor und niemals
danach so glücklich gefühlt wie an diesem Abend.

Ein Erlebnis, von dem er bis zum heutigen Tag zehrte.

„Da habt ihr ja mal wieder gute Arbeit geleistet", hörte
Samuel eine Stimme neben sich und drehte sich um.
Vor ihm stand der Mann, der vor einigen Monaten nach
Groothusen gezogen war und eine Schreinerei betrieb.
Er hatte nur selten persönlich mit ihm gesprochen, aber
Samuel liebte es, an seiner Werkstatt vorbeizufahren und
den Geruch frisch zersägten Holzes einzuatmen. Es gab
nichts Schöneres, fand er. Außer den Geruch von Rauch
und Feuer natürlich.

Ohne auf den Mann einzugehen, wanderte Samuels
Blick nun zu ein paar Kollegen, die völlig erschöpft aus-
sahen, sich aber dennoch auf die Suche nach Glutnestern
und eventuellen sterblichen Überresten machten.

In den letzten drei Stunden hatten sie gemeinsam alles
daran gesetzt, das Übergreifen des Feuers auf angrenzende
Gebäude zu verhindern. Als sie in Eilsum eingetroffen
waren, hatte die mit Heuballen gefüllte Scheune bereits
lichterloh in Flammen gestanden. Auch wenn die Heuvor-
räte während des Winters stark zur Neige gegangen waren,
so hatten die Reste dennoch ausgereicht, um alles um sie
herum im Nullkommanichts zu entfachen.

Natürlich hatten die Brandexperten noch keinen abschließenden Bericht verfasst, sondern würden erst jetzt, nach der Löschung des Feuers, ihre Arbeit aufnehmen. Dennoch waren sich die Feuerwehrleute bereits einig, dass hier am helllichten Tag nur einer am Werk gewesen sein konnte: Der Feuerteufel.

„Sind denn diesmal Tiere ums Leben gekommen?", ließ sich der Schreiner, der, wie Samuel wusste, Marlon Hufschmied hieß, nicht vom Schweigen Samuels beirren.

„Nein. Zumindest meint das der Bauer", antwortete der nun und sah seinem Gegenüber erstmals direkt in die Augen. „Es war wohl nur Heu in der Scheune." Samuel fuhr sich erneut mit dem Ärmel übers Gesicht und nahm einen kräftigen Schluck Wasser, dann fügte er hinzu: „Natürlich ist nicht ausgeschlossen, dass sich im Heu irgendwelche Tiere eingenistet hatten. Bei Katzen kommt das zum Beispiel öfter vor, sie kriegen dort ihre Jungen. Gerade in dieser Jahreszeit. Aber ob von denen eine vermisst wird, kann jetzt natürlich noch keiner sagen."

Samuel warf Marlon einen langen Blick zu und sagte dann: „Darf ich fragen, was Sie hierher nach Eilsum führt?"

„Ich war in der Nähe. Beruflich. Und da sah ich den Rauch aufsteigen. Da ich den Bauern kenne, dachte ich, ich guck mal, was hier los ist. Gott sei Dank ist ja nichts Schlimmeres passiert."

„Das hoffen wir zumindest", nickte Samuel, „ganz sicher wissen wir es aber erst, wenn die Überreste genau untersucht wurden." Er blies die Wangen auf und ließ die Luft in einem Stoß wieder entweichen, bevor er fortfuhr: „Schließlich wissen wir spätestens seit dem Feuer bei

Kamphusens, dass man über das Ausmaß der Zerstörung keine zu schnelle Einschätzung abgeben sollte."

„Erstaunlich, dass der Feuerteufel nun in so kurzen Abständen zuschlägt", stellte Marlon stirnrunzelnd fest. „Bisher lagen zwischen den Bränden doch eher Wochen als Tage."

„Ja." Auf Samuels Gesicht zeigte sich ein schiefes Grinsen. „Hoffen wir mal, dass dieser kurze Abstand jetzt nicht zur Gewohnheit wird. Irgendwann brauchen auch wir unseren Schlaf."

„Sind Sie bei jedem Einsatz dabei?", wollte Marlon wissen.

„In der Regel schon. Es sei denn, ich bin gerade nicht in der Gegend. Warum fragen Sie?"

„Nur so. Ich dachte gerade, dass es ein ziemlich anstrengendes Hobby ist."

Samuel zuckte die Schultern, erwiderte aber nichts darauf.

„Moin, mien Jung."

„Opa! Was machst du denn hier?" Samuel hob erstaunt die Brauen, als nun nicht nur Ulfert Busker, sondern auch noch dessen Freund Anton Rieken, der Großvater dieser seltsamen Kräuterhexe, hinter dem Gebüsch am Wegesrand hervortraten. „Ist hier heute Tag der offenen Tür, oder was?"

„Moin, Marlon, hattest wohl die gleiche Idee wie wir", nickte Ulfert Busker dem Schreiner zu, ohne auf die Frage zu antworten. „Hast wohl nichts zu tun", wandte er sich dann wieder an seinen Enkel.

„Der Brand ist gelöscht. Ich mach nur 'ne kurze Pause",

entgegnete der und deutete auf die Kollegen, die in der Asche herumstocherten. „Bleibt ihr zwei man bloß hinter der Absperrung, sonst gibt's Ärger." Er kniff die Augen zusammen und sah seinen Großvater warnend an. Der schien nun wieder deutlich besserer Stimmung zu sein als noch am Vormittag, als er bei ihm in der Küche gesessen hatte. Der alte Schalk war in seine Augen zurückgekehrt – was nicht immer gut sein musste, wie Samuel aus Erfahrung wusste.

„Ja, ja, ist gut, mien Jung", sagte Ulfert Busker mit einer wegwerfenden Handbewegung. „Ich weiß ja, dass wir hier eigentlich nichts zu suchen haben. Uns war aber gerade danach, ein bisschen gucken zu kommen."

„Als ehemaliger Pastor solltest du eigentlich andere Hobbys haben als Katastrophentourismus, Opa", sagte Samuel tadelnd.

„Da könnste wohl recht haben", nickte der und zwinkerte Anton Rieken verschwörerisch zu. „Aber das macht das Leben doch erst spannend. Was hast du eigentlich heute bei Imke zu schaffen gehabt?", sprach er im nächsten Moment Marlon an.

„Du warst bei Imke? Doch nicht im Haus?" Die Augen von Anton Rieken wurden so groß wie Untertassen.

„Wir haben einen Tee getrunken. Was ist daran so seltsam?", fragte Marlon provozierend.

„Alles", erwiderten Anton und Ulfert wie aus einem Munde.

„Imke hat mir gar nichts davon erzählt", stellte ihr Großvater dann mit gerunzelter Stirn fest. „Dabei ist das ja so unwichtig nun auch nicht."

„Ist ja auch gerade erst gewesen. Vor 'n paar Stunden.

Ich hab Marlon zufällig aus dem Haus kommen sehen", beruhigte ihn sein Freund.

„So, ich muss dann mal wieder." Samuel deutete auf seine Kollegen. Er wollte seine Zeit nicht mit Gesprächen über die Kräuterhexe vertrödeln, die ihn immer so seltsam ansah, wenn sie sich begegneten. Inzwischen bekam er schon eine Gänsehaut, wenn er sie nur von Weitem sah. Irgendetwas stimmte nicht mit ihr, da war er sich ganz sicher. Aber, so dachte er, das war bei jemandem, der sich in sich selbst zurückzog und kaum Kontakt zur Außenwelt pflegte, auch kein ganz abwegiger Gedanke.

„Ich frage mich ja, von wem er das hat", meinte Ulfert Busker, als sein Enkel gegangen war. „Immer schon wollte Samuel Feuerwehrmann werden. Der konnte kaum laufen, da war das schon so. Als Kind hat er ständig irgendwo Feuer gemacht, um es dann wieder zu löschen. Bei dem musstest du höllisch aufpassen, dass der dir nicht mal die Hütte überm Kopp abfackelt."

„Ähnliches erzählt man sich über Suntke Mennen", bemerkte Marlon und sah den alten Mann interessiert an. „Im Dorf ist man sogar der Meinung, dass er der Feuerteufel sei."

„Ja, das erzählt man sich. Aber ich könnte mir auch vorstellen, dass es stimmt. Gerade heute habe ich zu Samuel gesagt, dass Suntke seine Finger nie vom Feuer lassen konnte. Aber bei dem hatte man nie den Eindruck, dass der das aus Spaß macht, so wie Samuel. Der wollte das Feuer nicht wieder löschen. Nee, Suntke war als Kind ein Getriebener, der musste Feuer machen, um zu zerstören. Warum weiß kein Mensch."

„Nun, eines ist mal sicher", entgegnete Marlon und deutete mit dem Kopf auf die qualmenden Holzscheite, die einmal das Dachgebälk der Scheune gewesen waren, „dieses Feuer hier kann er jedenfalls nicht gelegt haben."

Die beiden alten Männer sahen ihn zunächst verdutzt, dann nachdenklich an. Soweit hatten sie noch gar nicht gedacht. Aber, wo Marlon recht hatte, da hatte er recht. In seinem jetzigen Zustand war Suntke zum Feuerlegen definitiv nicht mehr in der Lage.

Aber wer war es dann gewesen?

10

Schon wieder war da diese junge Frau. Sie drückte sich am Gartenzaun herum und sah verstohlen zu ihr herüber. Imke, die sich im hinteren Teil ihres Gartens aufhielt, tat, als würde sie sie nicht bemerken und wühlte weiterhin mit bloßen Händen in der sandigen Erde ihres Lavendel-Beetes herum. Normalerweise hätte sie sich jetzt am erfrischenden Duft der Blüten erfreut, der sich unter den wärmenden Strahlen der Sonne besonders intensiv entfaltete und – gepaart mit dem würzigen Aroma der Kräuter – in der Regel ein wahres Potpourri an Glücksgefühlen in ihr auslöste.

Nun aber galt ihre Aufmerksamkeit in erster Linie dieser Frau, von der sie wusste, dass sie die Lebensgefährtin von Samuel Busker war. Sie meinte, dass sie Lisa hieß, war sich jedoch nicht sicher.

Es war nicht das erste Mal, dass Imke sie mit gesenktem Kopf vor ihrem Haus herumschleichen sah. Vielmehr hatte sie sie bereits am Vormittag mehrfach dabei beobachtet, wie sie zunächst wie eine harmlose Spaziergängerin am Haus vorbeiging, nach wenigen Metern kehrtmachte, ihre Hand auf die Klinke der Gartenpforte legte, sie jedoch im nächsten Moment so schnell wieder zurückzog, als hätte sie sich an ihr die Finger verbrannt.

Auch jetzt blieb die Frau wieder unschlüssig vor der Pforte

stehen. In ihrem Gesicht spiegelten sich Entschlossenheit und Verunsicherung zugleich, wie Imke, die nun ihren Blick gehoben hatte und sie aus sicherer Entfernung musterte, verdutzt feststellte. Sie spürte, wie sich alles in ihr dagegen sträubte, sich mit dieser Frau zu befassen, auch wenn sie sie praktisch gar nicht kannte. Zweifelsohne stand dieses Gefühl instinktiver Abwehr im Zusammenhang mit den merkwürdigen Empfindungen, die sie schon alleine beim Gedanken an Samuel überkamen und die sie sich selbst nicht erklären konnte.

Und doch glomm beim Anblick dieser alles andere als glücklich wirkenden Frau eine gewisse Neugierde in Imke auf. Was führte sie hierher? Welches Problem quälte sie so sehr, dass sie anscheinend mit dem Gedanken spielte, sich ausgerechnet an die im ganzen Dorf als seltsam verschriene Kräuterhexe zu wenden?

Imke grinste still in sich hinein, während sie die Frau weiterhin aufmerksam beobachtete. So sehr die Einwohner Groothusens sich auch in der Öffentlichkeit darum bemühten, ihre zurückgezogen lebende Nachbarin als nicht ganz zurechnungsfähig dastehen zu lassen, so waren doch gerade die älteren Menschen, die nichts anderes gelernt zu haben schienen, als sich über andere das Maul zu zerreißen, fast alle schon bei ihr gewesen. Meistens kamen sie im Schutz der Dunkelheit vorbei, um Imke hinter vorgehaltener Hand um einen Tee gegen die Gallenbeschwerden, eine Kräutermischung gegen Impotenz oder eine Salbe gegen die höllisch juckenden Ekzeme zu bitten. Jeder von ihnen ließ während seines Besuches in aller Regel eine Bemerkung fallen wie: „Von diesen verdammten Ärzten kriegt man doch nur so 'n komisches Zeug verschrieben, das teuer ist und sowieso nicht hilft. Immer geht's einem hinterher schlechter als vorher. Bestimmt weißt du da besser drüber Bescheid. Aber sag bloß keinem, dass ich hier war. Die halten mich sonst doch alle für verrückt."

Auf diese Weise hatte Imke in den letzten Jahren nahezu die gesamte Leidensliste der Generation 60+ der Krummhörn studieren und behandeln dürfen.

Von den Jüngeren aber fand kaum jemand den Weg zu ihr, was daran liegen mochte, dass sie einfach seltener krank waren und schon gar keine chronischen Leiden zu beklagen hatten.

Doch nun stand da diese junge Frau. Gerade schob sie erneut und voller Vorsicht ihre Hand in Richtung Gartentor vor.

Imke fasste sich ein Herz und rief zu ihr hinüber: „Kann ich Ihnen helfen?"

Die Frau zuckte wie unter einem Stromschlag zurück und ließ ihren Blick nervös über den Garten schweifen. Anscheinend hatte sie Imke zwischen all ihren Pflanzen die ganze Zeit über nicht bemerkt und konnte sich auch jetzt nicht erklären, woher die Stimme kam.

„Kommen Sie rein! Ich bin hier hinten im Garten, beim Lavendel!" Kaum, dass Imke diese Worte gesagt hatte, grub sich eine tiefe Falte in ihre Stirn. Was war nur los mit ihr, dass sie sich auf einmal so leutselig gab? Marlons Bild schob sich vor ihr inneres Auge, und genauso schnell versuchte sie, es wieder zu verscheuchen. Wenn sie nicht aufpasste, würde er noch ihr ganzes wohlgeordnetes Leben auf den Kopf stellen, und das konnte sie nun wirklich nicht gebrauchen.

Nach kurzem Zögern öffnete die Frau das Gartentor und ging mit unsicheren Schritten auf Imke zu, die nun deutlich sichtbar an einen knorrigen Apfelbaum gelehnt dastand und ihr mit verschränkten Armen abwartend entgegensah.

„Hallo", sagte Samuels Lebensgefährtin schüchtern, als sie nur noch wenige Meter von Imke entfernt war, „ich bin Lisa. Lisa Gerdes." Kurz sah es so aus, als wollte sie Imke die Hand reichen, doch im letzten Moment schien sie es sich anders zu überlegen und schob sie in die Hosentasche zurück.

„Sie brauchen Kräuter?", fragte Imke, während sie die Frau möglichst unauffällig musterte. Mit ihrer sonnengebräunten Haut sah diese alles andere als krank aus. Auch sonst ließ nichts an ihrer schmalen Erscheinung darauf schließen, dass sie sich nicht wohlfühlte. Zumindest nicht körperlich. Allerdings deuteten ihr zwischen die Schultern gezogener Kopf und ihre dunklen Augenringe darauf hin, dass sie ein psychisches Problem mit sich herumtrug.

Und nach einem Blick in ihre tiefblauen Augen wusste Imke auch, um was für ein Problem genau es sich handelte. Es war sowohl physischer als auch psychischer Natur.

„Sie leiden unter Morgenübelkeit?", fragte Imke nun, nachdem Lisa auf ihre erste Frage nicht geantwortet hatte und auch nicht zu wissen schien, ob sie überhaupt etwas sagen sollte. Lisa knetete nun nervös die Hände vor ihrem Körper, ihr Unterkiefer war ständig in Bewegung, als wollte sie mit ihm alle Probleme dieser Welt zermalmen.

Lisa sah sie erschrocken an. „Woher wissen Sie …?"

„Ihre Augen. Schwangere haben einen ganz bestimmten Glanz in den Augen."

„Es – es geht aber nicht um – mir ist zwar morgens auch schlecht, aber …" Lisa senkte den Blick und fuhr mit ihren Sportschuhen die Rillen zwischen den Pflastersteinen nach.

„Sie wollen das Kind nicht?", fragte Imke.

Lisa strich sich mit einer unsicheren Bewegung über ihren Bauch, der noch keinerlei Rundung zeigte. „Nein", sagte sie fast flüsternd. „Ich will es nicht. Auf gar keinen Fall." Ganz langsam hob sie den Kopf und sah Imke flehend an. „Haben Sie was zum Wegmachen?"

Imke hob die Brauen. „Sie wollen von mir irgendwas haben, das eine Fehlgeburt einleitet?"

„Ja. Ich – ich weiß doch nicht, zu wem ich sonst gehen soll."

„In der wievielten Woche sind Sie denn?"

„Ich weiß es nicht. Ungefähr in der achten vielleicht? Meine Regel ist schon zweimal ausgeblieben."

„Hm. Wieso kommen Sie damit zu mir? Ich schätze, dass Ihnen ein Frauenarzt besser helfen kann."

„Das geht auf keinen Fall!", schoss es so schnell aus Lisa heraus, als hätte sie nur auf diese Bemerkung gewartet. Und wahrscheinlich hatte sie das auch.

„Ich mache uns erstmal einen Tee, und dann sehen wir weiter." Imke deutete auf einen Tisch, vor dem eine hölzerne Bank stand. „Setzen Sie sich, ich bin gleich wieder da."

„Was soll das?", fragte sie sich selbst, als sie wenig später darauf wartete, dass ihr Teekessel zu pfeifen anfing. „Seit wann lädst du Leute zum Tee ein? Erst Marlon, jetzt Lisa …" Mit einem ärgerlichen Grunzen rupfte sie Kräuter aus den Töpfen und ließ sie in zwei Tassen fallen. Sollte sie die Frau einfach wieder nach Hause schicken? Was, um alles in der Welt, hatte sie, Imke, mit einer ungewollten Schwangerschaft zu tun? Noch dazu mit einer Schwangerschaft, die dieser Samuel zu verantworten hatte?

Kaum, dass dieser Name Eingang in ihre Gedanken gefunden hatte, schlug Imke fröstelnd die Arme vor ihrem Körper zusammen, konnte sich diese Reaktion aber auch diesmal nicht erklären. Irgendetwas musste Samuel an sich haben, das sie instinktiv in Alarmbereitschaft versetzte. Nur fand sie für dieses Gefühl keine Erklärung, nicht den geringsten Hinweis. Es war einfach zum Verrücktwerden.

Als Imke wieder in den Garten kam, saß Lisa auf der Bank und kraulte Cora, die sich zwischenzeitlich zu ihr gesellt hatte, den Hals.

„Der Tee wird Ihnen guttun", sagte Imke und stellte eine der Tassen vor Lisa auf den Tisch.

„Ist er gegen …?" Lisa sah sie aus großen Augen an.

„Nein. Er ist einfach nur zur Stärkung." Imke atmete tief durch, um ihr inneres Gleichgewicht wiederzuerlangen. Ihr war, als würde sie innerlich zittern, als hätte jemand mehrere Kilogramm Eiswürfel in ihre Seele geschüttet. „Warum wollen Sie Samuels Kind nicht?", fiel sie mit der Tür ins Haus, nicht zuletzt, um sich von sich selbst abzulenken.

„Woher wissen Sie von Samuel?" Lisa sah aus, als hätte sie soeben die ultimative Bestätigung dafür erhalten, dass Imke über übersinnliche Fähigkeiten verfügte.

„Ich lebe zwar zurückgezogen, aber nicht in einer anderen Welt", verzog Imke das Gesicht. „Ich habe Sie beide schon häufig zusammen gesehen."

„Natürlich. Entschuldigung. Ich dachte …"

„Dass ich diese Information soeben beim Universum oder bei meinen Hexenschwestern erfragt habe?"

„Nein. Ja. Nein. Nein, natürlich nicht", stotterte Lisa und wurde rot.

„Sie haben meine Frage noch nicht beantwortet", bemerkte Imke, nachdem sie einen Schluck Tee genommen hatte. „Warum wollen Sie Samuels Kind nicht? Sie sind doch nun schon so lange zusammen. Oder will er es nicht?"

Lisa fuhr sich nervös mit den Händen durch ihr langes, blondes Haar, ihre Lippen bebten. Mit zittriger Stimme sagte sie dann: „Ich – ich weiß nicht, ob es von Samuel ist."

Imke entfuhr unfreiwillig ein überraschter Laut. „Und von wem ist es dann?"

Lisa blickte verschämt zu Boden und sah Imke dann von unten herauf an. „Ich – ich will nicht, dass – wenn die Polizei es erfährt, dann …"

„Die Polizei?" Imke runzelte die Stirn. „Ist Fremdgehen jetzt schon eine Straftat, oder was?"

„Darum geht es nicht. Es ist nur so …"

Noch bevor Lisa den Satz beendet hatte, traf Imke die Erkenntnis wie ein Keulenschlag. Wie aus dem Nichts schoss sie ihr ins Gehirn und setzte sich dort fest wie eine Zecke. „Suntke Mennen?", sagte sie mit krächzender Stimme.

Zu ihrem Entsetzen nickte Lisa und kniff die Lippen zusammen. „Ich – wir – es kam einfach über mich. Ich liebe

Samuel. Aber bei Suntke – es war – mein Körper – ich konnte nicht anders. Mit ihm war es so – ich hab so was mit Samuel nie erlebt. Suntke hat mich …"

„Schon gut." Imke hob abwehrend die Hand. Ganz sicher wollte sie zu dieser Geschichte keine Details hören. Alleine der Gedanke, dass der Kerl sich mit dieser Frau … Imke schluckte schwer, um gegen eine plötzliche Übelkeit anzukämpfen. Immer Suntke, dachte sie bitter. Immer und immer wieder Suntke! Konnte er sie denn selbst im Tod nicht in Ruhe lassen?

„Und woher nehmen Sie die Gewissheit, von ihm schwanger zu sein?", presste sie heiser hervor. Sie verspürte den dringenden Wunsch, aufzuspringen und wegzulaufen, doch fühlten sich ihre Beine plötzlich an wie zwei Betonklötze, die, wie von einer unbekannten Kraft angesogen, am Boden festgehalten wurden.

„Samuel und ich haben schon so lange versucht, ein Kind zu bekommen. Es hat nie geklappt. Aber jetzt auf einmal … Es kann nur von Suntke sein."

„Und jetzt haben Sie Angst, dass Sie unter Mordverdacht geraten? Nur weil dieser …" Imke verschluckte das letzte Wort und räusperte sich. „Nur weil er der Vater Ihres Kindes ist, haben Sie doch noch lange kein Mordmotiv."

„Ich will das Kind aber nicht", entgegnete Lisa trotzig. „Es geht nicht. Wenn Samuel es erfährt … Ich liebe ihn doch. Ich will ihn nicht verlieren. Niemals könnte ich ihm das Kind eines anderen Mannes andrehen."

„Er weiß nichts von Ihrem Verhältnis?", fragte Imke.

„Aber nein! Natürlich nicht! Ich wollte es doch selbst nicht. Es – es war wie ein Zwang, verstehen Sie! Ich könnte dieses Kind nie – nein! Auf gar keinen Fall will ich Suntkes Kind zur Welt bringen!"

Imke ließ für eine Weile ihren Blick auf Lisa ruhen, ohne sie tatsächlich wahrzunehmen. Zum ersten Mal, seit sie in Groothusen lebte, wünschte sie sich weit fort. Weit fort von allem. Aber, so fragte sie sich, würde es woanders besser sein? Würde sie nicht, egal wo sie sich aufhielt, mit irgendwelchen Menschen konfrontiert, die ihr Leben vergifteten? Gab es solche Menschen, die die anderen nicht in Ruhe lassen konnten, nicht überall?

Mit einem tiefen Seufzer ließ sie ihre Augen durch ihren Garten schweifen, dann sagte sie müde: „Ich kann Ihnen nicht helfen. Gehen Sie zum Frauenarzt."

„Zum Frauenarzt?" Lisa sah Imke an, als hätte diese ihr geraten, sich vierteilen zu lassen.

„Ich finde die Idee naheliegend."

„Zum Frauenarzt? Damit es gleich jeder erfährt? Ich bin doch nicht lebensmüde!" Lisa klang nun ehrlich empört.

Imke fuhr sich mit den Fingern über die Augen. „Ärzte unterliegen der Schweigepflicht."

„Ärzte schicken ihre Rechnungen zur Krankenkasse. Und da arbeitet Samuels Tante. Und die ist mitteilsamer als jedes Schwarze Brett. Nee, ausgeschlossen. Ich brauch was anderes!" In Lisas Stimme klang nun echte Panik mit.

„Ich kann Ihnen nicht helfen." Imke fühlte sich plötzlich unendlich müde. „Gehen Sie zu welchem Arzt auch immer. In Holland, Tschechien, Polen. Irgendwer wird sich schon um Ihr Anliegen kümmern."

„Aber …"

„Nein!"

Imke sah, wie Lisa unter ihrer jetzt donnernden Stimme zusammenzuckte, aber sie spürte plötzlich nur noch eine tiefe Verachtung für diese Frau. Dabei hätte sie gar nicht erklären können, woher ihre so heftige Abwehr eigentlich kam. Sie schien nicht rational begründet, sondern lediglich intuitiv zu sein. Und eben diese Intuition sagte ihr, dass sie mit Lisas ungeborenem Kind nichts zu tun haben wollte, ganz gleich, ob es nun von Suntke oder von Samuel war. Ganz gleich, ob es noch ein Leben haben würde oder nicht. Alles in Imke wehrte sich mit einer solchen Vehemenz dagegen, sich mit dieser Sache zu befassen, dass es ihr schier die Kehle zuschnürte und sie meinte, keine Luft mehr zu bekommen. Ja, alles um sie herum schien plötzlich von negativer Energie aufgeladen zu sein, die sich wie ein Mantel aus Blei um sie legte und sie zu erdrücken drohte.

„Bitte gehen Sie jetzt!", sagte sie kaum hörbar. Dann erhob sie sich kraftlos und ging zum Haus zurück, ohne sich noch einmal nach Lisa umzudrehen.

11

Nun, da ihnen ihr vermeintlicher Feuerteufel abhanden gekommen war, mussten sich die Bewohner Groothusens einen neuen ausgucken.

„Suntke kann es nun ja nicht mehr gewesen sein. Also muss wohl jemand anders dahinterstecken", stellte Meinhard Jansen am Abend treffend fest, als sich ein paar Männer des Ortes auf ein Glas Bier auf der Terrasse seines Freundes Frank Gerdes trafen.

Dieser Einschätzung stimmten alle Anwesenden – wenn auch zumeist nur ungern – zu. Natürlich hätten nicht wenige im Dorf es lieber gesehen, wenn es mit den Brandstiftungen endlich ein Ende gehabt hätte; und noch mehr hätten sich darüber gefreut, Suntke Mennen als denjenigen im Gedächtnis behalten zu können, dem letztlich seine eigenen Schandtaten zum Verhängnis wurden. Ganz egal, ob er sich nun selbst umgebracht hatte oder ermordet worden war – nach Ansicht vieler Groothuser war ihm mit seinem Tod endlich die gerechte Strafe für all das zuteil geworden, was er zeitlebens an seinen Mitmenschen verbrochen hatte. Ja, eigentlich hätte es ihnen allen ganz gut ins Konzept gepasst, wenn sie Suntke Mennen als den skrupellosen Feuerteufel der Krummhörn in Erinnerung hätten behalten können, der bei seinen Eskapaden sogar in Kauf nahm, dass Menschen dabei zu Schaden kamen.

Unübersehbar war, dass die Stimmung nach dem Tod von Johannette Kamphusen zunehmend gereizter wurde. Hatten viele Bewohner der Krummhörn nach den ersten Bränden noch weitgehend desinteressiert mit den Schultern gezuckt, so hatten die Vorkommnisse inzwischen eine neue Qualität bekommen. Zumal noch niemand mit Sicherheit sagen konnte, ob der Tod der alten Dame ein bedauerlicher Kollateralschaden oder Absicht gewesen war.

„Was ist denn, wenn der Kerl immer noch mehr haben will?", fragte Meinhard Jansen nun in die Runde. „Ich hab da mal drüber nachgedacht: Bei den ersten Bränden gingen nur ein paar alte Schuppen in Flammen auf. Später kamen dabei Tiere ums Leben, und nun auch noch ein Mensch. Was ist denn, wenn der Feuerteufel sich nun immer mehr reinsteigert und als nächstes ein Wohnhaus in Brand steckt? Nachher fackelt der noch 'ne ganze Familie ab. Und dann?"

Ja. Und dann? Auch Marlon hatte sich mit den anderen Männern bei Frank Gerdes eingefunden und die Diskussion bislang zumeist schweigend verfolgt, während er an seiner Pfeife paffte. Dabei interessierte es ihn weniger, zu der Gruppe dazuzugehören. Vielmehr wollte er herausfinden, ob Imke mit ihrer Einschätzung, dass Samuel Busker irgendetwas mit den Bränden zu tun haben könnte, alleine dastand, oder ob auch andere dem Pastorensohn eine solche Tat zutrauten.

Als Marlon Samuel unmittelbar nach dem Brand in Eilsum zum ersten Mal bewusst unter die Lupe genommen hatte, war ihm nichts Ungewöhnliches an seinem Verhalten aufgefallen. Aber hatte das was zu sagen? Leider hatte Imke nicht sagen können, was genau Samuel ihrer Ansicht nach verdächtig machte. Genau genommen, hatte sie es sogar lediglich mit einem vagen Gefühl begründen können, was nun wirklich alles andere als ein konkreter Verdacht war.

Dennoch war Marlon nach den kurzen Zusammentreffen, die er mit Imke gehabt hatte, davon überzeugt, dass sie über eine Art siebten Sinn verfügte. Einiges an ihrem Verhalten deutete darauf hin, dass sie auf viele Dinge und Geschehnisse mit einer höheren Sensibilität reagierte als ihre Mitmenschen. Und genau deshalb wollte er ihre scheinbar aus der Luft gegriffenen Ahnungen nicht einfach vom Tisch wischen, sondern ihr nach Möglichkeit behilflich sein, ihren mehr als löchrigen Verdacht zu untermauern – oder auch zu widerlegen.

„Es ist ja nun so, dass hier jeder inzwischen jedem misstrauen muss", hörte Marlon den Gastgeber Frank Gerdes in seine Gedanken hinein sagen. „Was denn, wenn wir uns irgendwann alle gegenseitig auf dem Kieker haben? Kann gut sein, dass hier bald niemand mehr mit dem anderen spricht, wenn das so weitergeht. Kannst ja schließlich nicht wissen, ob dir dein Nachbar nicht in der nächsten Nacht dein Haus anzündet, nur weil ihm irgendwas, das du zu ihm gesagt hast, nicht gepasst hat."

Marlon runzelte die Stirn und ließ den Rauch seiner Pfeife bedächtig aus seiner Nase entweichen. „Ich weiß ja nicht, ob du da nicht gerade übertreibst, Frank", sagte er dann ruhig. „Irgendwie klingt mir das alles zu hysterisch. Nach seinem bisherigen Vorgehen ist wohl kaum anzunehmen, dass der Feuerteufel jetzt wahllos Häuser in Brand steckt, nur weil ihm die Nase seines Nachbarn nicht passt. Diesen Menschen geht es doch um was ganz anderes."

„Und was soll das wohl sein?" Frank Gerdes sah ihn mit dunklen Augen an. „Bist du jetzt Psychologe oder was, dass du nun ganz genau wissen willst, was in dem Kopp von so 'nem Scheißkerl vor sich geht?"

„Nee", schüttelte Marlon langsam den Kopf, „aber ich finde es gefährlich, wenn hier jetzt jeder plötzlich jeden verdächtigt. Es gibt doch gar keinen Hinweis darauf, dass die alte Frau absichtlich getötet wurde. Und bis das nicht bewiesen ist …"

„… liegen wir alle neben Johannette auf dem Friedhof", ergänzte Meinhard Jansen den Satz und wischte Marlons Bemerkung mit einer harschen Handbewegung vom Tisch.

„Noch jemand Bier?", ließ sich die unaufgeregte Stimme eines Mannes vernehmen, der sich bisher aus der Diskussion herausgehalten hatte. Bertus Kleen. Ihm gehörte die Bäckerei, in der sie am Morgen ihre Brötchen gekauft hatten.

Nachdem alle nickten, stand der Bäckermeister auf, lief durch die Terrassentür in die Küche und kam wenig später mit fünf Flaschen Bier unter dem Arm wieder zurück. „Ist ja nicht so, dass die Polizei besonders viel unternimmt", bemerkte er, als er die Flaschen mit einem Feuerzeug öffnete und rundum verteilte. „Nun geht das schon seit Wochen so. Kann mir doch keiner erzählen, dass die das ernst nehmen. Sonst hätten die den Kerl doch schon längst eingebuchtet."

„Heute waren zwei Kommissare von der Mord-kommission in der Kirche", erwiderte Meinhard Jansen.

„Jetzt, wo Johannette tot ist, da tun sie plötzlich ganz wichtig."

„Denen ging es aber wohl eher um Suntke als um die alte Bäuerin", stellte der fünfte Mann in der Runde, Rudolf Heyken, fest, nachdem er einen kräftigen Schluck Bier genommen hatte. „Fragen gestellt haben sie nur zu ihm. Zu Johannette kam nicht ein Wort. Oder hab ich was nicht mitgekriegt?"

„Na ja, wenigstens haben sie gefragt, wo wir waren, als es gebrannt hat", gab Bertus Kleen zu bedenken.

„Ach so, ja", nickte Meinhard Jansen, „da hast du auch wieder recht. Und irgendwas hatten sie mit Samuel. Keine Ahnung, warum."

„Mit Samuel?" Marlon war plötzlich hellwach. „Haben sie den etwa in Verdacht?" Die ganze Zeit schon hatte er auf die Gelegenheit gewartet, den Sohn des Pastors ins Spiel zu bringen, nun endlich lieferte Meinhard Jansen ihm eine Steilvorlage.

„Ach wat!" Frank Gerdes machte eine wegwerfende Handbewegung. „Die wollten nur von seinem Vater wissen, wo Samuel gewesen ist. Und da haben wir gesagt, dass er natürlich beim Feuer in Woltzeten war. Schließlich ist er Feuerwehrmann. Noch dazu einer unserer besten. Wo soll er also wohl gewesen sein, wenn nicht da?"

„Er wäre nicht der erste Feuerwehrmann, der Feuer legt, um sie hinterher wieder löschen zu können und dann als Held dazustehen", warf Marlon ein und bemerkte gleich darauf, wie es in den Gehirnen der anwesenden Männer zu arbeiten begann.

„Das soll vorkommen", nickte Bertus Kleen schließlich,

während er seine Bierflasche nachdenklich in den Händen drehte. „Und wenn ich es mir recht überlege …"

„Der Kerl hat doch als Kind dauernd Feuer gelegt und es dann gelöscht", fiel Frank Gerdes seinem Freund aufgeregt ins Wort. „Genau wie Suntke. Irgendwie hab ich immer gedacht, wie kann das wohl möglich sein, dass es so was zweimal gibt in so 'nem kleinen Dorf wie Groothusen."

„Das mit dem Feuerlegen hat sein Großvater heute auch gesagt", bestätigte Marlon. „Muss irgendwie das Hobby von Samuel gewesen sein. Zumindest hörte es sich bei Ulfert Busker so an."

„Und letztens sagte Samuel nach einem Einsatz mal zu mir, dass es gar nicht genug Feuer geben könne, wenn es nach ihm ginge. Büschen komisch ist das ja, wenn man so was sagt. Und noch dazu war damals ein Mann dabei ums Leben gekommen. Da sagt man doch so was nicht", meinte Frank Gerdes. Er machte eine nachdenkliche Pause, dann fügte er hinzu: „Aber ich hab Lisa ja gleich gesagt, dass sie von dem besser die Finger lässt. Büschen komisch war der ja schon immer."

Meinhard Jansen stieß ein grunzendes Geräusch hervor. „Nu erzähl mal keinen Müll!", sagte er dann an seinen Freund Frank gewandt. „Mir haste immer erzählt, wie stolz du bist, dass deine Lisa sich so 'nen patenten Kerl an Land gezogen hat. Und nun plötzlich soll er nicht mehr gut genug sein? Und das, wo sie jetzt auch noch von ihm schwanger ist!?"

„Lisa ist schwanger?", klang es vielstimmig durch den Raum, und alle sahen erst Meinhard und dann Frank überrascht an.

„Woher willst du das denn wohl wissen?", fragte Frank mürrisch. „Ist ja das erste, was ich hör. Nu erzähl du aber mal keinen Müll! Denkst du vielleicht, die hätte mir das nicht längst gesagt? Schließlich bin ich ihr Vater."

„Und ich bin der Vater meiner Tochter, und die lügt nicht", sagte Meinhard gekränkt. „Wenn meine Marina sagt, dass Lisa schwanger ist, dann wird das ja wohl stimmen. Schließlich ist sie ihre beste Freundin." Er sah seinen Freund, der sichtlich blass geworden war, mit gerunzelter Stirn an. „Nun sach bloß, du weißt da wirklich nix von!"

„Lisa hat immer gesagt, dass sie glaubt, dass Samuel keine Kinder zeugen kann", erwiderte Frank Gerdes heiser. „Und nun soll sie plötzlich …"

„Ich will ja nix sagen", meldete sich Bertus Kleen nach einem bedeutungsvollen Räuspern zu Wort, als Frank nicht weitersprach, und sah effektheischend in die Runde. „Aber ihr wisst ja, dass man bei uns in der Bäckerei so allerhand mitkriegt. Schließlich wird ja viel geredet, wenn die Leute bei uns ihren Kaffee trinken oder ihre Stutjes kaufen. Und da will Birgit, was meine Frau ist, mal zufällig gehört haben, wie Antje Mennen, also Suntkes Frau, zu Lisa gesagt hat, dass die sich gar nicht einbilden soll, dass Suntke jetzt zu ihr gehört, auch wenn sie seinen Braten in der Röhre hat. Hm." Er verzog angeekelt das Gesicht. „Ihr wisst ja, wie Antje spricht, wenn die richtig sauer ist. So gezischt hat die das. Birgit musste danach erstmal die Auslage abwischen, weil Antje dabei so gespüttert hat. Und Lisa hat Antje wohl angeguckt wie wenn sie 'ne Erscheinung wär."

„Das ist nicht wahr!", entgegnete Frank Gerdes heiser,

während alle anderen betreten zu Boden sahen. „Birgit muss sich verhört haben. Ich – meine Lisa – doch nie im Leben …"

„Wüsste nicht, warum Suntke nicht auch deine Lisa vernascht haben soll", brummte Meinhard Jansen mitleidlos. „Schließlich hat der sich an all unsere Frauen rangemacht. Ha!", lachte er im nächsten Moment bitter auf. „Da wird sich meine Alte aber freuen, wenn ich ihr nachher erzähl, dass sie nicht die einzige ist, mit der Suntke in der letzten Zeit rumgemacht hat. Seit das Arschloch tot ist, sitzt sie die ganze Zeit zuhause rum, heult sich die Augen aus dem Kopf und faselt was von großer Liebe. Mal sehen, wie schnell die wieder zu Verstand kommt, wenn sie von Lisas Schwangerschaft erfährt!"

„Untersteh dich, irgendwelche Gerüchte in die Welt zu setzen!" Frank Gerdes war von seinem Gartenstuhl aufgesprungen und hielt seinem Freund drohend die Faust entgegen. Dann blickte er mit zusammengekniffenen Augen warnend in die Runde und sagte: „Wenn auch nur einer von euch …"

„Besser, du fragst Lisa mal selbst", meinte Rudolf Heyken mit ruhiger Stimme, während er den am ganzen Körper zitternden Frank am Arm zurück auf den Stuhl zog. „Macht ja keinen Sinn, über irgendwas zu reden, was irgendjemand mal irgendwann gehört haben will."

„Ihr könnt mich alle mal!", brummte Frank Gerdes und griff nach einer Flasche Korn, die in einem mit Eiswürfeln gefüllten Flaschenkühler neben ihm stand. Ohne seine Freunde zu fragen, ob sie auch einen wollten, schüttete er sein Glas randvoll und kippte es sich dann auf Ex hinter die Binde. Diese Prozedur wiederholte er gleich anschließend noch dreimal, dann schien er langsam ruhiger zu werden.

„Mich interessiert immer noch viel mehr, ob Samuel was mit den Bränden zu tun hat", versuchte Marlon das Thema wieder auf sein eigentliches Anliegen zu lenken. Er hoffte, dass Frank angesichts der für ihn unerfreulichen Neuigkeiten nicht auf die Idee kam, sie alle vor die Tür zu setzen. Der aber saß nur mit verschleiertem Blick da und guckte ausdruckslos in die Büsche.

„Und mich interessiert, ob es gelingen kann, den Feuerteufel endlich dorthin zu bringen, wo er hingehört. In den Knast nämlich", ging Bertus Kleen auf den Themenwechsel ein.

„Wenn du mich fragst, dann brauchen wir eine Bürgerwehr", bemerkte Meinhard Jansen. Als ihn alle perplex ansahen, fügte er fast trotzig hinzu: „Wenn die Polizei so kläglich versagt, müssen wir Bürger uns eben selber schützen. Und wenn wir den Schweinehund erstmal haben, dann knüpfen wir ihn am nächsten Baum auf. Sonst kostet der uns Steuerzahler doch noch jahrelang Geld."

Während Marlon noch mit offenem Mund dasaß und erstmal verdauen musste, was er da gerade gehört hatte, sagten Rudolf Heyken und Bertus Kleen wie aus einem Mund: „Ich bin dabei."

„Aber ihr könnt doch nicht – ich meine, wir können doch nicht einfach einen auf Wildwest machen und zur Selbstjustiz greifen!", rief Marlon entgeistert in den Raum, nachdem er seine Stimme wiedergefunden hatte. „Stellt euch doch nur mal vor, es ist tatsächlich Samuel! Ihr würdet dann einen von euch …! Ihr kommt in Teufels Küche! Oder denkt ihr vielleicht …!"

„Wenn der nicht mal in der Lage ist, meine Tochter anständig zu befriedigen und die sich dann aus lauter Not von 'nem widerlichen Totengräber begrapschen und schwängern lässt, dann hat er es nicht besser verdient", unterbrach ihn Frank Gerdes. Er griff wieder zur Schnapsflasche, verzichtete jedoch diesmal auf ein Glas und setzte sie sich gleich an den Hals. Anscheinend hatte er sich fest vorgenommen, sich in dieser Nacht ins Koma zu saufen. „Ich bin auch dabei", sagte er dann mit einem lauten Rülpsen, nickte seinen Kumpeln zu und fuhr sich mit dem Hemdsärmel über den Mund.

„Also, auf mich könnt ihr dabei nicht zählen", schüttelte Marlon den Kopf und suchte angestrengt nach den richtigen Worten, um sie von ihrem haarsträubenden Vorhaben abzubringen. „Nun überlegt doch mal …"

„Dann kannst du jetzt ja gehen", schnitt ihm Meinhard Jansen mit einer energischen Geste das Wort ab und blickte Beifall heischend in die Runde.

Als alle anderen nickten und ihn auffordernd ansahen, stand Marlon auf und verließ nur Sekunden später wortlos das Haus. Er war fassungslos. Und er hoffte inständig, dass die Männer bis zum nächsten Morgen wieder zur Besinnung kommen würden.

Ansonsten sah er auf die Groothuser schlimme Zeiten zukommen.

12

„Was ist denn das?" Hauptkommissar David Büttner hob
eine Hand, um seinem Assistenten Sebastian Hasenkrug
zu bedeuten, dass er für einen Moment ruhig sein solle.
„Hören Sie das auch?", fragte er dann fast flüsternd.

„Ein Stöhnen. Es klingt nicht gut", stellte Hasenkrug fest
und ließ von der Klingel an der Haustür ab, auf die er
gerade zum vierten Mal hatte drücken wollen.

„Ich wollte gerade offiziell feststellen, dass wohl keiner
zuhause ist", meinte Büttner. „Die Geräusche aber lassen
etwas anderes vermuten." Mit einer Handbewegung deutete
er an, dass er durch den Garten um das Haus herumgehen
würde, woraufhin ihm sein Assistent auf dem Fuße folgte.

Das Stöhnen wurde lauter, als sie sich einem gekippten
Fenster näherten, das auf der Giebelseite des Einfamilien-
hauses zum Garten hin eingelassen war. Büttner und
Hasenkrug schlichen sich auf leisen Sohlen heran und
lugten vorsichtig durch die Scheibe, immer darauf bedacht,
dass sie von innen nicht gesehen wurden.

Offensichtlich handelte es sich bei dem Raum um ein
Schlafzimmer, in dem sich zwei Menschen aufhielten. Einer
von ihnen stand vornübergebeugt über dem anderen und
hatte seine Hände um dessen Hals … Büttner stockte der
Atem und er warf Hasenkrug einen alarmierten Blick zu.

„Oh mein Gott!", zischte Hasenkrug und eilte zur Terrassentür, die sperrangelweit offen stand.

„Wir gehen rein", sagte Büttner ohne lange zu überlegen und tastete rundherum seinen Hosenbund ab, obwohl er wusste, dass er das Gesuchte nicht finden würde. „Haben Sie Ihre Waffe dabei, Hasenkrug?", fragte er und atmete sichtlich erleichtert auf, als der im nächsten Moment nickte. Immer wieder hatte er sich vorgenommen, seine Waffe mitzunehmen, wenn er das Kommissariat aus dienstlichen Gründen verließ. Doch trug er das Ding so ungern mit sich herum, dass er diesen Gedanken mindestens ebenso oft wieder verdrängte. In Situationen wie diesen, in denen eindeutig Gefahr im Verzug war, beschwor er sich dann selbst wieder, in Zukunft weniger nachlässig zu sein.

Denn so, wie es aussah, würden sie jetzt eine Waffe brauchen.

Je näher die beiden Polizisten dem Schlafzimmer kamen, desto lauter wurde das Stöhnen. Es klang nun eindeutig gequält, wie Büttner schaudernd feststellte.

„Polizei! Lassen Sie von dem Mann ab und Hände hoch über den Kopf!", hörte er Hasenkrug im nächsten Moment rufen, woraufhin aus dem Raum ein erstickter Aufschrei sowie ein Röcheln zu hören war.

„Ist alles in Ordnung mit Ihnen?" Büttner war zu dem älteren Mann geeilt, der rücklings auf dem Bett lag und ihn nun mit erschrockenen Augen anstarrte. Doch schien der sich schnell wieder von seinem Schrecken zu erholen, denn er kniff nur wenige Sekunden später die Augen zusammen und sagte mit erstaunlich fester Stimme: „Moin."

„Was wollen Sie von mir, um Gottes Willen!?", brüllte

währenddessen der wesentlich jüngere Mann, den Hasen-krug mit einem Klammergriff an die Wand drückte.

„Die Frage ist ja wohl, was Sie von diesem Mann wollten!“, entgegnete Hasenkrug barsch und drückte den Arm des Mannes unbarmherzig noch ein wenig weiter auf den Rücken, bis der einen Schmerzensschrei ausstieß. „Wenn wir nicht gekommen wären …“

„Dann wäre mein kaputter Nacken wohl endlich wieder eingerenkt“, vollendete der alte Mann den Satz, richtete sich ächzend auf und rieb sich den Hals. „Aber das haben Sie ja nun gründlich vermasselt. So“, sagte er dann be-stimmt, „und nu lassense mal den Jungen los. Den brauch ich nämlich noch.“

Für einen langen Moment standen Büttner und Hasen-krug nur da und sahen verdattert von einem zum anderen.

„Es sah so aus, als würden Sie …“, stammelte Hasenkrug und ließ nun endlich auch den Arm des jungen Mannes wieder los, der sich ihn daraufhin mit schmerzverzerrter Miene rieb.

„Was?“, rief er aufgebracht und sah Hasenkrug aus blitzenden Augen an. „Wonach sah das hier aus, hä?“

„Nun beruhig dich mal, mien Jung“, sagte der alte Mann. „Sie haben es ja nur gut gemeint. Dachten wohl, du gehst mir an die Gurgel.“

„An die … Sie dachten, ich bringe meinen Großvater um?“ Der junge Mann schien nun ehrlich perplex.

„Na ja“, druckste Hasenkrug herum und kratzte sich ver-legen an der Stirn, „durchs Fenster sah es so aus, als ob …“ Er stutzte kurz und fügte nun schon deutlich selbstsicherer hinzu: „Wieso haben Sie denn nicht aufs Klingeln reagiert?

Dann wären wir doch nie auf die Idee gekommen, dass hier irgendwas nicht stimmen könnte."

„Die Klingel?" Der junge Mann strich sich mehrmals durchs Haar. „Ach so, die ist wahrscheinlich noch ausgeschaltet. Ich wollte nach dem gestrigen Feuerwehreinsatz ungestört schlafen."

„Dann sind Sie Samuel Busker", folgerte Hasenkrug messerscharf.

„Jo. Das ist Samuel. Und ich bin sein Großvater. Ulfert Busker", nickte nun der Alte. „Samuel ist Physiotherapeut. Er biegt meine morschen Knochen immer mal wieder zurecht. Das tut wirklich gut. Zumindest, wenn nichts dazwischen kommt."

„Es – tut uns Leid", bemerkte Büttner kleinlaut und stellte sich und seinen Assistenten nun ebenfalls vor. „Eigentlich wollten wir Sie nur zum Tod von Johannette Kamphusen befragen. Ein blödes Missverständnis."

„Kann all gebeuren. Nu lat man goot ween*", meinte Ulfert Busker schulterzuckend und zog sich eine Strickjacke über. „Trinken Sie einen Tee mit uns?", fragte er dann leutselig. „Ich hab auch leckere Kekse. Selbstgebacken."

„Sehr gerne." Büttner lechzte nach diesem peinlichen Auftritt geradezu nach einer guten Tasse Tee.

„Ihr Vater sagte uns, dass wir Sie hier finden", sagte Hasenkrug Minuten später, als Ulfert Busker den fertigen Tee in die Tassen goss und das heimelige Geräusch knisternder Kluntjes die kleine, nüchtern eingerichtete Küche gleich viel gemütlicher erscheinen ließ.

---

* Kann alles passieren. Nun lass mal gut sein.

116

„Sie waren so früh am Morgen schon bei meinem Vater?", fragte Samuel erstaunt und warf einen Blick auf sein Smartphone, das gerade einmal acht Uhr dreißig zeigte.

„Nein, nein. Wir haben ihn gestern am späten Nachmittag in der Kirche getroffen."

Ulfert Busker nickte wissend. „Hab ich schon von gehört. Meinhard Jansen sachte das vorhin beim Brötchen holen." Er hob den Kopf und sah Büttner in die Augen. „Wissen Sie, dass ich auch lange Jahre Pastor hier in Groothusen war?"

„Dann wird der Job wohl innerhalb der Familie vererbt", witzelte Hasenkrug.

„Leider wohl nur das eine Mal", antwortete Ulfert Busker und schielte über den Rand seiner Tasse zu seinem Enkel hinüber. „Samuel hat's nicht so mit Kirche."

„Physiotherapeut ist ja auch ein guter Job", bemerkte Büttner, als er sah, wie Samuel entnervt das Gesicht verzog. „Und sich bei der Freiwilligen Feuerwehr zu engagieren, spricht ja auch nicht gerade gegen ihn."

„Nee, nee, ist schon ein guter Junge", brummte der Großvater. „Könnt schlimmer kommen."

Na ja, ein Kompliment hörte sich zwar anders an, grinste Büttner in sich hinein, aber so konnte man es ja mal stehen lassen. „Wie wir inzwischen erfahren haben, waren Sie derjenige, der Johannette Kamphusen unter den verkohlten Trümmern ihres Stalles gefunden hat", kam er dann an Samuel gewandt auf den eigentlichen Zweck ihres Besuches zu sprechen. „Können Sie mir sagen, wann genau das gewesen ist?"

Samuel nahm sich – genau wie Büttner – eines der handtellergroßen Plätzchen, die sein Großvater gerade auf kleinen Tellern vor jeden von ihnen auf den Tisch stellte und dachte einige Augenblicke nach. „Das muss so gegen halb zwei gewesen sein", sagte er dann. „Eigentlich war unser Einsatz schon so gut wie beendet. Auch die Presse war schon wieder weg. Und als ich dann noch mal durch die Trümmer ging, da hab ich plötzlich so 'nen Arm gesehen, der unter einem verkohlten Balken hervorlugte. Es war – kein schöner Anblick."

„Meine Schwester war in den letzten Jahren sicherlich kein einfacher Mensch", bemerkte Ulfert Busker. „Aber so 'nen Abgang, nee, das hat sie nicht verdient."

„Johannette Kamphusen war Ihre Schwester?", fragte Büttner erstaunt. „Davon hat uns Ihr Sohn gar nichts gesagt. Mein herzliches Beileid."

„Das ist für alle hier im Dorf so selbstverständlich, dass da keiner mehr groß drüber nachdenkt", winkte der Alte ab und griff nun seinerseits nach einem Plätzchen. „Sie war ja auch viele Jahre älter als ich, da war der Kontakt nie so eng", fügte er schmatzend hinzu. Dann zog er die Stirn in Falten und bemerkte mit düsterer Miene: „Bestimmt wollte der liebe Gott mich und Jurine bestrafen, weil wir heiraten wollen. Suntke und Johannette, beide tot. Und beide an einem Tag. Wenn das mal kein Zeichen ist."

„Mensch, Opa, nun fang doch nicht schon wieder mit diesem Mist an!", verdrehte Samuel die Augen. „Die beiden sind tot, weil es irgendjemand so gewollt hat. Und dieser Irgendjemand ist zutiefst menschlicher Natur und nicht göttlicher, wie sich sicherlich bald herausstellen wird. Du immer mit deinem dämlichen Gott-Getue! Ehrlich!"

„Sie sind der Mann, den Jurine Mennen heiraten will?"

Büttner beschloss, den jungen Mann zu ignorieren. Er hatte keine Lust auf eine Glaubensdiskussion.

„Ja. Suntke war dagegen. Insofern ist es ganz gut, dass es ihn nun nicht mehr gibt." Ulfert Busker schickte einen schnellen Blick zum Himmel, als wollte er seinen Chef für diese Bemerkung um Vergebung bitten.

„Ulfert, bist du hier?", erklang plötzlich eine Stimme vom Flur her. „Oh, Moin zusammen, wusste gar nicht, dass Besuch da ist. Ich komm dann später noch mal wieder."

„Nee, kannst ruhig bleiben, Anton", entgegnete Ulfert und deutete auf einen freien Stuhl, als sein Freund sich wieder umdrehte. „Die Herren sind von der Polizei."

„Oha. Dann geht's wohl um Johannette." Anton Rieken musterte die beiden Beamten aufmerksam.

„Darf ich fragen, wer Sie sind?", wollte Büttner wissen und nahm sich einen weiteren Keks, während Hasenkrug die Finger von den seinen ließ.

„Anton Rieken. Ich bin ein Freund von Ulfert. Und ich glaub ja immer noch, dass Suntke sich selbst umgebracht hat."

„Nun, da muss ich Sie leider enttäuschen", schmatzte Büttner. „Inzwischen sind wir uns sicher, dass er ermordet wurde."

„Wundert mich nicht", entfuhr es Samuel.

„Und warum?", hakte Büttner nach.

„Er – ach, ist ja auch egal. Bestimmt wissen Sie sowieso schon, dass er ein mieses Arschloch war."

„Was ist denn mit dir, Kind?" Ulfert Busker warf einen besorgten Blick zur Tür, in der nun auch noch Samuels Freundin Lisa aufgetaucht war. Sie war bleich wie die

Wand und sah aus, als würde sie jeden Moment ohnmächtig werden.

„Es ist – mir ist nur so schlecht", keuchte sie und hielt sich den Bauch. „Ich kann jetzt nicht arbeiten. Gehe dann später wieder. Ich dachte, du hast vielleicht irgendwas, was gegen die Übelkeit hilft. Zuhause haben wir nichts mehr." Erschöpft ließ sie sich auf einen Stuhl sinken und vergrub den Kopf in den Händen.

„Vielleicht hilft ein Keks?", schlug Anton Rieken ungeschickterweise vor, woraufhin Lisa sofort zu würgen anfing, die Hand auf den Mund presste und zur Tür hinausrannte.

„Bei meiner Frau hat es in der Schwangerschaft immer geholfen, wenn sie was gegessen hat", hob Anton Rieken entschuldigend die Schultern.

„In der wievielten Woche ist sie …?", richtete Büttner eine wohlmeinende Frage an Samuel, zuckte dann jedoch verwirrt zurück, als er in dessen Augen ein wütendes Funkeln bemerkte.

„Also doch!", presste Samuel zwischen den Lippen hervor. „Also doch! Ich hab's doch gewusst!"

„Nun sach bloß, sie hat es dir nicht gesacht", wunderte sich Anton Rieken. „Das ist ja 'n Ding. Das ganze Dorf spricht schon davon. Und ich hab vorhin beim Bäcker noch gedacht, warum die es alle wissen und Ulfert mir nix gesacht hat. Wo ich doch sein bester Freund bin und so."

Büttner sah von einem zum anderen und verstand kein Wort. Irgendwie nahmen die Familiendramen gerade überhand, fand er.

„Aber wisst ihr, wo ich wirklich lachen musste? Man sacht

auch, dass das Kind gar nicht von dir, sondern von Suntke ist", fuhr Anton Rieken unbeeindruckt fort, und um seine Mundwinkel zuckte es nun verräterisch. „Aber das kann ja wohl nur 'n Witz sein. Kinners nee, ich hab beim Bäcker 'nen richtigen Lachkrampf gekriegt, als Meinhard Jansen das sachte. Mann, Mann, Mann, wann ich wohl das letzte Mal so gelacht hab! Ich …"

Als nun plötzlich eine Totenstille im Raum herrschte und man lediglich aus Richtung der Toilette ein unangenehmes Würgen hörte, machte der alte Mann eine Pause und schaute Samuel, der bleich wie die Wand dasaß, irritiert an. Auch sein Freund Ulfert schien plötzlich wie zur Salzsäule erstarrt. „Oha!", sagte er und schlug sich die Hand vor den Mund. „War wohl jetzt nicht … so unrecht hatte Meinhard wohl doch nicht – oha! Ist wohl besser, ich geh jetzt mal, wa!?"

„Da hätten wir dann ja wohl noch jemanden mit Mordmotiv", bemerkte Hasenkrug, als auch sie wenig später wieder auf der Straße standen, weil sie keine Lust hatten, in das zwangsläufig zu erwartende Beziehungsdrama mit einbezogen zu werden.

„Zunächst einmal habe ich die Plätzchen nicht vertragen", knurrte Büttner und rieb sich mit schmerzverzerrtem Gesicht über den Bauch. „Sie liegen so schwer im Magen, als hätte ich ein ganzes Schwein verdrückt. Oh, verdammt!" Er krümmte sich nun vor Schmerzen. „Ich glaub fast, der hat da Reißzwecken eingebacken!"

„Von der Menge her könnte es mit dem Schwein in etwa hinkommen", frotzelte Hasenkrug und fing sich dafür einen vernichtenden Blick seines Chefs ein.

„Sie müssen nur mit mir mitkommen, Herr Kommissar", erklang die Stimme Anton Riekens hinter ihnen. Anscheinend war der alte Mann doch nicht wie angekündigt gegangen, sondern hatte ganz offensichtlich am Fenster gelauscht. „Meine Enkelin hat sicher was für Ihren Magen. Und ich wollte sowieso gerade zu ihr gehen. Da haben Sie aber Glück gehabt, dass ich noch da bin."

„Ist Ihre Enkelin Ärztin?", fragte Büttner mit schmerzverzerrtem Gesicht. Er war sich sicher, dass sich seine Eingeweide soeben in ihre Bestandteile auflösten. Was war nur in diesen verdammten Keksen gewesen? Ob sie die Retourkutsche Ulfert Buskers für ihren peinlichen Auftritt gewesen waren? Vielleicht bot er sie nur unliebsamen Gästen an? Aber hatten er und sein Enkel nicht selbst auch welche gegessen?

Anton Rieken zuckte die Schultern. „Imke ist so was Ähnliches wie 'ne Ärztin. Nur viel besser."

13

Imke sah dem Mann, der in Begleitung ihres Großvaters auf ihr Häuschen zulief, schon von Weitem an, dass er wahrscheinlich eines von Ulferts Spezial-Plätzchen gegessen hatte. Sein Gesicht war schmerzverzerrt, die Hände hatte er auf den Bauch gepresst.

Es war schon eine Weile her, dass sie sein letztes Opfer behandelt hatte, ein Jahr vielleicht. Damals war die Frau des Pastors mitten in der Nacht zu ihr gekommen, weil sie die heftigen Magenkrämpfe nicht mehr ausgehalten hatte. Die Plätzchen, hübsch angeordnet auf einem Extrateller, waren Ulferts Geheimwaffe gegen diejenigen, die er welcher Schandtat auch immer für schuldig befand. Der Frau seines Sohnes zum Beispiel hatte er eins auswischen wollen, nachdem sie diesen mit Suntke Mennen betrogen hatte. Für sie hatte Ulfert allerdings ein paar von seinen geheimen Zutaten in die Nachspeise des Sonntagsmenüs gemischt, anstatt ihr Plätzchen anzubieten.

Der alte Pastor bezeichnete seine vermeintliche Medizin als *Vergeltung aus der Apotheke Gottes*. Die, die schon mal in ihren Genuss gekommen waren, neigten jedoch eher dazu, sie als vorsätzliche Körperverletzung zu betiteln; bei allen anderen hieß sie schlicht *Krummhörner Pfaffen-Rache*.

Imke selbst kannte Ulfert nicht besonders gut, von ihrem

Großvater aber wurde sie über die neuesten Schandtaten seines Freundes stets auf dem Laufenden gehalten. Auch fand so manches der Opfer nach vollbrachter Tat seinen Weg zu ihr. Diesen Umstand wiederum deklarierte ihr Opa gerne als *Regionale Wirtschaftsförderung*.

Die beiden Männer, die jetzt in Begleitung ihres Großvaters kamen, hatte sie noch nie gesehen. Nur einem von ihnen, dem älteren und korpulenteren, schien es schlecht zu gehen, während der andere sich nun sichtlich begeistert ihrem kleinen Häuschen näherte. Auch diese Reaktion kannte sie schon. Es gab kaum einen Passanten, der beim Anblick ihres Idylls nicht in Verzückung geriet. Aber dagegen war sie immun. Selbst auf ausdrückliche Bitten hin ließ sie niemanden ihren Garten oder gar ihr Häuschen betreten. Es sei denn, es war ein akuter medizinischer Notfall.

So wie offensichtlich dieser hier.

„Stell dir vor, Imke", sagte ihr Großvater mit gespielt besorgtem Blick und deutete auf Büttner, „der Herr Kommissar hat bei Ulfert Plätzchen gegessen und nun so was. Magenkrämpfe! Nu stell sich das mal einer vor, wie das wohl sein kann! Magenkrämpfe von den leckeren Plätzchen! Manche Sachen glaubste ja nicht." Er zwinkerte seiner Enkelin spitzbübisch zu.

Imke musterte Büttner für eine Weile stumm, nickte den beiden ihr fremden Männern, die sich ihr als Büttner und Hasenkrug vorstellten, zu und verschwand im Haus, während Anton Rieken den Polizisten einen Platz auf einer Sitzbank zuwies, die direkt neben der Haustür stand. Es dauerte nur wenige Minuten, bis Imke wieder zurück war und Büttner, dem in seinem Leid der kalte Schweiß auf der Stirn stand, ein kleines Fläschchen entgegenhielt. „Nehmen Sie davon stündlich fünf Tropfen. Schon nach der ersten Einnahme wird es Ihnen rasch besser gehen. Aber dann nicht gleich absetzen. Am besten nehmen Sie sie ab morgen drei Tage lang zweimal täglich."

Büttner sah sich angesichts der Krämpfe nicht dazu in der Lage, einen ganzen Satz zu formulieren, sondern presste lediglich ein dünnes *Danke!* hervor. Dann tröpfelte er ohne Umschweife ein paar Tropfen auf seine Zunge, lehnte sich zurück und wartete ab, was nun passieren würde. Normalerweise ließ er sich bei allen Medikamenten zunächst einmal über die möglichen Nebenwirkungen aufklären (die er dann auch prompt bekam), in seinem jetzigen Zustand aber hätte er auch ohne zu zögern Rattengift zu sich genommen, wenn es ihm jemand als heilsam angepriesen hätte.

„Ich habe kaum jemals einen so herrlichen Garten gesehen", sagte Hasenkrug, den die Leiden seines Chefs nicht sonderlich zu interessieren schienen, und ließ seinen Blick bewundernd immer wieder in die Runde schweifen. „Und mit jedem Gucken entdeckt man was Neues. Und dieser Duft!" Selig lächelnd reckte er seine Nase in die Luft und atmete tief ein. „Hach! Es ist wie ein Wunder. Wie haben Sie das nur hinbekommen?"

Imke zeigte ein kaum wahrnehmbares Lächeln. Sie wusste nicht, wie oft ihr diese Frage schon gestellt worden war. Und wie immer hatte sie keine Ahnung, was sie darauf antworten sollte. Denn wie, so fragte sie sich, sollte sie das Herzblut und die Arbeit von nunmehr acht Jahren in ein paar Sätzen zusammenfassen? Mal ganz abgesehen davon, dass sie nicht vorhatte, mit irgendwelchen Fremden ins Plaudern zu geraten. Sie sollten sie einfach in Ruhe lassen und sonst nichts.

„Im Hause Busker ist dicke Luft", erzählte Anton Rieken seiner Enkelin, während Büttner mit geschlossenen Augen auf der Bank saß und sich auf seine zerrenden Eingeweide konzentrierte. „Du glaubst ja im Leben nicht, von wem Lisa sich ein Kind hat andrehen lassen!"

„Von Suntke", antwortete Imke gelassen, wohl wissend, dass sie ihrem Großvater damit die Pointe versaute. Jedoch hatte sie seinem Hang zu Klatsch und Tratsch noch nie viel abgewinnen können.

Mit ihren zwei dahingemurmelten Wörtern versetzte sie nun allerdings nicht nur ihren Großvater, sondern auch die beiden Polizisten in Erstaunen. Selbst Büttner, der nach wie vor recht leidend aus der Wäsche guckte, auch wenn sich seine Gesichtszüge allmählich wieder entspannten, öffnete nun die Augen und sah Imke überrascht an. „Sie wussten davon?", fragte er gequält. „Haben Sie auch in der Bäckerei davon gehört?"

„Imke geht in keine Bäckerei. Imke versorgt sich mit allem, was sie braucht, selbst", antwortete Anton Rieken nicht ohne Stolz in der Stimme, noch bevor seine Enkelin den Mund öffnen konnte.

„Woher wissen Sie es dann?", fragte Hasenkrug und musterte sie so abschätzig wie alle, die ihr zum ersten Mal begegneten.

„Ist es wirklich so verwunderlich, dass man in einem Dorf von einer Schwangerschaft erfährt?", stellte Imke die Gegenfrage. Sie hatte sich zu einem Pflanzkübel hinuntergebeugt, um zu kontrollieren, ob die Erde noch feucht genug war.

„Nein", antwortete Hasenkrug, „aber zurzeit suchen wir den Mörder des Kindsvaters. Das macht den Fall zu etwas Besonderem, finden Sie nicht?"

„Ich verstehe Ihre Logik nicht ganz", meinte Imke. „Oder gehen Sie davon aus, dass Lisa etwas mit dem Mord zu tun hat? Oder Samuel?"

„Wäre zumindest nicht so weit hergeholt."

„Ist das Ihr Hund?" Büttner hatte sich aufgerichtet und deutete auf Cora, die schnuppernd durch den Garten lief. „Ist ein hübscher. Ich habe auch einen. Heinrich."

„Geht es Ihnen besser?", fragte Imke, ohne auf seine Frage einzugehen.

Büttner strich sich über den Bauch. „Ja", sagte er lächelnd, „ja, tatsächlich, es geht mir schon viel besser. Vielen Dank für die schnelle Hilfe!" Er nahm das Fläschchen mit den Tropfen in die Hand und musterte es sekundenlang so konzentriert, als würde sie dadurch ihr Geheimnis preisgeben. „Verraten Sie mir, wie das Wundermittel heißt?"

„Wie heißen Sie noch gleich?", stellte Imke die Gegenfrage.

„Büttner, wieso?"

„Und mit Vornamen?"

„David."

„Dann ist es die David-Büttner-Kräutermischung", lächelte Imke.

„Aha." Büttner schaute erst sie und dann ihren Großvater verunsichert an.

„Imke mischt die Tropfen für jeden ganz individuell zusammen", klärte Anton Rieken ihn auf. „Nach Geschlecht, Alter, Gewicht, Haarfarbe, Schuhgröße und was weiß ich nicht noch alles. Ich sach ja, sie ist 'ne patente Frau. Muss sie wohl von mir haben."

„Kennen Sie Lisa Gerdes und Samuel Busker gut?", wollte Hasenkrug von Imke wissen.

Imkes Miene verdunkelte sich, bevor sie sagte: „Nein. Ich habe nicht das Bedürfnis, irgendjemanden gut zu kennen."

Als Büttner und Hasenkrug erstaunt die Brauen hoben, meinte Anton Rieken: „Imke hat mit zu viel Nähe keine allzu gute Erfahrung gemacht. Sie lebt lieber zurückgezogen."

„Hatten Sie außer der Medizin noch einen Grund, bei mir vorbeizukommen?", fragte Imke, und ihr Tonfall ließ keinen Zweifel daran, dass sie die beiden Polizisten gerne loswerden wollte. Für ihren Geschmack hatten sie sich schon viel zu lange bei ihr aufgehalten.

„Nur, wenn Sie uns sagen können, wer Johannette Kamphusen oder Suntke Mennen auf dem Gewissen hat", antwortete Büttner, dessen Gesicht nun wieder eine deutlich gesündere Farbe zeigte. „Am liebsten wäre es uns, Sie wüssten beides."

„Ich wünsche mir inständig, dass Sie den Feuerteufel bald finden. Es ist einfach schrecklich, dass dabei so viele Tiere umkommen", erwiderte Imke nach kurzem Zögern. Für einen Moment hatte sie überlegt, ob sie den Polizisten etwas von Samuel sagen sollte, den sie nach wie vor in Verdacht hatte, die Brände gelegt zu haben. Aber ohne eine stichhaltige Begründung machte das wohl keinen Sinn. Allenfalls würden die Beamten sie für überdreht halten, wenn sie sagte, dass sie zwar keinen Beweis, aber in Bezug auf Samuel ein so unbestimmtes Gefühl habe. Also hielt sie lieber den Mund.

Stattdessen fixierte sie ihren Blick auf einen unbestimmten Punkt in der Ferne, bevor sie fortfuhr: „Was den Mörder von Suntke angeht, so ist es mir vollkommen egal, ob der noch frei herumläuft. Ganz gleich, wer an seinem Tod schuld ist, er oder sie wird einen guten Grund gehabt haben, ihn zu töten."

„So sieht's wohl aus", nickte Anton Rieken zustimmend.

„Sie werden Verständnis dafür haben, dass wir das ein wenig anders sehen", meinte Büttner säuerlich. „Wenn sich hier jeder an jedem rächen wollte, dann …"

„Dann passen Sie mal auf, dass genau das nicht passiert", ergänzte eine Stimme vom Zaun her Büttners Satz.

„Marlon." Imke spürte, wie ihr beim Anblick ihres neuen Bekannten das Blut ins Gesicht schoss und hoffte, dass es außer ihr keiner bemerken würde. Auch wurde ihr Herzschlag unvernünftig schnell, was sie eher ärgerte als in Hochstimmung versetzte. „Was machst denn du so früh hier?", fragte sie und bemühte sich um ihren gewohnt abweisenden Tonfall. Dennoch konnte sie nicht verhindern, dass ihr Großvater jetzt mit einem breiten Grinsen von ihr zu Marlon und wieder zurück blickte, als dieser sich zu ihnen gesellte.

Auch Marlon ließ sich nicht täuschen, sondern lächelte sie freundlich an. „Man sagte mir im Dorf, dass die beiden ermittelnden Kriminalbeamten bei dir sind. Und ich muss sie dringend sprechen."

„Ach was?" Büttner musterte den Neuankömmling von

oben bis unten und stellte dann fest: „Wir kennen uns noch nicht, richtig? Darf ich fragen, was genau Sie zu uns führt?"

Marlon stellte sich vor, dann kam er ohne Umschweife auf den Punkt: „Ich hab gestern am späten Abend mit einigen Männern aus dem Dorf zusammengesessen. Sie fühlen sich angesichts der sich häufenden Brände bedroht und gleichzeitig von der Polizei nicht ausreichend beschützt. Also haben sie beschlossen, eine Bürgerwehr ins Leben zu rufen, die die Verfolgung des Feuerteufels selbst in die Hand nimmt. Sie glauben, dass es nicht mehr lange dauern wird, bis der Feuerteufel auch die Häuser ganz normaler Bürger abfackelt und dabei womöglich ganze Familien zu Schaden kommen."

„Was du für eine Petze bist!" Anton Rieken schüttelte tadelnd den Kopf.

„Das hätte die Polizei doch sowieso herausgefunden", entgegnete Marlon ungerührt. „Also dachte ich, ich sag es Ihnen besser gleich, bevor noch ein Unglück geschieht."

„Was für ein Unglück?", fragte Büttner lauernd.

„Sie haben damit gedroht, den Feuerteufel am nächsten Baum aufzuknüpfen, wenn sie ihn erwischen. Gestern dachte ich noch, die sagen das nur aus ihrer Bierlaune heraus. Heute Morgen beim Bäcker aber hat Frank Gerdes wieder laut damit herumgetönt und sogleich zahlreiche Anhänger um sich versammelt."

„Scheint einiges los zu sein bei Ihrem Bäcker", bemerkte Büttner trocken.

„Und wenn's dumm läuft, dann bald nicht nur da", konterte Marlon. „In den sozialen Netzwerken machen sie auch schon mobil. Vor allem auf Facebook, wie ich heute Morgen feststellen musste."

„Gegen ein bisschen erhöhte Aufmerksamkeit der Bürger haben wir ja nichts", seufzte Hasenkrug, „aber wenn diese sich als verlängerter Arm der Justiz verstehen, dann wird es in der Regel äußerst unschön." Er fuhr sich durch sein lichtes Haar und fügte gequält hinzu: „Volksaufstand für Arme in der Krummhörn. Genau das hat uns gerade noch gefehlt."

„Können Sie mir konkrete Namen nennen?", fragte Büttner und streichelte Cora, die sich nach kurzem Schnuppern auf seine Schuhe gesetzt hatte, über das weiche Fell.

„Als Rädelsführer spielen sich Meinhard Jansen und Frank Gerdes ganz groß auf", nickte Marlon.

„Meinhard Jansen?" Büttner schürzte die Lippen. „Ist das nicht der glatzköpfige Kerl, dessen Frau eine Affäre mit Suntke Mennen hatte?"

„Nicht nur die", brummte Anton Rieken.

„Genau der", bestätigte Marlon.

„Na, wenn der mal mit der Aktion nicht von sich selber ablenken will", sagte Hasenkrug mehr zu sich selbst.

„Und Frank Gerdes? Steht der in irgendeiner Beziehung zu Lisa Gerdes?", wollte Büttner wissen.

„Er ist ihr Vater. Gut möglich, dass auch er nur ein Ablenkungsmanöver startet." Marlon sah von einem zum anderen. „Ich weiß nicht, ob Sie darüber informiert sind, dass …"

„Sind wir", fiel ihm Büttner mit einer Geste seiner Hand ins Wort. „Damit könnte also auch Frank Gerdes einen

Grund haben, von seiner Person und von seiner Tochter abzulenken. Oder gar von Samuel Busker, seinem angehenden Schwiegersohn? Möglich ist alles."

„Vielleicht hat ja auch Marlon einen Grund, von sich selber abzulenken, und haut deswegen alle in die Pfanne", sagte Anton Rieken nach einigen Momenten nachdenklicher Stille.

„Ich?" Marlon schaute Imkes Großvater mit großen Augen an und deutete mit dem Zeigefinger auf seine Brust. „Und was genau sollte ich für einen Grund haben, von mir ablenken zu wollen?"

„Ich hab das mal nachgerechnet. Mit den Bränden ging das erst los, als du hierher gezogen bist. Genau zwei Wochen danach nämlich. Muss ja auch nicht unbedingt Zufall sein."

„Aber, Opa! Du kannst Marlon doch nicht einfach so …!" Imke schnappte empört nach Luft und suchte nach den passenden Worten, die ihr so spontan jedoch nicht einfallen wollten.

„Brauchst dich gar nicht so aufzuregen, mein Kind", funkelte ihr Großvater sie böse an. „Was tut der denn gerade anderes, als Leute zu verpetzen? Da muss er sich nicht wundern, wenn …"

„Mit aus der Luft gegriffenen Behauptungen ist uns nicht geholfen", schnitt Büttner dem alten Mann das Wort ab. „Und mit Leuten, die aus falsch verstandener Solidarität nicht das sagen, was sie wissen, auch nicht." Er warf Marlon einen kurzen Blick zu. „Gott sei Dank gibt es noch Menschen mit Verantwortungsgefühl. Kommt in einer Dorfgemeinschaft leider nicht allzu häufig vor. Da wird zwar den lieben langen Tag tonnenweise verbales Gift über die Gartenzäune versprüht. Wenn es aber darum geht, sich gegenüber Dritten – in diesem Fall gegenüber der Polizei – zu einem Bollwerk zusammenzuschließen, dann ist man plötzlich eine ach so gut funktionierende nachbarschaftliche Gemeinschaft." Büttner schnaubte. „Das ist das gleiche Spiel wie es Geschwister gegen ihre Eltern praktizieren. Aber in einem solchen Fall, wie wir ihn hier haben, ist so ein Verhalten weder solidarisch noch intelligent, sondern allenfalls verantwortungslos und erwachsener Menschen nicht würdig."

Auf diese Ansprache hin herrschte im Garten für eine lange Weile Ruhe, begleitet lediglich vom fröhlichen Gesang der Vögel, dem Summen und Zirpen der Insekten und dem Rauschen der Blätter im auffrischenden Westwind.

Alle waren so in ihre Gedanken vertieft, dass sie erschrocken zusammenzuckten, als plötzlich Hasenkrugs Handy ein durchdringendes Schrillen von sich gab.

„Was Wichtiges?", fragte Büttner, als sich eine steile Falte auf Hasenkrugs Stirn zeigte und er nach nur wenigen Sekunden und beredtem Schweigen wieder auflegte.

„Das sag ich Ihnen lieber unter vier Augen", bemerkte Hasenkrug mit einem Blick auf die Anwesenden.

„Gut. Ich wollte sowieso gerade vorschlagen, dass wir uns verabschieden." Büttner nickte den anderen kurz zu, bedankte sich nochmals überschwänglich bei Imke für die *Wundermedizin*, gab ihr das Geld dafür und verschwand mit seinem Assistenten zum Gartentor hinaus.

„Was gibt's denn?", fragte Büttner, als sie sich weit genug vom Haus entfernt hatten.

„Ich hatte die Kollegen gebeten, Samuel Busker mal durchzuchecken. Es war nur so ein Gefühl, dass mit ihm irgendwas nicht stimmt."

„Anscheinend hat das Gefühl nicht getrogen", bemerkte Büttner auf Hasenkrugs ernste Miene hin.

„Das weiß ich noch nicht. Aber interessant ist es allemal." Hasenkrug machte eine Kunstpause, bevor er mit bedeutungsvoller Miene sagte: „Samuel Busker ist nicht das leibliche Kind seiner Eltern. Er wurde im Alter von eineinhalb Jahren von ihnen adoptiert." Er räusperte sich vernehmlich. „Er wurde adoptiert, nachdem seine leiblichen Eltern bei einem Wohnungsbrand ums Leben gekommen waren."

14

Der Notar Dr. Walter Termöhlen hatte angenommen, in
den beinahe dreißig Jahren seiner Amtszeit schon alles erlebt zu haben, was das Leben an menschlicher Dramatik
so hergab. Doch da hatte er sich wohl getäuscht. Denn
eine solche Unverfrorenheit, wie sie die Frauen der Familie
Mennen besaßen, war ihm in seiner ganzen Karriere noch
nicht untergekommen.

Ganz gewiss gab es Familien, die sich bereits am Todes-
tag eines Angehörigen bei ihm meldeten, um einen Termin
für die Testamentseröffnung zu vereinbaren. Wenn er sie
dann darauf hinwies, dass nicht er, sondern das Nachlassgericht für Testamentseröffnungen zuständig sei und dieses
sie zu gegebener Zeit anschreiben werde, gaben sie sich in
der Regel mit dieser Auskunft zufrieden und warteten die
weiteren Entwicklungen geduldig ab.

Nicht so die Familie Mennen.

Als Antje Mennen ihn am gestrigen Vormittag angerufen
hatte, war Suntkes Leichnam gerade erst in die Gerichtsmedizin verbracht worden. Walter Termöhlen selbst hatte
den Leichenwagen davonfahren sehen, denn seine Büro-
räume lagen keine hundert Meter entfernt in derselben
Straße wie das Bestattungsinstitut. Danach hatte es nur
knapp eine Stunde gedauert, bis das Telefon geläutet hatte

und Antje Mennen ihn aufforderte, ihnen am kommenden Tag einen Termin zur Testamentseröffnung zu geben.

Auf sein konsterniertes Zögern hin hatte sie mit schneidender Stimme gesagt: „Ich habe nun ein Unternehmen zu führen und das kann ich nicht, wenn die Formalien nicht geregelt sind. Wer, bitte schön, soll denn für die Aufträge verantwortlich zeichnen, jetzt, wo Suntke sich aus dem Staub gemacht hat?"

Walter Termöhlens Anmerkung, seines Wissens sei sie doch schon immer in vollem Umfang zeichnungsberechtigt gewesen, hatte bei ihr keineswegs zur Einsicht geführt. Stattdessen war sie erst recht wütend geworden und hatte ins Telefon geplärrt, sie sei eine zahlende Kundin und er ihr Dienstleister, also habe er gefälligst das zu tun, was sie von ihm erwarte. Und das sei in diesem Fall ein Termin am nächsten Nachmittag. Sie bringe ja schließlich die Leute auch dann unter die Erde, wenn es ihre Kunden von ihr verlangten und nicht erst Wochen später.

Seinen Hinweis bezüglich der Zuständigkeit des Nachlassgerichts und dass er Suntkes Testament bereits dorthin weitergeleitet habe, hatte sie mit einem empörten Schnauben und dem sofortigen Abbruch des Telefonats quittiert.

Doch war die Angelegenheit damit noch nicht vom Tisch gewesen.

Denn nun, am Vormittag des nächsten Tages, saßen drei Frauen vor ihm und warteten mit teils wütenden, teils entschlossenen Gesichtern darauf, dass er sich zum Sachverhalt äußerte. Zu dem Sachverhalt, von dem ihm bereits klar gewesen war, dass er nur zu Ärger führen würde, als

Suntke ihn in seiner Anwesenheit zu Papier brachte und ihm den zugeklebten Umschlag zur Aufbewahrung überließ. Das war nun gut zwei Wochen her.

Walter Termöhlen warf einen Blick über seine randlose Lesebrille und musterte die anwesenden Frauen aus schmalen Augen. Jurine und Antje Mennen waren außer sich vor Wut und hatten ihm diese schon ins Gesicht geschleudert, kaum dass sie sein Büro betreten und bei seiner Sekretärin lautstark nach einem Kaffee verlangt hatten. Nachdem es ihm mit gutem Zureden gelungen war, sie auf die vor seinem Schreibtisch stehenden Stühle zu lotsen, saßen sie nun mit verkniffenem Gesichtsausdruck da, starrten an die ihnen gegenüberliegende Wand, als wollten sie sie zum Einsturz bringen, und fummelten nervös an ihren Handtaschen herum. Ihr Atem ging stoßweise, und sie mussten sich sichtlich zusammenreißen, nicht auf der Stelle zu explodieren.

Der Notar grinste still in sich hinein, ohne jedoch nach außen hin eine Miene zu verziehen. Wenn er es nicht besser gewusst hätte, dann hätte er die beiden Frauen vermutlich für Mutter und Tochter gehalten, so ähnlich waren sie sich in ihrer Wut. Und so einig wie sie sich in ihrem Hass gegenüber der dritten anwesenden Person zeigten, hätte zudem wohl kein Außenstehender angenommen, dass sie sich im alltäglichen Umgang miteinander spinnefeind waren.

Walter Termöhlen hatte Suntke Mennen nie besonders gut leiden können. Doch beim Anblick der Frauen, mit denen der Bestatter tagtäglich hatte umgehen müssen, verspürte er einen Anflug von Mitleid und Verständnis. Wie grausam musste es das Schicksal mit Suntke gemeint haben, dass es ihm gleich zwei solche Furien ins Haus schickte!?

Vor diesem Hintergrund verstand er auch, warum sich Suntke Mennen außerhäusig nach ein wenig – oder auch ein bisschen mehr – Zerstreuung umgesehen hatte. Natürlich war es nicht sehr geschickt gewesen, sich hierfür ausschließlich auf verheiratete oder zumindest fest liierte Frauen zu konzentrieren. Noch dazu auf Frauen, die allesamt in seiner unmittelbaren Nachbarschaft wohnten. Aber, so dachte Walter Termöhlen, vielleicht hatte Suntke ja auch erst durch diese Tatsache den besonderen Kick verspürt. Ja, vielleicht hatte er es sogar darauf angelegt, von den Ehemännern und Lebensgefährten erwischt zu werden, während ihm seine Auserwählten zu Füßen lagen und sich von ihm vernaschen ließen.

Das einzige Verwunderliche an der Sache war vielleicht eher, dass die Frauen ausgerechnet bei einem Mann außer Rand und Band gerieten, dessen Hände sich praktisch täglich in Leichen suhlten. Das warf für ihn schon die Frage auf, was genau die Frauen an einem solchen Kerl erotisch fanden. Hatten sie alle etwas Morbides?

Aber gut, darüber hatte er nicht zu befinden. Walter Termöhlen räusperte sich und warf den Frauen einen langen Blick zu. Dann sagte er betont ruhig: „Zunächst einmal sehe ich keine Möglichkeit, in dieser Angelegenheit irgendetwas zu unternehmen. Grundsätzlich kann das Testament erst nach der Eröffnung durchs Nachlassgericht angefochten werden. Dann jedoch kann jeder das zu Protokoll geben oder anfechten, was immer er möchte."

„Wie konntest du nur zulassen, dass solch ein Verbrechen

an unserer Familie beim Nachlassgericht landet!" spuckte ihm Antje Mennen entgegen. „Nie im Leben hättest du …!"

„Suntke war im Vollbesitz seiner geistigen Kräfte und konnte somit testamentarisch verfügen, was er wollte", schnitt der Notar ihr das Wort ab.

„Im Vollbesitz seiner geistigen Kräfte! Pah! Wer's glaubt!", spuckte Jurine Mennen aus. „Suntke war in den letzten Jahren nicht mehr der Sohn, den sich eine Mutter gewünscht hätte. Aber das hat ja alles so kommen müssen, bei dieser Frau!" Sie warf ihrer Schwiegertochter einen Blick zu, als wollte sie sie vergiften. Dann jedoch schien sie sich wieder auf ihr aktuelles Feindbild zu konzentrieren und sagte: „Wenn diese kleine gierige Schlampe auch nur einen Pfennig kriegt, dann werde ich dafür sorgen, dass sie ihres Lebens nicht mehr froh wird."

„Wenn überhaupt, dann wird es ja wohl ein Cent sein", antwortete Lisa flapsig und erinnerte Jurine damit an ihr fortgeschrittenes Alter, was diese, wie sie wusste, auf den Tod nicht ausstehen konnte. Entsprechend giftig war der Blick, den Jurine Lisa jetzt zuwarf.

„Kann ich das Schriftstück mal sehen?", fragte Walter Termöhlen und streckte seine Hand über den Schreibtisch, um den Briefumschlag entgegenzunehmen, den Lisa in ihren vor Aufregung verschwitzten Händen hielt und der der Grund für dieses Treffen war. Angeblich stand etwas darin, von dem auch er noch nichts wusste.

„*Liebste Lisa*", las er wenige Sekunden später laut vor, „*wenn Du diesen Brief in Händen hältst, werde ich nicht mehr am Leben sein. Ich habe ihn einem guten Freund zur*

139

Aufbewahrung gegeben, und er wird ihn Dir gleich nach meinem Tod überbringen. Doch was auch immer meine Frau Antje oder irgendwer behauptet, so ist in diesem Fall davon auszugehen, dass entweder meine Mutter oder sie selbst mich umgebracht haben. Vielleicht auch beide zusammen. Bitte sorge dafür, dass die Polizei entsprechend ermittelt. Zeige ihnen diesen Brief und sage ihnen, dass ich kein Selbstmörder bin, auch wenn es zunächst womöglich danach aussieht."

„Das ist ja – das ist ja …!" Jurine Mennen verfiel in Schnappatmung, und Walter Termöhlen befürchtete für einen Moment, sie könne vor seinen Augen einen Herzanfall erleiden, was ihm äußerst ungelegen käme. Ihrer Schwiegertochter hingegen schien diese zweifelsohne provokante Eröffnung die Sprache verschlagen zu haben. Sie starrte den Notar nur mit offenem Mund an, während ihrer Kehle undefinierbare Laute entwichen.

„Ich dachte, ihr hättet den Brief gelesen?" Walter Termöhlen schaute von einer der Mennen-Frauen zur anderen. „Deswegen wart ihr doch gekommen, oder hatte ich da was falsch verstanden?"

„Die kleine Schlampe hat am Telefon nur gesagt, dass sie einen Brief von Suntke habe, der beweise, dass sie als Erbin … das Testament." Antje Mennen durchsuchte ihre Handtasche nach einem Taschentuch und wischte sich dann mit fahrigen Bewegungen über die Stirn. „Aber dass er nach allem, was er mir angetan hat, auch noch die Unverfrorenheit besitzt, mich mit derlei Anschuldigungen zu konfrontieren! Ich …" Der Rest des Satzes ging in einem Schluchzen unter, das der Notar sofort als ein aufgesetztes entlarvte. Auch damit hatte er Erfahrung.

Nach einem kurzen Räuspern las Walter Termöhlen weiter: *„Um mein Vermögen vor den Erbschleicherinnen meiner Familie in Sicherheit zu bringen, habe ich beim Notar Dr. Walter Termöhlen, ansässig in Groothusen, mein Testament hinterlegt, das Dich zur Alleinerbin meines Vermögens macht. Außerdem habe ich meine Lebensversicherung in Höhe von zweihundertfünfzigtausend Euro auf Dich umschreiben lassen. Meine Tochter Judith bekommt die Ferienwohnungen in Greetsiel, damit sie später, wenn sie volljährig ist, nicht mittellos dasteht. Außerdem ist in diesem Testament festgelegt, dass Du dafür sorgen sollst, dass es unserem gemeinsamen Kind an nichts fehlen wird. Ich weiß nicht, wann Du den Mut haben wirst, mir von Deiner Schwangerschaft zu erzählen. Und wer weiß, vielleicht werde ich es auch nicht mehr erleben, denn ich weiß, dass Antje mich lieber heute als morgen loswerden will. Aber sei gewiss, liebste Lisa, dass, ganz gleich, was Dir andere erzählen, ich immer nur Dich geliebt habe. Die Stunden, die ich mit Dir verbringen durfte, waren die schönsten meines Lebens. Dafür danke ich Dir, auch wenn ich weiß, dass Dein Herz immer Samuel gehört hat. In Liebe, Dein Suntke.“*

In den nächsten Minuten schien der Raum nur noch aus einem Vakuum zu bestehen, welches selbst das Schluchzen von Antje Mennen und die stummen Tränen von Lisa Gerdes nicht zu füllen vermochten. Noch nie hatte der Notar eine solch gespenstische Atmosphäre erlebt wie diese. Es war, als hätte jemand sämtliche Energie aus dem Büro herausgesaugt.

Er überlegte, was er nun mit diesem Wissen anfangen solle. Die Polizei informieren? Das widersprach seiner

Schweigepflicht. Auf jeden Fall aber musste er dafür sorgen, dass Lisa, die er schon von klein auf kannte, kein Leid geschah. Denn wenn die beiden Mennen-Frauen, wie Suntke behauptete, tatsächlich für dessen Tod verantwortlich waren, dann würden sie ganz sicher nicht davor zurückschrecken, auch Lisa und ihrem ungeborenen Kind etwas anzutun, selbst wenn sie dafür ins Gefängnis gingen. Denn das würden sie ja sowieso, wenn Suntkes Behauptung sich als richtig herausstellte.

„Ich geh dann mal", unterbrach nun Lisas Stimme als erste die Stille, und sie erhob sich mit zittrigen Knien von ihrem Stuhl. Sie schenkte dem Notar ein dünnes Lächeln und zwinkerte ihm wie unabsichtlich zu.

Ja, dachte Walter Termöhlen, er hatte verstanden. Natürlich war Lisa die Angst in die Glieder gefahren, als sie Suntkes Brief gelesen hatte. Dennoch war es ihr gelungen, sich zu sortieren und sich zu überlegen, was jetzt zu tun war. Ihre Entscheidung, bei Antje Mennen anzurufen und dieser von dem Testament und dem zuständigen Notar zu erzählen, war eine sehr kluge Entscheidung gewesen. Natürlich konnte Lisa davon ausgehen, dass die Mennen-Frauen diese für sie völlig überraschende Information nicht einfach auf sich beruhen lassen würden. Und mit dieser Vermutung hatte sie recht behalten, denn schließlich hatte es nach dem Telefonat keine Stunde gedauert, bis Antje und Jurine Mennen bei ihm, dem im Brief benannten Notar, vorgesprochen und einen sofortigen Termin verlangt hatten.

Walter Termöhlen nickte Lisa freundlich zu und hob kurz die Hand, als sie das Büro verließ und sich mit einem beinahe verschwörerischen Lächeln noch einmal zu ihm umdrehte. Ja, spann er seinen Gedanken weiter, dieser Schachzug von Lisa war tatsächlich ein genialer gewesen, gab er ihr doch die Möglichkeit, sich im Beisein ihrer Widersacherinnen einem neutralen Menschen anzuvertrauen und ihn über die sicherlich nicht kleinzuredende Gefahr, in der sie steckte, in Kenntnis zu setzen, ohne dass die beiden Mennen-Frauen irgendetwas dagegen hätten unternehmen können.

Lisa hatte sie quasi mit ihren eigenen Waffen geschlagen.

„Den Brief hat dieses Flittchen doch selbst geschrieben", fand Jurine Mennen ihre Stimme wieder. „Nie im Leben sind diese Schmierereien von meinem Sohn! Er würde doch nicht seine eigene Mutter verdächtigen, dass …!" Sie ließ den Satz unvollendet und schüttelte mit solch einer Vehemenz den Kopf, dass ihre zu einer Hochfrisur aufgesteckten Locken nur so wippten.

„Nun", erwiderte Walter Termöhlen und drehte den Brief, den er nach wie vor in Händen hielt, ein paarmal in den Fingern, „es dürfte nicht schwer sein, die Handschrift mit der des Testaments zu vergleichen. Aber ich kann Euch jetzt schon versichern, dass sie miteinander übereinstimmen."

„Woher willst du das denn wohl wissen!?", hob Antje Mennen den Kopf und sah ihn empört an.

„Weil Suntke das Testament in meinem Beisein verfasst hat? Und zwar handschriftlich?" Der Notar konnte sich einen ironischen Unterton nicht verkneifen. Auch wenn er keine voreiligen Schlüsse ziehen wollte, so war er dennoch davon überzeugt, dass Suntke mit seinem Verdacht recht hatte. Zwar kannte er die Familie Mennen nicht so gut, als dass er wirklich beurteilen konnte, was sich in all den Jahren zwischen ihren vier Wänden zugetragen hatte. Aber für ihn wirkte die Empörung der Frauen wie aufgesetzt. Vielmehr schienen sie Mühe zu haben, sich den Schock, als Mörderinnen entlarvt worden zu sein, nicht anmerken zu lassen und dabei von vermeintlicher Trauer und Enttäuschung überwältigt ins Taschentuch zu schluchzen.

„Komm, Antje, wir gehen, das müssen wir uns nicht sagen lassen!" Jurine Mennen stand auf, blickte den Notar aus tränennassen Augen an und hob mahnend den Zeigefinger. „Du hörst von uns, Walter, und glaub mir, es wird nichts Gutes sein. Gut möglich, dass du längste Zeit Notar gewesen bist. Das müssen wir uns nicht gefallen lassen. *Wir* nicht!"

Noch Stunden später grübelte Walter Termöhlen immer wieder über diese Sätze nach. Nicht, weil er sie von ihrer Aussage her nicht verstand und auch nicht, weil sie ihm Angst gemacht hätten, sondern weil er ganz einfach nicht erkannte, was genau an seinem Verhalten diese unverhohlene Drohung rechtfertigte. Schließlich war er mit der Aufsetzung des Testaments lediglich seiner ureigenen Notarsverpflichtung nachgekommen. Auf den Besprechungstermin im Beisein von Lisa hatte Antje Mennen höchstpersönlich bestanden, und etwas Falsches gesagt hatte er ganz gewiss auch nicht.

Also gab es auf seine Frage wohl nur eine Antwort: Jurine Mennen musste verrückt sein!

15

„Was erwartest du von mir, Lisa? Und vor allem, was erwartest du von Samuel?" Pastor Jochen Busker sah sie eindringlich an und goss ihr eine heiße Schokolade ein, nachdem sie eine Tasse Kaffee abgelehnt hatte. „Ich kann verstehen, dass Samuel angesichts der Entwicklungen nicht glücklich ist." Er schob der Lebensgefährtin seines Sohnes Suntkes Brief zu, den sie ihm zu lesen gegeben hatte. „Erst lässt du dich von einem anderen Mann schwängern, und dann erbst du auch noch dessen Vermögen? Und nun kommst du plötzlich ins Schwanken, ob du das Kind nicht vielleicht doch behalten willst, obwohl du dir noch gestern ganz sicher warst, es nicht haben zu wollen und deine Schwangerschaft sogar vor Samuel verschwiegen hast? Kannst du mir mal sagen, wie du dich fühlen würdest, wenn es umgekehrt wäre und Samuel dich in diese Situation gebracht hätte?"

„Aber ich will ihn nicht verlieren", flüsterte Lisa kaum hörbar und nahm die Tasse in die Hand, um ihre eiskalten Hände an ihr zu wärmen. Sie saß, den Kopf zwischen die Schultern gezogen und in sich zusammengesunken, am Küchentisch der Familie Busker und wusste nicht mehr ein noch aus.

„Nun, das hättest du dir überlegen sollen, bevor du mit

Suntke Mennen ..." Jochen Busker beendete den Satz nicht, sondern lachte nun hämisch auf. „Das sieht dem Kerl ähnlich, dass er auch noch nach seinem Tod Ärger macht. Mit diesem Wisch hier", er deutete auf den Brief, den Lisa nun vor sich auf dem Tisch liegen hatte, „mit diesem Wisch hier bringt er dich in Teufels Küche, hast du dir das schon mal überlegt? Auf den ersten Blick mögen seine Anliegen vielleicht als nett und verantwortungsbewusst erscheinen. Aber mal ehrlich: Wenn er auch nur ansatzweise recht mit dem hat, was da drin steht, dann bringt er dich damit in große Gefahr. Oder glaubst du vielleicht, Antje und Jurine werden die Vorwürfe einfach so auf sich sitzen lassen? Nein, Lisa, mit diesem Brief hat er dir wahrlich alles andere als einen Gefallen getan. Und dann faselt er was von Liebe? Pah! Ein Egoist ist er, sonst nichts! Und das noch über seinen Tod hinaus. Über dich will er seiner Mutter und seiner Frau eins auswischen, das ist das Einzige, was ihn interessiert. Du warst ihm doch völlig egal! Sonst hätte er ja nicht parallel mit diversen anderen Frauen was gehabt."

Jochen Busker holte tief Luft, als er merkte, dass er drauf und dran war, sich in Rage zu reden. Er lief zum Fenster, stützte sich mit beiden Händen auf der Fensterbank auf und blickte in seinen Garten hinaus, dessen Blumenmeer immer eine beruhigende Wirkung auf ihn hatte. Er wünschte, dass Lisa ihm und dem Notar diesen Brief nicht gezeigt hätte. Er wünschte, sie hätte das Schreiben auf der Stelle vernichtet und Suntke gar nicht erst die Chance gegeben, böses Blut zu verbreiten. Aber nun war es zu spät. Zu viele Menschen kannten bereits seinen Inhalt. Und der würde die ohnehin schon angeheizte Stimmung in Groothusen noch weiter vergiften.

Schlimm genug, dachte er, dass sich jetzt einige Männer anscheinend dazu berufen fühlten, sich um die Ergreifung des Feuerteufels zu kümmern. Natürlich war es verständlich, dass sie nach all den Bränden so langsam die Faxen dicke hatten. Aber nachdem er Meinhard Jansen an diesem Morgen in der Bäckerei große Reden hatte schwingen hören, war ihm sofort klar gewesen, dass es diesem – und vermutlich auch den anderen – gar nicht in erster Linie um die Ergreifung des Täters ging. Nein, vielmehr waren die Männer, die sonst nur kleine Lichter in Gottes Gesamtwerk waren, ganz erpicht darauf, auch mal den großen Max zu markieren und bei ihren Mitbürgern auf Anerkennung zu stoßen. Genau das und nichts anderes erhofften sie sich von ihrer so großkotzig als Bürgerwehr bezeichneten Truppe, die nachts um die Häuser ziehen und jeden zur Rede stellen sollte, der sich in ihren Augen auch nur ansatzweise verdächtig verhielt. Dabei musste jedem logisch denkenden Menschen eigentlich sofort klar sein, dass dieses Um-die-Häuser-Streifen testosterongeschwängerter Männer allenfalls zu Misstrauen und Verunsicherung, keinesfalls aber zu einem erhöhten Sicherheitsempfinden der Leute führen würde. Nicht auszumalen, was passieren würde, wenn dann auch noch Alkohol im Spiel war!

Jochen Busker seufzte schwer. Als Pastor konnte er nicht einfach zusehen und abwarten, was passierte. Irgendwie musste er diese unglückselige Aktion verhindern. Und da brauchte er die Probleme, die Lisa ihm ins Haus brachte, so dringend wie Läuse auf dem Kopf.

„Was bezweckst du eigentlich mit dem ganzen Theater?"
Jochen Busker drehte sich wieder zu Lisa um. „Warum hast
du den Brief nicht einfach vernichtet und bist zum Notar
gegangen, um zu verkünden, dass du das Erbe ablehnst?
Warum riskierst du, dass alles kaputt geht, was Samuel und
du euch aufgebaut habt? Und jetzt noch zu erwarten, dass er
das alles klaglos mitmacht, das ist doch – das ist doch …!"
Der Pastor hob die Arme und ließ sie schwungvoll wieder
fallen. Er fühlte sich mit der verfahrenen Situation völlig
überfordert. Außerdem musste er sich jetzt mal wieder
um seinen Job kümmern, schließlich standen ihm in den
nächsten Tagen zwei Beerdigungen ins Haus. Wie er für
Suntke Mennen allerdings eine Traueransprache halten
sollte, ohne ihn dabei als Hurensohn oder Schlimmeres zu
beschimpfen, das war ihm noch ein Rätsel.

„Ist meine Mama schon wieder da? Sie kommt immer
um elf. Immer nach dem Einkaufen."

„Ach herrje, Hinrikus, dich habe ich ja ganz vergessen!"
Jochen Busker sah dem Sohn von Johannette Kamphusen
kopfschüttelnd entgegen und biss sich verzweifelt auf die
Lippe. Um dessen Verbleib musste er sich ja auch noch
kümmern, nachdem Hinrikus am gestrigen Abend erneut
aus dem Heim abgehauen war und bei ihm vor der Tür gestanden hatte. Also hatte er zunächst einmal zugestimmt,
Hinrikus bei sich aufzunehmen, bis eine Bleibe gefunden
war, in der sich sein Cousin wohlfühlte. Und das konnte
dauern, denn Hinrikus hatte in der Zwischenzeit bereits
mehrfach verkündet, dass er sowieso nur bei seiner Mama
oder beim Pastor bleiben werde und sonst *nirgendwo auf
der ganzen Welt*.

„Bitte, könntest du nicht noch mal mit Samuel reden, Jochen?", meldete sich nun Lisa wieder zu Wort. Mit einem Klopfen auf die Eckbank bedeutete sie Hinrikus, neben ihr Platz zu nehmen, woraufhin ein Strahlen über dessen Gesicht ging und er sie verliebt ansah. Pastor Busker stellte ihm eine Tasse heiße Schokolade auf den Tisch, über die sich Hinrikus sogleich mit einem seligen Gesichtsausdruck hermachte. „Mama macht auch immer Kakao", strahlte er und schleckte sich den Schokoladenbart vom Mund. Dann warf er einen Blick auf die Uhr an der Wand, deren kleiner Zeiger auf der Zwei stand, sah Lisa strahlend an und sagte: „Mama kommt gleich zurück. Immer um elf. Immer nach dem Einkaufen."

„Ich wüsste wirklich nicht, was ich Samuel in diesem Fall raten sollte", entgegnete Jochen Busker ein wenig zu schroff. „Davon mal abgesehen glaube ich auch nicht, dass er auf mich hören würde, und damit hat er auch recht. Dies ist eine Sache zwischen euch beiden, und die Entscheidung, wie es jetzt weitergeht, könnt nur ihr treffen."

„Richtig. Moin, mien Jung."

„Moin." Jochen Busker sah seinen Vater, der soeben zur Küchentür hereinkam, stirnrunzelnd an. „Was gibt's?"

„Dachte nur, ich komm mal vorbei und erzähl dir, was man sich im Dorf so erzählt. Aber", deutete er auf Lisa, „ich nehme an, das weißt du schon von ihr. Moin, Hinrikus, alles klar?", fügte er hinzu, der aber sah nur kurz von seiner Schokolade auf und grinste dann Lisa an.

„Ja. Allerdings. Lisa hat es mir erzählt. Und ich kann nicht behaupten, dass mich das glücklich stimmt", seufzte der Pastor.

„Weißt du auch schon von der Bürgerwehr? Marlon, die alte Petze, hat es der Polizei erzählt, sacht Anton." Ulfert Busker zuckte resigniert die Schultern. „Aber irgendeiner quatscht ja immer."

„Als ehemaliger Pastor solltest eigentlich du dafür sorgen, dass die mit dem Blödsinn gar nicht erst anfangen, Vater! Wo kämen wir denn da hin, wenn …!"

„Ach wat!", wischte Ulfert Busker die Einwände seines Sohnes mit einer Handbewegung beiseite, „lass die Männer doch. Haben sie wenigstens was, womit sie sich beschäftigen können. Kommen dann nicht auf dumme Gedanken."

„Die Bürgerwehr *ist* ein dummer Gedanke, Vater!"

„Was dumm ist, ist das Testament von Suntke Mennen", wechselte der alte Mann abrupt das Thema. „Wie kommt denn der Kerl bloß dazu, Lisa so böse mitzuspielen!? Und Jurine erst! Wie kann der seine Mutter bloß so behandeln! Schäbig ist das, einfach nur schäbig!"

„Von wem weißt du denn das nun schon wieder?", fragte Jochen Busker und drehte verzweifelt die Augen gen Himmel, als wollte er den lieben Gott um Beistand bitten.

„Jurine hat mich natürlich gleich angerufen. Oh Gommes nee, war die sauer! Tja, und ich steh jetzt da und weiß nicht, wie ich mich verhalten soll. Schließlich ist Jurine meine Braut und Lisa die Freundin meines Enkels. Wenn das nicht scheiße ist, dann weiß ich auch nicht. Ist 'n ganz schöner Bockmist, den Suntke da gebaut hat."

„Weiß gar nicht, was du an dieser Hexe findest", mischte sich Lisa ins Gespräch und schob schmollend die Unter-lippe vor.

„Hexe", bestätigte Hinrikus. „Hexe, Hexe, Hexe." Anscheinend fand er Gefallen an dem Wort.

„Das will ich nicht gehört haben!" Ulfert Busker donnerte so fest mit der Faust auf den Tisch, dass die Tassen klirrten. „Die Einzige, die sich hier benimmt wie eine Hexe, bist ja wohl du, Lisa! Also ich kann Samuel gut verstehen, wenn er jetzt nichts mehr von dir wissen will! Und weißt du was?" Er machte eine Pause und funkelte sie böse an. „Antje telefoniert gerade ihren ganzen Bekanntenkreis ab und erzählt, dass *du* Suntke umgebracht hast, um an sein Geld zu kommen! So, das hast du jetzt davon!"

„Das ist doch jetzt nicht wahr, oder?" Jochen Busker ließ sich auf einen Stuhl sinken und raufte sich die Haare, während Hinrikus ständig *Hexe, Hexe, Hexe* vor sich hinmurmelte. „Sind hier denn jetzt alle verrückt geworden, oder was?"

„Ich dacht ja, dass die Frauen verrückt waren, als Suntke noch lebte", knurrte sein Vater. „Aber jetzt, wo er tot ist, drehen sie völlig durch. Weiß wirklich nicht, was mit dem Weibsvolk los ist. Müssen alle ihr Hirn irgendwo verschusselt haben."

„Moin. Ich nehme an, hier sind wir richtig?" Hauptkommissar David Büttner und sein Assistent Sebastian Hasenkrug steckten ihren Kopf zur Tür herein und schauten von einem zum anderen. „Die Tür stand offen, und da dachten wir, wir gehen einfach mal rein", fügte Büttner entschuldigend hinzu, als Jochen Busker ihn kritisch musterte.

„Ist okay, wie Sie sehen, versammelt sich hier sowieso gerade das halbe Dorf", erwiderte der Pastor.

„Ist doch alles Familie", stellte Hasenkrug fest. „Wenn ich es richtig in Erinnerung habe, ist Hinrikus Kamphusen doch Ihr Cousin, oder, Herr Pastor?"

„Das ist richtig, ja."

„Mama kommt um elf. Immer nach dem Einkaufen", teilte Hinrikus ihnen mit, als die Polizisten ihm freundlich zunickten.

„Wir kommen wegen einer Sache, die uns bei unseren Ermittlungen aufgefallen ist", kam Büttner auf den Grund ihres Besuches zu sprechen, wurde jedoch sogleich von Ulfert Busker unterbrochen.

„Wenn es darum geht, dass Lisa Suntke Mennen umgebracht haben soll, dann kommt es für uns nicht überraschend", meinte Ulfert Busker und machte eine lässige Handbewegung. „Gerade hab ich zu Jochen gesagt, dass die Weiber alle verrückt geworden sind, weil sie sich alle gegenseitig in die Pfanne hauen und sonstige seltsame Dinge tun. Sie können also offen sprechen."

„Nun, davon habe ich zwar noch nichts gehört", verzog Büttner das Gesicht. „Aber wenn Sie die Mörderin von Herrn Mennen sind, Frau Gerdes, dann sagen Sie es am besten jetzt, denn das würde uns viel Arbeit ersparen. Mein Assistent hat sogar Handschellen dabei."

„Hören Sie gar nicht auf meinen Vater", beeilte sich Jochen Busker zu sagen. „Er meint es nicht so. Ist auch nur ein blödes Gerücht, wie derzeit eben viel behauptet wird in Groothusen."

„Dürfte ich fragen, wer Sie des Mordes beschuldigt?", ließ sich Büttner nicht beirren und sah Lisa, die nun weiß wie die Wand war, durchdringend an.

„Jurine Mennen. Aber die spinnt sich was zusammen", antwortete Lisa mit brüchiger Stimme.

„Warum sind Sie denn jetzt hier?", fragte Jochen Busker, um vom Thema abzulenken.

„Es geht um Ihren Sohn. Samuel", antwortete Büttner.

„Samuel?" rief Lisa erschrocken aus. „Ist ihm was passiert?"

„Nein. Nein, beruhigen Sie sich!", hob Büttner beschwichtigend die Hand. „Mit ihm ist alles in Ordnung. Es geht um etwas ganz anderes." Er wandte sich an Jochen Busker. „Uns wurde gesagt, dass Samuel nicht ihr leiblicher Sohn ist, sondern ein Adoptivkind. Ist das richtig?"

„Ja, das stimmt", antwortete Jochen Busker ohne zu zögern. „Wir haben ihn nach dem Tod seiner Eltern adoptiert, da war er achtzehn Monate alt. Das ist kein Geheimnis."

„Sie wissen auch, wie seine Eltern ums Leben kamen?"

„Ja, natürlich. Sie starben bei einem Wohnungsbrand."

„Hat das Kind damals irgendetwas von dem Brand mitbekommen?"

„Ja. Samuel war im Haus, als das Feuer ausbrach. Sein Vater konnte ihn noch retten, kam dann aber selbst ums Leben. Samuel kann sich allerdings an nichts mehr erinnern."

Büttner räusperte sich, bevor er sagte: „Uns ist zu Ohren gekommen, dass Samuel schon als kleiner Junge gerne Feuerwehrmann spielte. Dabei legte er kleine Brände und löschte sie dann wieder. Das ist, sagen wir mal, eher ungewöhnlich. Deshalb wüsste ich gerne, ob es sein kann, dass er damals ein Trauma davongetragen hat."

„Worauf wollen Sie eigentlich hinaus?", fragte Jochen Busker alarmiert, um sich seine Frage gleich selbst zu beantworten. „Sie haben Samuel in Verdacht, der Feuerteufel zu sein, hab ich recht?"

„Wir müssen jedem Hinweis nachgehen", zuckte Büttner die Schultern.

„Der Junge löscht Brände, aber er legt sie nicht", behauptete Ulfert Busker brüsk. „Aber das werden Sie ja bald selbst sehen, wenn der richtige Pyromane gefasst ist. Da kümmert sich ja jetzt die Bürgerwehr drum, weil die Polizei es nicht schafft, den festzusetzen."

„Um die so genannte Bürgerwehr kümmern wir uns auch noch, ist jetzt aber nicht unser Thema", bügelte Büttner ihn mit einer Handbewegung ab.

„Erstmal unschuldige Bürger belästigen, oder was?", knurrte der alte Mann.

„Lass gut sein, Vater", mischte sich der Pastor ein und wandte sich mit einem Blick auf die Uhr wieder an die Polizisten. „Ich müsste Sie jetzt leider bitten zu gehen, da ich dringend zwei Beerdigungen vorbereiten muss, wie Sie wissen. Gerne können wir uns ein anderes Mal wieder über Samuel unterhalten. Aber ich versichere Ihnen, dass er ganz bestimmt nicht in der Lage wäre, Brände zu legen und damit Tiere oder Menschen in Gefahr zu bringen."

„Nun, das werden wir ja sehen." Büttner wandte sich zum Gehen, hielt dann aber noch mal kurz inne und sagte mit einem Blick über die Schulter: „Frau Gerdes, kommen Sie doch bitte heute Nachmittag ins Kommissariat, damit wir uns noch mal über die Vorwürfe gegen Sie unterhalten können."

„Aber das ist doch alles Blödsinn!", winkte sie ab. „Vergessen Sie's einfach."

„Das können wir leider nicht, nachdem es uns zugetragen wurde", zuckte Büttner entschuldigend die Schultern.

Im Rausgehen hörte er noch, wie Lisa zu Ulfert Busker sagte: „Na, vielen Dank auch fürs Quatschen!"

„Da nicht für", lautete die gelassene Antwort.

16

Die Kutterflotte der Greetsieler Krabbenfischer dümpelte im ruhigen Wasser des Sielhafens still vor sich hin. Auch ansonsten strahlte das kleine, malerische Fischerdorf an diesem Tag eine eher ungewohnte Beschaulichkeit und Ruhe aus. Das mochte daran liegen, dass die Sommerferien noch in keinem der deutschen Bundesländer begonnen hatten und sich die Schar der Touristen daher in einem überschaubaren Rahmen bewegte.

Von der Ruhe angenehm überrascht, genossen David Büttner und Sebastian Hasenkrug ihre verspätete Mittagspause bei strahlendem Sonnenschein in einem der direkt am Hafen gelegenen Restaurants und ließen sich ihr Fischerfrühstück mit frischem Granat, Bratkartoffeln und Rührei schmecken. Auch Hund Heinrich war dabei, weil Büttner davon ausging, dass er selbst sich an diesem Nachmittag nur noch bei Vernehmungen im Kommissariat und nicht in irgendwelchen Hexen- und sonstigen Häusern Groothusens aufhalten würde.

Sein Bedarf an der illustren Einwohnerschaft des Dorfes war fürs Erste gedeckt.

„Wir sind noch keine zwei Tage in dem Kaff unterwegs, und schon gehen mir die Groothuser fürchterlich auf den Geist", stellte Büttner gerade fest und schob sich eine weitere Gabel des köstlichen Essens in den Mund. „Ich meine, wie ist es eigentlich möglich, dass in einem einzigen Dorf fast jedermann es innerhalb kürzester Zeit schafft, sich eines Mordes verdächtig zu machen? Ja, wo gibt es das, dass annähernd jeder Einwohner ein Motiv zu haben scheint, Suntke Mennen um die Ecke gebracht zu haben?"

„Bei solch einem Schwerenöter, der in dem Ort eine Frau nach der anderen vernascht, braucht man zur Beantwortung dieser Frage nicht allzu viel Fantasie", zuckte Hasenkrug die Schultern und ließ ein paar Bratkartoffeln wie unbeabsichtigt vor Heinrichs Pfoten fallen. Der ließ sich nicht zweimal bitten und verschlang sie laut schmatzend.

„Lassen Sie das, Hasenkrug!", schimpfte Büttner und nahm einen Schluck seiner Cola. „Meine Frau motzt schon dauernd rum, dass der Hund zu fett wird. Und jetzt weiß ich auch, wer daran schuld ist. Tun Sie das noch mal, und ich kläre Susanne gleich heute Abend darüber auf, wer für Heinrichs angebliches Übergewicht verantwortlich ist."

„Apropos Petze", entgegnete Hasenkrug trocken, „was halten Sie eigentlich von diesem Marlon Hufschmied? Er schien mir ungewöhnlich mitteilsam zu sein."

„Vor allem schien er mir verliebt in die begnadet begabte Kräuterfrau zu sein. Ansonsten finde ich es anständig von ihm, dass er sich nicht an die örtlichen Gepflogenheiten hält und uns an seinem Wissen teilhaben lässt", grunzte Büttner und sah Heinrich hinterher, der nun schwanzwedelnd und glücklich kläffend zwei anderen Hunden entgegensprang. Irgendwie kamen die beiden Büttner bekannt vor, er konnte sie aber nicht auf Anhieb zuordnen.

„Moin, die Herren. Ich wünsche guten Appetit!"

„Jutta – ähm – ich meine, Frau Hettinga! Hallo! Was machen Sie denn hier?" Sebastian Hasenkrug lief beim Anblick der Frau, die plötzlich neben ihrem Tisch stand und sich die Sonnenbrille von der Nase nahm, rot an, strahlte dabei aber über beide Backen.

Und nun wusste auch Büttner wieder, woher er die Frau und die beiden Hunde kannte. Sie kamen von einem Bauernhof in Upleward, und Jutta Hettinga war die beste Freundin von Hasenkrugs Verflossener, der bekannten Schriftstellerin Helen Rössling. Beide waren im letzten Sommer in einen ihrer Mordfälle involviert gewesen. Während der Ermittlungen hatte sich Heinrich mit den Hunden angefreundet und schien das auch noch nicht vergessen zu haben, denn er tobte nun ausgelassen mit ihnen übers Pflaster, was einigen Passanten anscheinend ganz gut gefiel, anderen eher weniger.

„Moin, Frau Hettinga", erwiderte nun auch er ihren Gruß. „Was treibt denn Sie aus Ihrem bäuerlichen Paradies heraus nach Greetsiel?"

Jutta Hettinga deutete auf die beiden Hunde. „Ich war mit Kaspar und Seppel beim Tierarzt. Ich hatte den Eindruck, dass sie nicht mehr richtig hören."

„Da hätten Sie Heinrich gleich mitnehmen können", brummte Büttner und zog eine Fratze. „Der will auch nie hören. Setzen Sie sich doch für einen Moment zu uns", bot er ihr dann einen Platz an ihrem Tisch an.

„Gerne. Ein Kaffee kann jetzt nicht schaden." Sie winkte dem Kellner und bestellte einen Cappuccino.

„Wie geht es Ihnen und Ihrer vielköpfigen Kinderschar?", wollte Büttner wissen. Er erinnerte sich noch gut an die zwei Jungen und zwei Mädchen, die den Eindruck gemacht hatten, eine rundum glückliche Kindheit zu verleben.

„Sie sind laut und wild", grinste Jutta Hettinga. „Ich denke also, es geht ihnen gut."

„Und Helen? Haben Sie was von ihr gehört?", fragte Hasenkrug. „Ich habe leider schon eine ganze Weile nicht mehr mit ihr gesprochen."

„Ja, Helen geht es gut", nickte Jutta Hettinga. „Sie feiert Erfolg um Erfolg, erfreut sich an ihrer kleinen Tochter und ist auch wieder liiert. Nach allem, was sie im letzten Jahr durchgemacht hat, gönne ich es ihr von Herzen."

„Das klingt gut", freute sich Hasenkrug. „Ich muss sie dringend mal anrufen. Sagen Sie ihr schöne Grüße und dass ich mich bald mal bei ihr melde."

„Das mache ich gerne." Jutta Hettinga wartete, bis der Kellner den Cappuccino auf den Tisch gestellt hatte, dann fragte sie: „Ich hörte, Sie ermitteln gerade in den Fällen Kamphusen und Mennen?"

„Hat sich wohl schon rumgesprochen", stellte Büttner fest.

„Man kennt sich eben in der Krummhörn. Da bleibt nichts lange geheim."

„Haben Sie Johannette Kamphusen und Suntke Mennen auch gekannt?", wollte Hasenkrug wissen.

Jutta Hettinga nippte an ihrem Cappuccino. „Johannette habe ich vor etlichen Jahren mal getroffen. Da war ihr Mann gerade gestorben und sie noch einigermaßen normal. Suntke Mennen kannte ich eher flüchtig. Mein Mann Ihno kannte ihn besser. Als Bestatter hatte Suntke einen ganz guten Ruf. Ansonsten schien er nicht sonderlich beliebt zu sein."

„Zumindest so unbeliebt, dass ihn jetzt jemand umgebracht hat", nickte Büttner. „Sie wissen aber nicht zufällig, wer dafür ein überzeugendes Motiv haben könnte?"

„Puh!" Jutta stieß geräuschvoll die Luft aus. „Gestern waren ein paar Groothuser Frauen bei mir auf dem Hof, um Erdbeeren zu kaufen. Wie Sie sich vorstellen können, gibt es zurzeit kaum ein anderes Thema als die Todesfälle. Die Frauen haben irgendwas von einer Bürgerwehr gefaselt, die ihre Männer jetzt aufstellen wollen. Und diese Frauen …" Sie hob bedeutungsvoll den Blick, „diese Frauen waren der festen Überzeugung, dass Margot Busker Suntke Mennen auf dem Gewissen hat."

„Margot Busker?", fragten Büttner und Hasenkrug wie aus einem Mund, und Ersterem rutschte prompt der Granat von der Gabel.

„Ist das nicht die Frau von Jochen Busker, dem Pastor?", hakte Büttner nach.

„Genau."

„Was sollte die nach Meinung der Damen für ein Motiv haben? Ihre Liebesbeziehung zu Suntke Mennen ist doch angeblich schon seit einem Jahr vorbei. Sie wird sich doch nach so langer Zeit nicht noch an ihm rächen wollen?"

Jutta lachte auf. „Nein. Die Sache ist längst vom Tisch. So viel ich weiß, war es damals auch mehr ein One-Night-Stand als eine Liebesaffäre. Sie hatten während eines Dorffestes beide zu viel getrunken und dann ist es eben passiert. Alle, die hier von einer Affäre sprechen, sind lediglich auf eine Sensation aus, die es meiner Ansicht nach nie gab."

„Und aus welchem Grund sollte sie ihn sonst umgebracht

haben?", hakte Hasenkrug nach, während er belustigt den Hunden Heinrich, Kaspar und Seppel dabei zusah, wie sie gemeinsam – völlig aussichtslos, aber mit viel Spaß – den Möwen hinterherjagten.

„Hat Ihnen das noch niemand erzählt?", wunderte sich Jutta Hettinga und hob die Augenbrauen. „Das sieht den Groothuser Plaudertaschen so gar nicht ähnlich." Sie zwinkerte den beiden Polizisten zu. „Sie sollten sich öfter mal in der Bäckerei von Bertus Kleen aufhalten. Da erfährt man gemeinhin alles, was man wissen muss, und noch viel mehr."

„Den Eindruck hatten wir auch schon, ja", nickte Büttner und wischte sich mit der Papierserviette über den Mund. „Und was genau hätten wir bei Kaffee und Kuchen erfahren, wenn wir dort gewesen wären?"

„Dass Suntke Mennen dem Bruder von Margot Busker das Geschäft kaputt gemacht hat. Er hatte ein Bestattungsinstitut in Pewsum", antwortete Jutta. „Es muss 'ne ziemlich miese Masche gewesen sein. Die beiden Männer hatten vereinbart, dass ihre beiden Unternehmen fusionieren sollten, was grundsätzlich eine gute Idee war. Gestorben wird zwar immer, aber dennoch ist der Markt in der Krummhörn überschaubar."

„Was passierte dann?"

„Laut Vertrag sollten beide gleichberechtigte Geschäftsführer sein. Aber mit etlichen miesen Tricks hat Suntke seinen Teilhaber ausgebootet und mit diversen Verleumdungen auch privat ruiniert."

„Und warum sollte seine Schwester den Widersacher ihres Bruders dann umbringen? Wenn der es selbst getan

161

hätte, dann …", meinte Hasenkrug, wurde jedoch von Jutta Hettinga sogleich unterbrochen.

„Das war kaum möglich", sagte sie. „Denn Andreas – so hieß der Bruder – hat sich vor rund zwei Monaten das Leben genommen. Er hatte drei kleine Kinder. Margot hat Suntke diese Niedertracht nie verziehen und seither in aller Öffentlichkeit ständig damit gedroht, ihren Bruder zu rächen."

„Das dürfte dem Pastor nicht gefallen haben", vermutete Büttner, der für sich und Hasenkrug nun auch einen Cappuccino bestellte.

„Ich finde die Verdächtigenlage gerade etwas unübersichtlich", seufzte Hasenkrug. „Ich fürchte, dass jetzt mal wieder eine Beziehungsgrafik am Whiteboard fällig ist. Erstaunlich, wie viele abstruse Querverbindungen es in einem solch kleinen Dorf geben kann."

Jutta Hettinga warf einen Blick auf ihr Handy und stand auf. „Ich muss dann mal wieder. Meine Söhne Hauke und Wilko nehmen mir sonst den ganzen Hof auseinander." Sie zwinkerte den Polizisten zu. „Es sei denn, mein Mann hat seine Drohung wahr gemacht und sie zwischenzeitlich an die Heilsarmee verkauft."

Während sie ihr Portemonnaie in ihrem Rucksack suchte, pfiff sie nach Kaspar und Seppel, die es sich Seite an Seite mit Heinrich in der Sonne bequem gemacht hatten und dem Treiben am Kutterhafen zusahen.

„Lassen Sie Ihr Geld stecken", meinte Hasenkrug und lächelte sie an. „Ich übernehme das."

„Oh, das ist lieb. Vielen Dank!", strahlte sie.

„Keine Ursache. Sehr gerne."

„Ich weiß schon, warum ich dieses blöde Kaff heute nicht mehr betreten wollte", knurrte Büttner, nachdem Jutta Hettinga mit ihren Hunden gegangen war und Heinrich es sich hechelnd unter dem Tisch bequem gemacht hatte. „Mit jedem Schritt, den man in Groothusen geht, bekommt man einen Verdächtigen mehr präsentiert. Es ist zum Verzweifeln."

Mit einem unwilligen Grunzen kramte er in der Tasche seines Jacketts herum und beförderte ein kleines Fläschchen hervor. „Das einzig Gute an Groothusen ist die Medizin von Imke Rieken", sagte er zufrieden, nachdem er sich ein paar Tropfen davon auf die Zunge geträufelt hatte. „Ich wünschte, die sympathische Dame hätte auch was gegen mordende Ostfriesen. Dann hätten wir's hier richtig schön, Hasenkrug."

17

Während Heinrich, erschöpft vom Ausflug nach Greetsiel, laut schnarchend auf seiner Decke lag und Hauptkommissar David Büttner sich zum Nachtisch eine Tasse Kaffee und einen Schokoriegel gönnte, stand Sebastian Hasenkrug nach der Rückkehr ins Kommissariat einigermaßen verzweifelt vor seinem Whiteboard und raufte sich das spärliche Haupthaar.

„Bevor ich mich jemals in meinem Leben so unbeliebt mache, dass praktisch ein jeder in meinem Umfeld ein Motiv hat, mich umzubringen, dann erschieße ich mich lieber gleich selbst", seufzte er gequält und zog mit seinem Edding einen weiteren Pfeil von Suntke Mennen zu einem der Verdächtigen. „Ich glaube nicht, dass mir solch eine paradoxe Gestalt wie dieser Bestatter während meiner Laufbahn bei der Polizei schon mal untergekommen ist. Auf der einen Seite schien er zumindest bei den Frauen recht beliebt zu sein – was ein wenig seltsam ist, wenn Sie mich fragen. Nicht nur, weil ich immer angenommen hatte, dass Bestatter nicht eben diejenigen sind, die in der Skala der erotischen Männer bei den Frauen ganz oben stehen. Nein. Mich wundert vielmehr, dass doch schließlich jede von denen wusste, dass sie nicht die einzige für ihn war. Und trotzdem haben sie sich alle auf ihn gestürzt wie nichts Gutes. Was hatte der Kerl bloß an sich, dass die Frauen ihm reihenweise in die Arme sanken?"

Büttner kräuselte die Lippen. „Vielleicht hat die Kräuterfrau – wie hieß sie noch gleich?"

„Imke Rieken. Sie meinen, sie hat ihm einen Sud gebraut, der die Frauen willenlos machte, wenn er vor ihnen stand?"

„Könnte doch sein", knurrte Büttner. Er nahm das kleine Fläschchen mit den Magentropfen in die Hand und drehte es ein paar Mal hin und her. „Sie scheint was drauf zu haben. Und irgendwelche Duftstoffe oder so gibt es bestimmt, die Frauen zu willenlosen Geschöpfen degradieren."

„Mir schien es eher, als wäre Imke Rieken auf Suntke Mennen nicht besonders gut zu sprechen", gab Hasenkrug zu bedenken. „Warum also sollte sie ihm solch einen Gefallen tun?"

„Dafür könnte es tausend Gründe geben. Vor allem aber frage ich mich gerade, *warum* sie eigentlich nicht gut auf ihn zu sprechen war." Büttner deutete auf das Whiteboard. „Sie haben sie noch gar nicht in Ihre Grafik mit eingearbeitet."

„Sie halten sie für verdächtig?", wunderte sich Hasenkrug, schrieb aber Imkes Namen trotzdem auf das Board und zog einen Pfeil. „Wie ihr Großvater sagte, lebt sie eher zurückgezogen, und auch über unseren Besuch war sie vor Freude nicht gerade aus dem Häuschen. Außerdem ist sie so was wie eine Heilerin – oder wie auch immer man das nennen soll. Das passt nicht zu einem geplanten Mord, wenn Sie mich fragen."

„Schon gar nicht zu einem mit industriell hergestelltem Insulin", nickte Büttner. „Bestimmt hätte sie andere Mittel, wenn sie wirklich jemanden umbringen wollte. Dennoch lassen wir sie noch nicht von der Angel. Vielleicht ist sie ja auch nur geschickt und hat darauf gesetzt, dass wir bei dieser Tötungsmethode als Letztes auf sie schließen würden."

„Also", begann Hasenkrug die Namen auf dem Whiteboard mit dem Edding abzuklopfen. „Insgesamt kommen wir mit allem, was bisher an Verdächtigungen geäußert wurde, auf acht Namen: Ehefrau Antje Mennen, weil Mennen sie betrog und weil sie das Erbe will. Mutter Jurine Mennen, weil Mennen gegen ihre erneute Hochzeit war. Hm. Ein eher schwaches Motiv. Ihr Angestellter Rufus Häming, weil der ein bisschen zu penetrant auf der Selbstmordtheorie bestand. Margot Busker, die Frau des Pastors, weil Mennen ihren Bruder in den Selbstmord trieb. Meinhard Jansen, weil Mennen ein Verhältnis mit seiner Frau hatte. Lisa Gerdes, weil sie von der zu erwartenden Erbschaft und der Lebensversicherung wusste. Samuel Busker, weil Mennen seine Lebensgefährtin geschwängert hat. Imke Rieken, weil mein Chef es so wünscht."

Noch bevor Büttner darauf etwas erwidern konnte, steckte seine Sekretärin Frau Weniger ihren Kopf zur Tür herein und sagte: „Hier ist eine Lisa Gerdes. Sie sagt, Sie hätten sie vorgeladen."

Als die junge Frau gleich darauf das Büro betrat und Hasenkrug schnell sein Whiteboard abdeckte, sprang Heinrich von seiner Decke und lief schwanzwedelnd auf sie zu. Noch ehe Büttner ihn zurückpfeifen konnte, war der Hund an Lisa Gerdes hochgesprungen und leckte die Hand, die sie ihm entgegenhielt. „Das ist ja ein Süßer", lachte sie, „ich glaube, er riecht die Leckerlis, die ich immer dabei habe. In Groothusen gibt es so viele Hunde, da werde ich sie immer schnell los. Darf ich?" Sie hielt nun einen Beutel mit kleinen, wie Knochen geformten Hundekuchen in die Höhe.

„Gerne", nickte Büttner, „aber nur ein paar." Er verzog seinen Mund und warf Hasenkrug einen finsteren Blick zu. „Mein Assistent hat ihn heute schon mit Bratkartoffeln gefüttert, wissen Sie."

Lisa warf ein paar Leckerlis in den Raum hinein, sodass Heinrich hinterherspringen und sie aufsammeln musste, was er in Windeseile erledigt hatte. Sogleich baute er sich wieder vor Lisa auf und sah sie aus großen Augen an.

„Heinrich! Schluss jetzt!" Büttner bedeutete dem Hund mit einem Fingerzeig, sich wieder auf die Decke zu legen, was dieser nur sichtlich widerwillig tat. „Sie haben Spaß an Hunden", stellte er dann fest.

„Ja. Ich liebe sie. Früher, als ich noch bei meinen Eltern lebte, hatte ich auch immer einen."

„Und nun haben Sie keinen Hund mehr?", fragte Büttner freundlich. Er hatte die blonde Frau mit den zwei lustigen Grübchen bislang nur in schlechter Stimmung erlebt. Umso erstaunter bemerkte er, wie hübsch sie war, wenn sie lachte und ihre sonst so trübseligen Augen einen fröhlichen Glanz bekamen.

„Nein", schüttelte Lisa den Kopf, und ein Schatten legte sich über ihr Gesicht. „Samuel will keinen Hund. Er sagt, er habe eine Allergie. Aber ich glaube, dass das Problem ein anderes ist."

„Und das wäre?", fragte Büttner lauernd, während er ihr

bedeutete, auf einem Stuhl an seinem Schreibtisch Platz zu nehmen.

„Sein Vater erzählte mir, dass Samuels leibliche Eltern einen Hund hatten. Er ist wohl damals auch bei dem Wohnungsbrand ums Leben gekommen. Auch wenn Samuel noch klein war, so muss er sehr an dem Hund gehangen haben. Vermutlich will er keinen, weil er Angst davor hat, ihn wieder zu verlieren."

„Aber er hat es so nie gesagt", bemerkte Büttner. Ihm schien dieser Feuerwehrmann im Hinblick auf die Brandanschläge immer interessanter zu werden. Schließlich konnte solch ein frühkindliches Trauma, wie es Samuel anscheinend erlebt hatte, zu allerhand seltsamen Verhaltensweisen führen.

„Nein", antwortete Lisa und bemerkte aus dem Augenwinkel Heinrich, der dabei war, sich auf dem Bauch rutschend langsam an sie heranzurobben und seinem Herrchen unschuldige Blicke zuzuwerfen. „Samuel hat mit mir noch nie darüber gesprochen. Hätte sein Vater, also sein Adoptivvater, nichts gesagt, so hätte ich vermutlich nie von dem Hund erfahren."

Sebastian Hasenkrug hatte zwischenzeitlich den Raum verlassen und kam nun mit drei dampfenden Tassen Kaffee wieder zurück. Lisa nahm die Tasse, die er ihr reichte, mit einem dankbaren Blick entgegen und umschloss sie gleich so fest mit ihren Händen, als müsste sie sich an irgendetwas festhalten.

„Wie wir hörten, hat Suntke Mennen Sie zur alleinigen Erbin seines Vermögens gemacht. Außerdem hat er eine hohe Lebensversicherung zu Ihren Gunsten abgeschlossen", kam Büttner auf den eigentlichen Grund der Vorladung zu sprechen. Kaum, dass er und Hasenkrug wieder im Büro gewesen waren, hatte sie der Anruf einer äußerst empörten Antje Mennen erreicht, in dem diese ihnen von dem Testament und dem Brief erzählte. Außerdem hatte sie unumwunden den Verdacht geäußert, Lisa habe sich an ihren Mann nur herangeschmissen und sich von ihm schwängern lassen, weil sie an sein Geld wolle. Schließlich sei ja in der ganzen Krummhörn bekannt, dass sowohl Samuel als auch Lisa ständig über ihre Verhältnisse lebten und eine größere Finanzspritze daher gut gebrauchen könnten. Gut möglich also, so hatte Antje Mennen behauptet, dass die beiden den Coup sogar gemeinsam geplant hätten, um sich jetzt, nach Suntkes Tod, all ihrer Geldsorgen entledigt zu sehen.

„Ich hab davon nichts gewusst", entgegnete Lisa leise. Plötzlich schien wieder all die Fröhlichkeit aus ihrem Körper zu entweichen. Wie ein Häufchen Elend saß sie da und starrte auf ihren Kaffee. Selbst Heinrich, der nun wieder vor ihr saß und sie mit schiefgelegtem Kopf anbettelte, konnte sie nicht aufmuntern. Nur ganz kurz hob sie den Blick und sagte in flehendem Tonfall zu Büttner: „Bitte, Sie müssen mir glauben, dass ich davon nichts gewusst habe."

„Haben Sie den Brief dabei?", fragte Hasenkrug.

„Eine Kopie, ja." Sie kramte in ihrer Handtasche und zog zwei Zettel hervor. „Ich hab mehrere Kopien gemacht und sie an unterschiedlichen Stellen deponiert. Man weiß ja nie."

Hasenkrug nahm den Brief entgegen und las ihn auf einen Wink seines Chefs hin laut vor.

„Suntkes Frau behauptet, ich habe ihn gefälscht", bemerkte Lisa, als Hasenkrug geendet hatte.

„Das kann ich mir vorstellen", brummte Büttner. „Das dürfte für die Frauen ja auch ein echter Schock sein. Sie stehen nun praktisch vor dem Nichts."

„Ich hab das nicht gewollt", sagte Lisa kaum hörbar.

„Aber Sie sind auch nicht bereit, auf das Erbe zu verzichten", stellte Büttner provokativ fest. „Sie könnten den Mennens doch ihr Vermögen lassen. Schließlich bekommen Sie ja auch noch die hohe Versicherungssumme ausbezahlt."

Lisa schwieg für eine ganze Weile, während sie an ihrem Kaffee nippte und Heinrich abwesend den Kopf kraulte. Dann plötzlich sagte sie mit eisiger Stimme: „Ich wüsste nicht, warum ich das tun sollte. Warum soll immer ich diejenige sein, die klein beigibt? WARUM – IMMER – ICH?" Den letzten Satz hatte sie so laut in den Raum geschrien, dass Büttner und Hasenkrug unwillkürlich zusammenzuckten und Heinrich sich mit eingekniffenem Schwanz rasch auf seine Decke verdrückte und seinen Kopf unter den Pfoten begrub.

„Ich verstehe gerade nicht, was Sie meinen", sagte Büttner, nachdem er sich von seinem Schrecken erholt hatte. „Was haben die Mennens Ihnen denn getan, dass Sie derart erregt auf eine an sich völlig harmlose Bemerkung reagieren?"

Lisa biss sich auf die Lippen und atmete schwer, sagte jedoch nichts. „Ich würde jetzt gerne gehen", presste sie schließlich hervor und strich sich über den Bauch. „Mir ist gar nicht gut."

„Ich wäre Ihnen trotzdem dankbar, wenn …"

„Bitte", presste Lisa zwischen den Zähnen hervor und stand auf. „Mir ist wirklich nicht gut." Nur Sekunden später rannte sie so schnell zur Tür hinaus, als wäre sie auf der Flucht.

„Hasenkrug, wir müssen versuchen, über einen anderen Weg herauszubekommen, was es mit dieser komischen Reaktion auf sich hat", sagte Büttner, als die Tür hinter Lisa ins Schloss gefallen war. „Könnte ja sein, hier liegt der Schlüssel zu unserem Mordfall."

Hasenkrug kaute für eine ganze Weile auf dem Ende seines Kugelschreibers herum und sah seinen Chef grübelnd an. „Und wenn es doch Selbstmord war?", meinte er dann plötzlich nachdenklich.

„Wie kommen Sie denn jetzt darauf?", fragte Büttner verdutzt. „Die Gerichtsmedizin war sich doch sicher, dass er sich nicht selbst umgebracht hat."

„Es könnte doch sein, dass er es absichtlich wie einen Mord hat aussehen lassen. Dazu würde auch der Brief passen, den er Lisa Gerdes angeblich geschrieben hat. Und die Verdächtigungen, die er gegen seine Frau und seine Mutter erhebt."

„Sie meinen, die beiden hätten gemeinsame Sache gemacht? Ein Selbstmord, der aussieht, wie ein Mord? Lisa Gerdes kassiert das Erbe, während Ehefrau und Mutter in den Knast wandern? Hm." Büttner rieb sich das Kinn und dachte einen Moment über die Theorie seines Assistenten nach. „Normalerweise ist es ja eher so, dass ein Mord als Selbstmord getarnt wird. Der umgekehrte Fall ist mir bisher noch nie begegnet. Glaube ich zumindest. Sicher sein kann man sich da ja nie. Bliebe nur noch die Frage, warum sich Suntke Mennen umgebracht haben soll. Das macht man ja schließlich nicht einfach mal so aus Jux und Dollerei oder weil man gerade nichts anderes vorhat."

„Vielleicht war er schwer krank und hatte sowieso nicht mehr lange zu leben", mutmaßte Hasenkrug.

„Hätte das nicht irgendwer gewusst? Und hätte nicht spätestens Frau Doktor Wilkens es bemerkt?"

Hasenkrug zuckte die Schultern. „Ihre Aufgabe war es herauszufinden, ob es Mord oder Selbstmord war. Das war mit dem Fund der Einstichstelle erledigt. Wenn er aber zum Beispiel einen Hirntumor hatte, dann hätte auch sie nichts davon bemerkt, ohne gezielt danach zu gucken."

„Wir sollten sie zumindest noch mal fragen. Vielleicht hat sie das ja alles ausgeschlossen, dann bräuchten wir uns darum keine Gedanken mehr zu machen. Seien Sie doch so gut, Hasenkrug, und rufen Sie sie noch mal an."

„Wird gemacht, Chef", nickte Hasenkrug und sah dabei recht zufrieden aus.

18

Die alte Frau sah aus, als wäre sie friedlich eingeschlafen. Rufus Häming hatte schon viele Leichen gesehen, bestimmt mehrere hundert. Irgendwann hatte er aufgehört, sie zu zählen. In jungen Jahren, noch während seiner Ausbildung, hatte er sich geschworen, keine einzige von ihnen zu vergessen. Ganz einfach, weil er damals fand, kein Mensch habe es verdient, vergessen zu werden; auch nicht, wenn er tot war.

Ein bitteres Lächeln umspielte seine Mundwinkel, wenn er heute an den Idealismus dachte, mit dem er bis vor wenigen Jahren seine Arbeit verrichtet hatte. Genau genommen bis zu dem Tag, als Suntke Mennen begann, seltsam zu werden.

Die Entscheidung, sich zum Bestatter ausbilden zu lassen, war Rufus vor rund vierzig Jahren gekommen, nämlich in der Nacht, als seine Großmutter starb. Es war eine stürmische Herbstnacht gewesen, in der der in hohen Tönen pfeifende Wind unbarmherzig an den Fensterläden gerüttelt und Dachziegel vom Haus gefegt hatte. Immer, wenn er gedacht hatte, seine Oma, die sich so lange schon mit einer schweren Krankheit quälte, sei nun endlich friedlich entschlafen, waren die Fensterläden unter einer Böe mit heftigen Schlägen gegen die Hauswand gedonnert.

Mit dem Ergebnis, dass sich das bisschen Leben, das noch in seiner Großmutter steckte, in ihren übergroßen Augen zu sammeln schien, während sie aufschrak und sich zutiefst verängstigt im Halbdunkel ihres Zimmers umsah. „Ist er es?", hatte sie dann mit letzter Kraft gekeucht. „Ist er es? Kommt er mich holen?"

Rufus hatte in diesen Momenten ganz genau gewusst, wen seine Oma meinte. Immer wieder hatte sie ihm vom Teufel erzählt, in dessen Höllenfeuer sie letztlich alle *wie so 'n olles Spanferkel von Bauer Böke* geröstet würden. Denn warum, so hatte sie stets gefragt, solle der liebe Gott auch nur einen Menschen zu sich in sein Himmelreich lassen? „Der wäre doch schön bekloppt. Die würden ihm doch alles nur durcheinanderbringen", hatte sie sich ihre Frage dann mit Inbrunst in der Stimme selbst beantwortet. „Das ist doch so, als wenn ich freiwillig die Vandalen zu mir nach Hause einladen würde. Nee, nee, nee! Ich sach dir, mien Jung, das kann kein Gott dieser Welt wollen, dass die Menschen bei ihm genauso ein Dörnanner* anrichten, wie sie es hier auf der Erde machen. Nur Mord und Totschlag und Rumgejösel gäbe das da oben. Nee, nee, nee! Ich sach dir, mien Jung, so bekloppt kann der gar nicht sein, dass der das tut. Der schickt uns alle in die Hölle, ohne Umwege, da kennt der nix. Und recht hat er. Würde ich genauso machen, wenn ich Chef wäre."

Rufus hatte sich nach dieser Nacht noch oft gefragt, ob der liebe Gott nicht vielleicht doch Erbarmen mit seiner Großmutter gehabt hatte und sie jetzt womöglich an

* Durcheinander

174

einem lauschigen Plätzchen im Himmel Socken strickte. Schließlich war sie kein schlechter Mensch gewesen. Zumindest nicht schlechter als jeder andere auch. Eigentlich sogar ein bisschen besser, weil sie allen, die zu ihr kamen, immer auch ein Stück Kuchen zum Tee anbot und nicht nur Kluntjes und Sahne. Außerdem war sie Hebamme gewesen und hatte hunderten Kindern das Leben geschenkt. Das musste dem lieben Gott doch eigentlich gefallen, oder? Dagegen konnte die Tatsache, dass sie immer einen Krimi mit in den Gottesdienst genommen hatte, um sich während der Predigt nicht zu langweilen, doch nicht allzu schwer wiegen.

Um den zürnenden Gott womöglich doch noch ein wenig für seine Großmutter einzunehmen, hatte Rufus ihr prophylaktisch eine Bibel in die Hände gelegt, kurz bevor sich der Sargdeckel über ihr schloss.

Von diesem Augenblick an war es sein größter Wunsch gewesen, die Toten für ihre Ankunft vor dem Thron Gottes herzurichten. Keiner sollte sich für sein Aussehen schämen müssen, wenn er vor seinen Schöpfer trat. Diesem die Sünden beichten zu müssen, war schon schwer genug. Da half es vielleicht, wenigstens hübsch zurechtgemacht zu sein.

Rufus strich der alten Frau, die nun vor ihm im Sarg lag, eine Haarsträhne aus dem Gesicht. Er hatte sie nicht gekannt, doch auf mehreren Fotos bei den Angehörigen hatte er gesehen, dass sie ihre Haare immer streng aus der Stirn gekämmt trug. Und so sollte sie es auch jetzt haben. Schließlich konnte sie nichts dafür, dass er seinen Job inzwischen hasste wie sonst nichts auf der Welt.

Und schuld daran war Suntke Mennen.

Lange Jahre hatten sie gut zusammengearbeitet. Differenzen hatte es höchstens mal zu der Frage gegeben, ob man einen etwas helleren oder einen etwas dunkleren Farbton für die Gesichtsschminke des Verstorbenen wählen sollte.

Plötzlich aber, quasi von einem Tag auf den anderen, war alles anders gewesen. Suntke war anders geworden. Rufus fragte sich manchmal, wie sein Chef sich selbst in den letzten Jahren überhaupt noch hatte ertragen können.

Anfangs hatte Rufus gar nicht verstanden, warum Suntke so plötzlich eine chronisch schlechte Laune an den Tag legte. Auf den ersten Blick schien sich nichts verändert zu haben. Irgendwann aber – es war an einem warmen Frühlingstag gewesen, und Rufus war zu einem längeren Spaziergang aufgebrochen – hatte er einen Streit beobachtet. Einen Streit zwischen Suntke und der Kräuterhexe, die zu diesem Zeitpunkt erst wenige Monate in ihrem kleinen Häuschen am Ortsrand wohnte. Wild gestikulierend hatten die beiden in ihrem Garten gestanden, bis Suntke schließlich wutschnaubend zum Gartentor hinausgerannt war und über seine Schultern zurückrief, sie, Imke Rieken, werde schon sehen, was sie davon habe.

Nach dem Spaziergang hatte Rufus den Fehler gemacht, seinen Chef auf diesen Streit anzusprechen. Noch heute wünschte er, er hätte es gelassen. Denn seit diesem Abend war zwischen ihnen nichts mehr so gewesen wie zuvor. Völlig außer sich hatte Suntke ihn als Schnüffler bezeichnet, ja sogar als penetrantes Arschloch, das sich gefälligst aus Dingen heraushalten solle, die ihn nichts angingen. Nichts hatte er ihm seither mehr recht machen können.

Den genauen Grund für diesen Stimmungswandel aber hatte Rufus bis zum heutigen Tag nicht erfahren.

Kurze Zeit hatte sich Rufus daraufhin überlegt, sich mit einem eigenen Bestattungsinstitut selbstständig zu machen, wie es eigentlich schon immer sein Wunsch gewesen war. Doch hatte er diesen Gedanken rasch wieder verworfen. Die Konkurrenz in der Region war einfach zu groß. Auch hätte Suntke ihn mit Sicherheit nicht in Ruhe gelassen, sondern mit allen Mitteln versucht, dieses Vorhaben zu verhindern.

So, wie er es nur wenig später bei Andreas, dem Bruder der Pastorengattin Margot Busker, getan hatte.

Dabei war die Idee, aus zwei Bestattungsunternehmen eines zu machen, gar nicht die schlechteste gewesen. Und lange Zeit hatte es so ausgesehen, als könnte die Fusion zu aller Nutzen über die Bühne gehen.

Doch dann war alles schiefgelaufen. Und das nur aus einem Grund: Weil Suntke es so gewollt hatte. Aber das wurde allen Beteiligten erst viel zu spät klar. Kaum, dass das Geschäft in trockenen Tüchern gewesen war, hatte Suntke angefangen, Andreas auf die übelste Art zu mobben, wohlwissend, dass dieser sowieso schon mit schweren Depressionen zu kämpfen hatte. Überall, wo er auch ging und stand, war Suntke über seinen Partner hergezogen, hatte ihn in fachlicher und persönlicher Hinsicht diskreditiert. Eine Hinrichtung auf Raten hatten es die Krummhörner genannt, doch nur wenige hatten versucht, Andreas den Rücken zu stärken oder Suntke Einhalt zu gebieten.

Die Kultur des Wegsehens feierte einen neuerlichen Sieg, als Andreas dann eines Morgens aufgeknüpft an einem Baum gefunden wurde. Na ja, hieß es da in der Krummhörn, er habe ja auch schließlich Depressionen gehabt, da müsse man eben mit allem rechnen. Immerhin hatten sie den Anstand gehabt, in stiller Eintracht Geld für Andreas' Ehefrau und die drei Kinder zu sammeln.

Suntke jedoch ließen sie auch fortan in Ruhe. Man wolle schließlich keinen Ärger, hieß es.

Gedankenverloren strich Rufus über den weichen Stoff, mit dem der Sarg der alten Dame ausgekleidet war. Nein, dachte er, die Arbeit hatte ihm unter dem plötzlich so despotischen Chef wahrlich keinen Spaß mehr gemacht. Hinzu kam, dass auch Antje Mennen ihren Mann nicht mehr hatte ertragen können und ihren Frust darüber bei jeder Gelegenheit an ihrem Angestellten ausließ. Nach all den Jahren kollegialer Zusammenarbeit trafen ihn die von ihr abgeschossenen Giftpfeile bis ins Mark. Irgendwann einmal – es musste in einem anderen Leben gewesen sein – hatte er gehofft, sie würde sich in ihn verlieben, so, wie er sich auf den ersten Blick in sie verliebt hatte. Wie oft hatte er davon geträumt, mit ihr irgendwo in weiter Ferne ein neues Leben zu beginnen! Doch heute machte ihn schon alleine die Vorstellung krank, mit ihr in einem Raum sein zu müssen. Dank Suntke war sie nach und nach zu einer Ausgeburt der Hölle mutiert.

Er konnte es ihr nicht einmal verdenken.

Eigentlich hatte er gehofft, dass sich ihr Verhältnis nach Suntkes Tod wieder normalisieren würde. Natürlich hatte er die Hoffnung längst aufgegeben, dass sie jemals ein Paar sein würden. Genau genommen hatte er darauf nach all dem Trara auch gar keine Lust mehr, denn dafür war inzwischen einfach zu viel kaputtgegangen. Aber einfach nur weiterzuarbeiten, ohne dabei allzu viel Porzellan zu zerschlagen – das musste doch möglich sein, oder?

Das hatte er zumindest gehofft, bis ihm zu Ohren gekommen war, dass Suntke sein Vermögen an Lisa Gerdes vererbt hatte. Er hatte diese Aussage zunächst für eines der Gerüchte gehalten, die eine Dorfgemeinschaft so dringend brauchte, um sich den Alltag ein wenig zu versüßen. Denn was, bitte schön, sollte ausgerechnet Lisa mit einem Bestattungsunternehmen anfangen?

Inzwischen aber war ihm klargeworden, dass Suntke genau das gewollt hatte. Ihm ging es nicht darum, dass sein Unternehmen einen würdigen Nachfolger fand. Nein. Mit diesem Testament bezweckte er lediglich, seiner Frau eins auszuwischen. Denn natürlich wusste er, dass Lisa den Betrieb verkaufen und sich mit dem erzielten Erlös ein schönes Leben machen würde – und genau das war sein Plan gewesen. Frau und Mutter dann auch noch des Mordes an ihm zu beschuldigen, war ein genialer, wenn auch hinterhältiger Coup. Wenn sie tatsächlich in den Knast einfuhren, konnten sie Lisa nicht mehr dazwischenfunken.

Und er, Rufus Häming, konnte den Laden übernehmen.

Und wer weiß, dachte er, vielleicht hatten Antje und Jurine den Mord ja sogar begangen. Für seinen Geschmack hatte Antje viel zu schnell und zu oft im Dorf kundgetan, ihr Mann sei vor seinem Tod noch nach Woltzeten gefahren und habe dort den Stall der Kamphusens in Brand gesteckt. Dabei wusste doch jeder, dass Suntke das Haus

179

abends nur aus einem einzigen Grund verlassen hatte: Um sich mit Lisa zu treffen.

Blieb nur die Frage, warum Lisa ihm bei der Polizei kein Alibi gegeben hatte.

Nun ja, dachte Rufus, wie dem auch sei, es hätte schlimmer kommen können. Denn mit Lisas Erbe standen die Chancen für ihn so gut wie noch nie, dass er sich seinen Wunsch, ein eigenes Bestattungsunternehmen führen zu können, doch noch würde erfüllen können.

19

Rund vierzig Männer und fünf Frauen hatten sich in der Dämmerung auf dem Pewsumer Marktplatz versammelt. Sie alle nickten wild entschlossen, als Meinhard Jansen nach längerer Wartezeit ankündigte, er werde jetzt Teams für jede der neunzehn Ortschaften der Gemeinde Krummhörn zusammenstellen. Jedes der Teams habe die Aufgabe, bis zum Morgengrauen vor allem an entlegenen Höfen, Scheunen und Schuppen Patrouille zu laufen oder zu fahren, je nachdem, welche Entfernungen es jeweils zu überwinden gelte. Doch sollten sie dabei natürlich auch die Ortskerne nicht aus den Augen lassen, schließlich sei es nach dem Tod von Johannette Kamphusen gut möglich, dass der Brandstifter Blut geleckt habe und ihm leer stehende Schuppen nicht mehr genügten, um sein krankes Hirn zu befriedigen.

Einige der durchweg robust gekleideten Männer waren mit dem Fahrrad gekommen, manche hatten sogar ihren Hund mitgebracht. „Man weiß ja nie, was das für 'n Kerl ist", stellte einer von ihnen fest, während er versuchte, seinen aggressiv bellenden Schäferhund, der sich anscheinend am liebsten sofort auf seine deutlich friedlicheren Artgenossen gestürzt hätte, in Zaum zu halten. „Nachher ist der sogar bewaffnet oder so wat. Da kann ich dann meinen Hasso drauf hetzen. So schnell guckt der gar nicht, wie der den an der Kehle hat."

Ein anderer Mann stimmte ihm mit grimmiger Miene zu. „Dem zeigen wir jetzt mal, wo der Hammer hängt", knurrte er mit Grabesstimme. Schon seit seiner Ankunft führte er ständig Lufthiebe mit einem Baseballschläger aus, den er – so wurde er nicht müde zu betonen – mal aus den USA mitgebracht hatte.

Marlon Hufschmied beobachtete den Menschenauflauf mit gemischten Gefühlen. An einen Baum gelehnt stand er unmittelbar vor der Manninga-Burg und bekam zunehmend Zweifel daran, dass diese Aktion eine gute Idee war. Irgendwie erinnerte ihn diese Zusammenkunft weniger an eine wohlmeinende Bürgerinitiative, die sich mit friedlichen Mitteln für ihre Ziele einsetzte, als an eine von vornherein auf Krawall gebürstete Berliner Protestbewegung zum 1. Mai.

Er fragte sich, was genau jeden einzelnen dieser Männer dazu trieb, sich an der Bürgerwehr zu beteiligen. War es die Lust auf Abenteuer? War es das Gefühl, endlich etwas tun zu können? Oder war es ganz einfach nur der Drang dazuzugehören? Zumindest schien das Interesse an dieser Veranstaltung kein generationenspezifisches zu sein. Im Gegenteil gehörten die Männer den unterschiedlichsten Altersgruppen an. Von sechzehn bis siebzig mochte alles dabei sein, schätzte er.

Marlons Blick glitt zu den fünf Frauen, die in einer Gruppe zusammenstanden, aufgeregt miteinander tuschelten und ab und zu mal in grelles Gelächter ausbrachen. Sie waren alle um die fünfzig. Wahrscheinlich waren sie Freundinnen, die weniger aus Sorge um ihre Nachbarn oder ihre eigenen Häuser hier waren, als dass sie hofften, ihren Geschlechtsgenossinnen beim nächsten Besuch der Bäckerei Kleen in Sachen Klatsch und Tratsch um Längen voraus zu sein.

Es fehlte nur noch die Aufschrift *Bürgerwehr – I did it* auf ihren T-Shirts.

Marlon seufzte schwer. Natürlich konnte er den Wunsch der Bevölkerung nach Sicherheit gut verstehen. Andererseits schienen ihm gerade die Männer, die sich hier versammelt hatten, nicht eben zu denen zu gehören, die in einer brenzligen Situation die Nerven behielten. Zumindest einige unter ihnen sahen so aus, als hätte sie die Aussage Meinhard Jansens, man knüpfe den Brandstifter sofort am nächsten Baum auf, davon überzeugt, unbedingt dabei sein müssen. Auf diese Weise durften auch sie endlich mal die Cowboys sein, die sie als kleine Jungen in Wildwest-Filmen so sehr bewundert hatten.

„Okay, es geht los!", hörte Marlon Meinhard Jansen in seine Gedanken hinein rufen. „Jeder von euch weiß jetzt, wo er was zu tun hat. Pro Team ist mindestens ein funktionstüchtiges Handy dabei. Wenn ihr was seht und Verstärkung braucht, dann ruft ihr einen von uns an. Am besten denjenigen, der im Nachbarort patrouilliert und schnell da sein kann."

Er räusperte sich vernehmlich und fügte breit grinsend hinzu: „Und wenn ihr die feige Sau erwischt habt, dann hängt sie nicht gleich auf. Wartet wenigstens damit, bis wir anderen auch da sind. Sonst macht es doch keinen Spaß."

Dieser makabre Scherz – zumindest hoffte Marlon, dass es einer war – sorgte für ausgelassenes Gelächter unter den

Anwesenden, und einer der Männer rief: „Weidmanns-heil!" und schwenkte dabei seinen Jägerhut. Die Turmuhr der lutherischen Nikolaikirche schlug zehnmal, auch war es inzwischen fast dunkel.

Es dauerte nur wenige Minuten, bis der Marktplatz leer war. Zurück blieben lediglich Meinhard Jansen – der sich wenig später der Patrouille in Groothusen anschließen wollte – und Marlon.

„Wie wollt ihr denn eigentlich sicherstellen, dass ihr für jede Nacht die Patrouillen zusammenbekommt?", fragte Marlon. „Ich meine, heute ist Freitag, die Männer können sich nach der Nachtschicht ins Bett legen. Aber was ist unter der Woche? Wer soll diesen Job dann freiwillig machen?"

„Das sehen wir dann schon", grummelte Meinhard Jansen, während er ein paar letzte Einträge in eine Liste machte. „Heute sind wir gut vierzig. Wenn's gut läuft und sich das rumspricht, sind wir irgendwann hundert. Und immer so weiter. Das reicht dann schon, damit nicht jeder jede Nacht raus muss."

„Aha." Marlon sah ihn ungläubig an. „Und daran glaubst du wirklich, oder was?"

Meinhard Jansen faltete seinen Zettel zusammen, steckte ihn in die Jackentasche, stemmte die Hände in die Hüften und sah Marlon mit gerunzelter Stirn an. „So Klugscheißer wie du", sagte er dann bissig, „die haben zwar immer an allem was rumzumeckern und wissen alles besser. Nur wenn's drum geht, dass was getan wird, dann kannste sie so schnell laufen sehen wie Hasen auf der Flucht." Er spuckte auf den Boden, bevor er hinzufügte: „Wär ja gelacht, wenn wir das Arschloch nicht ruckzuck haben. Und wir hätten ihn noch schneller, wenn nicht solche Warmduscher wie du immer nur 'ne große Klappe hätten, statt uns wie echte Männer zu unterstützen."

„Du glaubst doch selbst nicht, dass euch der Brandstifter in die Falle geht", ließ sich Marlon nicht beirren. „Oder meinst du vielleicht, der hat noch nicht mitbekommen, was ihr vorhabt? Dann müsste der ganz schön beschränkt sein. Schließlich habt ihr eure Planung ja ordentlich breitgetreten. Facebook ist nun mal keine geschlossene Veranstaltung. Wenigstens nicht, wenn man es so macht wie ihr und öffentlich, sprich weltweit, dazu aufruft, sich euch anzuschließen."

Für einen kurzen Moment wirkte Meinhard Jansen verunsichert, dann aber stieß er einen grunzenden Laut hervor und tippte Marlon mit dem Zeigefinger auf die Brust. „Was wettest du, dass wir den nicht kriegen? Was auch immer es ist: Ich halt dagegen."

Marlon ignorierte die Hand, die ihm sein Gegenüber nun entgegenstreckte. „Ich geh dann mal", sagte er stattdessen nur und lief kopfschüttelnd zu seinem Fahrrad, das er gegen einen Baum gelehnt hatte. Nach einem Blick auf die Uhr fragte er sich, ob er Imke zu dieser späten Stunde wohl noch stören durfte. Er beschloss, einfach mal bei ihr vorbeizufahren und zu gucken, ob bei ihr noch Licht brannte. Er brauchte jetzt einen vernünftigen Menschen, mit dem er reden konnte.

Und da fiel ihm außer Imke niemand mehr ein.

Imke hatte beschlossen, ins Bett zu gehen, als es an ihrer Tür klopfte. Cora begann zu bellen, während Imke ihren

Pullover, den sie gerade erst ausgezogen hatte, wieder über den Kopf streifte. Zu so später Stunde konnte es eigentlich nur einer von den typischen *Notfällen* sein, dachte sie, als sie auf bloßen Füßen durch den noch hellbeleuchteten Flur zur Haustür tapste. Zumal es inzwischen dunkel war und die Leute ein Stück weit sicher sein konnten, von ihren Nachbarn nicht gesehen zu werden, wenn sie zum Haus der Kräuterhexe schlichen, um sich ein Medikament gegen was auch immer geben zu lassen.

„Marlon!", rief sie überrascht aus, als sie die Haustür einen Spalt breit geöffnet hatte und sah, wer sie zu so später Zeit besuchte. „Was machst du denn hier? Ist alles in Ordnung?" Als er lächelte, tat ihr Herz einen Sprung, und sie ärgerte sich über sich selbst, als sie bemerkte, dass sie sich unwillkürlich in die zerzausten Locken griff, um diese glattzustreichen. Sie wusste, dass sie dies bei jedem anderen Besucher ganz gewiss nicht getan hätte.

Imke spürte, wie ein wohliger Schauer durch ihren Körper fuhr, als sie Marlon nun im Halbdunkel betrachtete. Nur wenige Lichtstrahlen fielen aus ihrer halb geöffneten Haustür hinaus auf sein markantes Gesicht und seinen Oberkörper. Erst jetzt fiel ihr auf, wie gut gebaut er war. In dieser lauen Sommernacht trug Marlon lediglich ein helles T-Shirt, unter dem sich deutlich seine gut trainierten Muskeln abzeichneten.

„Du siehst wunderschön aus", entfuhr es Marlon in ihre Gedanken hinein, und seine Stimme klang ungewohnt heiser.

Imke schluckte. Wie lange war es her, dass ihr ein Mann solch ein Kompliment gemacht hatte? Und wie lange war es her, dass sie eine Bemerkung so sehr in Verlegenheit brachte, dass ihre Wangen anfingen zu glühen? Sie fragte sich, was Marlon veranlasste, ausgerechnet jetzt eine solche Bemerkung zu machen, die, so viel hatte sie an seiner Reaktion verstanden, keineswegs beabsichtigt gewesen war, sondern einfach dem Augenblick entsprang. Doch dann wurde ihr bewusst, dass Marlon sie erstmals mit offenem Haar sah. Die roten Locken fielen ihr wie ein glühender Lavastrom bis auf die Hüften, und schon als Kind hatte sie immer wieder erleben müssen, wie fasziniert viele Menschen von diesem Anblick waren. Nicht zuletzt wegen ihrer Haarfarbe war das Wort *Hexe* bereits ihr ganzes Leben ein ständiger Begleiter gewesen. Der Begriff *Kräuter* war erst von den Einwohnern Groothusens hinzugefügt worden.

„Darf ich reinkommen?"

„Ja. Ja, natürlich!" Imke war so in ihrer Verlegenheit gefangen, dass sie keine Anstalten gemacht hatte, die Tür ganz zu öffnen, obwohl auch Cora schon die ganze Zeit aufgeregt kläffte, um Caruso, der schwanzwedelnd und aufgeregt hechelnd neben seinem Herrchen stand, begrüßen zu können.

„Ich hab uns einen Wein mitgebracht." Während die Hunde durch die Räume tobten, kramte Marlon eine Flasche Rotwein aus seinem Rucksack, die er, genau wie Caruso, auf dem Weg zu Imke noch schnell zu Haus eingesammelt hatte, und ließ sich auf einen der Küchenstühle sinken. „Ich weiß nicht, ob du so was trinkst, aber ..."

„Doch. Doch, doch!", beeilte sich Imke zu sagen, obwohl sie sich gar nicht mehr daran erinnern konnte, wann sie zum letzten Mal ein Glas Wein getrunken hatte. Aber immerhin besaß sie die passenden Gläser, und so saßen sie sich nur wenig später gegenüber und stießen an. „Auf dass die Menschheit endlich zu Verstand kommen möge", seufzte Marlon und strich sich müde über die Augen.

„Was ist passiert?", fragte Imke und nahm einen ersten Schluck Wein, den sie als zu sauer empfand. Kaum merklich verzog sie ihr Gesicht. Fast hatte sie Scheu, einen zweiten Schluck zu nehmen, aus Angst, Marlon würde ihre Abneigung bemerken. Vorsichtig nippte sie an ihrem Glas und stellte fest, dass der Wein ihr nun schon deutlich besser schmeckte. Sie musste sich wohl erst wieder an den Geschmack von Alkohol gewöhnen.

Marlon machte eine Kopfbewegung zum Fenster hin. „Die halbe Krummhörn ist auf den Beinen und jagt den Feuerteufel. Sie sind wild entschlossen, ihn dingfest zu machen. Das wäre ja auch in Ordnung, wenn die Jäger nicht alle so ausgesehen hätten, als würden sie nur darauf warten, dem Übeltäter mal ordentlich die Zähne einschlagen zu können. Wenn nicht Schlimmeres."

Imke zuckte die Schultern. „Lass sie doch machen. Ich schätze, dass sie rasch die Lust an ihren Streifzügen verlieren. Spätestens morgen." Sie grinste, als Marlon sie fragend ansah. „In der Nacht zu übermorgen soll es wie aus Eimern schütten. Gut möglich, dass sich dann alle einen Grund einfallen lassen, der es ihnen zu ihrem großen Bedauern unmöglich macht, an der Treibjagd teilzunehmen."

„Na, dann hoffen wir mal, dass der Täter ihnen nicht ausgerechnet heute vor die Flinte läuft und deshalb womöglich den Wetterumschwung nicht mehr erleben wird."

„Glaubst du wirklich, sie würden ihn töten?"

„Zumindest würde ich nicht meine Hand dafür ins Feuer legen, dass sie es aus einer Laune heraus oder unter Alkoholeinfluss nicht täten. Und ohne eine Pulle Schnaps in der Tasche ist vorhin kaum einer von ihnen losgezogen. Sie scheinen es in gewisser Weise für ein Abenteuer zu halten."

„Meinst du, es könnte Samuel sein?", fragte Imke kaum hörbar, nachdem sie eine Weile geschwiegen hatten. Immer noch machte sich sofort dieser Verdacht in ihrem Kopf breit, wenn vom Feuerteufel die Rede war. Sie wünschte, sie könnte diesen Gedanken einfach abschalten, aber trotz aller Bemühungen, ihn zu verdrängen, holte er sie immer wieder ein.

„Ich hab ihn mir mal angesehen", antwortete Marlon. „Ehrlich gesagt, ich weiß es nicht. Ich halte es zumindest nicht für ausgeschlossen, dass das Legen von Bränden sein Weg sein könnte, um sich Anerkennung zu verschaffen. Oder er nutzt die Feuer als Stressventil. Ich habe mir die Chronologie der Brände noch mal im Internet angeschaut. Für die Stresstheorie würde sprechen, dass die Brände ab dem Zeitpunkt immer häufiger auftraten, als sein Ärger mit Lisa begann."

„Aber ich dachte, er weiß erst seit gestern von Lisas Schwangerschaft", gab Imke zu bedenken.

„Das schon. Aber Ärger haben die beiden schon länger. Jeder im Dorf wusste schließlich, dass Lisa sich heimlich mit Suntke Mennen traf. Und das seit ungefähr zwei Monaten. Es kann mir keiner erzählen, dass Samuel der Einzige war, der davon nichts mitbekommen hat. Auch, wenn er womöglich nicht selbst drauf gekommen wäre, hätte es ihm mit Sicherheit jemand gesteckt." Marlon stieß ein bitteres Lachen hervor. „Den Spaß, eine Beziehungskrise heraufzubeschwören und sich dann darüber das Maul zu zerreißen, lassen sich die Groothuser mit Sicherheit nicht entgehen!"

„Genau das ist der Grund, warum ich mit alledem nichts mehr zu tun haben will", bemerkte Imke fast trotzig. „Und glaub mir, Marlon, es ist ganz egal, an welchem Ort du dich aufhältst. Solch nette Nachbarn, die es angeblich nur gut mit dir meinen, dich aber in ihr Nachtgebet mit einschließen, um dir die Pest an den Hals zu wünschen, findest du überall auf der Welt."

„Na ja, zumindest in Deutschland", schränkte Marlon Imkes Feststellung ein. „Ich habe schon viel gesehen von der Welt und glaube sagen zu können, dass es diese miefigen und missgünstigen Nachbarschaften hauptsächlich hier gibt. In anderen Ländern hab ich zum Beispiel nie erlebt, dass jemand neidisch auf seinen Nachbarn war, nur weil der 'ne größere Mülltonne hat als er selbst. Das dürfte typisch deutsch sein."

„Das muss wohl daran liegen, dass es den Deutschen so gut geht", stellte Imke fest und zog eine Fratze. „Die müssen sich einfach um nichts mehr kümmern, haben alles, was sie brauchen. Da kommt dann schon mal Langeweile auf. Obwohl sie das natürlich vehement bestreiten würden."

„Apropos Langeweile. Ich würde mir gerne mal deine Fensterläden vornehmen", bemerkte Marlon, nachdem er einen weiteren Schluck Wein getrunken hatte.

„Sie sehen fürchterlich aus, ich weiß." Irritiert von dem plötzlichen Themenwechsel, senkte Imke den Kopf und fummelte an einem der Fäden herum, die sich aus ihrem

Strickpulli gelöst hatten. Manchmal hatte sie Mühe, Marlon in seinen Gedankensprüngen zu folgen, was daran liegen mochte, dass sie den Umgang mit anderen Menschen nicht mehr wirklich gewohnt war. Andererseits: Schon seit Langem hatte sie sich vorgenommen, die Läden mal aus ihren Angeln zu heben und ihnen einen frischen Anstrich zu verpassen. Nur hatte sie keine rechte Ahnung, wie sie das anfangen sollte. Lieber befasste sie sich fünf Stunden lang mit ihren Pflanzen als auch nur eine Stunde in solch eine handwerkliche Arbeit zu investieren „Aber ich möchte nicht, dass du dir so viel Arbeit machst", sagte sie schnell. „Ich könnte sie auch gar nicht bezahlen."

Marlon machte eine wegwerfende Geste. „Du musst es doch nicht bezahlen, ich …"

„Ich will nichts geschenkt!", rief Imke aus und erschrak im nächsten Moment selbst darüber, wie schroff sie geklungen hatte. „Entschuldige", sagte sie verlegen, nachdem sie einmal tief durchgeatmet hatte. „Ich weiß, dass du es nur gut meintest."

„Das wüsstest du noch viel besser, wenn du mich den Satz hättest zu Ende bringen lassen", grinste Marlon. „Ich wollte sagen, dass ich als Gegenleistung gerne ein paar Tropfen gegen mein Sodbrennen hätte, das mich ab und zu mal quält."

„Vielleicht solltest du dich weniger stressen lassen, das hilft auch", entgegnete Imke flapsig.

„Wie das geht, könntest du mir ja nebenbei beibringen, als Zugabe sozusagen. Mir scheint, in Sachen Gelassenheit bist du die beste Lehrmeisterin, die man sich nur wünschen kann. Die *ich* mir nur wünschen kann."

Obwohl sie nach wie vor den Kopf gesenkt hielt und aus lauter Verlegenheit begonnen hatte, unter dem Tisch nach einem Blumentopf zu tasten, den sie mit Erde befüllen konnte, spürte Imke, dass Marlon sie nun intensiv musterte.

Kurz wurde ihr unter seinem Blick gleichzeitig heiß und kalt, und ein Kribbeln durchfuhr ihren Unterleib. Doch sofort setzte sich alles in ihr gegen das Gefühl aufkeimender Lust zur Wehr. Sie spürte, dass sie noch nicht bereit war, sich wieder auf einen Mann einzulassen. Womöglich, so dachte sie, würde sie es niemals wieder sein.

Kaum, dass sie diesen Gedanken zu Ende gedacht hatte, überkam sie auf einmal eine bleierne Müdigkeit. Sie wünschte, sie könnte sich unter ihre Bettdecke verkriechen, in einem ihrer Gartenbücher schmökern und bis tief in den Morgen hinein durchschlafen.

Vor allem aber wollte sie alleine sein.

Als hätte Marlon ihre plötzliche Abwehr gespürt, stellte er sein Glas auf dem Tisch ab und erhob sich. „Ich geh dann mal", sagte er ohne erkennbare Gemütsregung. „Das mit den Fensterläden kannst du dir ja überlegen. Mein Angebot steht. Farbe gegen Tropfen."

„Es – tut mir Leid", sagte Imke ohne ersichtlichen Grund, als sie wenig später an der Haustür standen und die Hunde in den Garten hinaussprangen. Warum sie sich entschuldigte, wusste sie allerdings selbst nicht so genau.

Aber Marlon nickte nur und drückte ihr zu ihrer Überraschung einen sanften Kuss auf die Stirn, der ihr Blut in Wallung versetzte. Dann drehte er sich um, pfiff nach Caruso und verschwand mit ihm in der Dunkelheit.

Mit einem letzten kurzen Bellen verabschiedete Cora ihren neuen Freund Caruso und kuschelte sich dann in ihr Körbchen, wo sie auf der Stelle einschlief.

Imkes Müdigkeit hingegen war auf einmal wie weggeblasen. Zwar wehrte sie sich gegen den Gedanken, dass es an Marlons Kuss lag; aber tief in ihrem Inneren wusste sie schon längst, dass sie sich in den ihr immer noch so fremden Mann verliebt hatte.

Dieses Wissen erschreckte sie weder, noch löste es Hochgefühle in ihr aus. Fast erschrak sie selbst darüber, mit wie viel emotionaler Gleichmut sie diese Feststellung zur Kenntnis nahm. Na ja, dachte sie, während sie die Weingläser vom Tisch nahm und sie in die Spüle stellte, wenn es ihr gelang, ihre Gefühle weiterhin mit so viel Distanz zu betrachten wie bisher, dann würde Marlon nicht viel tiefer in ihr Leben eindringen können, als er es schon getan hatte.

Auch wenn das eigentlich schon tiefer war, als ihr lieb sein konnte.

Ein wenig Angst hatte Imke allerdings vor den Reaktionen ihres Körpers. Sobald Marlon sie berührte, war sie wie elektrisiert. Bei keinem anderen Mann hatte sie jemals eine solch ausgeprägte Reaktion gespürt.

Also musste sie zukünftig dafür sorgen, dass er auf Abstand blieb. Alles andere würde ihr so ruhiges Leben nur unnötig durcheinanderbringen.

Und genau aus diesem Grund würde sie jetzt ins Bett gehen, auch wenn sie nach Marlons Kuss das Gefühl hatte, wieder hellwach zu sein. Aus Erfahrung wusste sie, dass es solche Kleinigkeiten wie das Verschieben der Schlafenszeiten waren, die dazu führten, dass man plötzlich damit anfing, das ganze Leben umzukrempeln.

Und das wollte sie auf jeden Fall vermeiden.

Imke ging ins Schlafzimmer und löschte das Licht. Wie an jedem Abend trat sie noch einmal ans Fenster und sah in ihren von kleinen Solarlampen beleuchteten Garten hinaus. Sie liebte die nächtliche Stille, die sich wie eine schützende Decke über ihre Pflanzen legte. Imke bildete sich dann ein, dass diese in den nächsten Stunden genauso sanft schlafen und Kraft für den nächsten Tag sammeln würden, wie sie selbst und Cora es taten.

Doch irgendetwas war in dieser so friedlichen Nacht anders als sonst. Das Licht war anders. Ein wenig sah es so aus, als ob …

Imke schlug sich erschrocken die Hand vor den Mund. Das war doch nicht möglich! Rasch entfernte sie ein paar Dinge von der Fensterbank, riss das Fenster auf und lehnte sich hinaus. Was sie sah, als sie durch ein paar Sträucher hindurch Richtung Dorf blickte, ließ ihr das Blut in den Adern gefrieren.

Keine hundert Meter von ihr entfernt schlugen meterhohe Flammen aus einem Haus!

Und wenn sie nicht alles täuschte, war es das Haus von Meinhard Jansen.

20

Das Feuer beschränkte sich allem Anschein nach auf das erste Obergeschoss des dreistöckigen Hauses. Aufgeregt tuschelnd hatten sich zunächst nur einige Nachbarn vor dem brennenden Haus versammelt, nach nur wenigen Minuten jedoch schien ganz Groothusen am Ort des Geschehens eingetroffen zu sein.

Viele der Einwohner waren aus dem Schlaf gerissen worden und trugen entsprechend nur Pyjamas und Pantoffeln. Inzwischen war die Feuerwehr bereits mehrfach alarmiert worden, zu hören oder gar zu sehen war von den Einsatzwagen allerdings noch nichts, was daran liegen mochte, dass sich viele der Feuerwehrmänner in der ganzen Krummhörn verstreut auf Patrouille befanden und dadurch länger als sonst bis zur Wache brauchten.

„Hoffentlich ist im Haus keiner mehr drin, das könnte dann ja wirklich in einem Drama enden", meinte eine Frau, die ihr Handy in der Hand hielt und ein Foto nach dem anderen schoss. Ihrem Tonfall nach zu urteilen, schien ihre Besorgnis allerdings nicht wirklich echt zu sein. Vielmehr war sie für ihre Sensationslust bekannt und konnte es vermutlich kaum erwarten, die Fotos am nächsten Morgen überall im Dorf herumzuzeigen – oder gar Videos auf Youtube einzustellen.

„Und Meinhard sachte heute Morgen noch, dass der verdammte Feuerteufel bestimmt noch mal ein ganzes Haus mit Leuten drin in Brand steckt", ließ sich die Stimme von Bäcker Bertus Kleen vernehmen, der aus dem Bett aufgeschreckt war, als im Hause der Jansens eine der Fensterscheiben unter der Hitze zerbarst.

„Ist aber blöd, dass das gerade heute passiert, wo doch die Männer alle unterwegs sind, um den Feuerteufel zu stellen", bemerkte sein Nachbar Rudolf Heyken, der nicht mit der Bürgerwehr hatte mitgehen können, weil er in seiner Firma Spätschicht hatte schieben müssen. „Nur scheiße, dass die nicht zur richtigen Zeit an der richtigen Stelle waren. Nu isses ja wohl zu spät. Kann einem so langsam ja richtig Angst machen, wie oft jetzt irgendwo was in Flammen aufgeht."

„Und ausgerechnet Meinhards Haus musste es treffen", nickte der Bäcker. „Das nennt man wohl Ironie des Schicksals, nach allem, was der in den letzten Tagen gemacht und organisiert hat." Er warf einen Blick auf seine Armbanduhr. „Nu müsste er aber gleich hier sein. Hab ihm vor genau acht Minuten Bescheid gesacht, dass sein Haus brennt. Da war er aber gerade nach Freepsum gefahren, weil irgendjemand meinte ..."

Der Rest seines Satzes ging in einem gellenden Schrei unter, und schon im nächsten Moment folgten alle Anwesenden dem Finger einer Frau, die mit vor Entsetzen aufgerissenen Augen auf ein Giebelfenster im oberen Geschoss zeigte. Dort standen, die Gesichter und die Hände an die Scheibe gepresst, zwei kleine Kinder mit schreckensweiten Augen.

Nach einer kollektiven Schrecksekunde kreischten plötzlich alle durcheinander.

„Oh, mein Gott, wo kommen denn die Kinder her?"

„Sind die etwa alleine im Haus?"

„Wo bleibt denn nur die Feuerwehr!?"

„Ach herrje, der Rauch, guck mal, wie sie husten!"

„Nu tu doch einer was!"

„Geh bloß nicht da rein, das ist viel zu gefährlich!"

„Was macht denn die da, ist die denn verrückt geworden?"

Nachdem die Anwesenden die Bedeutung des letzten Satzes erfasst hatten, herrschte auf der Straße von einem Moment auf den anderen eine entsetzte Stille. Wo vorher noch aufgeregt getuschelt worden war, waren nun vereinzelte Aufschreie und Schluchzer zu hören. Umso bedrohlicher erschien den Anwesenden das durchdringende Geräusch der sich nun in weiter Ferne nähernden Feuerwehrsirenen. Auch bog gerade ein Polizeiwagen um die Ecke.

„Komm zurück! Verdammt nochmal, komm sofort zurück!"

„Nun halte doch einer die Frau auf!"

„Du kannst da nicht rein! Bist du denn verrückt geworden!"

„Das gibt es doch gar nicht, dass die da jetzt reingeht!"

„Die ist ja noch bekloppter, als ich dachte!"

„Hörst du, die Feuerwehr kommt! Lass die das machen! Du kannst den Kindern nicht helfen!"

Von überall her vernahm Imke die Stimmen, doch unbeirrt setzte sie ihren Weg durch den Garten der Jansens im Laufschritt fort. Es war, als würde sie durch eine unsichtbare Kraft getrieben. Sie musste in das Haus! Die Kinder! Sie musste die Kinder da rausholen!

Ein schneller Blick nach oben zeigte ihr, dass die beiden Kleinen in dem dichten Rauch, der aus dem tiefer gelegenen Stockwerk heraufzog, kaum noch Luft zu bekommen schienen. Doch waren sie nicht groß genug, um das bodentiefe Fenster von innen zu öffnen. Sie mochten vielleicht zwei und drei Jahre alt sein, ein Junge und ein Mädchen. Immer wieder krümmten sie sich und hörten kaum noch auf zu husten. Zwischendurch aber klatschten sie mit schwächer werdenden Gesten ihre kleinen Händchen gegen die Scheibe und schauten zu den Menschen auf der Straße hinunter. Ihre weit aufgerissenen Augen waren ein einziger Hilferuf, und aus ihren Mündern entwichen stumme Schreie.

Imke blickte gehetzt um sich, um einen Gegenstand zu finden, mit dem sie die Terrassentür einschlagen konnte. Ihr Blick fiel auf einen Blumentopf. Ohne lange zu überlegen nahm sie ihn in die Hand und schleuderte ihn mit voller Wucht in die Scheibe, die daraufhin in tausende Scherben zersprang.

Hinter sich hörte Imke eilige Schritte und jemand rief: „Gehen Sie nicht in das Haus! Hören Sie! Verlassen Sie sofort das Grundstück!"

Schnell fingerte sie nach dem Griff der Tür und ließ sie weit aufschwingen. Im Wohnzimmer roch es verbrannt, doch bereitete ihr das Atmen kaum Mühe, da der Rauch aus dem ersten Geschoss nach oben und nicht ins Erdgeschoss abzog. Sie lauschte. Ihre Verfolger schienen aufgegeben zu haben, jedenfalls hörte sie nun sich entfernende Schritte auf dem Kies.

Sie rannte in die Diele und gab der Wohnzimmertür einen Tritt, so dass sie zufiel und kein weiterer Sauerstoff ins Treppenhaus dringen konnte, der den Flammen lediglich noch mehr Futter gegeben hätte.

In der Küche angekommen, riss Imke das Tischtuch vom Tisch, hielt dieses unter den Wasserhahn, legte es sich klitschnass um Kopf und Körper und hechtete im Laufschritt zur Treppe. Als ihr Blick nach oben fiel, stockte ihr der Atem. Zwar hatte das Feuer die Stufen noch nicht erfasst, an der Decke und den Wänden des oberen Flurs aber leckten bereits die wie Drachenzungen geformten Flammen.

Zwei Stufen auf einmal nehmend hetzte sie die Treppe hinauf. Doch kaum, dass sie oben angekommen war, schlug ihr der dichte Rauch wie eine heiße Wand entgegen. Er biss wie tausend Nadelstiche in den Augen und nahm ihr die Sicht. Gleichzeitig machte sich in ihrer Kehle ein unangenehmes Kratzen breit und ihre Lungen brannten, als würden die lodernden Flammen jetzt auch dort ihr Unwesen treiben.

Der undurchdringliche Rauch machte es Imke praktisch unmöglich, noch irgendetwas zu erkennen. Sofort war ihr klar, dass, sollte sich in den Zimmern dieses Stockwerks noch jemand aufhalten, für ihn jede Hilfe zu spät kam.

„Ist da jemand?" krächzte sie dennoch, wurde jedoch sogleich von einem weiteren Hustenanfall geschüttelt, als ihr ein Schwall des beißenden Rauchs in die Lungen drang und sie zu ersticken drohte. Im selben Moment, als sie sich vor Schmerzen krümmte, ertönte unmittelbar hinter ihr der ohrenbetäubende Knall einer Explosion, dem sogleich das durchdringend kreischende Geräusch eines zu spät abgebremsten Güterzugs folgte. Zumindest hörte es sich so an. Zeitgleich kam aus einer der offenstehenden Türen eine Welle aus Funken direkt auf sie zugerollt. Reflexartig stieß Imke einen Schrei aus und schlug die Arme über ihrem Kopf zusammen.

Panisch zog sie das Tischtuch enger um sich und hechtete nun in gebückter Haltung, einen Zipfel des nassen Tuches vor Nase und Mund gepresst, die zweite Treppe empor, die sie beim vorsichtigen Vortasten entdeckt hatte. Ihre Lungen schienen unter dieser Strapaze zerbersten zu wollen, eine plötzliche Schwindelattacke brachte sie beinahe zu Fall. Im letzten Moment aber ergriff sie das Treppengeländer und blieb einen kurzen Moment stehen.

Ihr Blick fiel auf eine offenstehende Tür und sie bemerkte, dass aus dem Boden eines unmittelbar an die Treppe angrenzenden Zimmers Flammen emporzüngelten. Vermutlich hatte die Explosion in der tieferliegenden Etage ein Loch in die Zimmerdecke gerissen, dachte sie.

Imke hatte inzwischen jegliche Orientierung verloren und wusste nicht, in welche Richtung sie sich wenden sollte. Vor lauter Qualm und Rauch konnte sie ihre Hand nicht vor Augen sehen. Zudem war ihr ganzer Körper nur noch ein einziger Schmerz.

Am liebsten hätte sie sich ihrem Schicksal ergeben und sich auf den Boden sinken lassen. Das Einzige, das sie jetzt noch vorantrieb, waren die kleinen Kinder, deren angstverzerrte Gesichter sich erbarmungslos in ihre Netzhaut eingebrannt hatten.

In ihrer Orientierungslosigkeit gefangen, hörte sie plötzlich ein leises Wimmern, gefolgt von lautem Husten und dem schwachen, kaum hörbaren Ausruf: „Mama, wo bist du?"

Um so wenig Rauch wie irgend möglich einatmen zu müssen, krabbelte Imke nun auf allen Vieren in die Richtung, aus der sie meinte, die Kinderstimme vernommen zu haben. Keuchend und hustend robbte sie voran, bis sie plötzlich gelbe und blaue Lichter sah, die den rauchgeschwängerten Raum in unregelmäßigen Blitzen durchzuckten.

So muss es in der Hölle sein, schoss es Imke durch den Kopf. Denn mit Sicherheit konnte es keinen Ort geben, der das Grauen des ewigen Leidens besser verkörperte als der, an dem sie sich gerade befand.

„Mama", klang es erneut zu ihr hinüber, und es hörte sich an, als würde jemand mit diesem einen, nicht einmal mehr verzweifelt klingenden Wort sein Leben aushauchen.

„Halt durch!", krächzte Imke und schleppte ihren nun tonnenschweren Körper mit letzter Kraft über den Boden. „Bitte, bitte, nicht sterben!"

Sie wusste, dass sie nur noch wenige Meter von den Kindern trennten. Vielleicht waren es vier, vielleicht nur zwei. Ihre Arme und Beine aber signalisierten ihr, dass sie auch für diese kurze Entfernung kaum noch die Kraft aufbringen würden. Dennoch mobilisierte sie all ihre Reserven und stieß Sekunden später an ein Sofa, von dem ein kleiner, schlaffer Fuß herunterhing. Anscheinend hatten die Kinder sich hierher geflüchtet.

Imke schaffte es, sich bis in die Hockstellung aufzurichten und ertastete zwei kleine Körper. Sie hielten sich engumschlungen und hatten ihre Kuscheltiere im Arm. Ob sie noch lebten, konnte sie nicht sagen. Sie zeigten keinerlei Regung.

In einer letzten Handlung riss sich das noch immer nasse Tischtuch vom Kopf und breitete es über den Kindern aus.

Kaum, dass sie es geschafft hatte, kapitulierte ihr eigener Körper und fiel kraftlos in sich zusammen.

Das letzte, was Imke sah, war ein Schatten, der sich über die zuckenden Blitze der Hölle schob.

Dann umfing sie die Schwärze der Nacht.

21

Bei Bäcker Kleen herrschte am nächsten Morgen wieder außergewöhnlich viel Betrieb. Zwar stand noch der ganze Ort unter dem Eindruck der schrecklichen Ereignisse. Diese jedoch hinderten die Menschen nicht daran, die Nacht gemeinsam mit ihren Nachbarn nochmals ausführlich Revue passieren zu lassen.

Nicht weit von der Bäckerei entfernt ragte die Ruine des bis fast auf die Grundmauern abgebrannten Hauses der Jansens wie ein Mahnmal in den Sommerhimmel. Noch immer stiegen schmale Rauchsäulen in die Luft, und über dem ganzen Dorf lag der unverwechselbare Brandgeruch, den man in Groothusen sonst allenfalls mit dem Abbrennen der alljährlichen Osterfeuer in Verbindung brachte.

„Ich hätte ja nie gedacht, dass so was mal in unserem Dorf passiert", bemerkte Ulfert Busker, kaum dass er an diesem Morgen die Bäckerei betreten hatte. „Ich hab so was als Kind gesehen, damals, als im Krieg ganz Emden in Flammen stand. Aber dann nie wieder. Dass jemand einfach so ein Haus abbrennt, in dem sich Kinder aufhalten, will mir einfach nicht in den Kopf."

„Ich hoff ja nur, dass die Polizei nun endlich mal was unternimmt", entgegnete Rudolf Heyken und schaute mürrisch in die Runde. Er schlug einmal mit der flachen

Hand so fest auf den Tisch, dass die Kaffeetassen klirrten, bevor er – ohne dass jemand etwas gesagt hatte – losgrölte: „Ist mir doch scheißegal, wie die das anstellen, den blöden Sack zu finden! Und wenn die vor jedem Haus in der Krummhörn 'nen Wachmann postieren! Nur eins weiß ich: Wenn die jetzt wieder nix tun, dann gibt das hier Rabatz, und das nicht zu knapp! Dann können die sich warm anziehen, die dämlichen Bullen, das kann ich euch sagen! Dann gehe ich an die höchsten Stellen und beschwer mich! Und dann können die alle im Archiv Akten sortieren. Geschieht ihnen recht! Jawoll!"

„Ach wat!" Ein alter Mann mit Krückstock machte eine wegwerfende Handbewegung. „Da hackt doch eine Krähe der anderen kein Auge aus. Ist denen doch egal, ob unsere Häuser abbrennen oder nicht. Ist doch immer so. Guck dir zum Beispiel die Sausäcke von Politikern an. Was die uns nicht alles versprechen, wenn der Tach lang ist. Aber interessieren tun die sich doch bloß für sich selbst. Sind doch alle korrupt, einer wie der andere. Und genauso ist das überall, wo der Staat seine Finger im Spiel hat. Also auch bei der Polizei. Hauptsache, die kassieren später ihre fette Pension. Alles andere interessiert die nicht. War schon immer so. Sind alles selbstverliebte Gockel, sonst nix. Die stecken dich höchstens noch in die Klapse, wenn du was Falsches sagst."

„Weiß denn nu eigentlich jemand, von wem die Kinner sind, die da im Haus waren?", wollte die Frau wissen, die in der Nacht ständig mit dem Handy fotografiert hatte und sich nun an der Theke mit Frühstücksbrötchen eindeckte. „Kinners nee, was hab ich für 'n Schreck gekricht, als ich

die Lütten da oben am Fenster gesehen hab! Dabei sind
Meinhards Kinner doch längst ausgezogen, und Enkel hat
er doch auch nicht. Oder hat er uns die etwa verschwiegen?
Aus den Feuerwehrleuten und der Polizei ist dazu ja nix
rauszukriegen. Hab extra schon bei denen angerufen, heute
Morgen. Aber gesacht haben die mal wieder nix." Die Frau
schlug theatralisch die Hände über dem Kopf zusammen
und bestellte noch schnell zwei Roggenbrötchen, bevor sie
in ihrer Litanei fortfuhr: „Und Meinhard selbst sacht ja
auch nix. Der steht wohl immer noch unter Schock. Aber
das ist ja auch kein Wunner. Da gehste den Feuerteufel
aufspüren und der zündet dir zur gleichen Zeit deine Hütte
unterm Arsch an. Wo gibt's denn so was! Ist doch verkehrte
Welt, ist das doch!" Sie schaute, die Hände in die Hüften
gestemmt, nun so empört in die Runde, als könnte sie dort
den am ganzen Elend Schuldigen aufspüren.

„Ich frag mich ja immer noch, warum die Kräuterhexe
unbedingt in das brennende Haus rennen musste", meldete
sich erstmals Frank Gerdes zu Wort. Der Vater von Lisa
hatte bisher nur schweigend an einem der Tische gesessen
und seinen Kaffee geschlürft. „Die muss doch wohl total
krank in der Birne sein, wenn die da einfach so reinrennt,
obwohl die Feuerwehr schon so gut wie da ist. Und? Was
hat sie erreicht? Nichts. Liegt im Krankenhaus mit schwerer
Rauchvergiftung. Und die Kinder auch, die armen Dinger,
wenn sie überhaupt noch leben. Hm." Er kratzte sich am
Kopf. „Weiß gar nicht, was Marlon an dieser Imke findet.
Geht ja nun ständig bei ihr ein und aus, wie man hört.
Aber Geschmäcker sind ja wohl verschieden."

„Apropos Marlon", meinte sein Freund Rudolf Heyken

und hob wissend den Zeigefinger. „Ich will ja nix sagen, aber der war heut Nacht gar nicht da, zumindest nicht, als es gebrannt hat. Hab ihn wenigstens nirgends gesehen. Ihr vielleicht?"

Alle schüttelten den Kopf.

„Aber wisst ihr, wann und wo ich ihn gesehen hab?"

Wieder schüttelten alle unisono den Kopf und sahen ihn neugierig an.

Rudolf Heyken streckte den Rücken durch und blickte bedeutsam von einem zum anderen. „Ich hab ihn gesehen, kurz bevor der Brand ausbrach", sagte er dann. „Und wisst ihr auch wo? Ha!" Er klatschte in die Hände. „Marlon kam kurz vor dem Brand direkt aus der Einfahrt von Meinhard Jansen raus. Ich hab mich noch gewundert, was Marlon da zu suchen hatte um diese Zeit. Schließlich wusste er doch auch, dass Meinhard nicht zu Hause war."

„Du meinst, Marlon ist der Feuerteufel? Kann ich mir bei dem gar nicht so richtig vorstellen", rief Bäcker Bertus Kleen von seinem Platz hinter der Theke in den Raum.

„Warum nicht? Könnte doch sein, oder? Der Großvater von der Kräuterhexe, Anton Rieken, der sagte kürzlich auch schon mal so was. Der meint, dass das mit den Bränden erst angefangen hat, nachdem Marlon hierhergezogen ist." Rudolf Heyken zog einen Taschenkalender aus seiner Hosentasche und klopfte ein paar Mal mit den Fingern darauf. „Ich hab das mal nachgeprüft, und es stimmt, was Anton sagt. Mit Marlon kamen die Brände."

„Das glaub ich ja im Leben nicht, dass der nette und so gutaussehende Mann so was macht!", schüttelte die Frau mit dem Handy den Kopf und funkelte Rudolf Heyken böse an. „Kannst du mir auch nur einen Grund nennen, warum der so was tun sollte?"

„Nur weil du ein Auge auf ihn geworfen hast, muss der noch lange keine Unschuldslamm sein", knurrte Frank Gerdes.

„*Ich* soll ein Auge auf Marlon Hufschmied geworfen haben?", kreischte die Frau mit hochrotem Kopf in den Raum. „Das ist doch, das ist doch …!" Sie schnappte vor Empörung ein paar Mal nach Luft.

„Reg dich ab, Irmtraud, das weiß doch jeder hier", brummte Bertus Kleen. „Und was Marlon angeht, Rudolf: Ich würd das mal der Polizei stecken. Bestimmt interessiert die das. Sonst kommen die doch nie voran in ihren Ermittlungen, wenn keiner was sacht. Und jetzt, wo dabei auch noch Kinder schwer verletzt worden sind …"

„Jo. Das wird wohl das Beste sein", nickte der alte Mann mit Krückstock. „Bei so Zugezogenen kannste ja sowieso nie wissen, was du dir da eingehandelt hast. Meist kommen die sowieso nur, um Ärger zu machen."

„So 'n Quatsch!", fauchte die Frau ihn an. „Und wenn ich dir nun sach, dass ich auch kurz vor dem Brand jemanden bei Meinhards Haus gesehen hab, was dann?"

„Ach ja? Und wer soll das gewesen sein?", fragte Frank Gerdes.

„Der Sohn vom Pastor trieb sich da rum. Samuel. Und bei dem hab ich mich auch gefragt, was der da um die Zeit zu suchen hat."

„Der war doch auch auf Patrouille. Irgendwo läuft er dann eben rum", winkte Frank Gerdes ab.

„Nu wunder ich mich aber so langsam, was *ihr* da alle zu

der Zeit zu suchen hattet", knurrte der Bäcker und sah abwechselnd die Frau namens Irmtraud und Rudolf Heyken an. „Ist ja schon komisch, was nachts so alles los ist auf Groothusens Straßen, findet ihr nicht?"

„Da haste nun auch wieder recht", nickte der alte Mann und schlug ein paar Mal mit seinem Krückstock auf den Boden. „Was die sich alle nachts auf der Straße rumtreiben, das glaubst du ja nicht."

„Also, ich will nu endlich mal wissen, was mit der Kräuterhexe und den Kinnern ist", beeilte sich die Frau zu sagen, schnappte sich ihre Brötchentüte und strebte dem Ausgang zu. „Kann ja schließlich nicht sein, dass hier niemand was gesacht kriegt. Nachher leben die gar nicht mehr und man weiß von nix. Ich guck jetzt mal im Internet, ob da schon was zum Brand und so drinsteht."

Als wenige Minuten später auch alle anderen Kunden die Bäckerei verlassen hatten, grinste Bertus Kleen seine Frau an und sagte: „Also von mir aus kann das mit dem Tohuwabohu hier in Groothusen ja ruhig noch 'n büschen weitergehen. So viel Kaffee und Brötchen wie in der letzen Zeit hab ich jedenfalls schon lang nicht mehr verkauft."

22

Als Sebastian Hasenkrug an diesem Morgen ins Büro kam, hatte er gerade von einem Kollegen der Nachtschicht erfahren, was in der letzten Nacht in Groothusen passiert war, und sich schnell auf den neuesten Stand gebracht. Sichtlich aufgewühlt hielt er sich daraufhin nicht lange mit Floskeln auf, sondern rief seinem Chef schon beim Eintreten zu: „Meinhard Jansen schwört Rache. Nachdem er sich von seinem Schock erholt hat, postet er nun auf Facebook die Bilder seines abgebrannten Hauses und ruft alle *Gerechten* auf, sich seinem *Kampf gegen das Verbrechen und die Untätigkeit der Polizei* anzuschließen."

Sebastian Hasenkrug tippte auf der Tastatur seines Laptops herum und schob diesen zu seinem Chef hinüber. „Hier", er deutete auf den Bildschirm, der Jansens neuesten Post zeigte, „jetzt wird's sogar noch besser. Er ruft aktiv zur Lynchjustiz auf. Ich zitiere: *Wenn uns der Staat nicht vor solchem Gesindel schützt, dann schützen wir uns eben selbst. Am besten, wir verbrennen den Teufel bei lebendigem Leib, so wie er es in der letzten Nacht mit unschuldigen Kindern versucht hat.* Jansen hat für diesen Müll innerhalb einer halben Stunde schon mehr als zweihundert Likes gesammelt, mehr als sechzig neue Personen sind bereit, sich der Bürgerwehr anzuschließen. Sie sprechen sogar davon, ihre Jagdgewehre und andere Waffen mitzubringen. Klingt also eher nach Bürgerkrieg als nach Bürgerwehr, wenn Sie mich fragen."

„Sorgen Sie dafür, dass der Kerl einbestellt wird, und zwar sofort!", erwiderte Hauptkommissar David Büttner, ohne lange zu überlegen. „Ich dachte, wir müssten ihn nach diesem Schock noch ein wenig in Ruhe lassen. Aber wenn er sich dazu in der Lage sieht, im Internet solche Pamphlete aufzusetzen, dann wird er uns auch Rede und Antwort stehen können. Wissen wir, wo er sich aufhält?"

Während Hasenkrug zum Telefon griff, um die Sekretärin Frau Weniger zu bitten, die Vorladung zu organisieren, biss Büttner in eines der zwei Croissants, die Frau Weniger ihm auf den Schreibtisch gestellt hatte, und nahm dann einen Schluck Kaffee. Die Nachricht vom neuerlichen Brand hatte ihn erreicht, als er sich gerade mit seiner Frau Susanne an den Frühstückstisch hatte setzen wollen. Als es dann aber hieß, bei dem Feuer seien zwei kleine Kinder lebensgefährlich verletzt worden, war ihm der Appetit auf Rührei mit Speck gründlich vergangen, und er hatte sich umgehend auf den Weg ins Kommissariat gemacht.

„Meinhard Jansen ist erstmal beim Pastor unter-gekommen. Seine Frau ist zu ihrer Mutter gezogen." Hasen-krug legte nach dem kurzen Telefonat den Hörer wieder auf. „Jochen Busker scheint die Sache mit der Nächsten-liebe ja wirklich ernst zu nehmen, wenn er sich so auf-opferungsvoll um alle Brandopfer kümmert. Erst gewährt er Hinrikus Kamphusen Asyl, nun Jansen. Respekt!"

„Beim Pastor fällt mir ein, dass uns immer noch die Aus-sage seiner Frau fehlt. Wir müssen wissen, was genau es mit dem Selbstmord ihres Bruders auf sich hatte. Schließlich haben wir nebenbei noch den Mord am Bestatter aufzuklären, auch wenn uns der Feuerteufel gerade deutlich mehr in Atem hält."

„Da haben Sie recht, Chef. Allerdings würde mich gerade viel mehr interessieren, was Imke Rieken dazu getrieben hat, sich in das brennende Haus zu stürzen und sich damit selbst in Gefahr zu begeben."

„Sie wollte die Kinder retten, nehme ich an."

„Ja, natürlich wollte sie das. Dennoch ist es nicht das Verhalten, das man in einer solch quasi aussichtslosen Situation vermuten würde. Zumal das Eintreffen der Feuerwehr ja abzusehen war. Unsere Kollegen haben noch versucht, sie zurückzuhalten, aber sie muss wie von Sinnen und durch nichts und niemanden aufzuhalten gewesen sein. Wie mir ein Kollege sagte, halten die Groothuser sie nun für noch beklopter, als sie es vorher schon taten. Manche reden sogar schon davon, dass sie sich habe umbringen wollen. Zumindest sieht es nicht so aus, als habe sie sich mit dieser Aktion einen Gefallen getan."

Büttner seufzte. „Das hat man dann davon, wenn man mal Mut zeigt, während alle anderen nur blöd glotzend danebenstehen und auf tolle Bilder fürs Internet hoffen. Immer ist der, der es anders macht als alle anderen, der Depp. Da ist es doch kein Wunder, wenn keiner mehr Lust auf Zivilcourage hat."

Es klopfte, und im nächsten Moment steckte Frau Weniger ihren Kopf zur Tür herein. „Herrn Jansen habe ich leider nicht erreichen können. Der Pastor sagte, er habe soeben das Haus verlassen. Sein Handy ist wohl ausgeschaltet", verkündete sie. „Außerdem hat gerade das Krankenhaus angerufen. Sowohl den Kindern als auch Imke Rieken geht es etwas besser. Aber noch kann niemand sagen, ob sie über den Berg sind. Ansprechbar ist noch keiner von ihnen."

„Okay. Ist denn inzwischen klar, was die Kinder in dem Haus zu suchen hatten?", wollte Büttner wissen.

„Sie waren dort mit ihrer Mutter, einer Nichte von Frau Jansen, auf Besuch."

„Aha. Und warum waren die Kinder dann alleine zu Hause? Wo war die Mutter? Und wo war Frau Jansen?"

„Die Frauen waren im Neuen Theater in Emden und hatten ihr Handy ausgeschaltet. Sie hatten bei den Nachbarn ein Babyphone deponiert, das auch auf diese Distanz problemlos funktionstüchtig war, wie die KTU inzwischen herausgefunden hat. Nur nützt das alles nichts, wenn an dem Ding der falsche Knopf gedrückt wird. Auf jeden Fall sind die Nachbarn erst wachgeworden, als die Feuerwehr vorm Haus eintraf. Sie müssen einen gesegneten Schlaf haben."

„Hm." Büttner kaute für einen Moment nachdenklich auf seinem Croissant herum. „Das nennt man dann wohl den Super-Gau. Was wissen wir über die Mutter der Kinder, außer dass sie gerne ins Theater geht und ihre Kinder in einem fremden Haus alleine lässt?"

„Absolut unauffällig. Die Familie wohnt in Paderborn. Die Frau war mit ihren Kindern bei der Tante auf Besuch, während ihr Mann in München auf Geschäftsreise war. Der wurde inzwischen informiert und befindet sich auf dem Weg hierher. Die Mutter ist im Krankenhaus und weicht nicht von der Seite ihrer Kinder. Sie steht unter Schock und wird psychologisch betreut."

„Und in Groothusen? Sind die Kollegen da schon weiter? Gibt es irgendwelche Zeugen, die etwas beobachtet haben wollen?", fragte Hasenkrug.

Frau Weniger warf einen Blick auf ihren Zettel. „Es gibt einen Zeugen namens Rudolf Heyken, der gesehen haben will, wie Marlon Hufschmied kurz vor dem Ausbruch des Feuers vom Grundstück der Jansens gekommen ist. Interessanterweise scheint dieses Gerücht auch gerade die Runde im Dorf zu machen. Die Leute scheinen sich aus irgendeinem Grund auf Hufschmied als Feuerteufel einzuschießen. Die Kollegen beobachten das mit einer gewissen Besorgnis. Eine Irmtraud Meier hingegen meint, dass sich Samuel Busker etwa zur selben Zeit dort herumgetrieben hat. Sonst will niemand was gesehen haben."

„Dann laden Sie bitte beide vor. Hufschmied und Busker. Ich will sie so schnell wie möglich hierhaben", sagte Büttner.

„Das hab ich bereits versucht. Marlon Hufschmied ist allerdings nirgendwo aufzutreiben, weder zu Hause noch in der Schreinerei. Sein Handy ist auch ausgeschaltet. Und Samuel Busker meinte, er käme heute Nachmittag, weil er nach dem Einsatz erstmal schlafen müsse. Er war es übrigens, der die Kinder und Frau Rieken über die Drehleiter aus dem Haus befreit hat."

„Aha. Dann hat er jetzt ja noch ein paar Pluspunkte mehr auf seinem Heldenkonto", stellte Hasenkrug nicht ohne Sarkasmus in der Stimme fest. „Ist ja schon irgendwie komisch, der Typ. Hm. Haben die Experten ihre Untersuchungen zur Brandursache eigentlich bereits abgeschlossen?"

„Nein", antwortete Frau Weniger, „sie sind noch dran. Ist ja noch früh am Tag."

„Wenn es wirklich der Feuerteufel war – was wir ja noch nicht wissen – dann bekomme ich es so langsam mit der Angst zu tun", meinte Büttner. „Angesichts der letzten Brände müsste man dann ja davon ausgehen, dass er nun jede Nacht zuschlägt. Wenn es so ist, haben wir definitiv ein Problem."

„Wie die Kollegen vor Ort sagten, sind die Groothuser nun wild entschlossen, dieses Problem selbst aus der Welt zu schaffen", erwiderte Frau Weniger. „Vor rund einer Stunde wäre es wohl beinahe zu Handgreiflichkeiten zwischen unseren Beamten und einigen Dorfbewohnern gekommen. Gott sei Dank sind ein paar Jungs von der Feuerwehr dazwischen gegangen und haben die Sache deeskaliert. Unsere Kollegen wurden auf Übelste beschimpft. Die Stimmung ist extrem explosiv."

Büttner schnalzte mit der Zunge. „Am liebsten würde ich ja die ganze Krummhörn evakuieren lassen. Aber ich schätze fast, dass ich dafür keine richterliche Anordnung bekomme. So bleibt uns nur, auf die Vernunft der Leute zu hoffen, doch scheint mir das momentan ein bisschen heikel. Allerdings sehe ich kaum eine Alternative."

Sein Blick fiel auf ein Foto, das auf seinem Schreibtisch stand und seine Tochter Jette mit Hund Heinrich zeigte. Plötzlich durchzuckte es ihn wie ein Blitz. „Wer kümmert sich derzeit eigentlich um den Hund von Frau Rieken?", fragte er und sah besorgt von Hasenkrug zu Frau Weniger und wieder zurück.

„Sie hat einen Hund?" Frau Weniger schob die Unterlippe vor und zuckte die Schultern. „Die Kollegen waren mit ihrem Großvater bei ihr zuhause und haben geguckt, ob dort alles in Ordnung ist. Ein Hund war aber wohl nicht da."

„Und darüber hat sich der Großvater – wie hieß der noch gleich, Hasenkrug?"

„Anton Rieken."

„Richtig. Und darüber hat sich Anton Rieken nicht gewundert?"

„Der alte Herr stand wohl ziemlich unter Schock, was man ihm ja nicht verdenken kann. Da hat er an den Hund womöglich nicht gedacht", gab Frau Weniger zu bedenken.

„Das ändert nichts daran, dass der Hund weg ist."

„Sollen wir eine Vermisstenmeldung rausgeben oder ihn zur Fahndung ausschreiben?", frotzelte Hasenkrug.

„Man merkt, dass Sie keinen Hund haben, sonst würden Sie nicht solche unreifen Witze reißen", schnaubte Büttner und wandte sich wieder an Frau Weniger: „Machen Sie Meldung an alle Einsatzwagen, die sich in der Gegend aufhalten, dass sie nach einem herrenlosen, mittelgroßen und schwarzweißen Hund Ausschau halten sollen. Wenn sie einen sehen, sollen sie hier Bescheid geben."

„Die Kollegen werden vor Freude nicht wissen wohin mit sich", seufzte Frau Weniger, nickte jedoch ergeben.

„Und jetzt zu unserem anderen Fall", wechselte Büttner das Thema. „Hatten wir die Frau vom Pastor – wie war noch gleich ihr Name, Hasenkrug?"

„Margot Busker."

„Ja. Hatten wir Margot Busker schon vorgeladen? Ich bräuchte jetzt mal endlich eine geeignete Person, die ich für den Mord an Suntke Mennen hinter Gitter bringen kann. Mir scheint, dass wir uns in den nächsten Tagen in Sachen Feuerteufel noch genug amüsieren werden. Da käme mir eine Verhaftung in Sachen Bestatter-Mord gerade recht."

„Frau Busker hatte ich angerufen", antwortete Frau Weniger. „Sie lässt ausrichten, dass sie mindestens für die nächsten drei Tage bei ihrer kranken Mutter in Augsburg ist. Außerdem sagt sie, dass wir unsere Zeit nicht mit ihr verplempern sollen, weil sich letztlich doch nur herausstellen werde, dass sie den Mord an Suntke Mennen nicht begangen habe. Allerdings macht sie auch kein Geheimnis daraus, dass sie froh über seinen Tod ist. Er möge in der Hölle schmoren, sagte sie."

„Da muss ich doch den Pastor glatt mal fragen, wie er als Gesandter im Auftrag des Herrn an diese reizende Gattin gekommen ist", entgegnete Büttner und stieß hörbar die Luft aus. „Hasenkrug, erinnern Sie mich bitte beizeiten daran." Als sein Assistent nicht reagierte, sondern nur verdattert auf sein Smartphone starrte, fügte der Hauptkommissar hinzu: „Hallo? Hasenkrug? Sind Sie auf Empfang?"

„Leider ja", antwortete der und sah seinen Chef besorgt an. „Ich fürchte, es geht schon los."

„Was geht los?", fragte Büttner alarmiert.

„Ich hab 'ne SMS von Marlon Hufschmied bekommen."

„Ich dachte, der gehört neben dem Hund zu unseren Verschollenen."

„Jetzt nicht mehr. Er sitzt – übrigens mit dem Hund von Imke Rieken – in seiner Schreinerei und hat die Türen verrammelt. Draußen steht ein mindestens zehnköpfiger Mob erregter Nachbarn und skandiert Sprüche wie *Das war's dann wohl, du Kindermörder!* und *Jetzt wirst du gegrillt, du dreckiges Schwein!*"

„Klingt, als fühlte er sich bedroht."

„Dafür hat er auch allen Grund", nickte Hasenkrug.

„Warum?"

„Der Mob hat sich mit brennenden Fackeln ausgerüstet. Ein Stapel Paletten vor der Werkstatt brennt bereits lichterloh."

„Und warum sitzen wir dann noch in aller Seelenruhe hier herum?", rief Büttner und sprang ungewöhnlich schnell auf. „Los, Hasenkrug, jetzt heißt es Gas geben!"

Hasenkrug hielt sein Smartphone in die Höhe. „Ich hab gerade Nachricht bekommen, dass die Kollegen, die sich noch in Groothusen aufhalten, schon unterwegs sind. Außerdem haben sie gleich die Feuerwehr hingeschickt. Ich denke, dass sie das Schlimmste verhindern werden."

„Ihr Wort in Gottes Gehörgang", knurrte Büttner und lief eiligen Schrittes zur Tür. Auf dem Weg zum Auto grummelte er vor sich hin: „Ich hätte auf meinen Instinkt hören und die Groothuser alle evakuieren lassen sollen. Am besten in 'ne Steinzeithöhle. Da könnten sie dann noch mal ganz von vorne anfangen. Aber viel aufzuholen hätten sie ja ohnehin nicht, um auf ihren jetzigen Intellekt zu kommen."

23

Es gibt Tage, da neigt selbst ein Pastor zur Ungeduld. Zwar kam dieses neuerliche Ereignis für Jochen Busker nicht wirklich überraschend. Genau genommen hatte er sogar seit Längerem damit gerechnet, dass es so kommen würde. Im Zusammenspiel mit all den anderen Begebenheiten der letzten Tage aber wurde ihm allmählich alles zu viel.

„Wann kommt Mama denn endlich?", fragte Hinrikus ihn an diesem Morgen zum gefühlt hundertsten Mal. „Mama kommt immer um elf. Immer nach dem Einkaufen", beantwortete der Mann mit dem Verstand eines Zweijährigen seine Frage dann wie gewohnt selbst und strahlte über das ganze Gesicht.

Jochen Busker seufzte und strich seinem Cousin, der eine Tasse mit heißem Kakao und ein Salamibrot vor sich stehen hatte, über den Kopf. Was sollte er nur mit ihm machen? Hatte sich der Sohn seiner verstorbenen Tante in den letzten beiden Tagen noch ganz tapfer gehalten und sein kleines Abenteuer, für unbestimmte Zeit in der Pastorei wohnen zu dürfen, sichtlich genossen, so war er am gestrigen Abend aus unerfindlichen Gründen abwechselnd von Weinkrämpfen und Wutausbrüchen heimgesucht worden. Immer wieder rief er nach seiner Mama, die ihn noch nie so lange alleine gelassen hatte. Mit keinem Mittel hatten weder der Pastor noch seine Frau ihn beruhigen oder ihn gar davon überzeugen können, zur gewohnten Zeit ins Bett zu gehen. Es war ein einziges Fiasko gewesen.

Als Hinrikus schließlich angefangen hatte, Gegenstände aus den Regalen zu reißen und sie im Zimmer herumzuschleudern, hatte Jochen keinen anderen Ausweg mehr gesehen, als ihm vom herbeigerufenen Notarzt eine Beruhigungsspritze geben zu lassen.

An diesem Morgen nun war Hinrikus bereits um sechs Uhr gut ausgeschlafen aufgestanden und hatte seinen Cousin, der aufgrund des nächtlichen Wohnungsbrandes völlig übermüdet war, angelacht, als wäre nie etwas gewesen. Auch die Anwesenheit Meinhard Jansens hatte ihn nicht gestört, obwohl dieser dauernd schlecht gelaunt irgendwelche wütenden Phrasen und Racheschwüre von sich gegeben hatte, während er nach der durchwachten Nacht einen starken Kaffee in sich hineinschüttete.

Als dann jedoch plötzlich Margot mit Koffern in der Hand in der Küche gestanden und verkündet hatte, sie würde den ganzen Zirkus nicht mehr mitmachen und jetzt und für immer gehen, hatten sich Hinrikus' Augen vor Furcht geweitet, und das ganze Drama war von vorne losgegangen. Mit dem Unterschied, dass der Pastor diesmal nicht auf die Unterstützung seiner Frau hatte zählen können.

Weil Jochen Busker den guten Einfluss Lisas auf Hinrikus kannte, hatte er sie in seiner Verzweiflung angerufen und sie gebeten, wenigstens einen Versuch zu unternehmen, ihn ohne neuerliche Beruhigungsspritze durch den Tag zu bringen. Geduldig hatte Lisa trotz ihres Ärgers mit Samuel und trotz der sie quälenden Morgenübelkeit mit Hinrikus mehrere Runden *Mau-Mau* gespielt, ein Kartenspiel, das sie ihm während ihres letzten Besuches mehr schlecht als recht beigebracht hatte und von dem er restlos begeistert war.

Der Pastor hatte die Gelegenheit genutzt, um endlich mal unter die Dusche zu gehen und unter dem beruhigenden Einfluss des warmen Wassers seine Gedanken zu sortieren. Es war ihm nicht gelungen.

Nachdem Lisa sich wieder verabschiedet hatte, saß Jochen Busker nun am Küchentisch und dachte darüber nach, dass er zukünftig wohl wieder als Single durchs Leben gehen würde. Die offizielle Sprachregelung, dass seine Frau für ein paar Tage zu ihrer kranken Mutter nach Augsburg gefahren war, würde sich schon sehr bald in Wohlgefallen auflösen. Jochen Busker wusste, dass seine Eheprobleme bereits seit einer ganzen Weile zu den beliebtesten Klatschgeschichten der Groothuser Bevölkerung gehörten. Über das übliche gehässige Geschwätz hinaus, erlebten die Leute die Tatsache, dass es sich in diesem Fall um die Ehekrise eines Pastors handelte, anscheinend als besonders anregend.

Wie lange also würde es dauern, bis die anstehende Scheidung, die Margot sicherlich bald einreichen würde, im Dorf die Runde machte?

Unter normalen Umständen hätte Jochen Busker die zu erwartenden Gehässigkeiten ohne größere Probleme weggesteckt, auch wenn er selbst unter der Trennung mehr litt, als er bereit war, vor sich selbst einzugestehen. Er liebte seine Frau immer noch, obwohl sie sich schon vor Jahren von ihm abgewandt hatte. Das kurze Intermezzo mit Suntke Mennen war dabei nur eines von vielen gewesen, mit dem sie die Geduld ihres Mannes auf die Probe stellte.

Die ganze Zeit über war ihm klar gewesen, dass sich Margot all das, was sie bei ihrem Mann nicht mehr zu finden glaubte, an anderer Stelle holte. Dennoch hatte er gehofft, dass sie das Bild einer funktionierenden Ehe wenigstens nach außen hin aufrecht erhalten würde. Nicht, weil ihm so viel an der Meinung der Leute lag, sondern weil er den Gedanken, ihre gemeinsame Zeit könne endgültig vorbei sein, nur schwer ertragen konnte.

Doch mit ihrem Auszug an diesem Morgen war genau das geschehen, was er immer befürchtet hatte.

Das Fass zum Überlaufen gebracht hatte wohl die Tatsache, dass er dem zutiefst verzweifelten Meinhard Jansen für die Nacht eine Bleibe angeboten hatte. „Wir sind doch hier kein Flüchtlingsheim!", hatte Margot ihm im Schlafzimmer zugezischt, nachdem Jansen in einem der Gästezimmer einquartiert worden war. „Meinhard hat Freunde genug, bei denen er unterkommen kann, warum also ausgerechnet bei uns? Hast du nicht schließlich gerade erst deinem schwachsinnigen Cousin erlaubt, sich bei uns breitzumachen, obwohl es für solche Menschen genügend professionell geführte Einrichtungen gibt!? Und nun mutest du mir auch noch einen durchgeknallten Möchtegern-Rambo zu?"

Tja, dachte Jochen Busker und rieb sich die müden Augen, ein Ausbund an Feingefühl oder gar Nächstenliebe war Margot noch nie gewesen. Umso mehr hatte es ihm damals, kurz nach ihrer Hochzeit, imponiert, wie liebevoll sie sich um den kleinen Samuel kümmerte, nachdem dieser über Nacht durch einen Wohnungsbrand Vollwaise geworden war. Ganz gewiss hätte sie ihn all die Jahre nicht besser behandeln können, wenn er ihr leibliches Kind gewesen wäre.

Doch leider hatte Gott ihnen ein solches nie geschenkt.

Jochen Busker wusste genau, dass Margot sich immer eine ganze Rasselbande gewünscht hatte. Mindestens vier Kinder wolle sie haben, hatte sie ihm schon vor ihrer Hochzeit mehrmals verkündet. Da es ihm genauso ging, hatte er nichts gegen diesen Wunsch einzuwenden gehabt.

Umso schmerzhafter war die Enttäuschung gewesen, als ihnen der Arzt nach Jahren vergeblicher Versuche mitteilte, dass sie nie gemeinsame Kinder haben würden. Die Ursache hierfür liege eindeutig in der Zeugungsunfähigkeit des Mannes begründet.

Nach dieser niederschmetternden Diagnose war plötzlich alles anders gewesen. In den ersten Wochen hatte Margot noch versucht, sich ihre Enttäuschung nicht anmerken zu lassen. Je mehr Zeit jedoch ins Land zog, desto mehr wandte sie sich auch von ihm ab. Vor allem schien sie den Sex mit ihm nicht mehr ertragen zu können, und ihm wurde sehr schnell klar, dass sie sich ihre körperliche Befriedigung nun bei anderen Männern holte.

Noch genau erinnerte er sich an die Nacht, in der sie mit Suntke Mennen geflirtet hatte und schließlich mit ihm um die Ecke geschlichen war. Unauffällig war er ihnen zu einer Scheune gefolgt, hatte sein Ohr an die Holzplanken gedrückt und sich selbst damit gequält, ihrem lustvollen Stöhnen zu lauschen.

Wer die anderen Männer gewesen waren, denen sie sich im Laufe der vielen Jahre hingegeben hatte, wusste er bis heute nicht. Irgendwann, lange vor ihrem One-Night-Stand mit Suntke Mennen, hatte sie ihm gebeichtet schwanger zu sein, ohne ihm zu verraten, wer der Vater des Kindes war.

Es hatte ihm das Herz zerrissen, mit ansehen zu müssen, wie sehr sie während der Schwangerschaft aufblühte und so tat, als wäre alles in bester Ordnung. Auch schien sie es als selbstverständlich zu nehmen, dass er das Kuckuckskind als seines annehmen und großziehen würde – womit sich ein weiteres Mal zeigte, wie gut sie ihn kannte. Natürlich hätte er Margot und das Kind nicht vor die Tür gesetzt, schon allein, weil er insgeheim die Hoffnung hegte, dass sie ihm nach der Geburt des Kindes wieder ganz alleine gehören würde. Schließlich hatte sie sich dann doch endlich ihren größten Wunsch erfüllt. Oder?

Doch machte ihnen der liebe Gott auch diesmal einen Strich durch die Rechnung, denn das Kind – ein kleines Mädchen – verstarb kurz vor seiner Geburt im Mutterleib. Während Margot sich nach diesem traumatischen Erlebnis für mehrere Monate einer stationären Therapie unterzog, hatte er das Kind, dem es niemals vergönnt gewesen war, die Sonne zu sehen, an einem Sommertag in einer bewegenden Trauerzeremonie zu Grabe getragen.

Das ganze Dorf und viele andere Menschen aus der Krummhörn waren gekommen, um ihn ihres Mitgefühls zu versichern. Er hatte es stoisch über sich ergehen lassen. Den kleinen Grabstein zierte seither der in Goldlettern geprägte Name Johanna Busker.

Margot hatte sich nach Abschluss ihrer Therapie wieder ihren wechselnden Männerbekanntschaften hingegeben, doch Jochen Busker hatte irgendwann aufgehört, sich darum Gedanken zu machen.

Nur seinen Hass auf Suntke Mennen, der ihm nach der Nacht mit Margot bei jeder Begegnung hämisch ins Gesicht grinste, hatte er nie überwinden können.

„Mama kommt um elf. Immer nach dem Einkaufen", wusste Hinrikus in die trübsinnigen Gedanken des Pastors hinein zu sagen. Er schien nach dem Spiel mit Lisa wieder bester Laune zu sein und machte sich nun an einem Zeichenblock mit Buntstiften zu schaffen, die sie ihm dagelassen hatte. Nebenbei kaute er genüsslich an seinem Salamibrot und schlürfte seinen Kakao.

Jochen Busker hörte die Haustür zuschlagen und gab sich kurz der Hoffnung hin, seine Frau sei zurückgekommen. Nur Sekunden später aber stand Samuel in der Küche, ging schnurstracks auf den Kühlschrank zu und nahm sich einen Joghurt heraus. Dann lief er zum Tisch hinüber und sagte zu Hinrikus: „Give me five!", woraufhin der gutgelaunt seine Handfläche gegen die seine klatschte.

„Alles klar bei euch?", fragte Samuel seinen Vater, nahm sich einen Löffel aus der Schublade und ließ sich auf einen Stuhl sinken. Ohne eine Antwort abzuwarten, fügte er hinzu: „Die Polizei hat mich vorgeladen, keine Ahnung warum. Hab denen aber gesagt, dass ich erstmal schlafen muss, nach dem Einsatz in der letzten Nacht." Er lachte kurz auf. „Der war ja mal so richtig nach meinem Geschmack. Eine Frau und zwei Kinder aus dem schwärzesten Rauch gerettet, den man sich nur vorstellen kann. Es war verdammt knapp."

„Ja, hab ich gehört. Du hast sie über die Drehleiter rausgeholt, sagte Meinhard."

„Ja. Aber eins kann ich dir sagen: Wenn diese seltsame Kräuterhexe nicht das Tuch über die Kinder geschmissen hätte, dann würden sie vermutlich nicht mehr leben."

„Welches Tuch?" Jochen Busker hörte nur mit einem Ohr hin. Die Heldengeschichten seines Sohnes irritierten ihn mehr, als dass sie ihn mit Stolz erfüllten. Nach jedem seiner Einsätze kam Samuel ihm vor, als würde er unter Drogen stehen. So aufgedreht wie er dann war, konnte man annehmen, er habe eine ganze Schachtel Aufputschmittel geschluckt oder sich eine Adrenalinspritze gesetzt.

„Keine Ahnung. Sah aus wie eine Tischdecke oder so was. Wahrscheinlich hat die Hexe sie nassgemacht und um sich gewickelt, bevor sie nach oben ging, um die Kinder zu suchen. Kannste ja nichts gegen sagen, so steht es in jedem Lehrbuch. Und als sie sie dann gefunden hatte, hat sie das Tuch über die beiden geschmissen, um sie vor dem Rauch und den Flammen zu schützen. So sah es zumindest aus."

„Also ist eigentlich Imke Rieken die Heldin der vergangenen Nacht", stellte Jochen Busker nüchtern fest.

„Na ja, vielleicht ein bisschen", zuckte Samuel die Schultern. „Genau genommen, wären die Kinder ja trotzdem ums Leben gekommen, wenn wir von der Feuerwehr sie nicht rechtzeitig aus dem Haus geholt hätten. Ohne uns wären sie alle drei an einer Rauchvergiftung gestorben."

„Mama ist weg", sagte Jochen Busker zusammenhanglos und erschrak im nächsten Moment über sich selbst.

Hätte er Samuel die Neuigkeit nicht ein wenig schonender beibringen können? Diese ungewohnte Direktheit musste seinem Stress geschuldet sein. Allerdings konnte sie auch daran liegen, dass ihm sein Sohn mit seiner Prahlerei unglaublich auf die Nerven ging. Konnte Samuel denn von den Ereignissen nicht genauso schockiert sein wie alle anderen? Musste er solche furchtbaren Geschehnisse wirklich immer und immer wieder zum Anlass nehmen, sich selbst als den Helden der Nation dastehen zu lassen? Was war nur los mit ihm? Fast konnte man auf den Gedanken kommen …

Jochen Busker verbot es sich, an dieser Stelle weiterzudenken. Es wäre einfach zu ungeheuerlich, wenn …

„Ich weiß“, hörte er Samuel sagen. „Sie wollte zu Oma nach Augsburg. Was hat denn die alte Dame? Ist sie krank?“

„Nee. Oma ist kerngesund.“

Samuel ließ den Löffel auf halbem Wege zum Mund in der Luft hängen. „Versteh ich jetzt nicht“, sagte er dann. „Mama hat doch vorhin angerufen und gesagt …“

„Nun, dann hat sie gelogen“, entgegnete Jochen Busker barsch. „Deine Mutter ist ausgezogen. Sie hat mich verlassen.“ Und das nicht erst heute, fügte er in Gedanken hinzu.

„Du machst Witze!“

„Mit solchen Sachen scherzt man nicht.“

Für eine ganze Weile war in der Küche nichts zu hören außer dem Kratzen von Buntstiften auf Papier. Hinrikus schien völlig in das Zeichnen seines Bildes vertieft zu sein und summte zufrieden die Melodie von *Guten Abend, gut' Nacht* vor sich hin.

Umso erschrockener fuhr der Pastor zusammen, als Samuel jetzt aufsprang, seinen leeren Joghurtbecher in der Hand zerdrückte und diesen mit Schwung in den nächsten Mülleimer pfefferte. „Ja, spinnen die Weiber jetzt denn alle!?", plärrte er. „Zuerst Lisa, die sich von diesem morbiden Arschloch schwängern lässt, und jetzt auch noch meine Mutter!? Hat sie etwa auch 'nen anderen, oder was?"

„Mama sagt, man darf nicht schreien. Sie kommt um elf. Immer nach dem Einkaufen." Hinrikus schielte Samuel sichtlich irritiert an und hielt ihm die Hand hin, damit er einschlagen konnte. Anscheinend wollte er ihn und sich mit dieser Geste beruhigen. Doch Samuel ignorierte ihn und warf seinem Vater einen vor Wut funkelnden Blick zu.

„Hat sie wenigstens einen Grund genannt?", fragte er mit zittriger Stimme.

„Entschuldige, ich wollte dich nicht aufregen, Samuel." Jochen Busker fuhr sich müde übers Gesicht. „Es ist eine lange Geschichte. Ich würde es dir und Lisa gerne mal in Ruhe erklären."

„Vergiss Lisa!", donnerte Samuel in den Raum. „Diese dumme Gans soll bleiben, wo der Pfeffer wächst. Ich hab gestern ihr Zeug vor die Tür geschmissen und ihr gesagt, dass sie verschwinden soll! Oder glaubst du vielleicht, ich lass mich von der zum Deppen machen und ziehe ihren Bastard groß? Die ganze Krummhörn lacht sich doch schon über mich tot und lässt blöde Sprüche stehen!" Samuel stützte sich mit den Händen auf dem Tisch ab und stierte seinem Vater sekundenlang aus nächster Nähe in die Augen. Dann zischte er: „Lisa ist Geschichte, kapiert!? Genauso wie dieser verdammte Bestatter Geschichte ist!"

Sein Vater setzte zu einer Erwiderung an, doch noch ehe er etwas sagen konnte, gab Samuels Piepser einen durchdringenden Ton von sich. Samuels Wut schien von einem Moment auf den anderen wie weggeblasen, fast wirkte er jetzt entspannt. Er zog den Piepser aus der Tasche und murmelte: „Wow! Das gibt's doch nicht! Schon wieder ein Einsatz! Ich bin dann mal weg!"

„Wo brennt es denn diesmal? Doch nicht schon wieder in Groothusen!?", rief Jochen Busker seinem Sohn hinterher, nachdem der schon fast zur Haustür hinaus verschwunden war.

„In der Schreinerei von Marlon Hufschmied!", rief Samuel zurück, dann fiel die Tür hinter ihm ins Schloss.

Der Pastor wartete nur darauf, dass Hinrikus nun wieder die baldige Ankunft seiner Mama beschwören würde. Der aber saß nur mit bedrücktem Gesichtsausdruck da und kaute auf einem der Buntstifte herum.

24

„Okay, wie viele Zellen haben wir frei?", fragte Hauptkommissar David Büttner gut hörbar, nachdem er sein Auto unmittelbar vor der Schreinerei geparkt hatte und nun in Begleitung seines Assistenten auf einen uniformierten Kollegen zulief.

Sofort drehten sich rund ein Dutzend belämmerte Gesichter zu ihm um. „Zellen?", fragte einer der Männer, die gerade dabei waren, ihre gelöschten Fackeln auf einen Haufen zu schmeißen. „Wieso Zellen?"

Büttner wandte sich dem Mann zu und ließ seinen Blick so lange an dessen hünenhafter Gestalt rauf und runter wandern, bis dieser verlegen zu Boden sah. „Was haben Sie denn geglaubt, was auf versuchten Mord steht?", fragte er spöttisch.

„Eine Freiheitsstrafe von drei bis fünfzehn Jahren. Manchmal auch lebenslänglich", beantwortete Hasenkrug mit ernstem Gesichtsausdruck die Frage, als der Angesprochene seinen Chef nur perplex ansah. „Könnte voll werden im Knast." Er wiegte den Kopf hin und her, als würde er etwas abwägen. „Na ja", sagte er dann, „zur Not passen auch drei Pritschen in eine Zelle."

„Versuchter Mord?", erklang es nun vielstimmig aus der Gruppe. „Aber wir wollten ihm doch nur ein bisschen Angst machen!"

„Soso, ein bisschen Angst machen nennen Sie das." Büttner schaute zu den Feuerwehrleuten hinüber, die in den Überresten des abgefackelten Palettenstapels herumstocherten. In einem der Männer erkannte er Samuel Busker, der sich anscheinend mit Marlon Hufschmied unterhielt und sich gerade zu zwei beinahe gleich aussehenden und sichtlich aufgeregten Hunden hinunterbeugte und ihnen beruhigend den Kopf tätschelte. „Sie sind hier mit brennenden Fackeln aufgelaufen, haben in unmittelbarer Nähe der aus Holz errichteten Werkstatt einen Palettenstapel in Brand gesteckt und damit in Kauf genommen, dass das Feuer auf die Schreinerei überspringt. Ihnen war bekannt, dass es sich bei fast allem, was es in dieser Schreinerei gibt, um leichtentzündliche Stoffe handelt. Ebenso war Ihnen bekannt, dass sich in dem Gebäude ein Mann mit zwei Hunden aufhielt. Ich wüsste nicht, was es da für den Richter noch groß zu interpretieren gibt."

„Seh ich genauso", nickte Hasenkrug und verzog keine Miene.

„Nun spielen Sie sich hier mal nicht so auf!", dröhnte die Stimme von Meinhard Jansen nach einer Schrecksekunde über den Hof. „Ist doch alles kompletter Quatsch, was Sie hier erzählen! Für so 'nen kleinen Scherz ist noch keiner in den Knast gewandert! Für wie dumm halten Sie uns eigentlich?"

Hauptkommissar Büttner verzog in gespielter Verzweiflung das Gesicht. „Oh, das ist eine gute Frage, Herr Jansen", sagte er dann. „Und ich fürchte fast, dass ich mich jetzt bei Ihnen entschuldigen muss. Gerade noch sagte ich zu meinem Kollegen", er deutete auf Hasenkrug, „dass Sie und Ihre Kumpane sich hier benehmen wie die Höhlenmenschen. Es tut mir Leid, dass ich Sie damit völlig falsch eingeschätzt habe." Er machte eine rhetorische Pause, bevor er fortfuhr: „Jetzt, wo Sie mir hier so von Angesicht zu Angesicht gegenüberstehen, ist mir natürlich klar, dass Sie sich vielmehr auf dem Niveau eines Primaten bewegen."

„Was nichts an der Gefängnisstrafe ändert", ergänzte Hasenkrug.

Durch die Gruppe der Männer ging nun ein vernehmbares Raunen, die ersten schickten sich an, sich aus dem Staub zu machen. Allerdings stellte sich ihnen sofort einer der Polizisten in den Weg.

„Das ist eine bodenlose Frechheit!", echauffierte sich Meinhard Jansen mit ungesund rotem Kopf. „Es war Notwehr! Der Kerl hat mein Haus in Brand gesteckt! Und *wir*, die Opfer von diesem Sausack, sollen plötzlich die Übeltäter sein!? Ich werde mich über Sie beschweren! So einfach kommen Sie mir nicht davon, das schwöre ich Ihnen, Sie Spinner!"

„Oh-oh!", rief Hasenkrug und hob den Zeigefinger. „Wenn sich das nun mal nicht nach einer Beamtenbeleidigung anhört!" Geschäftig kritzelte er etwas in seinen Block. „Haben Sie uns sonst noch etwas mitzuteilen, Herr Jansen? Oder sonstwer in der Runde?" Hasenkrug hielt seinen Notizblock in die Höhe. „Ich hätte da noch Platz auf dem Zettel."

Die Anwesenden hielten für einige Augenblicke die Luft an, und auch die Feuerwehrleute blickten nun neugierig herüber. Aber aus Meinhard Jansens Mund kam lediglich ein wütendes Schnauben, und alle anderen guckten jetzt ganz unbeteiligt vor sich hin.

„Na dann, abführen! Alle! Ich will von jedem Einzelnen die Personalien haben. Außerdem wird jeder von ihnen erkennungsdienstlich erfasst. Und ich will wissen, wer genau den Palettenstapel in Brand gesteckt hat." Büttner nickte einem Uniformierten zu, der sich mit einigen Kollegen sofort ans Werk machte. Nach und nach wurden die nun alles andere als überlegen wirkenden Männer zu den Einsatzwagen geführt und abtransportiert.

„Keine schlechte Vorstellung", bemerkte ein sichtlich ermattet aussehender Marlon Hufschmied, als Büttner und Hasenkrug wenig später neben ihm in der Schreinerei am Tisch saßen. „Danke für das schnelle und effektive Eingreifen."

„Da nicht für", meinte Büttner.

„Als ich die Meute mit ihren Fackeln ankommen sah, dachte ich wirklich, mein letztes Stündlein hätte geschlagen." Marlon strich sich mehrmals mit fahrigen Bewegungen über das Gesicht, bevor er fragte: „Darf ich Ihnen einen Tee anbieten? Mir wäre jetzt danach."

„Wenn Sie welchen hierhaben, gerne", nickte Büttner und sah sich in der Schreinerei um, während ihr Gastgeber in einem Nebenraum verschwand. Er verstand nicht viel von handwerklichen Dingen, was nicht nur seine Frau schon so manches Mal zur Verzweiflung getrieben hatte. Diese Werkstatt aber schien ihm ordentlich ausgestattet und gut sortiert zu sein. Mehrere Werkbänke teilten sich die Mitte des Raumes, an den Wänden standen ungefähr ein Dutzend Regale, in denen sich Schrauben und Nägel und etliches andere Zubehör stapelten. Unmengen von

Werkzeug hingen an Leisten und Haken von den Wänden, Büttner vermochte kaum zu sagen, wofür es im Einzelnen gebraucht wurde. Überall verteilt standen oder lagen halbfertige Möbelstücke, Türen oder auch Fensterrahmen, die darauf warteten, fertiggestellt zu werden.

Büttner sog tief die Luft ein. Es musste wunderbar sein, an solch einem vom Geruch frischen Holzes gesättigten Ort zu arbeiten, dachte er. Dieser Arbeitsplatz hatte nichts von einem miefigen Büro, einem nach Fäkalien stinkenden Stall oder dem kaum zu ertragenden Desinfektionsgeruch eines Krankenhauses an sich. Nein, hier roch alles nach ursprünglicher Natur und nach Spaziergang im Wald. Büttner hob schnuppernd die Nase. Ja, befand er, ein bisschen roch es auch wie Urlaub.

Und derzeit leider auch nach Rauch.

„Uns ist zu Ohren gekommen, dass Sie sich gestern auf dem Grundstück von Meinhard Jansen aufgehalten haben, kurz bevor im Haus das Feuer ausbrach", fiel Büttner mit der Tür ins Haus, als Marlon mit einem Tablett wieder an den Tisch trat und begann, Tassen, Löffel, Kluntjes und Sahne auf ihm zu verteilen.

„Das ist richtig, ja", entgegnete Marlon ohne zu zögern. „Genau deswegen sind die Kerle ja heute Morgen hier aufgelaufen."

„Und darf ich fragen, was sie dort zu so später Stunde zu suchen hatten?"

„Meinen Hund. Caruso hatte sich aus dem Staub gemacht. Ich nehme an, dass er die Witterung eines Kaninchens oder einer Katze aufgenommen hatte. In einem solchen Fall gibt es für ihn kein Halten mehr."

„Keiner der Zeugen hat ausgesagt, dass Sie einen Hund dabei hatten", stellte Hasenkrug nach einem Blick in seinen Notizblock fest. „Und auch keiner will gehört haben, dass Sie nach Ihrem Hund riefen. Hm." Er dachte kurz nach und kratzte sich an der Schläfe. „Allerdings wurden sie meines Wissens auch nicht danach gefragt."

Hasenkrug bestätigte diese Annahme mit einem Nicken.

„Ich hatte auch keinen Hund dabei, weil Caruso sich nicht auf dem Grundstück der Jansens befunden hat. Also hab ich weitergesucht, den ganzen Straßenzug rauf und wieder runter. Es stimmt, dass ich dabei nicht gerufen habe. Schließlich will ich keinem den Schlaf rauben. Für solche Fälle habe ich die Pfeife hier." Marlon nestelte einen silbrig glänzenden Stift aus der Hosentasche und schob ihn zu Büttner hinüber. „Die kann nur der Hund hören, wenn ich reinblase. Ist eine Hochfrequenzpfeife."

„Na guck, so eine ist mir schon öfter ans Herz gelegt worden", bemerkte Büttner interessiert und nahm die Pfeife in die Hand, um sie ausführlicher zu begutachten. „Es heißt, Hunde hörten auf sie eher als auf sprachliche Befehle ihres Herrchens. Können Sie das bestätigen? Wenn ja, dann führt mich mein nächster Gang in die Tierfachhandlung. Mit ein bisschen besser Hören könnte mir mein Heinrich eine echte Freude machen."

„Na ja", grinste Marlon und deutete auf Caruso, der in Begleitung von Imkes Hund Cora gerade in die Werkstatt trottete, „alles in allem klappt es bei meinem Hund schon ganz gut. Nur gegen Kaninchen und Katzen hat die Pfeife absolut keine Chance." Er stand noch mal auf und lief in die Küche, um den fertig gezogenen Tee zu holen. Nur wenig später stand er wieder am Tisch, tat Kluntjes in die Tassen und schenkte ein.

„Haben Sie denn jemanden beim Haus der Jansens gesehen, als Sie dort herumliefen?", fragte Hasenkrug, nachdem sie alle mit Tee versorgt waren.

„Ja", nickte Marlon, „Samuel Busker. Ich hab aber nicht mit ihm gesprochen. Und dann kam noch Rudolf Heyken die Straße entlanggeschlendert."

„Geschlendert?", hakte Büttner nach. „Er hatte es also nicht eilig?"

„Danach sah es zumindest nicht aus."

„Haben Sie mit ihm gesprochen?"

„Nichts außer Moin."

„War da sonst noch jemand?"

„Nicht, dass ich wüsste."

„Interessiert es Sie gar nicht, wie es Frau Rieken und den Kindern geht?", fragte Büttner lauernd, nachdem er einen Schluck Tee genommen hatte. „Ich meine, ich hatte den Eindruck, dass Sie einer der Wenigen sind, die mit ihr, sagen wir mal, engeren Kontakt haben."

„Samuel hat mir gerade gesagt, dass wohl alles unverändert ist." Über Marlons Gesicht hatte sich bei der Erwähnung von Imkes Namen ein Schatten geschoben, und er sah plötzlich um Jahre gealtert aus. „Ich frag mich die ganze Zeit, was sie dazu getrieben hat, in das Haus zu rennen. Warum musste sie unbedingt die Heldin spielen? Das passt gar nicht zu ihr. Sie ist sonst so – besonnen."

„Kennen Sie Frau Rieken so gut, um das sagen zu können?", wunderte sich Büttner. „Mir schien sie eher unnahbar."

„Ja. Das ist sie wohl", nickte Marlon und fuhr mit seinem

Teelöffel die Maserung des Naturholztisches entlang. „Ich kenne sie nicht wirklich gut. Aber dennoch hat man doch nach einigen Gesprächen einen Eindruck, nicht wahr? Und da passt das Bild von der Frau, die sich selbst in tödliche Gefahr begibt, nicht rein. Auch nicht, wenn sie vorhatte, zwei Kinder vor dem Feuertod zu retten."

„Noch mal: Woher wollen Sie das so genau wissen?", hakte Büttner nach. Er selber hatte auch noch keinerlei Erklärung für das Verhalten der Frau und hatte gehofft, von dem Schreiner einen Hinweis zu bekommen. Eine der Fragen, die er sich ständig stellte, war, ob Imke Rieken womöglich in irgendeiner persönlichen oder emotionalen Beziehung zu den Kindern stand. Allerdings hatten alle diesbezüglichen Recherchen, mit denen er seine Kollegen zwischenzeitlich beauftragt hatte, keinen Hinweis darauf gegeben. Die drei schienen sich im Gegenteil noch nie im Leben begegnet zu sein.

„Ich weiß es nicht", antwortete Marlon. „Es ist – nur so ein Gefühl."

Büttner seufzte. Mit Gefühlen kannte er sich aus, nur brachte sie dieses von Marlon Hufschmied nicht einen Schritt weiter.

„Jetzt nochmal zu Ihnen", wechselte Büttner das Thema. „mich würde brennend interessieren – oh, entschuldigen Sie, bitte", fiel er sich im nächsten Moment selbst ins Wort, „das war zu diesem Zeitpunkt sicherlich nicht der passende Ausdruck. Also, mich würde interessieren, warum die Männer, die hier die Rächer der Brandopfer gegeben haben, sich ausgerechnet auf Sie als den Feuerteufel eingeschossen haben. Ich meine, nur weil man Sie vor dem

Haus der Jansens gesehen hat, zieht man doch nicht gleich los, um Rache zu üben."

„Ich hab keine Ahnung", antwortete Marlon müde. „Bei einigen der Männer dachte ich bisher, dass sie so was wie Freunde seien. Auf einmal aber werden sie nur wegen eines Gerüchts zu solchen Bestien."

Nachdenklich strich er mit dem Zeigefinger über den Rand seiner Tasse. Dann sagte er: „Ich denke, dass sie sich womöglich darüber geärgert haben, dass ich Ihnen, also der Polizei, von der geplanten Bürgerwehr erzählt habe. Daraus haben die Männer wohl geschlossen, dass ich ihre Pläne, den Feuerteufel aufzuspüren, nicht unterstütze. Von da aus ist es nicht mehr weit bis zu der Behauptung, dass ich das nur mache, um mich selbst zu schützen, weil ich was zu verbergen habe. Woraus wiederum der Schluss folgt, dass ich der Feuerteufel bin. Dazu passt dann wie die Faust aufs Auge, dass ich mich kurz vor dem Brand auf Jansens Grundstück herumtreibe." Marlon klatschte laut in die Hände. „Klappe zu, Affe tot."

„Meinen Sie wirklich, dass die Kerle zu solch hochkomplexen Gedankengängen fähig sind?", meldete Büttner Zweifel an, während er an seinem Tee nippte. „Mir schienen sie eher von der schlichten Sorte zu sein."

„Also, ich finde ja, dass solch ein Gedankengang – um nicht zu sagen solch eine Verschwörungstheorie – genau zu solch schlichten Gemütern passt, wie sie sich hier vorhin zusammengerottet hatten", widersprach Hasenkrug seinem Chef. „Ich gehe sogar noch weiter und behaupte, dass es schlichter kaum geht."

„Ganz meiner Meinung", nickte Marlon. „Ich kann ja

ihre Verzweiflung verstehen. Es ist einfach furchtbar, dass man diesen ganzen Bränden macht- und hilflos gegenübersteht. Und wenn dann nach einer Reihe von Sachschäden plötzlich auch noch Menschen zu Schaden kommen ..." Er ließ den Satz unvollendet im Raum stehen. Ihm war unschwer anzusehen, dass er verzweifelt nach einer Erklärung für all das Leid suchte, sich dabei gedanklich aber immer wieder festlief.

Nachdem sie eine ganze Weile geschwiegen und ihren Tee getrunken hatten, fragte Marlon: „Was passiert denn jetzt mit den Männern? Sie wandern doch nicht wirklich ins Gefängnis, oder?"

Büttner zuckte die Schultern. „Die Kollegen führen jetzt erstmal die erkennungsdienstlichen Maßnahmen durch. Was dann mit ihnen geschieht, entscheiden im Einzelfall der Staatsanwalt und der Richter. Ich nehme jedoch nicht an, dass der sie alle da behält. Besonderes Augenmerk wird er wohl auf Meinhard Jansen als Rädelsführer legen und abwägen, ob von ihm noch weitere Gefahr ausgeht. Mit einem Verfahren müssen sie dennoch alle rechnen, aber das ist dann nicht mehr unsere Sache." Er sah Marlon von unten herauf an. „Machen Sie sich auf jeden Fall darauf gefasst, dass Sie als Zeuge vernommen werden."

„Ist mir alles egal", erwiderte Marlon. „Das Einzige, das mich derzeit interessiert, ist, dass Imke wieder ganz gesund wird. Und die Kinder natürlich. Alles andere findet sich."

„Dann hätte ich zunächst nur noch eine Frage", meinte Büttner und deutete auf Cora, die nun wieder mit Caruso im Hof herumtobte. „Wie kommt es, dass Sie den Hund von Frau Rieken hier bei sich haben?"

„Das ist kein Hexenwerk, auch wenn alles, was Imke macht oder tut, bekanntlich mit solchem in Verbindung gebracht wird", lächelte Marlon gequält. „Als ich am frühen Morgen mitbekam, dass Imke ins Krankenhaus gekommen war, fiel mir als Erstes ihre Hündin ein. Ich bin dann zu ihrem Haus gegangen, um nach ihr zu sehen. Imke hatte in der Aufregung die Tür nicht verschlossen, und so konnte ich Cora ohne Probleme herausholen. Sie war ganz unruhig, tigerte ständig in der Wohnung auf und ab und winselte. Sie spürte wohl, dass mit ihrem Frauchen irgendwas nicht in Ordnung ist."

„Waren Sie denn nicht wie alle anderen bei Jansens Haus, als es gebrannt hat?", fragte Hasenkrug verwundert.

„Nein. Ich habe von dem Brand erst etwas mitbekommen, als schon alles vorbei war."

„Und wo waren Sie stattdessen, wenn ich fragen darf? Weit weg können Sie ja nicht gewesen sein, schließlich wurden Sie ja noch kurz vor Ausbruch des Brandes auf Jansens Grundstück gesehen."

„Ich war zuhause und hab geschlafen."

„Trotz der Sirenen der Einsatzfahrzeuge?", fragte Büttner ungläubig.

„Ich schlafe immer mit Ohrstöpseln."

„So gut, dass Sie die ganzen Sirenen überhören, können Ohrstöpsel gar nicht sein."

„Da kennen Sie meine Ohrstöpsel nicht."

„Gut, dann will ich das mal so stehenlassen", knurrte Büttner, auch wenn ihm seine Zweifel deutlich anzumerken waren. Er erhob sich von seinem Platz und sagte: „Halten Sie sich bitte zu unserer Verfügung."

„Natürlich. Meinen Sie, dass man mich zu Imke vorlässt?", fragte Marlon, als er die beiden Polizisten an die Tür brachte. „Ich würde sie gerne im Krankenhaus besuchen."

Büttner zuckte die Schultern. „Dazu kann ich leider nichts sagen. Aber da Sie kein Angehöriger sind, dürfte es wohl schwierig werden."

„Dann wende ich mich mal an ihren Großvater. Vielleicht kann der da ja was drehen."

„Machen Sie das."

„Ist das nicht der behinderte Sohn von Johannette Kamphusen?", fragte Sebastian Hasenkrug, als sie wenig später um eine Kurve bogen und einen Mann die Straße hinunterstolpern sahen. „Er sieht ein wenig orientierungslos aus. Womöglich ist er schon wieder abgehauen."

Als sie neben Hinrikus waren, kurbelte Büttner die Scheibe runter und sprach ihn an: „Moin, Herr Kamphusen, können wir Ihnen helfen?"

Statt einer Antwort brach Hinrikus in panisches Geschrei aus, setzte zum Spurt an und rannte wie von Jägern gehetzt um die nächste Ecke.

„Was war denn das jetzt?", fragte Büttner fassungslos und streckte den Kopf hinaus. „Ich glaube, da müssen Sie hinterher, Hasenkrug, aber ein wenig fix!", rief er dann.

„Lassen Sie mal, das ist nicht nötig, Herr Hasenpflug", erklang eine Stimme neben dem Auto, und schon im nächsten Moment schaute Lisa Gerdes in gebückter Haltung zur offenen Scheibe herein.

„Krug, mein Name ist Hasenkrug."

„Ja." Lisa deutete auf ein Haus. „Ich war nur kurz bei meinem Vater und habe Hinrikus gesagt, dass er auf mich warten soll. Normalerweise ist das kein Problem, er vertraut mir. Nur hat seine Mutter ihm immer eingebläut, dass er schreien und wegrennen soll, wenn Fremde ihn ansprechen. Wissen Sie, früher, als er noch klein war, ist er immer von anderen Jungs gehänselt und verprügelt worden. Da war es dann besser, er ergriff die Flucht, sobald er auf sie traf. Das ist heute noch wie ein Reflex."

„Passen jetzt Sie auf ihn auf? Wohnt er nicht mehr beim Pastor?", wollte Büttner wissen. Mit Erleichterung bemerkte er, dass Hinrikus sich anscheinend wieder gefangen hatte und jetzt um die Häuserecke zu ihnen herüberschielte.

„Doch, doch. Nur muss Jochen sich ja auch noch um seinen Job kümmern. Heute Mittag ist doch die Beerdigung von Suntke Mennen und übermorgen dann die von Johannette Kamphusen. Und jetzt, wo auch noch Jochens Frau weg ist …"

„Sie ist bei ihrer Mutter, wie wir hörten", unterbrach Büttner sie.

„Ja, so lautet wohl die offizielle Version", seufzte Lisa.

„Die offizielle Version, sagen Sie? Und wie lautet dann die inoffizielle?"

„Ach herrje, jetzt hab ich mich verplappert!" Lisa schlug sich die Hand vor den Mund. „Aber dazu befragen Sie ihn besser selbst. Tschüss, ich muss jetzt! Sonst haut Hinrikus wieder ab!" Sie schien es plötzlich sehr eilig zu haben und war im nächsten Moment um die Ecke verschwunden.

„Kann in diesem Kaff nicht einfach mal irgendjemand

sagen, was genau er weiß?", stöhnte Büttner und raufte sich die Haare. „Und überhaupt: hatte ich nicht mal gesagt, dass ich nie wieder nach Groothusen will? Ich glaube fast, ich hätte auf mich hören sollen."

25

Nach allem, was am Morgen passiert war, hatte Marlon Hufschmied nicht unbedingt das Bedürfnis verspürt, auf die Beerdigung von Suntke Mennen zu gehen. Schon als er sich nach dem Gespräch mit den Polizisten Büttner und Hasenkrug wieder im Ort hatte sehen lassen, waren ihm die Menschen nicht eben freundlich begegnet. Vor allem die Frauen der nun im Kommissariat auf ihr Verhör wartenden Männer wurden nicht müde, überall herumzuerzählen, dass nur *dieser verdammte Schreiner* schuld daran sei, dass ihre Männer nicht an der Beisetzung des Bestatters würden teilnehmen können, obwohl ihnen der feierliche Abschied von einem der Ihren doch so wichtig gewesen wäre. Wo käme man denn da hin, keiften sie, wenn die Brandstifter frei herumspazieren dürften, während sich die gesetzestreuen Bürger sofort auf der Wache wiederfanden, nur weil sie versuchten, ihr Hab und Gut zu verteidigen!?

Entsprechend feindselig hatten die Frauen ihn angestiert, wenn er an ihnen vorbeilief. Und da es an diesem Vormittag praktisch keinen Gartenzaun gegeben hatte, über den sich nicht gerade mindestens zwei Frauen gelehnt hatten, um sich tuschelnd über die neuesten Ereignisse auszutauschen, war dies sehr häufig vorgekommen.

Während sich nun also die um knapp ein Dutzend

Männer reduzierte Dorfbevölkerung begleitet vom Glockengeläut zum Trauergottesdienst in der Kirche einfand, streifte Marlon mit den beiden Hunden durch den Ort und blieb schließlich vor der Brandruine stehen. Samuel Busker hatte ihm schon erzählt, dass von dem Haus nicht mehr viel zu retten gewesen war. Zwar sei das Erdgeschoss sowohl vom Feuer als auch vom Rauch weitgehend verschont geblieben, doch habe letztendlich das Löschwasser dafür gesorgt, dass nichts von der Einrichtung mehr zu gebrauchen sein würde.

Vor dem in einem Azurblau strahlenden Sommerhimmel und neben den gepflegten, von Blumen übersäten Nachbargrundstücken nahm sich das rußgeschwärzte, nur noch in traurigen Fragmenten vorhandene Gemäuer wie ein Fremdkörper aus. Unterstützt wurde dieser Eindruck durch den traurigen Anblick des einst mit großer Umsicht angelegten Vorgartens, durch den sich jetzt die tiefen Reifenspuren der Einsatzfahrzeuge zogen. Der niedrige Jägerzaun lag flach am Boden, und nur ganz vereinzelt reckten sich ein paar verbliebene Blumen der Sonne entgegen. In dem triefnassen, grau-schwarzen Morast wirkten sie wie ein Symbol der Hoffnung.

Imke hätte dieser Anblick vermutlich das Herz zerrissen, schoss es Marlon durch den Kopf, und für einen kurzen Moment sah er sie vor sich, wie sie sich zu den Blumen hinabbeugte und deren zarte Blüten schützend in die Hände nahm. Alleine die Vorstellung, wie sich ihre ungebändigten, feuerroten Locken bei dieser Bewegung über ihren Rücken ergießen würden, löste in ihm ein sehnsüchtiges Gefühl aus.

Warum konnte sie jetzt nicht bei ihm sein? Warum war er in der letzten Nacht nicht noch länger bei ihr geblieben? Warum hatte sie das Feuer entdecken müssen? Warum hatte sie sich in Lebensgefahr begeben, um die Kinder zu retten, obwohl die Sirenen der Feuerwehr bereits zu hören gewesen waren?

Marlon stieß einen tiefen Seufzer hervor, weil ihm bewusst war, dass er auf diese Warums so schnell keine Antwort bekommen würde. Zumindest nicht, so lange Imke nicht in der Lage sein würde, sich selbst dazu zu äußern.

Als die Kirchenglocken aufhörten zu läuten und er sicher sein konnte, dass sich die Einwohner Groothusens nun zum großen Teil in der Kirche aufhielten, schaute Marlon sich kurz um, um sicherzugehen, dass ihn niemand beobachtete. Dann hob er das rot-weiße Absperrband hoch und schob sich in gebückter Haltung darunter hindurch.

Der in der Einfahrt und auf dem Pfad verbreitete Matsch knatschte unter seinen Schuhen, als er in Begleitung der aufgeregt schnüffelnden Hunde auf das Haus zulief.

Marlon wusste selbst nicht zu sagen, was genau ihn dazu trieb, sich am Ort des Geschehens umzusehen. Mit Neugier oder gar Sensationslust hatte es ganz sicher nichts zu tun, denn normalerweise war ihm jegliche Form von Katastrophentourismus fremd. Auch ging es ihm nicht – wie so manch anderem – darum, in Sachen Informationen, die man im Dorf breittreten konnte, immer auf dem neuesten Stand zu sein.

Aber worum ging es ihm dann?

Noch während Marlon über diese Frage nachgrübelte,

meinte er, hinter dem Haus metallisch scheppernde Geräusche zu hören. Er lauschte. Ja, dachte er, es hörte sich an, als hätte schon jemand damit begonnen, das Grundstück vom Schutt zu befreien. Wer mochte es sein? Hatten die Brandexperten ihre Untersuchungen nicht schon gegen Mittag abgeschlossen? Ob er sich lieber wieder zurückzog?

Doch noch ehe Marlon kehrt machen konnte, hörte er bereits eine Stimme, die rief: „Komm ruhig näher. Kannst mir helfen, ein paar Sachen beiseite zu räumen."

„Samuel?" Marlon ging durch den kleinen Torbogen hindurch, der zwischen Haus und Garage gemauert worden war. „Was machst du denn hier?", fragte er verwundert, als er vor dem Sohn des Pastors stand. „Und woher wusstest du, dass ich es bin?"

„War nicht wirklich schwer zu erraten", antwortete Samuel schulterzuckend und deutete mit seinen behandschuhten Händen auf die beiden Hunde, die nun durch den Garten tobten.

Marlon grinste. „Hätte ich auch selbst drauf kommen können. Inkognito geht anders. Du bist ja gar nicht auf der Beerdigung", stellte er dann übergangslos fest.

„Pah!" Samuels Blick verdunkelte sich, als er ein paar verkohlte Haushaltsgegenstände aufhob und sie mit Schwung zu den anderen auf einen Haufen warf. „Du hast doch nicht wirklich angenommen, dass ich ausgerechnet bei dem Mann Anteilnahme heuchle, der meine Freundin geschwängert hat, oder? Und dann auch noch nach allem, was diese Dorfbagage dir und den Hunden heute Morgen angetan hat. Nee. Vermutlich hätte ich zuerst auf den Sarg und dann allen anderen ins Gesicht gespuckt, wenn ich hingegangen wäre. Nee, Marlon, es reicht doch, wenn alle anderen Heuchler sich zusammenrotten, um meinem ebenso heuchlerischen Vater bei seiner heuchlerischen Predigt zuzuhören."

„Warum heuchlerisch?", hakte Marlon nach. „Hatte dein Vater ein Problem mit Suntke Mennen? Ach so, klar hatte er das", sagte er dann schnell und schlug sich mit der flachen Hand vor die Stirn, „da war ja diese Geschichte mit deiner Mutter. Sorry!"

„Genau. Seitdem der seine Frau vernascht hat, war Vater nicht mehr besonders gut auf ihn zu sprechen. Und jetzt auch noch die Freundin seines Sohnes …" Samuel schnaubte und sammelte ein paar Scherben von der Terrasse, bevor er fortfuhr: „Ich frage mich ja, warum er das Schwein nach alledem überhaupt noch unter die Erde bringt. Er hätte ja schließlich auch einen Kollegen bitten können, es für ihn zu übernehmen. Aber so weit reicht sein Mumm dann wohl doch nicht. Er ist einfach 'ne Niete."

„Gibt's was Neues aus dem Krankenhaus?", fragte Marlon, nachdem sie beide auf Samuels vernichtende Feststellung hin für eine Weile geschwiegen hatten. „Ich hab da angerufen, aber die geben mir keine Auskunft."

„Die letzte Meldung kam vor etwa einer halben Stunde. Da hieß es, dass die Ärzte nun Hoffnung hätten, dass alle drei überleben würden. Eines der Kinder ist wohl schon wieder bei Bewusstsein, und auch Imke Rieken reagiert wohl schon auf bestimmte Reize."

„Gott sei Dank!" Selten im Leben hatte Marlon eine solche Erleichterung verspürt, und er bildete sich ein, dass sich soeben ein ganzer Felsbrocken von seinem Herzen löste und zu Staub zerbröselt zu Boden rieselte. „Das ist ja nach all den Schauergeschichten mal eine wirklich gute Nachricht."

Noch bevor Samuel etwas erwidern konnte, hob Cora plötzlich schnuppernd ihre Nase, brach in ein freudiges Winseln aus und hechtete auf den Torbogen zu.

„Wer ist denn das nun schon wieder?", knurrte Samuel wenig begeistert. „Wird die Ruine hier jetzt zum Treffpunkt der Bestattungsverweigerer, oder was!?"

„Ach, ihr seid ja auch hier." Ein sichtlich erschöpfter Anton Rieken betrat den Garten und sah sich mit trüben Augen um. Nachdem er anscheinend gefunden hatte, was er suchte, nickte er, ging zu einer an der Rückwand der Garage stehenden Bank und ließ sich darauf nieder. „Ist doch alles Scheiße", murmelte er vor sich hin, während er sich eine Zigarette anzündete, „ist doch alles große Scheiße."

„Ich hab gehört, Imke geht es ein bisschen besser?", fragte Marlon vorsichtig.

Anton Rieken nahm einen tiefen Zug seiner Zigarette und stieß dann durch die Nase schwungvoll den Rauch aus. „Du hast sie ja noch gar nicht besucht", stellte er fest. „Magst sie jetzt nicht mehr, oder was? Sie ist wieder wach und kann auch wieder sprechen. Könntest ruhig mal zu ihr gehen."

„Sie ist wieder wach? Das ist ja fantastisch!" Marlon strahlte über das ganze Gesicht, wurde jedoch gleich wieder ernst. „Ich hab versucht, sie zu besuchen. Aber sie lassen mich nicht mal auf die Station. Ich bin kein Angehöriger, sagen sie." Als Imkes Großvater nichts darauf erwiderte, sondern nur kurz nickte, fragte er: „Sind denn ihre Eltern schon informiert? Oder hat sie vielleicht Geschwister?"

Zu seiner Verwunderung zuckte der alte Mann bei dieser Frage wie unter einem Peitschenhieb zusammen. Anton Rieken ließ seinen Blick lange über das verrußte Gemäuer wandern und sagte schließlich: „Imke hat schon lange keine Eltern mehr. Sie sind verunglückt. Ich hab das Mädchen großgezogen. Ich bin ihr einziger Verwandter."

„Oh." Marlon schluckte. „Das wusste ich nicht. Tut mir Leid."

„Das ganze Dorf fragt sich, warum sie wohl in das brennende Haus gerannt ist", mischte sich Samuel ins Gespräch. „Hast du vielleicht 'ne Ahnung, warum sie das gemacht hat? Hat sie vielleicht was dazu gesagt?"

„Nee." Anton Rieken fischte sich mit Daumen und Zeigefinger einen Tabakkrümel von der Zungenspitze und schnippte ihn weg. „Und das wird sie auch nicht. Sie sagt, sie kann sich an nichts erinnern."

„Woran kann sie sich nicht erinnern?", hakte Marlon nach.

„An nichts. Sag ich doch." Er zögerte kurz. „Also an nichts, was mit dem Brand zu tun hat. Sie kann sich nicht mal dran erinnern, dass es überhaupt gebrannt hat. Sie sacht, sie wär nie in einem brennenden Haus gewesen." Die letzten Worte hatte er so leise gesprochen, dass sie kaum zu verstehen gewesen waren.

„Das kommt bestimmt wieder. Ist sicher nur der Schock", versuchte Marlon Imkes Großvater zu beruhigen. Dessen Hände hatten wie bei einem Parkinson-Patienten plötzlich so heftig angefangen zu zittern, dass ihm die Zigarette aus der Hand fiel. Marlon hob sie auf und steckte sie dem alten Mann wieder zwischen die Lippen. „Vielleicht", presste der zwischen den Zähnen hervor. „Die Ärzte meinen das auch. Mal gucken. Steckst ja nicht drin, in so was. Ist aber vielleicht sowieso besser, dass sie sich an nichts erinnert. Kriegst ja sonst nur Albträume von so was."

„Sie hat bestimmt ein Trauma. Alles andere wäre ja auch verwunderlich. Aber das kann man psychologisch behandeln", warf Marlon ein. „Wäre vielleicht gar nicht schlecht, wenn sie …"

„So 'n Quatsch braucht das Kind nicht!", würgte Anton Rieken ihn mit schneidender Stimme ab, und in seine Augen trat ein entschlossener Ausdruck. „Alles nur Geldschneiderei so was. Wenn sie sich erinnert ist gut, und wenn nicht, ist auch gut. Alles kommt, wie's sein soll, dafür braucht man keinen Seelenklempner. Ist doch nur neumodischer Kram, so was. Oder gehst du vielleicht zu so 'nem Quacksalber, nach allem, was man dir heute Morgen in diesem ach so ehrenwerten Dorf angetan hat?"

Marlon überlegte, ob er etwas darauf erwidern sollte, entschied sich jedoch dagegen. Vermutlich würde er den alten Mann nur verärgern. Anzunehmen war, dass er selbst einen Schock davongetragen hatte, als er von der Aktion und dem besorgniserregenden Zustand seiner Enkelin erfuhr. Außerdem hatte Marlon überhaupt keine Lust, mit ihm über die Geschehnisse an der Schreinerei zu sprechen. Also sagte er nur knapp: „So wird's wohl sein."

Insgeheim jedoch nahm er sich vor, Imke so bald wie möglich zu besuchen und sie auf eine Trauma-Therapie anzusprechen. Vermutlich würden es auch die Ärzte tun, und da konnte es nicht schaden, sie in ihrem Anliegen zu unterstützen. Ein solches Erlebnis zu verdrängen, konnte auf Dauer schließlich zu fatalen Entwicklungen in der Persönlichkeitsstruktur und im Verhalten führen, und soweit musste man es doch gar nicht erst kommen lassen.

„Willst du dich auch weiterhin um den Hund kümmern?", wechselte Anton Rieken das Thema und deutete auf Cora, die fröhlich mit Caruso durch den weitläufigen Garten tobte. „Ich kann ihn aber auch nehmen, wenn er dich stört."

„Nee, nee, Cora stört mich nicht", winkte Marlon ab und lachte gezwungen. „Ganz im Gegenteil, bei Hunden ist es so wie bei Kindern: Zwei sind immer einfacher als eins, weil sie sich miteinander ganz gut beschäftigen können."

Anton Rieken stieß ein grunzendes Geräusch hervor, erwiderte jedoch nichts. Mit einer schnellen Bewegung warf er den Stummel seiner Zigarette in eine Löschwasser-Pfütze und erhob sich dann ächzend von der Bank. „Ich geh jetzt mal in Imkes Haus nach dem Rechten sehen. Wird ja wohl noch ein paar Tage dauern, bis sie wieder da ist. Vor allem brauchen die Pflanzen Wasser." Mit einem Blick zum wolkenlosen Himmel bog der alte Mann den Rücken durch und stöhnte schmerzgeplagt auf. „Ist alles nix mit den morschen Knochen, wenn Imke nicht da ist, um die Schmerzen zu behandeln. Und als wär das nicht genug, muss ich jetzt auch noch den Garten wässern. Ist 'ne Sauarbeit, das könnt ihr mir glauben. Vor allem, weil ja nicht alle Pflanzen gleich viel Wasser brauchen. Imke ist da total pingelig. Kannst eigentlich nur alles falsch machen beim Gießen, sag ich immer. Aber, na ja, nützt ja nix. Einer muss es ja tun, wenn die Kräuter nicht über die Wupper gehen sollen. Und wer will das schon, so gut, wie die gegen alles helfen, was einen quält."

Während Samuel nur mit den Schultern zuckte, ergriff Marlon seine Chance und sagte schnell: „Aber das kann ich doch machen." Als Anton Rieken ihn nun misstrauisch musterte, fügte er schnell hinzu: „Ich kenn mich mit Pflanzen aus. Ist kein Problem für mich. Ehrlich." Dass er sich zum letzten Mal in seiner Grundschulzeit im Rahmen eines Projektes intensiv um einen Garten gekümmert hatte, verschwieg er lieber.

„Ich will nicht, dass da irgendwas angefasst wird. Auch damit ist Imke sehr eigen", knurrte der alte Mann und schien noch nicht überzeugt. „Außerdem mag sie keine Fremden in ihrem Haus."

Marlon setzte gerade zu einer Erwiderung an, als die Kirchenglocken wieder anfingen, im langsamen Trauerrhythmus zu läuten.

„Der Pastor hat's kurz gemacht", stellte Anton Rieken fest und schaute zum Kirchturm hinüber, der sich ein paar hundert Meter entfernt majestätisch vom Blau des Himmels abhob. „Aber was willste zu so einem wie Suntke Mennen auch großartig sagen, außer dass er ein Arschloch war. Nu buddeln sie ihn schnell ein und dann ist gut. Gut für uns alle."

Er wandte sich zum Gehen, doch kurz, bevor er den Torbogen erreicht hatte, drehte er sich, die Hand auf den schmerzenden Rücken gepresst, noch mal um und sagte zu Marlon: „Na ja, Imke hat dich ja immer in ihr Haus gelassen. Irgendwas machst du wohl anders als alle anderen.

Da hat sie sicher nichts dagegen, wenn ich dir den Schlüssel gebe. Wenn du dich unbedingt um das ganze Gestrüpp kümmern willst, soll's mir recht sein." Er kramte einen Schlüssel aus der Hosentasche und drückte ihn Marlon in die Hand. „Ich hab sowieso noch was mit Ulfert zu besprechen. Und in diesem Dorf weisste ja nie, wie viel Zeit dir dafür noch bleibt. Ruckzuck rösten sie dich wie 'n olles Spanferkel."

Nachdem Anton Rieken mit einem kurzen Gruß gegangen war, dauerte es nur noch wenige Augenblicke, bis sich auch Marlon von Samuel verabschiedete. Er hatte es plötzlich sehr eilig.

26

Es war eine Beerdigung der besonderen Art gewesen, und Hauptkommissar David Büttner wusste schon jetzt, dass er sie niemals vergessen würde. Vielleicht, so hatte er auf dem Weg zum Mittagessen schmunzelnd bei sich gedacht, würde er sie ja später einmal – wenn er unter der warmen Sonne Teneriffas und fernab von allen Ostfriesen seinen Ruhestand genoss – in seinen Memoiren verarbeiten.

Dabei hatte er zunächst gar nicht gewusst, ob er angesichts dessen, was sich dort abspielte, lachen oder weinen sollte.

Zunächst einmal war da die Verwandtschaft des Toten gewesen. Jurine, Antje und Judith Mennen. Bis auf ein paar Tränen, die Letztere sich aus den Augen gedrückt hatte, war in den Gesichtern keinerlei Anzeichen von Trauer zu erkennen gewesen. Ganz im Gegenteil hatten die Frauen während des Gottesdienstes jede Gelegenheit genutzt, um Lisa Gerdes, die in der bis auf den letzten Platz gefüllten Kirche in einer quer zu der ihren stehenden Bankreihe saß, vernichtende Blicke zuzuwerfen und miteinander zu tuscheln.

Auch ihr Mitarbeiter Rufus Häming schien nicht ganz bei der Sache zu sein, sondern versuchte dauernd, mit Lisa Gerdes Blickkontakt aufzunehmen, um ihr irgendetwas zu übermitteln. Die aber würdigte ihn keines Blickes, sondern starrte nur mit versteinerter Miene auf einen nicht definierten Punkt an der mit Kränzen behangenen Kanzel. Überhaupt schien sie mit ihren Gedanken ganz woanders zu sein.

David Büttner hätte einiges dafür gegeben, diese Gedanken und auch die von Rufus Häming lesen zu können. Was hatten die beiden miteinander zu tun? Ging es um das Erbe, das Lisa in Kürze zu erwarten hatte? Er beschloss, diesen Häming nochmal genauer durchleuchten zu lassen. Irgendwie war ihnen der Mann mit der Leichenbittermiene bei all dem Durcheinander ein wenig aus dem Blick geraten. Aber war es nicht so gewesen, dass Häming die Beerdigung seines Chefs gar nicht schnell genug über die Bühne hatte bringen können? Nur, wo war das Mordmotiv? Machte er womöglich gemeinsame Sache mit den Mennen-Damen? In diesem Fall wäre es eher unwahrscheinlich, dass er ebenfalls mit Lisa Gerdes anbändelte. Oder betätigte er sich gar als so eine Art Doppelagent?

Büttner rutschte bei diesem abstrusen Gedanken ein kurzes Lachen heraus, das er – weil bei einer Trauerfeier höchst deplatziert – in einem fingierten Hustenanfall münden ließ. Dieser handelte ihm zwar auch missbilligende Blicke ein, aber es war doch allemal besser, als sich hinterher von der gesamten Groothuser Dorfbevölkerung vorwerfen lassen zu müssen, der Herr Kommissar habe das nötige Maß an Pietät vermissen lassen.

Interessant wäre die ganze Veranstaltung zweifelsohne für denjenigen geworden, der bei den Anwesenden im Nachhinein den Inhalt der Trauerandacht abgefragt hätte. Vermutlich wären sie alle durchgefallen. Denn Büttner hatte nicht den Eindruck, dass irgendwer in der Kirche auf das lauschte, was der Pastor zu sagen hatte. Was diesem wahrscheinlich gar nicht so ungelegen kam. Denn die wenigen Male, die Büttner selbst der Andacht für ein paar Momente lauschte, war nichts Erhellendes zu erfahren gewesen. Vielmehr schien Pastor Jochen Busker an sich halten zu müssen, nicht einfach seinen Krempel zusammenzuraffen und Beerdigung Beerdigung sein zu lassen. Die Ursache für seinen verkrampften Gesichtsausdruck konnte entweder an seinen wenig glücklichen Erfahrungen mit Suntke Mennen liegen – oder eben der Tatsache geschuldet sein, dass sich die Gemeinde an diesem Tag noch weniger für seine Worte zu interessieren schien, als es bereits in normalen Gottesdiensten der Fall war.

Was wiederum daran liegen konnte, dass irgendwer auf die Idee gekommen war, einen Zettel samt Kugelschreiber durch die Reihen gehen zu lassen. Zu gerne hätte Büttner erfahren, was auf diesem Blatt Papier, das alle so eifrig unterzeichneten, geschrieben stand. Als aber er an der Reihe gewesen wäre, einen Blick darauf zu werfen, schnappte ihn sich sein Banknachbar und grinste ihn entschuldigend an. Dann hielt er den Zettel so, dass weder Büttner noch Hasenkrug etwas erkennen konnten.

Wenigstens ein klein wenig peinlich berührt zeigten sich die Trauergäste schließlich, als der Pastor die Seele des Toten mit einem Gebet in Gottes Hände übergeben wollte – und sie ihren Einsatz verpassten. Viel zu sehr waren sie damit beschäftigt, vermeintlich interessanteren Dingen ihre Aufmerksamkeit zu schenken als den Worten Jochen

Buskers konzentriert zu folgen. Angesichts der allgemeinen Unaufmerksamkeit blieb dem Pastoren letztlich gar nichts anderes übrig, als die Versammelten mit donnernder Stimme dazu aufzufordern, nun bitte endlich die Hände zu falten und stille zu sein.

Die Bemerkung aber, er verspreche allen, dass dies der letzte Programmpunkt vor der Beisetzung sein würde und man ihm daher ruhig noch ein wenig Aufmerksamkeit schenken könne, konnte er sich dann doch nicht verkneifen.

Ein jeder schien erleichtert zu sein, als schließlich das Orgelspiel einsetzte. Doch selbst das erschien Büttner deutlich lauter und schwungvoller, als es sonst bei Beerdigungen der Fall war. Was die Vermutung nahelegte, dass auch der Organist seinem Job an diesem Tag nur widerwillig nachgekommen war.

Als die Gäste nach einer Trauerfeier von rekordverdächtigen fünfzehn Minuten dem Sarg folgend dem Ausgang zustrebten und vereinzeltes Gelächter zu hören war, schoss Büttner spontan der Spruch *Von langem Leid bist du genesen, zu früh schon sind wir froh gewesen* durch den Kopf, obwohl er zu diesem Anlass nur bedingt passen wollte.

Aber der völlig bizarren Gesamtsituation, so befand er, schien dieser Spruch dennoch irgendwie zu entsprechen.

Nachdem dann wenig später auch der Sarg Suntke Mennens in Rekordgeschwindigkeit in sein Grab versenkt worden war, gönnten sich Büttner und Hasenkrug erstmal ein verspätetes Mittagessen in Greetsiel. Sie waren der Meinung, dass sie sich dieses nun redlich verdient hätten.

„Ich hab mir mal notiert, welcher unserer Protagonisten in den Fällen Suntke Mennen und Johannette Kamphusen nicht auf der Trauerfeier erschienen ist", bemerkte Sebastian Hasenkrug, nachdem ihnen die Kellnerin des Greetsieler Restaurants das liebgewonnene Fischerfrühstück auf den Tisch gestellt hatte. „Ich weiß zwar nicht, ob uns das irgendwie weiterbringt, aber möglich wäre es ja immerhin." Während er mit der einen Hand in seinem Notizblock blätterte, schob er sich mit der anderen eine gut gefüllte Gabel Granat mit Rührei in den Mund.

„Normalerweise lässt sich der Mörder immer auf der Beerdigung sehen", meinte Büttner, „das ist quasi Gesetz. Allerdings hatten wir in diesem Fall ja einige Männer festgesetzt, die nun gerade von unseren lieben Kollegen durch die Mangel gedreht werden. Unter ihnen auch Meinhard Jansen, dem ich inzwischen jede Schandtat zutraue. Er scheint ein sehr aufbrausender Mensch zu sein. Gut möglich, dass Suntke Mennen seiner Geltungssucht im Wege stand, denn die fängt ja bekanntlich schon zuhause bei der Gattin an."

„Außer besagtem Meinhard Jansen fehlten auch Marlon Hufschmied, Samuel Busker und Anton Rieken. Und Imke Rieken natürlich, aber die ist ja entschuldigt."

„Ich an Hufschmieds Stelle hätte mich da auch nicht sehen lassen", erklärte Büttner und wischte sich nach einem Schluck Apfelschorle mit der Serviette den Mund ab. Er zögerte kurz und sagte dann: „Wir sollten ihn trotzdem nicht aus den Augen verlieren. Schließlich ist er kurz vor dem Brand am Tatort gesehen worden, und nach wie vor hält ihn der Großteil der Groothuser für den Feuerteufel."

„Noch haben wir keinen Tatort", entgegnete Hasenkrug und klopfte ohne ersichtlichen Grund auf seinen Notizblock. „Die Bestätigung, dass es sich beim Feuer der letzten Nacht um Brandstiftung handelte, steht jedenfalls noch aus. Außerdem kann ich mir Hufschmied nicht als Feuerteufel vorstellen, dafür scheint er mir viel zu vernünftig zu sein."

„Auch vernunftgeleitete Menschen tun manchmal komische Sachen", meinte Büttner. „Mein Gefühl sagt mir allerdings auch, dass Hufschmied nicht unser Mann ist. Mir wäre es jedoch lieber, mein Gefühl würde mir jetzt auch noch den Namen des Täters nennen. Mit Adresse am besten. Aber darauf kann ich wohl lange warten."

„Marlon war es jedenfalls nicht."

Erstaunt hob Büttner seinen Blick und sah in die Augen von Lisa Gerdes. „Moin", sagte er, „es ist nicht höflich, anderer Leute Gespräch zu belauschen."

„Sorry." Lisa Gerdes hob entschuldigend die Hände. „Das war keineswegs meine Absicht, aber Sie haben ja auch nicht eben leise gesprochen." Ohne zu fragen zog sie sich einen Stuhl von einem anderen Tisch heran und setzte sich zu den beiden Polizisten, die sie mehr überrascht als irritiert ansahen. „Ich bin nicht zufällig hier", erklärte sie schnell, als sie die Blicke bemerkte. „Ehrlich gesagt, bin ich Ihnen gefolgt. Eigentlich hatte ich angenommen, dass Sie ins Kommissariat fahren. Aber dann haben Sie die Richtung nach Greetsiel eingeschlagen."

Während Lisa Gerdes redete, fragte sich Büttner, was die junge Frau in der Kürze der Zeit so verändert hatte. Als er sie vor wenigen Tagen erstmals sah, hatte sie in sich zurückgezogen und bedrückt gewirkt. Nun aber schien sie vor Selbstbewusstsein und Entschlossenheit geradezu zu strotzen. Ob diese wundersame Wandlung nur an dem Vermögen lag, das sie laut Testament zu erwarten hatte? Eine Friedenspfeife mit Samuel Busker hatte sie jedenfalls nicht geraucht. Wie ihm zu Ohren gekommen war, hatte der sie sogar vor die Tür gesetzt. In nur wenigen Monaten würde sie zwar keine arme, aber dennoch eine allein erziehende Mutter in einem ostfriesischen Dorf sein. Ob das ein Grund zur Freude war, vermochte er nicht zu beurteilen. Ihr verändertes Verhalten jedoch konnte das wohl kaum erklären.

„Möchten Sie auch was essen?", fragte Hasenkrug und reichte Lisa die Karte.

„Nur eine Kleinigkeit", antwortete sie, ohne einen Blick hineinzuwerfen, „eine kleine Fischsuppe vielleicht."

„Für Sie eine kleine Fischsuppe? Kommt sofort." Anscheinend hatte die Kellnerin mitgehört. „Darf's auch was zu trinken sein?"

„Ja. Auch eine Apfelschorle, bitte."

„Dann wüsste ich jetzt gerne, warum Sie uns gefolgt sind", kam Büttner zur Sache, nachdem die Kellnerin gegangen war. „Da Sie uns nicht bei der Beerdigung angesprochen haben, nehme ich an, dass es etwas ist, das niemand hören sollte."

„Da nehmen Sie richtig an. Es geht zum einen um Marlon. Ich glaube, da ist es mit dem Stress noch nicht vorbei."

„Was veranlasst Sie zu der Vermutung?"

„Die Unterschriftensammlung in der Kirche. Sie haben

vielleicht mitbekommen, dass da ein Zettel die Runde machte?"

„Das war schwerlich zu übersehen. Und Sie wissen, worum es dabei ging?"

Lisa nickte. „Ja. Die Liste machte schon die Runde, bevor der Trauergottesdienst begann. Die Groothuser sammeln Unterschriften, um Marlon aufzufordern, das Dorf zu verlassen. Ansonsten …"

„Ansonsten?", fragte Büttner lauernd.

„Sie drohen ihm, dass die Aktion von heute Morgen harmlos war gegen das, was noch kommen wird, wenn er bleibt. Sie wollen ihn rausmobben, ganz klar."

Büttner pfiff durch die Zähne. „Na, die trauen sich ja was! Und das praktisch vor den Augen der Polizei! Dann scheint man sich ja ziemlich sicher zu sein, dass er der Feuerteufel ist. Gibt es für diese Annahme noch mehr Gründe als die, die uns bereits bekannt sind?"

„Ich weiß nicht, was Ihnen bekannt ist", zuckte Lisa die Schultern und nahm mit einem dankbaren Lächeln die Apfelschorle entgegen, die ihr die Kellnerin reichte. „Fakt ist aber, dass es nun plötzlich noch mehr Leute gibt, die behaupten, Marlon kurz vor dem Brand an Meinhards Haus gesehen zu haben. Das kommt einem schon komisch vor. Wenn Sie mich fragen, steigern die sich da in irgendwas rein. Sie wollen unbedingt, dass es ein Ende hat mit den Bränden. Und anscheinend sind sie der Meinung, dass es soweit sein wird, wenn sie Marlon aus dem Dorf mobben. Was natürlich völliger Quatsch ist. Ein hysterisches Pack ist das, sonst nichts."

„Anscheinend glauben Sie nicht an Hufschmieds Schuld", stellte Hasenkrug fest.

„Natürlich nicht. Wenn jemand solch einen Scheiß nicht nötig hat, dann ist es Marlon."

„Woher wollen Sie das wissen?"

„Weil er der einzig Vernünftige in dem Kaff ist."

„Das ist alles?" Büttner hatte sich etwas Handfesteres erhofft.

„Nein. *Ich* hab ihn im Gegensatz zu all den anderen Wichtigtuern in der letzten Nacht wirklich gesehen. Er lief an Jansens Haus vorbei und hatte die Hundepfeife im Mund. Caruso war wieder abgehauen. Das passiert öfter, wenn sein Jagdinstinkt mit ihm durchgeht."

„Und darf ich fragen, was Sie dort mitten in der Nacht zu suchen hatten?" Büttner sah die junge Frau aus zusammengekniffenen Augen prüfend an. Worauf wollte sie eigentlich hinaus? Und warum war sie ihnen nach Greetsiel gefolgt? Doch wohl nicht nur, um ihnen zu erzählen, was sie bereits wussten. Machte sie womöglich mit Marlon Hufschmied gemeinsame Sache? War der vielleicht gar nicht so harmlos, wie er tat? Aber warum verbündete er sich dann ausgerechnet mit Lisa Gerdes? Das alles schien überhaupt keinen Sinn zu ergeben.

Lisa nahm ihre Fischsuppe entgegen, bevor sie antwortete. „Ich wusste, dass Samuel in Groothusen auf Patrouille war. Ich bin ihm gefolgt und hab ihn in der Nähe von Meinhards Haus abgepasst. Ich wollte mit ihm reden."

Hasenkrugs Smartphone klingelte, als er gerade seinen Teller geleert hatte. Er zog es aus der Tasche, warf einen Blick darauf und hob entschuldigend die Hände. Dann schlenderte er, das Telefon am Ohr, in Richtung der Krabbenkutter davon.

„Für mich klingt Ihre Aussage nicht gerade nach einem Verdächtigen weniger, sondern eher nach einer Verdächtigen mehr", setzte Büttner das Gespräch fort, nachdem sein Assistent gegangen war. „Warum nur bekomme ich bei allem, was Sie hier sagen, das Gefühl, dass Sie nicht Marlon Hufschmied entlasten, sondern von sich selber ablenken wollen? Oder geht es Ihnen darum, den Verdacht gegen Samuel Busker zu erhärten?" Er lehnte sich vor und sah Lisa direkt in die Augen. „Was genau bezwecken Sie mit dieser Aktion, Frau Gerdes?"

Hatte der Hauptkommissar gedacht, dass er Lisa nun in die Enge getrieben habe, so sah er sich getäuscht. Ohne auch nur den Blick zu heben, löffelte sie genüsslich in ihrer Fischsuppe herum. Für eine Weile schien sie damit vollauf beschäftigt, dann sagte sie plötzlich: „Es geht mir gar nicht in erster Linie um Marlon." Sie legte ihren Löffel beiseite, kramte in ihrer Handtasche herum, zog einen Zettel hervor und drückte ihn Büttner in die Hand. „Mir haben die lieben Nachbarn bereits gestern Abend eine Unterschriftenliste überreicht, in der sie mich auffordern, auf mein Erbe zu verzichten. Ansonsten könne ich mich warm anziehen. Was auch immer das heißt. Auf jeden Fall scheinen Jurine und Antje ordentlich Stimmung gegen mich gemacht zu haben. Und die Volltrottel latschen den beiden wie die Lemminge hinterher. Wie immer eben."

„Dafür wirken Sie aber sehr gelassen", stellte Büttner fest, nachdem er sich die Unterschriftenliste angesehen hatte. „Hier wird Stimmung gegen Sie gemacht, weil Sie die Familie Mennen angeblich in den Ruin treiben. Und Sie sitzen hier und löffeln in aller Seelenruhe Ihre Fischsuppe."

Er wedelte mit dem Zettel in der Luft herum. „Lässt Sie die Sache wirklich so kalt, wie Sie gerade tun?"

„Ja." Lisa zuckte die Schultern. „Eigentlich wollte ich dieses Kaff schon immer verlassen, und genau das werde ich jetzt tun. Ich gehe nach Berlin. Schon als Kind habe ich davon geträumt, in einer Großstadt zu leben, nachdem wir mal in Berlin bei Bekannten zu Besuch gewesen waren. Mit Suntkes Geld ist das jetzt alles kein Problem mehr. Ob mit oder ohne Kind." Sie strich sich über den Bauch. „Wir werden es schon schaffen, wir zwei. Zumal ich jetzt nicht mehr darauf angewiesen bin, sofort Arbeit zu finden, sondern mich in Ruhe umsehen kann."

„Was passiert dann mit dem Bestattungsinstitut? Werden Sie es verkaufen?"

„Vermutlich. Rufus Häming hätte es gerne und steht mir schon ständig auf den Füßen herum. Aber ich hab mich noch nicht wirklich darum gekümmert. Erstmal muss das mit dem Testament ja über die Bühne sein."

„Hat Suntke Mennen von Ihrem Traum, nach Berlin zu gehen, gewusst?"

„Ja. Jeder wusste davon, weil ich es überall erzählt habe. Vor allem, wenn ich sauer war und mir hier in Ostfriesland alles zu eng wurde. Nur hat mir nie jemand zugetraut, dass ich es auch machen würde. Ich selbst mir wohl am allerwenigsten."

„Und warum wollten Sie dann Samuel Busker wieder umstimmen?", fragte Büttner.

„Umstimmen?" Lisa sah ihn mit großen Augen an. „Ich wollte ihn nicht umstimmen. Ich hab ihm gesagt, dass ich mich entschieden habe, nach Berlin zu gehen. Ich wollte, dass er es als Erster erfährt."

„Wollten Sie nicht, dass er mitkommt?"

„Nee. Samuel gehört hierher. In Berlin wäre er nur ein Feuerwehrheld unter vielen. Das würde er nicht verkraften."

„Aber warum sollte er es als Erster erfahren? Ich meine, es konnte ihm doch egal sein, wohin Sie gehen, nachdem er Sie vor die Tür gesetzt hatte."

„Er hat mich vor die Tür gesetzt? Wer behauptet denn so was?" Lisa schien ehrlich erstaunt.

„Sein Vater sagte es mir kurz vor der Beerdigung."

„Dann hat entweder Jochen etwas falsch verstanden, oder Samuel hat wieder Scheiße erzählt. Das würde zu ihm passen, weil er sich immer alles schönredet. Auf jeden Fall hat er mich in der Nacht angefleht, bei ihm zu bleiben. Das Kind würde er lieben wie sein eigenes, blabla …ich hab ihn dann einfach stehen lassen. Samuel neigt bei solchen Sachen zum Ausrasten und zeigte auch schon die ersten Anzeichen. Darauf hatte ich keinen Bock. Gott sei Dank kam da gerade Marlon um die Ecke, und ich bin mit ihm zurückgelaufen."

„Sie sind mit Marlon Hufschmied zurückgelaufen? Das ist das Erste, was ich höre. Davon hat er gar nichts erwähnt." Büttner schwirrte der Kopf. Er winkte der Kellnerin und bestellte einen Cappuccino. Den brauchte er jetzt, wenn es schon kein Schnaps sein durfte.

„Er hat mich nach Hause gebracht und wollte dann selber ins Bett gehen. Irgendwo auf dem Weg kam uns auch Caruso entgegen. Alles war gut." Lisa schien an dieser Aussage nichts Besonderes zu finden, sondern wandte sich wieder ihrer Suppe zu.

„Mit dieser Information machen Sie Samuel Busker zu

unserem Hauptverdächtigen", stellte Büttner fest. „Wenn Marlon Hufschmied Ihre Aussage bestätigt, dann bleibt ja praktisch nur noch er ..."

„Falsch!", unterbrach der gerade an den Tisch zurückgekehrte Hasenkrug ihn brüsk und tippte etwas in sein Smartphone, bevor er es seinem Chef vor die Nase hielt.

Brandursache im Hause Jansen war ein technischer Defekt, las Büttner, ohne es jedoch laut zu sagen. Er sah seinen Assistenten mit hochgezogenen Brauen an. „Irrtum ausgeschlossen?", fragte er.

„Ja."

„Jetzt hätte ich doch gerne einen Kognak!", rief Büttner der Kellnerin zu. Diese neue Erkenntnis musste sich erstmal setzen, bevor er wieder zur Tat schritt, befand er. Also war für ihn jetzt Feierabend.

27

„Na, da hast du uns aber ganz schön in die Scheiße geritten!", knurrte Rudolf Heyken im Beisein von zehn
anderen Männern und sah seinen Freund Meinhard Jansen
schlechtgelaunt an. Eigentlich hatten sie vereinbart, beim
Boßeln nicht über die Ereignisse des letzten Tages zu reden;
aber trotz aller Versuche, diese Vereinbarung einzuhalten,
brach es nun aus ihm heraus. Er schnaubte unwillig und
machte sich dann an einem der Bollerwagen zu schaffen,
die sie – beladen mit diversen Kisten Bier und einigen
Flaschen Schnaps – mit sich führten. Doch kamen seine
Hände weder mit dem einen noch mit dem anderen wieder
zum Vorschein, sondern mit ein paar Schinkenbroten, die
ihm seine Frau am Morgen geschmiert hatte. Wenn man
seinen Tag mit sportlicher Betätigung und einer nicht zu
unterschätzenden Ration Alkohol begonnen hatte, ver-
langte der Körper irgendwann nach etwas Essbarem.

Genüsslich biss Rudolf Heyken wenig später in eine der
Stullen und reichte die Tüte mit den restlichen an seine
Freunde weiter, die ebenfalls dankbar für diese Unter-
brechung schienen. In den letzten zwei Stunden hatten sie
bereits fünf Kilometer zu Fuß zurückgelegt, und nachdem
der Hochnebel sich verzogen hatte, machte ihnen die Sonne
mehr und mehr zu schaffen und trug nicht gerade dazu

bei, die meist korpulenten Männer bei Laune zu halten. Hinzu kam, dass von See her an diesem Tag kaum eine Brise zu spüren war, sodass ihnen bei der ungewohnten körperlichen Betätigung kaum Abkühlung zuteil wurde.

Schon vor mehreren Wochen hatten sich die Männer Groothusens für den heutigen Sonntagvormittag zum Boßeln verabredet. Nach einigem Hin und Her hatten sie beschlossen, das Treffen trotz der sich überschlagenden und wenig erfreulichen Ereignisse stattfinden zu lassen. Schließlich, so hatte es Frank Gerdes formuliert, konnte es nach allem, was vorgefallen war, nicht schaden, sich an der Boßelkugel mal so richtig abzureagieren und seinen Frust anschließend in Schnaps zu ersäufen.

„Ich hab mir ja gleich gedacht, dass das alles ein bisschen voreilig ist", fuhr Rudolf Heyken nach längerem kollektivem Schweigen Minuten später fort. Er hatte sein Schinkenbrot vertilgt, hob eine der Boßelkugeln auf, nahm Anlauf und warf sie wie beim Kegeln und mit einem befreienden Schrei auf den Asphalt, wo sie sich nun ihren Weg über die an diesem Tag wenig befahrene Straße bahnte. „Aber nee", rief er erregt, „es musste ja unbedingt alles jetzt und gleich sein! Marlon Hufschmied ein Feuerteufel! Dass ich nicht lache! Hab ich mir doch gleich gedacht, dass daran was nicht stimmen kann. Und jetzt? Mann, Mann, Mann, das klang überhaupt nicht gut, was die mir gestern bei der Polizei gesagt haben! Überhaupt nicht gut! Und das nu alles für nix!? Kacke ist das, totale Kacke!"

„Das kannste wohl laut sagen!", meldete sich ein anderer Mann zu Wort. Anscheinend hatte auch er keine Lust mehr, seinen Frust hinunterzuschlucken. „Ihr glaubt ja gar nicht, was meine Alte mir gestern Abend die Hölle heiß gemacht hat, als ich nach Hause kam! Da hatte sich das schon rumgesprochen, das mit dem technischen Defekt. Und das mit dem angeblich vorsätzlichen Mord natürlich auch. Die hättste mal erleben sollen, die Alte! Die hat so laut rumgekreischt, dass ich dachte, 'n ganzer Schwarm Wildgänse fliegt bei uns durchs Haus. So hab ich die das letzte Mal erlebt, als ich mal stinkeduun* nach Hause kam und das neue Ledersofa vollgereihert hab. Damals hab ich gedacht, es könnt nicht schlimmer kommen. Aber gestern, da … nee, nee, nee, da mag ich gar nicht mehr dran denken!" Er machte eine wegwerfende Handbewegung und goss sich einen weiteren Schnaps hinter die Binde.

„Ist ja toll, dass ihr jetzt alle auf mich einprügelt. Dabei hat euch keiner gezwungen, dabei zu sein", konterte Meinhard Jansen, doch klang seine Stimme alles andere als kampflustig. Zu oft hatte er sich für die Aktion an der Schreinerei schon rechtfertigen müssen. Und, als hätte er es sich nicht denken können, kamen die Jungs trotz ihrer klaren Vereinbarung auch jetzt wieder auf das leidige Thema zurück, statt sich einfach mal zu entspannen. Er war es so Leid, denn schließlich war doch eigentlich er das Opfer, stand nun ohne Haus da und hatte keine Ahnung, wie es für ihn und seine Frau weiterging. Für ihn war es wie ein zweiter Schock gewesen, zu erfahren, dass sein ganzes Hab und Gut Opfer eines technischen Defektes geworden war.

Zunächst hatte er es gar nicht glauben wollen, als der Chef der Feuerwehr ihn anrief, um ihm das Ergebnis der

* sturzbesoffen

Brandursachen-Untersuchung mitzuteilen. Viel zu sehr hatte er sich in der Zwischenzeit darauf versteift gehabt, dass einzig und allein der Feuerteufel, nämlich Marlon Hufschmied, am Elend der Familie schuld sein könne. Wer hatte denn schließlich mit etwas anderem rechnen können, nach allem, was in den letzten Wochen und Monaten passiert war!? Wo gab es denn so was, dass es einfach mir nichts, dir nichts zu einem von einem alten Kühlschrank ausgehenden Kabelbrand kam, der in der Folge das ganze Haus in Schutt und Asche legte? Und das genau zu einer Zeit, da die Krummhörn laufend von einem Brandstifter heimgesucht wurde!?

Doch anstatt ihn seelisch wieder aufzubauen, hatten seine Freunde nichts Besseres zu tun, als ihm Vorwürfe zu machen. Natürlich war es nicht schön, wenn einem die Polizei im Genick saß und sich einen Spaß daraus machte, jeden Einzelnen von ihnen einem Verhör zu unterziehen, als hätten sie einen terroristischen Anschlag auf das stille Örtchen der Bundeskanzlerin verübt. Aber mussten ihn deswegen alle behandeln wie den letzten Aussätzigen? Ging man unter Freunden etwa so miteinander um?

Meinhard Jansen verspürte nicht wenig Lust, sich einfach umzudrehen und seine Kumpane hier hinterm Deich stehen zu lassen. Sollten sie doch sehen, wie sie mit einem Mann weniger ihr Spiel zu Ende brachten. Nur, wo sollte er hin? Dass er beim Pastor nicht willkommen war, hatte der ihm nach dem ganzen Trara deutlich zu verstehen gegeben. Außerdem hatte Jochen Busker jetzt eigene Sorgen, nachdem ihm seine Frau abgehauen war. Trotzdem. Ein bisschen mehr Entgegenkommen wäre schön gewesen, nach allem, was ihm, Meinhard, an Leid widerfahren war. Seine Frau hatte es gut. Die war gleich nach dem Brand bei ihrer Mutter in Jennelt untergekommen. Aber lieber würde er sterben, als mit dieser ollen Schabracke von Schwiegermutter auch nur einen Tag in ein und demselben Haus zu verbringen!

„Wir sollten uns bei Marlon entschuldigen", hörte Meinhard Jansen einen der Männer in seine Gedanken hinein sagen. „Ist mir ja schon 'n büschen peinlich, unser Auftritt von gestern. Und vielleicht haben wir ja dann bei der Staatsanwaltschaft was gut, wenn wir nun nett zu ihm sind."

„Woher willst du denn wissen, dass der nicht wirklich der Feuerteufel ist?", meldete sich ein anderer zu Wort, während er im Graben nach einer verlorengegangenen Boßelkugel suchte. „Nur, weil er Meinhards Haus nicht auf dem Gewissen hat, kann er doch trotzdem für alle anderen Brände verantwortlich sein. Also ich wäre da mit voreiligem Schulterklopfen und so ja mal ganz vorsichtig."

„Genau", brummte Meinhard Jansen, „das sag ich doch die ganze Zeit. Ist ja mit diesem scheiß Kabelbrand noch nicht zu Ende, das Spiel." Er zögerte kurz, bevor er hinzufügte: „Noch ist der Kerl nicht gefasst. Wäre dumm von uns, jetzt die Bürgerwehr einfach aufzugeben. Ich hab das im Urin, dass wir den bald haben."

„So wie du im Urin hattest, dass Marlon dein Haus angezündet hat, oder was?", ätzte Rudolf Heyken. „Also, solange die Sache mit der Anzeige gegen mich nicht geklärt ist, geb ich mich für gar nichts mehr her. Mir ist das echt zu heiß."

„Ich find auch, dass wir uns bei Marlon entschuldigen sollten", entgegnete einer der Männer, der gerade zum Schuss ansetzen wollte, aber zunächst einmal ein vorbeifahrendes Auto passieren ließ. „Vielleicht zieht er dann ja auch die Anzeige zurück. Der ist doch bestimmt nicht so, dass er so 'nen Spaß unter Männern nicht versteht."

„Ist aber völlig egal, ob Marlon seine Anzeige zurückzieht oder nicht", gab ein anderer zu bedenken. „Das ist nun 'ne Sache der Staatsanwaltschaft. Die werden gegen uns ermitteln, so oder so. Deswegen brauchst du dich bei Marlon also nicht zum Horst zu machen."

„Wieso zum Horst machen? Darum geht's doch gar nicht."

„Ich sach's ja bloß."

„Also, ich find ja, dass wir uns für die Kräuterhexe mal was Nettes überlegen sollten. Wenn das stimmt, was Samuel sagt, dann hat sie ja die Kinder gerettet. Gut möglich, sagt er, dass er die da nicht mehr lebend rausgeholt hätte, wenn Imke nicht vorher das nasse Tuch über sie geworfen hätte." Rudolf Heyken kratzte sich am Kopf. „Obwohl ich mir ja gar nicht so richtig vorstellen kann, wie so 'n olles Tuch Leben retten kann. Aber wenn Samuel das sagt …"

„Ich find ja, dass die total gaga ist", meinte einer der Männer. „Lisa sagt, die hat einen total irren Blick drauf gehabt, als die ins Haus rein ist. So richtig wie – na wie …" Er schnippte auf der Suche nach dem passenden Wort mit den Fingern in der Luft herum, sagte dann aber nur: „Na, irre eben. Ich mein, so bescheuert muss man auch erstmal sein, dass man mitten ins Feuer rennt. Und nun kann sie sich angeblich an nichts mehr erinnern. Also, ich find ja, die müsste man wegsperren. War doch noch nie ganz normal, wenn ihr mich fragt."

„Nur weil du nicht bei ihr landen konntest, oder was?", grinste einer seiner Freunde, während er Anlauf nahm, um die zweite Boßelkugel kurz darauf um eine langgezogene Kurve preschen zu lassen.

„Was soll das denn nun heißen?"

„Weiß doch jeder, dass du auf ihre roten Haare abfährst."

„Was du immer für 'nen Quatsch erzählst!"

„Wer von euch ist denn nun noch mit dabei, bei der Bürgerwehr?", machte Meinhard Jansen einen neuerlichen Vorstoß. „Oder ist euch das jetzt etwa alles egal? Hat sich doch nichts daran geändert, dass der für uns alle 'ne Gefahr ist." Er konnte es nicht leiden, wenn so wichtige Gespräche wie dieses in irgendwelchen Belanglosigkeiten mündeten. Wen, bitte schön, interessierte schon die Kräuterhexe, wenn irgendwo da draußen ein Feuerteufel die Gegend unsicher machte!?

„Um dann wieder den Falschen zu erwischen? Nee, lass mal, da bin ich raus!", knurrte Rudolf Heyken.

„Und ihr anderen? Lasst ihr mich auch hängen?" Meinhard Jansens Stimme zitterte nun vor unterdrückter Wut. Als keiner der Männer etwas erwiderte, sondern alle nur betreten zu Boden sahen, fauchte er: „Was seid ihr nur für Waschlappen! Aber ist ja auch nicht euer Haus, das ab-gebrannt ist. Bestimmt würdet ihr das dann anders sehen."

„Hey, noch mal, Meinhard", fauchte Rudolf Heyken zurück, „du warst es, der uns alle in die Scheiße geritten hat, und nicht umgekehrt! Und weißt du was?" Er spuckte angewidert auf die Straße. „So langsam glaub ich, dass du das alles nur veranstaltest, um im Dorf den großen Macker herauszukehren. Oder glaubst du wirklich, dass wir 'ne Chance haben, den Kerl zu fassen? Der lacht sich doch tot über uns! Und je mehr wir gegen ihn unternehmen, desto aufgedrehter wird der. Nee, Meinhard, wenn du meinst, dass du das brauchst, dann kannst du dir ja weiterhin deine Nächte um die Ohren schlagen und durch die Straßen latschen. Ich jedenfalls hab die Schnauze voll. Mir reicht es, dass die Polizei mich nun auf dem Kieker hat. Da halt ich mal schön die Füße still, bevor die mich wirklich noch einbuchten. Dass das besser ist, hat mein Anwalt übrigens auch gesagt."

Nach dieser, für einen Mann wie Rudolf Heyken ungewöhnlich langen Ansprache, machte sich in der Gruppe zustimmendes Gemurmel breit.

„Und sonst hat keiner was dazu zu sagen, oder was!?" Das Gesicht von Meinhard Jansen zeigte nun eine ungesunde Färbung. „Ihr seid mir ja mal echte Kerle! Kaum, dass euch irgendwas quer kommt, kneift ihr den Schwanz ein!" Wutschnaubend schnappte er sich seinen Rucksack aus dem Bollerwagen und warf ihn sich über die Schulter. Dann machte er sich, ohne noch ein weiteres Wort zu sagen, auf den kilometerlangen Rückweg.

„Der beruhigt sich schon wieder", meinte einer der Männer und zuckte die Schultern.

„Also, wenn du mich fragst, sah der eher so aus, als würde er gleich Amok laufen", erwiderte ein anderer. Er klappte den Mund ein paarmal auf und zu, und für einen Moment sah es so aus, als würde er noch etwas hinzufügen, dann ließ er es jedoch bleiben.

„Na denn, *lüch up und fleu herut!*", schmetterte Rudolf Heyken betont fröhlich den traditionellen Ausruf der Boßler, nahm sich eine Kugel und schmetterte sie über die Straße, als wollte er mit diesem Schuss sämtliche Probleme aus der Welt räumen.

28

Eigentlich hatte Marlon am Sonntagvormittag mit zum Boßeln gehen wollen. Aus nachvollziehbaren Gründen aber hatte er sich dazu entschieden, den Sonntag ruhig und vor allem ohne die Männer zuzubringen, die ihm am Tag zuvor auf so bittere Art zugesetzt und enttäuscht hatten. Zunächst hatte er geglaubt, das Erlebte ruckzuck vergessen und zur Tagesordnung übergehen zu können. Auch, als er während der Beerdigung von Suntke Mennen die Brandruine aufgesucht und dort mit Samuel und Imkes Großvater gesprochen hatte, schien ihm noch alles in Ordnung zu sein.

Dann aber hatten ihn in der Nacht Albträume geplagt, die ihn noch bis in den Tag hinein verfolgten.

In diesen Träumen hatte er inmitten seiner Schreinerei gestanden. Überall um ihn herum waren plötzlich Männer gewesen, die sich wie bei einem Sternmarsch auf ihn zubewegten. Ganz langsam, beinahe wie in Zeitlupe, kreisten sie ihn von allen Seiten ein, und mit jedem Schritt, den sie taten, verzogen sich ihre wachsbleichen Gesichter ein klein bisschen mehr zu grausam verzerrten, zähnefletschenden Fratzen. Jede der zu Bestien mutierenden Gestalten trug eine brennende Fackel in der Hand, deren Hitze zunächst seine Haut, dann jedoch mehr und mehr auch sein Inneres zu versengen schienen. Er öffnete seinen Mund, um seine Qual herauszuschreien, doch entwich ihm kein einziger Laut. Denn mit jedem Atemzug, den er tat, fuhr ihm ein glühendes Schwert in den Rachen und ließ alle Laute wie in einem Hochofen zusammenschmelzen, noch bevor sie sich zu einem Schrei hätten formieren können. Einzig die Hunde Caruso und Cora hatten versucht, ihm zu helfen, indem sie sich mit hochgezogenen Lefzen und gefletschten Zähnen aus dem Inneren des sich zuziehenden Kreises heraus wie toll auf die Angreifer stürzten. Doch verwandelten sie sich, sobald sie auf die Körper ihrer Widersacher trafen, vor deren Augen in zahnlose und winselnde Kreaturen, die sich unter dem grölenden Gelächter der Meute zu Boden warfen und diese mit unterwürfigen Gesten zu beschwichtigen versuchten.

Mehrmals war Marlon in dieser Nacht schweißgebadet aus dem Schlaf hochgeschreckt. Sein Herz hatte wie ein Vorschlaghammer gegen seine Rippen geschlagen, während er schwer atmend und mit weit aufgerissenen Augen auf dem Rücken lag und sich zu beruhigen versuchte. Erst gegen Morgengrauen und nach vier Phasen mit dem immer wiederkehrenden Albtraum hatte sich sein Körper schließlich über einige Stunden hinweg die Ruhe geholt, die er brauchte.

Dennoch fühlte sich Marlon an diesem Morgen wie gerädert, jeder einzelne seiner Muskeln schmerzte wie nach mehreren Runden ungewohnter sportlicher Betätigung. Darüber hinaus plagte ihn ein stechender Kopfschmerz, der erst nach einer ausgiebigen Dusche und einem kräftigen Frühstück erträglicher wurde.

Normalerweise begann Marlons Tag mit einem ausgedehnten Spaziergang, bei dem er Kraft schöpfte und sich sein Hund Caruso so richtig austoben konnte. Dazu aber hatte er sich nach dem Aufstehen nicht in der Lage gesehen. Caruso schien der Bruch in der Routine nicht weiter zu erschüttern, sondern er tobte gemeinsam mit Cora durch den Garten, während Marlon in der Küche seinen Kaffee schlürfte und sich überlegte, wie er jetzt weiter vorgehen sollte.

Eigentlich hatte er gedacht, hier in Groothusen endlich einen Platz gefunden zu haben, an dem er nach vielen bewegten Jahren für längere Zeit bleiben und zur Ruhe kommen könne. Nachdem er einige der Nachbarn kennen gelernt hatte, war er sich dessen sogar sicher gewesen. Die Groothuser waren ihm als rechtschaffende und angenehme Zeitgenossen erschienen, die mit ihrem Leben weitgehend zufrieden waren und sich gegenseitig in Ruhe ließen, wenn sie nicht gerade gemeinsam etwas unternahmen oder Feste feierten. Die Dorfgemeinschaft funktionierte, und wenn beim Nachbarn mal Mangel herrschte, half man ihm mit Butter oder Eiern gerne aus.

Doch mit dem Auftreten des Feuerteufels war plötzlich alles anders geworden. Zwar hatte man nach den ersten Bränden noch relativ gelassen reagiert, dann aber hatte sich mehr und mehr ein gegenseitiges Misstrauen breitgemacht. Zunächst war man sich noch einig gewesen, dass der Feuerteufel unmöglich aus dem eigenen Dorf kommen könne. Dass irgendwo in der Krummhörn jemand herumlief, dem das gefährliche Zündeln mit Streichholz oder Feuerzeug Spaß zu machen schien – geschenkt! Aber ganz sicher konnte es sich bei solch einem Monster nicht um einen Groothuser handeln, oder?

Vor einigen Wochen dann hatte sich die Stimmung plötzlich gewandelt. Auf einmal schien es gar nicht mehr so unwahrscheinlich, dass einer von ihnen hinter den Taten stand. Immer häufiger war im Zusammenhang mit den Bränden der Name Suntke Mennen gefallen, der sich selbstverständlich mit Händen und Füßen gegen diesen ungeheuerlichen Verdacht zur Wehr setzte, wenn man ihn damit konfrontierte.

Und doch war es irgendwann selbst seiner Familie aufgefallen, dass es immer dann irgendwo brannte, wenn Suntke am Abend das Haus verlassen hatte. Vermutlich hätte diesen Zusammenhang nie jemand erfasst, denn schließlich stand ja nicht jeder Einwohner Groothusens ständig am Fenster und beobachtete, wann sein Nachbar einen Schritt vor die Tür machte. Zumindest nicht, soweit Marlon es wusste.

Nein, Suntkes Name hatte nur darum die Gerüchteküche des Dorfes befeuert, weil dessen Mitarbeiter Rufus Häming irgendwann damit begonnen hatte, über die Abwesenheitszeiten seines Chefs Buch zu führen. Was genau er damit bezweckte, die Nachbarn mit seinen diesbezüglichen Erkenntnissen zu konfrontieren, wusste keiner im Ort zu sagen. Nur so viel war sicher: Er wollte seinen Chef vor der Gemeinschaft diskreditieren. Über seine Gründe dafür aber schwieg er beharrlich.

Allerdings war es auch nicht so, dass man in Groothusen über das Vorgehen Rufus Hämings besonders empört gewesen wäre. Ganz im Gegenteil schienen sich sogar viele darüber zu freuen, dass der stets so überheblich auftretende Bestattungsunternehmer endlich mal eins ausgewischt bekam. Und einige wenige waren nur allzu gerne bereit, das zu glauben, was Häming ihnen als stichhaltige Theorie zu verkaufen versuchte – allen voran die Männer, deren Frauen im Laufe der Zeit zu Suntkes Errungenschaften gezählt hatten.

Bisher hatte Marlon es dennoch nicht für nötig befunden, über diese wochenlange verbale Hetze gegen Suntke Mennen die Polizei zu informieren. Vor allem deshalb, weil er von Anfang an die Lücken in Hämings Theorie durchschaut hatte, die sich viele andere weigerten zu sehen. So zum Beispiel, dass Suntke sich nicht immer nur mit dem Auto, sondern häufig auch mit dem Fahrrad auf den Weg machte. Manche Orte aber, an denen es im Anschluss gebrannt hatte, hätte er in der Kürze der Zeit unmöglich ohne Motorisierung erreichen können.

Noch bis zum gestrigen Tag hätte es außerdem weit außerhalb von Marlons Vorstellungskraft gelegen, dass Suntke Mennen aufgrund bloßer Gerüchte eines Tages zum Opfer eines Tötungsdeliktes werden würde. Vielmehr war es ihm nach dem Fund der Leiche stets viel plausibler erschienen, dass der Tod des Bestatters entweder ein als Mord getarnter Selbstmord war (wofür Marlons Meinung nach auch der seltsame Brief an Lisa sprach, dessen Inhalt wie ein Lauffeuer im ganzen Dorf die Runde gemacht hatte), oder aber dass ihn ein Mitglied seiner Familie ins Jenseits befördert hatte, weil man die ständigen Demütigungen, die Suntkes Liebschaften mit sich brachten, nicht mehr zu ertragen bereit war.

Nach seinem Erlebnis mit den fackelschwingenden Männern aber war sich Marlon seiner Sache nicht mehr so sicher. Die Schwelle, jemanden nur wegen eines Gerüchtes zum Mörder zu stempeln und daraufhin in einer ohnehin schon angespannten Lage zur Selbstjustiz zu schreiten, schien ihm deutlich geringer zu sein, als er es sich bisher hatte vorstellen können. Insofern schloss er jetzt gar nichts mehr aus. Am allerwenigsten die Möglichkeit, dass sich jemand am vermeintlichen Feuerteufel Suntke Mennen hatte rächen wollen, auch wenn dessen Schuld alles andere als bewiesen war.

Was also sollte er jetzt tun? War es nicht besser, dieses Dorf auf Nimmerwiedersehen zu verlassen und irgendwo anders ganz neu anzufangen, so wie er es schon so häufig in seinem Leben getan hatte?

Marlons Blick fiel auf Cora, die zur Terrassentür hereinkam und ihn erwartungsvoll ansah. Vermutlich vermisste sie ihren Morgenspaziergang – und natürlich ihr Frauchen. Erstmals an diesem Morgen zeigte sich ein Lächeln auf seinem Gesicht. Da geht es der Hündin genauso wie mir, dachte er. Denn obwohl er Imke nach wie vor kaum kannte, so vermisste er sie doch mehr, als er sich selbst eingestehen wollte. Ob er noch mal im Krankenhaus anrief und fragte, wann er sie nun endlich mal besuchen dürfe? Vielleicht am Nachmittag? Aber was, wenn er von der Krankenschwester am Telefon wieder eine Abfuhr bekam?

Marlon zuckte resigniert mit den Schultern. Heute war er nicht in der Verfassung, irgendwelche Entscheidungen zu treffen. Also nahm er Daumen und Zeigefinger zwischen die Lippen und pfiff nach den Hunden, die sofort schwanzwedelnd auf ihn zugestürmt kamen.

Um Imke wenigstens ein bisschen nahe zu sein, würde er sich jetzt zu ihrem Häuschen begeben, sich so gut es eben ging um ihre Pflanzen kümmern und sich dann in aller Ruhe in ihren Garten setzen und die vielfältigen Düfte genießen, die hoffentlich dazu beitragen würden, dass sich sein Denkvermögen wieder auf Normalmaß einpendelte.

Beim Anblick des strahlendblauen Himmels und der frischen Farben des Frühsommers, die die flache ostfriesische Landschaft in dieser Jahreszeit wie ein Meer aus guter Laune überzogen, fragte sich Marlon, wie das Böse im Menschen, das sich in den vergangenen Tagen auf so vielfältige Weise offenbart hatte, dazu passen konnte. Wenn es den lieben Gott gab, was genau hatte er sich dabei gedacht, seinen Planeten diesen ständigen Widersprüchen auszusetzen und damit alle, die darauf lebten, vor täglich neue Herausforderungen zu stellen?

Nachdem er mit den Hunden einen kurzen Spaziergang durch die Felder gemacht und Imkes Pflanzen versorgt hatte, schnappte sich Marlon einen Liegestuhl und ließ sich mit einem tiefen Seufzer darauf nieder.

Während sich die von der Hitze erschöpften Hunde im Schatten eines Baumes zu einem Nickerchen zusammenrollten, legte Marlon die Hände in den Nacken und schloss die Augen. Er genoss die Ruhe, die ihn hier im bestimmt schönsten Garten der Welt umgab. So mancher hätte sich vielleicht am intensiven Geruch der Kräuter, am Gezwitscher der Vögel oder am Summen der Insekten gestört, einfach, weil es eben Menschen gab, die sich grundsätzlich an allem störten.

Marlon aber fühlte sich in diesem Naturparadies auf eigentümliche Weise geborgen, und er bildete sich ein, dass dieser Flecken Erde über eine ganz bestimmte, mit positiver Energie aufgeladene Aura verfügte – auch wenn er sonst ein alles andere als esoterischer Mensch war. Und doch war da dieser Hauch eines noch nicht ganz greifbaren Gefühls, das ihm sagte, dass auch dieser fast magisch anmutende Ort durch das Unglück, das seine Besitzerin ereilt hatte, Schrammen davongetragen und damit ein klein wenig seiner Unschuld verloren hatte.

Er fragte sich, wie es Imke gelingen würde, künftig mit ihren Erlebnissen umzugehen. Ob die Erinnerungen an ihren selbstlosen Einsatz in dem brennenden Haus eines Tages zurückkehren würden? Würde es ihr mit therapeutischer Hilfe gelingen, dieses Trauma zu überwinden? Oder würde sie sich gar weigern, solch eine Art von Therapie überhaupt in Anspruch zu nehmen?

Marlon öffnete die Augen und ließ seinen Blick über die so sorgsam angelegten Kräuterbeete und -spiralen schweifen. Ob es hier womöglich irgendein Kraut gab, das Imke dabei helfen würde, ihre verdrängten Erinnerungen wieder ins Bewusstsein zurückzuholen? Wirklich wundern würde es ihn nicht.

Gerade wollte er sich einer ihn plötzlich wieder übermannenden Müdigkeit hingeben, als ihn eine wohlbekannte Stimme aus seinen Tagträumen riss: „Moin, Marlon, ich hatte gehofft, dass ich dich hier treffe."

„Anton!" Marlon setzte sich in seinem Liegestuhl auf

und blickte dem alten Mann, der gerade dem Gartentor einen heftigen Stoß versetzte, überrascht entgegen. „Darf ich fragen, warum du das gehofft hast?"

Erst, als der alte Mann sich wenige Augenblicke später auf einen Stuhl neben ihn setzte, fiel Marlon auf, wie schlecht er aussah. In sein jetzt wachsbleiches Gesicht hatten sich tiefe Furchen gegraben, und selbst seine sonst so schalkhaften und tiefgründigen Augen sahen an diesem Morgen aus wie ein nebelverhangener Bergsee, aus dem über Nacht alles Leben gewichen war.

„Ich – also, da ist was, was ich gerne mit dir besprechen würde." Anton Rieken fingerte einen Umschlag aus der Gesäßtasche seiner Jeans, wobei es ihm kaum gelang, seine zittrigen Hände unter Kontrolle zu bekommen. Sein Blick bekam etwas Flehendes, als er ihn wieder auf Marlon richtete. „Ich weiß sonst wirklich nicht, zu wem ich gehen soll."

„Kein Problem, Anton, ich …"

„Ich konnte die ganze Nacht nicht schlafen, weil mir so viele Sachen durch den Kopf gegangen sind", fuhr der alte Mann unbeirrt fort, und Marlon wusste nicht zu sagen, ob er seine kurze Erwiderung überhaupt gehört hatte. „Ich glaube, nein, ich weiß, dass ich ganz viel falsch gemacht hab in meinem Leben. Und jetzt, da hab ich … also, das mit Imke, ich … es ist alles so unfassbar! Vielleicht, wenn ich … aber was hätte ich denn tun sollen!? Ich kann doch nicht … sie würde doch sowieso nicht …"

Aus der Stimme des Mannes sprach nun die pure Verzweiflung, und Marlons Körper durchfuhr unwillkürlich ein Schaudern, als er sah, wie sehr Imkes Großvater sich quälte. „Du kannst doch nichts dafür, Anton", sagte er leise und legte ihm beruhigend eine Hand auf den Arm. „Es war ein Unglück, keiner hätte vorhersehen können, dass …"

„Können wir vielleicht reingehen?", unterbrach ihn der Großvater und warf einen kurzen Blick über die Schulter. „Ich will nicht, dass irgendjemand mitkriegt, was ich dir erzähle. Hier weißte ja nie, wohin das führt."

„Natürlich." Marlon sprang mit einem Satz von seinem Stuhl hoch. „Ich mach uns einen Tee."

„Nimm die Teebeutel", deutete Anton Rieken wenig später auf die Vitrine in Imkes Küche, als Marlon seinen Blick fragend über all die Pflanzkübel wandern ließ, die verteilt auf den Fensterbänken und auf dem Boden standen. „Kein Mensch außer Imke kann hier den Überblick behalten. Bevor wir uns aus Versehen vergiften, weil wir irgendein Kraut mit 'nem anderen verwechseln, greifen wir lieber auf den guten alten Ostfriesentee zurück. Ich hab Imke mal 'nen Packen aus 'm Supermarkt mitgebracht. Kann nicht sagen, dass sie davon besonders begeistert war. Aber wenn ich hier alleine bin, würde ich ja sonst verdursten. Und außerdem geht doch nichts über eine gute Tasse Ostfriesentee."

„Ist mir wurscht, welchen Tee wir trinken." Mit wenigen Handgriffen hatte Marlon Minuten später zwei Becher aus dem Schrank genommen, die Teebeutel hineingehängt und diese mit kochendem Wasser übergossen. Auch ihm war gerade nicht danach, großen Wert auf Traditionen zu legen und eine originalgetreue ostfriesische Teestunde zu zelebrieren.

„Was ich dir jetzt erzähle, muss aber unter uns bleiben",

sagte Anton Rieken, während er den Umschlag mehrmals abwechselnd auf den Tisch legte und wieder an sich nahm.

Als Marlon nickte, die zwei Becher auf dem Tisch abstellte und sich ihm gegenüber setzte, versuchte Anton Rieken, den Umschlag zu öffnen. Nach mehreren Anläufen jedoch gab er auf und schob ihn zu Marlon hinüber. „Das wird nix", stellte er fest, „da bin ich heute viel zu nervös für. Sollt mich wundern, wenn ich überhaupt den Becher halten kann, ohne was zu verschütten." Als wollte er es gleich auszuprobieren, griff er nach der dampfenden Tasse und umklammerte sie mit beiden Händen, hob sie jedoch nicht an. Fast sah es so aus, als wollte er sich an ihr festhalten.

Marlon nahm den Umschlag in die Hand und öffnete ihn. „Darf ich?", fragte er vorsichtshalber, bevor er die Fotos, die sich offensichtlich darin befanden, herauszog.

„Bitte", nickte Imkes Großvater und schien im selben Moment noch eine Spur blasser zu werden. Er mahlte nun mit den Kiefern, seine Augenlider flatterten nervös.

Marlon zog die Fotos hervor und betrachtete das obenliegende aufmerksam. Es war eine vergilbte Farbfotografie, die einen kleinen, blonden Jungen zeigte. Ein typisches Kindergartenbild, aus den Achtzigern vielleicht, schoss es Marlon durch den Kopf. Das Lachen des Jungen erinnerte ihn an jemanden, er wusste jedoch nicht zu sagen, an wen.

„Es ist Samuel", sagte Anton Rieken mit bebender Stimme.

„Samuel?" Marlon hob die Brauen und sah sich das Bild noch mal genauer an. Er nickte. Jetzt wusste auch er, woher er das Lachen des Kleinen kannte. „Warum trägst du ein Kinderfoto von Samuel mit dir herum?", fragte er verdutzt.

„Das wollte ich dir ja gerade erzählen. Es ist wegen der Brände."

29

Wenn es nach Hauptkommissar David Büttner gegangen
wäre, dann hätte man den Samstag im Nachhinein
streichen können. Vielleicht, so dachte er, wäre er dann
an diesem Sonntagmorgen mit besserer Laune zur Arbeit
gegangen.

So aber musste er sich wohl damit abfinden, dass er sich
bei all der Arbeit, die sich auf seinem Schreibtisch häufte,
auch noch vierundzwanzig Stunden am Tag um Heinrich
zu kümmern hatte.

Natürlich konnte seine Frau Susanne nichts dafür, dass
sie sich am Samstagnachmittag beim Nordic Walking
in unwegsamem Gelände einen komplizierten Bruch des
linken Fußknöchels gepaart mit einem Bänderriss zu-
gezogen hatte. Absichtlich hatte sie es ganz sicher nicht
getan. Andererseits: Konnte die Frauen-Walking-Gruppe
nicht einfach über befestigte Wege latschen, wie es andere
Läufer auch taten? Warum mussten sie unbedingt beim
Walken ihre Liebe zur Natur entdecken und querfeldein
über Stock und Stein springen?

Der Schreck fuhr ihm immer noch in die Glieder, wenn
er an den Augenblick zurückdachte, als am Samstagnachmittag sein Handy klingelte und eine Schwester des
Hans-Susemihl-Krankenhauses in Emden ihm mitteilte,

dass seine Frau soeben eingeliefert worden sei. Natürlich hatte er sofort an das Schlimmste gedacht und sich bereits von seiner geliebten Frau Abschied nehmen sehen, die, eingewickelt in Kabel und Schläuche der modernen Apparatemedizin, inmitten von fiepsenden Monitoren lag und nur noch auf ihre Lieben wartete, um dann für immer die Augen zu schließen.

Dieses sofortige Denken in Katastrophen musste wohl eine Nebenwirkung seines Jobs sein.

Entsprechend angespannt war er noch Stunden später gewesen, auch wenn ihm die Schwester auf sein schockiertes Schweigen hin sofort mitgeteilt hatte, dass es sich nur um eine Fußverletzung handele, die zwar operiert werden müsse, aber in einigen Wochen wieder ausgeheilt sei.

In einigen Wochen. Nachdem Büttner sich vom ersten Schock erholt hatte, war ihm aufgegangen, was diese drei Wörter bedeuteten: Seine Frau konnte nicht laufen, während seine Tochter Jette für drei Wochen auf einem Schüleraustausch in den USA weilte. Bingo! Das hieß nichts anderes, als dass er für Heinrich nun ganz alleine zuständig war. Und da der Hund es gewohnt war, mindestens zweimal täglich ausgiebig Gassi zu gehen, sah er, Büttner, schlimme Zeiten auf sich zukommen. Schon ohne Ermittlungsstress hätte er der ständigen Lauferei wenig abgewinnen können. So aber wusste er gar nicht, wie er allem auf einmal gerecht werden sollte.

Den ganzen Sonntagvormittag hatte er also darüber nachgedacht, wie er die nächste Zeit würde überstehen können. Das Ergebnis seiner Überlegungen war gewesen, dass er nach einem Besuch bei seiner Frau, die ihren quengelnden Gatten nach der Operation nur schwer hatte ertragen können und ihn nach wenigen Minuten wieder weggeschickt hatte, mit Heinrich ins Kommissariat gefahren war, um seine Fälle dort noch mal in aller Ruhe zu durchdenken.

Denn auch wenn ihm die Groothuser gewaltig auf den Keks gingen, weil sie sich partout nicht einigen konnten, wer von ihnen ein Mörder und wer ein Brandstifter war, so hatten sie ihm doch einige Hinweise geliefert, die es nun zu sortieren und zu bewerten galt.

Während Heinrich zufrieden auf seiner Decke vor sich hin schnorchelte, war Büttner zumindest in Sachen Feuerteufel zu der Ansicht gelangt, dass die Hinweise vor allem auf eine Person hinausliefen: Samuel Busker.

Zwar weigerte sich Büttner noch, dem weit verbreiteten Klischee, dass insbesondere ehrgeizige Feuerwehrmänner dazu neigten Brände zu legen, um dann die Welt von ihrem Können überzeugen zu können, Auftrieb zu geben. Doch deutete in diesem Fall vieles darauf hin, dass es tatsächlich so war.

Dabei war es im Laufe seiner Überlegungen vor allem eine Tatsache gewesen, die ihn aufhorchen ließ und den dringenden Verdacht gegen Samuel Busker untermauerte: Der Wohnungsbrand, bei dem seine Eltern in seinem Beisein ums Leben gekommen waren.

Büttner konnte sich nicht vorstellen, dass solch ein Erlebnis an einem Kind vorbeiging, ohne Verletzungen der Seele zu hinterlassen; und das völlig unabhängig davon, wie alt das Kind zum Zeitpunkt des Unglücks gewesen war.

Ein Telefonat mit einem Psychiater des Emder Krankenhauses, den er bereits aus anderen Kriminalfällen kannte, hatte diese Theorie bestätigt. Dessen Ansicht nach war es praktisch ausgeschlossen, dass Samuel aus der Sache psychisch unbeschadet herausgegangen war. Darauf deute schon sein übereifriges Engagement in der Feuerwehr hin. Für den Mediziner war es angesichts der Schilderungen, die Büttner ihm gegeben hatte, sehr gut möglich, dass Samuels Unterbewusstsein auf diese Weise versuchte, das Erlebte zu verarbeiten, während Samuel selbst diese Möglichkeit weit von sich weisen würde, wenn man ihn darauf ansprach. Nicht, weil er es nicht zugeben wolle, sondern weil er es ganz einfach nicht wusste.

Ebenso sei es gut möglich, so hatte der Psychiater gesagt, dass Samuels Zwang, sich in der Bekämpfung von Bränden profilieren zu müssen, im Laufe der Zeit immer stärker würde. Daher sei es keineswegs auszuschließen, dass er irgendwann selber Feuer legte, um seinem inneren Drang, dieses löschen zu müssen, einmal mehr nachkommen zu können.

Durch diese Analyse des Psychiaters in seinem Vorhaben bestärkt, hatte Büttner gleich am Montagmorgen seine Sekretärin Frau Weniger angerufen und sie gebeten, im Polizeiarchiv nach allem suchen zu lassen, was mit dem Wohnungsbrand vor gut dreißig Jahren zu tun hatte. Auf die Ergebnisse dieser Recherche wartete er jetzt, während er an seinem Schreibtisch saß und grübelnd an einem Bleistift kaute.

Er konnte sich nicht vorstellen, dass es zu dieser Angelegenheit keine Unterlagen gab, da bei einem Brand mit zwei Toten ganz sicher polizeiliche Ermittlungen aufgenommen worden waren.

Zwar wusste Büttner noch nicht ganz genau, was er sich von diesem Ausflug in die Vergangenheit versprach, doch sagte ihm sein Gefühl, dass er nach dem Studieren der Akte schlauer sein würde als zuvor.

„Moin." Ein sichtlich gut gelaunter Sebastian Hasenkrug betrat das Büro und warf seine Sommerjacke mit Schwung über die Garderobe. Als er Heinrich entdeckte, ging er direkt auf ihn zu und kraulte ihn unter dem Kinn. „Das ist ja schön, dass du uns auch mal wieder besuchen kommst", freute er sich.

„Geht so", knurrte Büttner. „Mal sehen, ob Sie das in drei Wochen auch noch sagen."

„In drei Wochen?" sein Assistent sah ihn aus großen Augen an. „Was ist denn in drei Wochen?"

„Dann kommt meine Tochter aus den USA zurück und kann wieder mit ihm Gassi gehen. Und noch mal drei Wochen später ist vielleicht auch meine Frau wieder zu kurzen Spaziergängen in der Lage."

Auf Hasenkrugs fragenden Blick hin fügte er hinzu: „Sie hat sich gestern beim Nordic Walking den Fußknöchel gebrochen und sich noch dazu ein Band gerissen."

„Autsch!"

„Genau. Wahrscheinlich haben die Frauen bei all ihrem Gegacker wieder nicht geguckt, wohin sie ihre Füße setzen. Und dann: Kracks! Ich war ja schon immer der Meinung, dass dieser fragwürdige Sport von Nordic Walking in Nordic Talking umgetauft werden sollte, seit ihn sich ganze Heerscharen von Frauen zu ihrer Freizeitbeschäftigung auserkoren haben. Und das weniger zur körperlichen Ertüchtigung als zum verbalen Austausch."

„Sagen Sie Ihrer Frau bitte gute Besserung, wenn Sie sie sehen", meinte Hasenkrug mitfühlend.

„*Wenn* ich sie sehe, Hasenkrug, *wenn* ich sie sehe!", grunzte Büttner. „Sie meint, ich soll sie nicht besuchen. Sie meint, ich hätte ihr zu schlechte Laune."

„Schlechte Laune? Echt? Merkt man gar nicht." Hasenkrug kräuselte amüsiert die Lippen.

„Sehr witzig."

„Gibt's denn was Neues in Groothusen? Wie viele Gebäude sind in der letzten Nacht abgefackelt?"

„Ich hab die Akten zu Samuel Busker angefordert", erwiderte Büttner, ohne auf die Frage seines Assistenten einzugehen. „Sie wissen schon, die zu dem Wohnungsbrand, bei dem seine Eltern ums Leben kamen."

„Heißt das, Sie halten Samuel Busker für den Feuerteufel? Gibt's neue Erkenntnisse?"

„Nur meine eigenen Analysen all der Fakten und Aussagen, die wir bisher gesammelt haben. Und aufgrund derer komme ich zu dem Schluss, dass dieser Feuerwehrmann zurzeit unser Hauptverdächtiger ist."

„Scheint mir nicht ganz abwegig zu sein."

„Danke."

„Da nicht für." Hasenkrug setzte sich an seinen Schreibtisch. „Und im Mordfall Suntke Mennen? Gibt's da neue Entwicklungen?"

„Nee. Ich hoffe darauf, dass es vielleicht ein und derselbe Täter ist. Wenn Busker erstmal die Brandstiftungen gestanden hat, dann rückt er womöglich auch mit dem Mord an dem Bestatter heraus. Immerhin hat er auch für den ein ganz brauchbares Motiv."

Hasenkrug wiegte seinen Kopf hin und her und meinte dann: „Ich sehe nur nicht, warum er einen Mord gestehen sollte, wenn es bei dem Tod von Johannette Kamphusen vermutlich nur auf fahrlässige Tötung hinausläuft."

„Sie sind eine verdammte Spaßbremse, Hasenkrug, hat Ihnen das schon mal jemand gesagt?"

„Ja. Sie."

„Dann muss es ja wohl stimmen."

„Und was ist mit Lisa Gerdes?"

„Was soll mit ihr sein?"

„Sie eiert mir ein bisschen viel herum", meinte Hasenkrug. „Jedes Mal, wenn wir ihr begegnen, ist sie erstens in anderer Stimmung, und zweitens erzählt sie uns neue Geschichten. Sie fährt uns bis Greetsiel hinterher und scheint ganz erpicht darauf zu sein, andere anzuschwärzen und von sich selbst abzulenken. Es ist doch ein einziges Tohuwabohu, das sie mit ihren ständig wechselnden Behauptungen veranstaltet."

„So sind schwangere Frauen nun mal", knurrte Büttner und biss in einen Schokoriegel, den er sich aus der Schublade gekramt hatte. „Hm. Und nicht schwangere übrigens auch", schmatzte er nach kurzem Überlegen.

„Lisas Mordmotiv ist aber nicht weniger überzeugend als das von Samuel Busker", gab Hasenkrug zu bedenken.

„Ja", nickte Büttner und seufzte gequält. „Nur leider trifft das auch noch auf ein gefühltes Dutzend anderer Groothuser zu. Insofern konzentrieren wir uns zunächst mal auf Samuel Busker. Sobald wir ihn als Mörder aus welchem Grund auch immer ausschließen können, nehmen wir uns den nächsten Verdächtigen vor. Wenn wir aber Glück haben, dann kippt er beim Verhör um und gesteht alles."

„Sie haben ihn schon einbestellt?", wunderte sich Hasenkrug.

„Nein. Ich habe vor, ihn mit der Vergangenheit zu konfrontieren. Dazu brauche ich aber erstmal die Akten."

„Sind schon da!", vermeldete Frau Weniger im nächsten Moment. Sie stieß mit ihrem Fuß die Tür auf, weil sie in jeder Hand eine Tasse hielt und unter jedem Arm einen Pappordner geklemmt hatte. „Ich dachte, dass Sie beide bestimmt einen Cappuccino mögen, bevor Sie sich dem Aktenstudium widmen."

„Sie sind ein Schatz, Frau Weniger!", strahlte Büttner und nahm die Tasse entgegen, die sie ihm hinhielt. Wenige Momente später lagen auch die Ordner vor ihm auf dem Schreibtisch. Er war seiner Sekretärin sehr dankbar, dass sie auch an diesem Sonntag auf seine Bitte hin im Büro war, obwohl sie eigentlich frei gehabt hätte. „Wat mutt, dat mutt", hatte sie lapidar erklärt und sich an die Arbeit gemacht.

„Ich hatte übrigens eine Kollegin gebeten, die Akten schon mal vorzusortieren", sagte sie nun. „Bei allem, was sie für wichtig befunden hat, klebt nun ein grüner Post-it. Das macht die Sache vielleicht ein wenig einfacher."

„Sie sind ein Schatz", wiederholte Büttner.

„Ich werde Sie beizeiten daran erinnern", nickte sie und verschwand wieder zur Tür hinaus.

Nach ein paar kräftigen Schlucken Kaffee nahm Büttner

den ersten Ordner zur Hand und schlug ihn auf. Obenauf lag ein halbseitiger Artikel aus der regionalen Zeitung, der über den damaligen Brand berichtete. Datiert war er auf den 27. Mai 1984.

Büttner schaute auf das Foto, das das lichterloh in Flammen stehende Haus zeigte, und las dann laut die Überschriften vor:

„Junges Ehepaar stirbt bei Wohnungsbrand in Eilsum. Ihre beiden Kinder entkommen nur knapp dem Feuertod. Familienhund wurde ebenfalls Opfer der Flammen."

Er blickte auf. „Fällt Ihnen was auf, Hasenkrug?"

„Muss eine dramatische Nacht gewesen sein."

„Das meine ich nicht. Hören Sie noch mal genau hin: *„Ihre beiden Kinder entkommen nur knapp dem Feuertod."*

„Ups!", entfuhr es Hasenkrug.

„Genau. *Das* meinte ich", nickte Büttner. „Bisher war, wenn es um den Brand ging, immer nur von Samuel die Rede. Keiner, auch nicht Samuels Vater, hat jemals erwähnt, dass es noch ein zweites Kind gab. Da frag ich mich jetzt doch, was aus dem geworden ist."

Büttner blätterte in dem Ordner herum und fand einen weiteren Zeitungsartikel, der nur einen Tag später als der andere veröffentlicht worden war. Abgebildet waren diesmal die Bilder von jedem einzelnen Familienmitglied. Neben den Eltern und dem kleinen Samuel gab es noch das Foto eines kleinen Mädchens, hinter dessen Namen in Klammern die Ziffer 3 stand.

„Da haben wir sie." Büttner reichte den Artikel zu seinem Assistenten hinüber. „Samuel Busker hat eine Schwester."

„Eine Schwester namens Irmela", stellte Hasenkrug nach

kurzer Lektüre fest. „Wäre ja schon interessant zu wissen, was aus ihr geworden ist."

„Hier steht nirgends etwas dazu", bemerkte Büttner, nachdem er alle Unterlagen überflogen hatte. „Allerdings wurde der Fall damals auch nach wenigen Tagen ad acta gelegt, weil ziemlich schnell klar war, dass es sich um einen Unglücksfall handelte. Auch die Adoption des kleinen Samuel durch die Buskers ist nicht mehr erwähnt. Anscheinend war alles, was nach der endgültigen Feststellung der Brandursache kam, für die Kollegen nicht mehr von Belang."

„Für die Kollegen nicht, aber vermutlich für die Presse." Hasenkrug klopfte mit einem Kugelschreiber auf den vor ihm liegenden Zeitungsartikel. „Wenn die Mitarbeiter der Zeitung in ihrem Archiv wühlen, werden sie bestimmt fündig. Die interessieren sich ja in der Regel weniger für die Fakten als für die menschlichen Schicksale, die ein solches Unglück nach sich zieht."

„Gute Idee, Hasenkrug, da könnten Sie sich gleich mal drum kümmern." Büttner warf einen Blick auf Heinrich, der aufgewacht war und ihn auffordernd ansah. „Ich für meinen Teil gehe jetzt erstmal mit dem Hund raus, weil es ja sonst keiner tut." Er hob die Akten in die Höhe und ließ sie gleich wieder fallen. „Und danach werden wir uns all das hier mal bis ins Detail ansehen."

30

„Warum hast du die ganzen Monate denn nichts gesagt, Anton? Du hättest sofort zur Polizei gehen müssen, um ihnen von deinem Verdacht zu erzählen. Warum hast du Samuel die ganze Zeit über in Schutz genommen?" Marlon war nach den Erzählungen des alten Mannes wie vor den Kopf gestoßen. Natürlich hatte er nicht zuletzt aufgrund von Imkes Bemerkung, Samuel könne womöglich für die Brandstiftungen verantwortlich sein, die Möglichkeit in Betracht gezogen, dass der Sohn des Pastors die Grundlagen für seine Heldentaten selber schuf.

Aber jetzt, da Anton Rieken diese Befürchtungen nicht nur bekräftigte, sondern sie auch noch mit nachvollziehbaren Argumenten untermauerte, spürte Marlon ein unangenehmes Rumoren in der Magengegend. Zumal es ja auch nur Antons Schweigen zu verdanken war, dass er selbst durch die angestaute Wut der Groothuser in Lebensgefahr geraten war.

Eigentlich, so dachte er, müsste er jetzt eine unbändige Wut auf Imkes Großvater verspüren. Doch da war nichts. Vielmehr fühlte er sogar so etwas wie Mitleid mit dem alten Mann, den all die Wochen sein schlechtes Gewissen gemartert hatte, ohne ihn jedoch in die Lage zu versetzen, eine Entscheidung zu treffen.

„Du glaubst ja gar nicht, wie ich die ganze Zeit mit mir gerungen habe", sagte Imkes Großvater gequält. „Aber der Junge hat doch so viel durchgemacht, als er klein war. Das muss man sich nur mal vorstellen, dass man in einem Haus steht und um einen herum sind nur Flammen und Rauch. Ich hab es doch mit eigenen Augen gesehen, Marlon, wie die Kinder am Fenster standen, die Augen vor Panik weit aufgerissen. Und plötzlich waren sie weg. Keiner wusste, was sie da drinnen taten. Nur raus kamen sie nicht. Hast du gewusst, dass sich Kinder vorm Feuer in Kleiderschränken oder in Wäschekörben oder in was auch immer verstecken, statt nach draußen zu rennen? Alleine hätten sie es nie geschafft. Irgendjemand musste sie aus dem Haus befreien."

In der Erinnerung an die dramatischen Ereignisse vor gut dreißig Jahren, als ein Vater seine zwei Kinder aus der Flammenhölle rettete, stand Anton Rieken der kalte Schweiß auf der Stirn. Sein Körper war ein einziges Zittern, als er seine Erinnerungen nun bereits zum zweiten Mal Revue passieren ließ. Es war, als würde er die Schrecken der so weit zurückliegenden Nacht noch einmal erleben.

Anton Rieken war in jener verhängnisvollen Nacht zufällig in Eilsum gewesen, wie er Marlon erzählt hatte. Die junge Familie, bestehend aus den Eltern, zwei kleinen Kindern und einem Hund habe zu der Zeit in einer umgebauten Scheune Urlaub gemacht. Anton selbst habe in der Nachbarschaft einen Freund besucht, um sich vom Tod seiner Frau abzulenken, die wenige Wochen zuvor nach langer Krankheit verstorben war.

„Der Vater der Kinder ist dann reingerannt in das Haus, und später auch seine Frau", fuhr der alte Mann nach kurzer Pause in seiner Erzählung fort. „Doch ich hab mich nicht getraut. Ich mache mir heute noch Vorwürfe, dass ich solch ein Feigling war. Die Kinder haben nur überlebt, weil ihre Eltern sie gerettet haben. Doch hinterher waren sie Vollwaisen, weil ihre Eltern dabei ums Leben kamen. Und das alles nur, weil ich gekniffen habe." Er schluchzte laut auf. „Ständig hab ich mir ausgemalt, wie die kleinen Kinderkörper von den Flammen erfasst werden. In meinem Kopf gellten ihre Schreie, obwohl sie doch stumm waren, um das Feuer nicht auf sie aufmerksam zu machen. So hat es das Mädchen später einem Feuerwehrmann erzählt." Anton schaute Marlon in die Augen und schien ihn doch nicht wahrzunehmen. „Die Feuerwehr kam und kam nicht, es war zum Verzweifeln. Später erfuhren wir, dass die Einsatzwagen der umliegenden Feuerwehren alle im Einsatz waren. Ich meine mich zu erinnern, dass es bei einem Großbrand in Marienhafe war. Da stand zur selben Zeit eine Lagerhalle in Flammen, und man musste gucken, dass das Feuer nicht das ganze Gewerbegebiet plattmacht."

Er unterbrach sich kurz in seiner Erzählung und wischte sich mit dem Unterarm den Schweiß von der Stirn. „Na ja. Ist ja auch egal. Zumindest war so schnell keine Feuerwehr verfügbar. Manchmal kann das Schicksal eben grausam sein."

„Aber immerhin ist es gelungen, die Kinder zu retten", stellte Marlon fest. „Es hätte alles noch viel schlimmer enden können."

„Aber um welchen Preis, Marlon, um welchen Preis?" Anton Rieken warf die Arme in die Luft, um sie dann sofort kraftlos wieder fallen zu lassen. „Alle haben hinterher den Kindern gegenüber so getan, als wäre nichts gewesen. Dabei hatten sie ihre Eltern verloren. Sie mussten ihr ganzes Leben mit dem Trauma zurechtkommen, weil ihnen keiner half, es zu überwinden."

Imkes Großvater griff nach seinem Becher, um einen Schluck Tee zu trinken, aber seine Hände zitterten so sehr, dass ihm das heiße Getränk beinahe über die Hände geschwappt wäre. Also stellte er sie wieder zurück.

„Aber es zählt doch allein, dass die Kinder gerettet wurden! Sie würden heute nicht mehr leben, wenn sie keiner da rausgeholt hätte!", rief Marlon leidenschaftlich aus. Die Verzweiflung des alten Mannes machte ihm schwer zu schaffen. Anscheinend machte er sich schwere Vorwürfe und fühlte sich mitschuldig an den Bränden, die Samuel aufgrund eines Traumas, das er offensichtlich vor gut dreißig Jahren davongetragen hatte, gelegt hatte. Und damit hielt er sich auch für mitschuldig am Tod von Johannette Kamphusen.

Anton Rieken ließ den Kopf auf die Brust sinken. Als er wieder aufschaute, standen Tränen in seinen Augen. „Wir haben die Kinder im Stich gelassen, Marlon. Das kleine Mädchen kam zu seinem Großvater, der selbst gezeichnet war von der Trauer um seine Tochter und den Schwiegersohn. Er hat sich liebevoll um das Kind gekümmert und ganz sicher sein Möglichstes getan. Aber ob er ihm wirklich die Hilfe gab, die es brauchte? Ich weiß es nicht." Er wischte mit seinen schweißnassen Händen über die Hosenbeine, wo sie feuchte Spuren hinterließen.

„Und Samuel? Er wurde dann doch von den Buskers adoptiert."

„Ja. Aber ich weiß nicht, was er all die Jahre gemacht hat, wie es ihm ging. Wir sind ja erst viele Jahre später nach Groothusen gezogen, Imke und ich. Ich hab Jochen dann kürzlich mal so nebenbei gefragt, ob der Junge denn jemals in psychologischer Behandlung war oder so. Ich meine, so 'n Kind muss so was ja auch erstmal verarbeiten. Aber Jochen sagt, dass das nicht nötig gewesen sei. Samuel sei zwar in der ersten Zeit etwas ruhig gewesen, aber später dann wieder ein fröhliches und normales Kind. Sie hätten ihn mit einer Therapie oder so nicht belasten wollen."

„Und Jahrzehnte später verarbeitet er dann das Trauma auf seine Weise", stellte Marlon fest. „Hm. Da fragt man sich ja schon, warum ausgerechnet jetzt. Ich meine, erst lebt er jahrzehntelang unauffällig, und plötzlich wird er zum Feuerteufel? Dafür muss es doch einen Grund geben."

„Wer weiß schon, was in so einer verletzten Seele vor sich geht", antwortete Anton Rieken leise. „Aber ich weiß ja auch gar nicht, ob Samuel wirklich der Feuerteufel ist."

„Und das Mädchen? Die Schwester von Samuel. Hast du sie jemals wiedergesehen?"

Anton Rieken kniff die Lippen zusammen, sagte aber nichts. Marlon war sich nicht sicher, ob die Frage überhaupt bei ihm angekommen war. Gerade wollte er noch etwas sagen, als plötzlich eine Stimme von der Tür her sagte: „Was macht ihr denn hier?"

„Imke!" Marlon sprang auf und lief ihr entgegen. Er streckte seine Arme nach ihr aus, um sie an sich zu drücken, sie aber wich zwei Schritte zurück und sah irritiert zu ihrem Großvater hinüber, der zusammengesunken auf seinem Stuhl saß und ihr mit tränenfeuchten Augen entgegensah.

„Ist irgendwas passiert?", fragte sie erschrocken, und ihre Augen wirkten plötzlich übergroß in dem noch bleichen Gesicht.

Anton Rieken schüttelte den Kopf. „Ist alles gut, mein Kind, ist alles gut. Es ist nur – ich hab Marlon von Samuel erzählt."

„Von Samuel? Was ist mit Samuel? Doch wohl nicht schon wieder eine Katastrophe!?" Imke sah verständnislos von einem zum anderen, während sie sich zu Cora hinabbückte, um sie zu streicheln. Die Hündin war sofort, als die Haustür aufging, aus dem Nebenzimmer geschossen und bekam sich nun vor lauter Freude, ihr Frauchen wiederzusehen, kaum noch ein.

„Nein. Nichts Schlimmes. Erzähl ich dir später", winkte ihr Großvater ab, noch bevor Marlon etwas antworten konnte. „Nu sag du man erstmal, warum du hier bist. Die Ärzte hatten doch gesagt, dass du besser noch zwei Tage zur Beobachtung im Krankenhaus bleiben sollst."

Imke, die so nachlässig frisiert und gekleidet war wie immer, zuckte mit den Schultern. „Was soll ich da? Ich bin den Ärzten dankbar, dass sie mir das Leben gerettet haben. Den Rest mache ich lieber selbst. Die kommen nur immer mit ihren komischen Tabletten, von denen keiner weiß, wofür sie gut sein sollen. Da koche ich mir lieber einen Tee." Ihr Blick fiel auf die zwei Becher auf dem Tisch und sie runzelte die Stirn. „Teebeutel", bemerkte sie dann abfällig. „Ich glaube, ich mach uns jetzt mal was Richtiges. Und dabei könnt ihr mir erzählen, was mit Samuel ist. Hat das was mit den Feuern zu tun?"

„Erinnerst du dich denn jetzt wieder daran, dass du in

dem brennenden Haus warst?", fragte Marlon und sah sie aus schmalen Augen an. Er war ein wenig enttäuscht über die unterkühlte Begrüßung, wollte es sich jedoch nicht anmerken lassen. Nach allem, was Imke erlebt hatte, brauchte sie jetzt erstmal Zeit für sich – auch wenn er sich gerne um sie gekümmert hätte. Das jedoch würde sie mit Sicherheit nicht zulassen.

Statt einer Antwort kniff Imke die Lippen zusammen, schüttelte kurz, aber entschieden den Kopf und wandte sich ihren Kräutertöpfen zu. Anscheinend war sie nicht bereit, mit ihm darüber zu reden. Sie war wirklich eine harte Nuss.

„Ich hatte also recht", sagte Imke, nachdem ihr Großvater auch ihr eine Viertelstunde später Samuels Geschichte erzählt hatte. „Warum hast du mir nie gesagt, dass du damals bei dem Wohnungsbrand dabei warst?", fragte sie fast ein bisschen patzig. „Die ganze Zeit über, seit es mit diesen Bränden in der Krummhörn losgegangen ist, rede ich davon, dass ich bei Samuel ein komisches Gefühl habe. Du hast nie was dazu gesagt. Warum nicht?"

Ihr Großvater rutschte unbehaglich auf seinem Stuhl hin und her, und Marlon kam es so vor, als wäre er noch ein Stück weiter in sich zusammengefallen. Noch nie hatte er in Anton Rieken einen Greis gesehen, nun aber sah er plötzlich aus wie ein Hundertjähriger, und sein Körper war so schlaff, als hätte jemand alles Leben aus ihm herausgesaugt.

„Verstehst du denn nicht, Kind", erwiderte Anton Rieken kaum hörbar, „es ist mein schlechtes Gewissen. Die ganze Zeit schon sage ich mir, dass ich nicht genug getan habe.

Dass ich all das", er machte eine raumgreifende Bewegung, „dass ich all das hätte verhindern können, wenn ich mich mehr um die Kinder gekümmert hätte."

„Alles, was nach dem Brand mit den Kindern geschah, lag doch gar nicht mehr in deiner Macht", insistierte nun auch Imke. „Manchmal muss man auch loslassen können."

Mit diesen Worten hatte Imke ihren Großvater trösten wollen. Umso mehr erschrak sie, als er jetzt die Hände vors Gesicht schlug und bitterlich anfing zu weinen. Schnell sprang sie auf und schlang ihre Arme um ihn. „Was ist denn nur los, Opa, was ist denn nur los? Warum nimmst du dir das alles so zu Herzen?"

Marlon gab einen verlegenen Laut von sich und erhob sich von seinem Platz. „Ich glaube, ich lass euch jetzt mal besser allein." Er deutete auf den Kräutertee, den Imke ihm frisch zubereitet hatte. „Danke für den Tee. Ich …" Eigentlich hatte er noch hinzufügen wollen, dass er hoffe, bald wieder auf eine Tasse reinkommen zu dürfen, fand diese Worte dann aber doch deplatziert.

Er pfiff nach Caruso, der daraufhin schwanzwedelnd auf ihn zugetrottet kam. Nun würde er erstmal einen langen Spaziergang machen und sich all das, was Anton Rieken ihm erzählt hatte, durch den Kopf gehen lassen. Ob das, was der alte Mann gesagt hatte, alles so stimmte? Ein bisschen wirr war es ja gewesen. Konnte man sich auf Antons Erinnerungen wirklich verlassen? Oder hatte er sich im Laufe der Zeit seine eigene Wahrheit zurechtgelegt? Sicherlich führte kein Weg daran vorbei, das, was er jetzt wusste, der Polizei zu sagen. Zunächst einmal brauchte er aber einen klaren Kopf, um über das Wann und Wie eine kluge Entscheidung treffen zu können. Und davon war er zu diesem Zeitpunkt, da alles gerade erst wie ein plötzliches Unwetter auf ihn eingeprasselt war, noch meilenweit entfernt.

31

Die Akten zum Wohnungsbrand von 1984 hatten auch nach intensiverem Studium nicht mehr hergegeben, als David Büttner und Sebastian Hasenkrug aus den Zeitungsartikeln bereits erfahren hatten. Auch die bisherigen Recherchen, was aus der kleinen Irmela geworden war, hatten noch zu keinem Ergebnis geführt. Also hieß es, auf die Recherchen der Presse zu warten, die Hasenkrug inzwischen angeleiert hatte.

Nachdem sie am Sonntag diesbezüglich nichts weiter hatten unternehmen können, weil man ihnen bei der Zeitung mitgeteilt hatte, dass man sich aus personellen Gründen erst am Montag an die Arbeit machen könne, war Büttner nach Hause gefahren und hatte versucht, einen Hundesitter für Heinrich aufzutreiben, der den Hund wenigstens ab und zu mal mit auf einen Spaziergang nehmen und bespaßen würde.

In seinem Freundes- und Bekanntenkreis aber hatte er auf Granit gebissen, weil alle angeblich viel zu beschäftigt waren, als dass sie sich auch noch um seinen Hund hätten kümmern können. Enttäuscht hatte er schließlich aufgegeben, bis plötzlich eine SMS seiner Tochter Jette gekommen war, in der sie ihm mitteilte, dass sich eine ihrer Freundinnen gerne nachmittags um Heinrich kümmern würde. *Lieber Paps*, hatte in der Nachricht gestanden, *da ich mir vorstellen kann, dass du nach Mamas Unfall echt out of order bist, hab ich gedacht, ich frag mal bei Laura nach, ob sie sich um Heinrich kümmern kann. Wenn du ihr einen Haustürschlüssel bringst, holt sie ihn nachmittags zum Gassi gehen ab, solange ich nicht da bin, sagt sie.*

Darunter hatte noch die Adresse der Freundin gestanden, und Büttner hatte sich gleich auf den Weg gemacht, um ihr einen Schlüssel zu bringen und sich überschwänglich bei ihr zu bedanken.

Was hatte er doch für eine umsichtige Tochter mit noch umsichtigeren Freundinnen! Er schwor sich, die heutige Jugend nie wieder als hoffnungslos egozentrisch und empathiefrei zu bezeichnen, wie er es sonst so gerne tat.

Und so kam es, dass er an diesem Montag schon viel entspannter in seinem Büro saß als noch am Tag zuvor. Heinrich lag zufrieden auf seiner Decke, und Büttner war zufrieden, dass er am Nachmittag nicht mit ihm würde laufen müssen.

Sebastian Hasenkrug hatte sich gleich am Morgen auf den Weg zur Zeitung gemacht, um die Dringlichkeit der Recherche zu unterstreichen. Büttner selbst wollte sich gerade noch mal die Akten ansehen, als die Tür aufging und Frau Weniger verkündete, dass Marlon Hufschmied ihn sprechen wolle. Es sei dringend, fügte sie vorsichtshalber hinzu, als sie die wenig begeisterte Miene ihres Chefs sah.

„Moin, Herr Hufschmied." Büttner bedeutete Marlon, vor seinem Schreibtisch Platz zu nehmen, nachdem Heinrich den Neuankömmling ausgiebig beschnüffelt und ein paar Leckerlis von diesem bekommen hatte. „Was kann ich für Sie tun?"

„Es geht um Anton Rieken, Imkes Großvater", antwortete Marlon und fuhr sich nervös durchs Haar. „Ich habe lange überlegt, ob ich Ihnen erzähle, was er mir gestern anvertraut hat. Aber ich glaube, es wäre unverantwortlich, es nicht zu tun. Andererseits klang alles, was er gesagt hat, auch ein bisschen wirr. Ich weiß nicht, inwiefern seine Erzählungen der Wahrheit entsprechen und ob es Ihnen wirklich weiterhilft. Fast hatte ich sogar den Eindruck, dass er mir etwas verschweigt. Andererseits hörte es sich so an, als wolle er endlich reinen Tisch machen, auch wenn er es nicht explizit gesagt hat."

„Reinen Tisch machen?" Büttner horchte auf. „Was meinen Sie damit?"

„Na ja." Marlon kaute für einige Sekunden auf seiner Unterlippe herum, bevor er sich einen Stoß gab und antwortete: „Es ist so, dass Anton Rieken wohl bei dem Brand dabei war. Also bei dem Brand, bei dem die Eltern von Samuel und seiner Schwester ums Leben kamen. Ähm – es war mir übrigens neu, dass er überhaupt eine Schwester hat."

„Ach was! Er war dabei?" Büttner sah ihn verdutzt an, ohne auf den letzten Satz einzugehen. „Davon hat er uns bisher nichts gesagt. Und auch sonst keiner."

„Anscheinend wusste es auch keiner, nicht mal seine Enkelin Imke. Auch die hat es gestern erst von ihm erfahren. Sie war entsprechend – überrascht."

„Und warum kommt er dann jetzt damit um die Ecke? Ist das, was er zu sagen hatte, womöglich relevant für unsere Ermittlungen?"

„Genau deswegen bin ich hier", nickte Marlon. „Er hat angedeutet, dass er Samuel Busker für den Feuerteufel hält. Zumindest hab ich es mir aus dem, was er sagte, so zusammengereimt. Wie gesagt, er machte auf mich einen ungewöhnlich verwirrten Eindruck. Seiner Meinung nach hat Samuel wohl damals ein Trauma davongetragen, das ihn heute praktisch dazu zwingt, die Brände zu legen. Vereinfacht gesagt, natürlich."

Büttner überlegte kurz, ob er seinem Gegenüber mitteilen sollte, dass man bei der Mordkommission bereits den gleichen Verdacht hege, entschied sich dann jedoch dagegen. Es gab keinerlei Grund, einem Unbeteiligten Einblick in ihre Ermittlungstätigkeit zu geben. Außerdem war es erfahrungsgemäß immer besser, die Zeugen erstmal das sagen zu lassen, was sie zu sagen hatten.

„Und Herr Rieken lebte damals schon hier in Groothusen?", fragte er. „Ich meine, mich zu erinnern, dass er erst später mit seiner Enkelin hierher zog."

„Ja. Er war wohl damals nur bei jemandem zu Besuch, als in Eilsum das Feuer ausbrach. Nach Groothusen, wo ihn angeblich keiner kannte, ist er erst vor rund acht Jahren gezogen." Ein Lächeln umspielte Marlons Mundwinkel, als er weitersprach. „Imke erzählte mir mal, dass sie im Internet durch Zufall ihr Haus gesehen habe, in dem sie heute lebt. Dass ausgerechnet solch ein Häuschen, von dem sie schon immer geträumt habe, zum Verkauf stand, sei wie ein Zeichen gewesen, hierher zu kommen. Ihr Großvater hat sich wohl lange Zeit dagegen gesträubt, weil er keinen Grund sah, seine Heimat in der Nähe von Osnabrück zu verlassen. Aber schließlich sei es ihr mit viel gutem Zureden gelungen, ihn von einem Umzug an die Nordsee zu überzeugen. *Opa konnte mir noch nie was abschlagen*, hat sie gesagt."

„Wusste er zu diesem Zeitpunkt schon, dass Samuel Busker auch in Groothusen lebt?"

„Ja. Genauso, wie er wusste, dass Samuel von Jochen Busker adoptiert worden war." Marlon kräuselte nachdenklich die Lippen. „Es muss für ihn nicht leicht gewesen sein, wieder mit dieser Geschichte konfrontiert zu werden. Dennoch hat er es seiner Enkelin zuliebe in Kauf genommen."

„Er hätte auch alleine in seiner Heimat bleiben können."

Marlon zuckte die Schultern. „Anscheinend hatte er schon immer das Gefühl, auf Imke aufpassen und in ihrer Nähe sein zu müssen. Warum das so ist, wusste Imke auch nicht zu sagen, als ich ihr die gleiche Frage stellte." Marlon grinste verhalten. „Anscheinend ist er so was wie ein Helikopter-Opa."

„Und nun ist er der Überzeugung, dass Samuel der Feuerteufel ist?", kam Büttner wieder aufs eigentliche Thema zurück.

„So explizit hat er es nicht gesagt. Aber er scheint zumindest den Verdacht zu haben."

„Und warum hat er uns nicht längst über diesen Verdacht informiert?"

„Er glaubt wohl immer noch, dass er sich nach dem Brand nicht genug um die Kinder gekümmert hat. Er hat ein schlechtes Gewissen. Auf keinen Fall wollte er Samuel ein zweites Mal verraten. Das ist zumindest meine Interpretation."

Büttner zog die Stirn in Falten. „Ich hab gerade Schwierigkeiten damit, zu verstehen, warum sich Anton Rieken derart für die Kinder verantwortlich fühlte. Ich meine, er war in dieser Nacht ja anscheinend nur Zaungast, genauso wie viele andere. Natürlich ist es alles andere als schön, solch ein Drama mitzuerleben. Dennoch ist es doch ganz normal, dass sich im Anschluss andere, zum Beispiel die Angehörigen, um die Kinder kümmern. Was hätte er denn seiner Ansicht nach mehr tun können?"

„Keine Ahnung. Aber Fakt ist, dass ihm die Sache sehr nahe geht. Er war in Tränen aufgelöst, als er mir davon erzählte. Er scheint sich da über die Jahre in irgendetwas reingesteigert zu haben."

„Und warum vertraut er sich ausgerechnet Ihnen an?"

„Darüber habe ich auch lange nachgedacht, bin aber zu keinem befriedigenden Ergebnis gekommen. Ich stand wohl gerade im Weg herum. Oder er hatte ein schlechtes Gewissen wegen der Vorfälle in der Schreinerei. Außerdem hatte ich den Eindruck, dass er jemanden finden wollte, der mit diesem Wissen zur Polizei geht. Auf gar keinen Fall wollte er es selbst machen. Und bei mir war er sich wohl sicher, dass ich es nicht für mich behalten würde."

„Das erscheint plausibel. Trotzdem bleiben diverse Fragezeichen. Aber ich danke Ihnen, Herr Hufschmied, dass Sie zu uns gekommen sind. Wir werden der Sache jetzt mal nachgehen."

„Da nicht für." Marlon stand auf und reichte dem Kommissar die Hand. Bevor er jedoch das Büro verließ, streichelte er Heinrich noch mal über den Kopf und gab ihm ein paar weitere Leckerlis.

Es dauerte noch gut drei Stunden, bis Sebastian Hasenkrug mit vor Aufregung geröteten Wangen ins Büro gestürzt kam und seinem Chef mit einem bedeutenden Gesichtsausdruck einen Stapel Unterlagen auf den Schreibtisch legte. Heinrich war inzwischen von Jettes Freundin abgeholt worden und würde auch den Abend bei ihr verbringen, nachdem Büttner all seine Überredungskünste eingesetzt hatte.

Die Recherche bei der Zeitung hatte sich länger hingezogen als erwartet, da man mangels digitaler Unterlagen in verstaubten Archiven hatte herumwühlen müssen.

„Das ist der Knaller", rief er aus und strahlte Büttner aus auffallend wachen Augen an, „das ist echt der Knaller!"

„Marlon Hufschmied war gerade hier", dämpfte Büttner unbeeindruckt den Schwung seines Assistenten. „Bevor Sie mir also Ihren Knaller um die Ohren hauen, würde ich Sie gerne darüber informieren, was er gesagt hat. Und ruckzuck werden Sie feststellen, dass wir mit unserer Theorie bezüglich Samuel Busker gar nicht so falsch lagen."

„Aber genau das wollte ich doch auch gerade sagen!", rief Hasenkrug aus und wedelte mit der Hand vor dem Gesicht seines Chefs herum, während er aufgeregt von einem Fuß auf den anderen trat. „Das, was in diesen Zeitungsartikeln steht, das …"

„Sagen Sie mal, Hasenkrug, haben Sie sich mal auf ADHS testen lassen?", grunzte Büttner und hob abwehrend beide Hände in die Höhe. „Sie zappeln hier ja herum, als hätten Sie ein Aufziehbändel im Hintern!" Er deutete auf Hasenkrugs Schreibtisch. „Wenn Sie sich jetzt bitte erstmal setzen würden, dann könnte ich Ihnen das berichten, was ich zu berichten habe. Und danach sind dann Sie dran, okay? Oder müssen wir zuerst einen Stuhlkreis bilden?"

Hasenkrug zog einen Flunsch, setzte sich dann jedoch wie geheißen auf seinen Stuhl. Er sah aus, als müsse er gleich an seinen Neuigkeiten ersticken. „Also?", fragte er pikiert.

„Wie ich schon sagte: Marlon Hufschmied war vorhin hier." Büttner lehnte sich in seinem Stuhl zurück, verschränkte die Hände über dem Kopf und erzählte seinem Assistenten in wenigen Sätzen, was er von seinem Besucher erfahren hatte. Dabei entging ihm nicht, dass sich zwischen Hasenkrugs Augen eine steile Falte bildete, die im Laufe der Zeit immer tiefer zu werden schien.

„Also, die Geschichte kenne ich anders", sagte er, als Büttner mit seinen Ausführungen fertig war. Wieder deutete er auf die Unterlagen. „Wenn Sie wüssten, was da drin steht, dann wüssten Sie, dass Marlon Hufschmied gelogen hat. Oder Anton Rieken. Oder beide."

„Angeblich hat Hufschmied nur das wiederholt, was Rieken ihm erzählt hat."

„Wenn es so ist, dann hat man den Alten entweder zu heiß gewaschen oder er wollte uns bewusst in die Irre führen."

„In die Irre führen? Wie das?"

„Das erfahren Sie, wenn ich nun endlich auch mal was sagen darf", schmollte Hasenkrug.

„Ich höre."

„Anton Rieken ist der Großvater von Imke Rieken."

„Ach was."

„*Und* Anton Rieken ist der Großvater von Samuel Busker."

„Hä?" Büttner brauchte eine Weile, bis er den Sinn dieser Aussage erfasst hatte. Dann beugte er sich vor und sagte vorsichtig: „Das hieße ja, dass Imke und Samuel Geschwister sind, richtig?"

„Richtig."

„Dann heißt Imke auch nicht Imke, sondern Irmela, richtig?"

„Gut kombiniert, Chef. Imke ist der Rufname, den ihr Großvater ihr nach dem Tod ihrer Eltern gegeben hat. Eine Art friesische Abkürzung von Irmela, quasi. Auch heißt sie nicht mehr Wendler, wie ihre Eltern, sondern Rieken."

„Und wie kommen Sie auf diese waghalsige Behauptung?"

Hasenkrug deutete auf die Unterlagen. „Steht alles da drin. Aber am besten wird wohl sein, wenn ich die Geschichte von vorne erzähle." Als Büttner ihn nun gespannt wie ein Flitzebogen ansah, stand er auf und sagte: „Aber erstmal will ich einen Kaffee. Soll ich Ihnen einen mitbringen, Chef?"

„Das machen Sie doch jetzt extra, Hasenkrug. Billige Retourkutsche! Ganz billige Retourkutsche!", brummte Büttner.

Hasenkrug zuckte die Schultern und verschwand mit einem Grinsen für einige Minuten zur Tür hinaus, während Büttner begann, in dem vor ihm liegenden Papierstapel zu blättern. So auf die Schnelle wurde er allerdings nicht schlau daraus.

„Also, jetzt mal der Schnelldurchlauf", sagte Hasenkrug, nachdem er seinem Chef einen dampfenden Kaffee auf den Tisch gestellt und sich wieder gesetzt hatte. „Als es in der Nacht vor gut dreißig Jahren brannte, befanden sich vier

Personen im Ferienhaus: Barbara und Andreas Wendler sowie ihre Kinder Irmela und Samuel. Nicht im Haus war zu diesem Zeitpunkt der Vater von Barbara, nämlich Anton Rieken. Er war aber ebenfalls mit der Familie angereist."

Hasenkrug machte eine rhetorische Pause und hob mit bedeutsamem Blick den Zeigefinger. „Allerdings hat sich bei der Ermittlung der Brandursache herausgestellt, dass das Feuer vermutlich durch eine noch glimmende Zigarette entfacht worden war. Und zwar durch eine Zigarette, die im Zimmer des Großvaters aus dem Aschenbecher auf den Boden gefallen war und dort ein paar Zeitungen entzündet hatte. Aber, wie gesagt, der Großvater hielt sich zu diesem Zeitpunkt schon nicht mehr im Haus auf. Und beweisen konnte man die Sache mit der Zigarette letztlich auch nicht. Klar war nur, dass der Brandherd in diesem Zimmer gewesen war."

„Aber der Großvater kam dann zurück."

„Genau. Und zwar, als das Haus schon lichterloh brannte. Nur hat er nichts unternommen, sondern stand wohl unter Schock. Auf jeden Fall muss er gesehen haben, wie sein Schwiegersohn die Kinder aus dem Haus geholt hat. Zuerst den Jungen. Als es darum ging, auch noch das Mädchen zu retten, muss das Feuer schon wie in der Hölle gelodert haben. Kein Mensch hätte mehr hineingehen dürfen, es war viel zu gefährlich."

„Aber der Vater tat es trotzdem", vermutete Büttner.

„Ja. Aber wohl nur, weil seine Frau schreiend vor Angst um ihre Tochter hineingestürmt war und er wiederum hinter ihr her gehechtet ist. Irgendwie haben die beiden es noch geschafft, das Kind zu erreichen und es aus dem

Fenster zu werfen. Dann aber wurden sie beide von einer einstürzenden Zimmerdecke erschlagen."

„Oh, mein Gott." Büttner schauderte. „Alleine die Vorstellung ist ja schon ..." Er schüttelte sich wie ein nasser Hund.

„Das kann man wohl sagen", nickte Hasenkrug. „Das Schicksal der Kinder wurde danach noch weiterhin von der Presse verfolgt. Irmela, die von diesem Zeitpunkt an nur noch Imke hieß, blieb bei ihrem Opa. Samuel wurde zunächst von den Buskers aufgenommen, die ihn dann später auch adoptierten. Warum das so war, müssten wir Anton Rieken fragen."

„Mir scheint, den müssen wir noch eine ganze Menge mehr fragen", nickte Büttner.

„Damit sollten wir nicht allzu lange warten."

„Ich würde nur zu gerne wissen, warum er Marlon Hufschmied dann diese abstruse Geschichte aufgetischt hat", sagte Büttner. „Ich meine, wieso macht er mit seiner Geschichte seinen Enkel Samuel bewusst zum Hauptverdächtigen, liefert ihn also praktisch dem Henker frei Haus?"

Hasenkrug überlegte einen Moment, dann antwortete er: „Entweder ist er tatsächlich von Samuels Schuld überzeugt oder ..."

Büttner schnippte mit den Fingern. „Oder er will von einer anderen Person ablenken." Er sprang auf, nahm den Stapel Unterlagen vom Schreibtisch und winkte seinem Assistenten mitzukommen. „Hasenkrug, ich glaube, wir haben zu tun!"

32

„Das – das kann doch alles nicht sein." Imke wühlte ziellos in den Zeitungsartikeln herum, die Sebastian Hasenkrug vor ihr auf den Tisch gelegt hatte. Immer wieder griff sie eine der Kopien heraus, warf einen Blick auf die Fotos der dort abgebildeten Kinder, zuckte kurz zusammen und ließ sie dann so prompt wieder fallen, als hätte sie etwas in die Finger gezwickt.

„Samuel. Er ist wirklich mein – Bruder?", fragte sie zum wiederholten Male, so, als müsse sie sich vergewissern, dass sie alles richtig verstanden habe.

„Das geht aus diesen Zeitungsartikeln eindeutig hervor, ja", bestätigte Büttner. „Hat es Ihnen Ihr Großvater denn nie erzählt?" Auch, wenn Imke auf diese Frage nicht sofort antwortete, so zeigte ihre Reaktion doch deutlich, dass sie von ihrem Verwandtschaftsverhältnis zum Sohn des Pastoren keine Ahnung gehabt hatte.

„Ich wusste es nicht", wisperte Imke schließlich und strich mit bebenden Fingern über eines der Kinderbilder, das den kleinen Samuel in seinem Buggy zeigte. „Immer, wenn ich Samuel gesehen habe, dann hatte ich ein so seltsames Gefühl, so, als – hm – als würde mein Innerstes Purzelbäume schlagen. Aber es war kein schönes Gefühl. Mehr wie eine Lawine, die auf mich zurollte und mich zu erdrücken drohte." Sie schlug sich sanft mit den Fäusten vor die Brust. „Ja, in seiner Anwesenheit war in mir immer alles so – so voller Angst. So voller Verlust. Und so voller Kälte. Ich habe dieses Gefühl nie verstanden, schließlich kannte ich ihn ja nicht einmal. Aber nun – er ist wirklich mein Bruder, sagen Sie?"

„Ja."

„Weiß er es?"

„Nein. Wohl nicht."

„Ich – Opa hat bestimmt auch nichts davon gewusst. Er hätte es mir doch gesagt, oder?" Ihre Stimme klang nun wie ein trotziges Flehen.

„Wie sollte Ihr Großvater es denn nicht gewusst haben", sagte Büttner leise. „Er ist auch Samuels Opa. Er war bei dem Feuer dabei. Und natürlich wusste er von der Adoption durch die Buskers. Er war damals Ihr einziger Verwandter, Frau Rieken. Nichts von dem, was wir Ihnen erzählen oder was in diesen Zeitungsartikeln steht, ist ihm fremd."

Imke schluckte schwer. „Hier steht, er war schuld an dem Brand? Und damit auch schuld am Tod meiner Eltern?"

„Davon müssen wir ausgehen, ja. Man konnte es ihm jedoch schlussendlich nicht beweisen."

„Er hätte es mir doch sagen müssen", flüsterte sie.

„Das hätte er, ja."

„Aber warum hat er denn nichts gesagt?"

„Das kann nur er Ihnen beantworten." Büttner machte eine kurze Pause, bevor er fragte: „Können Sie uns denn sagen, wo wir Ihren Großvater finden? Wir waren bei ihm zuhause, haben ihn jedoch nicht angetroffen. Genau wie Samuel."

„Nein. Er ist …" Sie zog gequält die Stirn in Falten. „Marlon war hier. Opa auch. Er hat eine ganz andere Geschichte erzählt. Er hat nicht gesagt, dass … dann ist Marlon gegangen. Und Opa auch. Er wolle jetzt alleine sein, hat er gesagt. Er hat geweint, als er gegangen ist, so bitterlich geweint."

Bei diesen Worten traten Tränen in Imkes Augen, aber sie wischte sie mit einer fast störrischen Geste fort.

David Büttner vermochte nicht zu sagen, was genau in diesen Minuten in der Frau vor sich ging. Mehr als deutlich war nur, dass sie schockiert war. Sie schien nicht zu wissen, wohin mit ihren Händen. Mal fuhr sie sich mit ihnen durchs Haar, mal streiften sie über ihre Oberschenkel, mal kaute sie nervös an den Fingernägeln.

Nein, dachte er, so sah wahrhaftig keine Frau aus, die man gerade der mehrfachen Brandstiftung überführt hatte. Vielmehr schien sie überhaupt nicht zu wissen, wie ihr geschah. Und vor allem schien sie keine Ahnung zu haben, wie sie mit den Tatsachen, die Hasenkrug und er ihr ungeschminkt vor die Füße geschmissen hatten, umgehen sollte.

Waren sie womöglich ein wenig zu unbedacht an die Sache herangegangen? Hätten sie ihr die Wahrheit schonender beibringen müssen? Hätten sie nicht bedenken müssen, dass sie womöglich nicht Täterin, sondern Opfer war?

Angesichts ihres jetzigen Zustandes beantwortete Büttner diese Frage mit einem klaren Ja. Allerdings war er sich, als sie hier am so verwunschenen Häuschen eintrafen, absolut sicher gewesen, dass Imke diejenige war, von deren Taten Anton Rieken hatte ablenken wollen. Also hatte er beschlossen, ohne Umschweife auf Konfrontation zu gehen und sie und ihren Großvater als nicht untalentierte, aber abgefeimte Schauspieler zu entlarven.

Doch sah es nun so aus, als hätte ihnen ein wenig mehr Sensibilität gut zu Gesicht gestanden. Denn diesen Zustand, in dem sich Imke Rieken nun befand, konnte sie unmöglich spielen. Dass sie zutiefst schockiert war und all das, was soeben auf sie eingeprasselt war, nicht einzuordnen vermochte, stand außer Zweifel – und dass sie all die Jahre nichts von ihrer tragischen Vergangenheit gewusst hatte, auch.

„Opa hat immer gesagt, dass meine Eltern bei einem Autounfall ums Leben gekommen sind. Er hat mir nie gesagt, dass ich einen Bruder habe. Warum hat er mich angelogen? Warum denn nur?"

Imke schaute die beiden Polizisten mit einem so verstörten und zugleich hilfesuchenden Blick an, dass Büttner abwechselnd heiß und kalt wurde. Dann plötzlich schien sie unter Atemnot zu leiden und presste sich die Hand auf die Brust. Während ihrem Mund ein ungesundes Japsen entwich, stand in ihren Augen die nackte Panik. Ihr Körper zuckte, als würde er jeden Moment kollabieren.

Was hatten sie hier nur angerichtet!?

„Schnell, Hasenkrug, alarmieren Sie den Notarzt", rief Büttner seinem Assistenten zu, „und der soll unsere Psychologin mitbringen!"

Während ein leichenblasser Hasenkrug nach seinem Smartphone griff, sprang der Hauptkommissar auf, lief um den Tisch herum und fing Imke gerade noch rechtzeitig auf, als sie in sich zusammengesackt auf den Boden zu fallen drohte.

33

Was war das nur für eine seltsame Geschichte? Nachdem Marlon aus dem Kommissariat gekommen war, hatte er sich in einem Café ein kräftigendes, wenn auch verspätetes Mittagessen und zwei Tassen Kaffee sowie einen Cognac gegönnt. Während er seine Pasta Arrabbiata in sich hineinschaufelte, hatte er überlegt, ob es wirklich richtig gewesen war, Samuel bei der Polizei anzuschwärzen. War er vielleicht zu voreilig gewesen? Hatte er Anton Riekens Worte womöglich falsch interpretiert? Andererseits: Hätte er wirklich eine Alternative gehabt? Wenn Samuel wirklich der Feuerteufel war, konnte man ihn einfach so davonkommen lassen, nur weil er in frühester Kindheit ein Trauma erlitten hatte? Durfte man aus Mitleid oder Verständnis riskieren, dass noch mehr Menschen ums Leben kamen als Johannette Kamphusen?

Nicht zum ersten Mal hatte sich Marlon diese Frage mit nein beantwortet, dennoch blieb ein schaler Nachgeschmack. Obwohl er das Gefühl hatte, keine andere Wahl gehabt zu haben, fragte er sich, ob es nicht womöglich schlauer gewesen wäre, sich zuerst anzuhören, was Samuel dazu zu sagen hatte.

Oder wäre genau das der falsche Schritt? Gut möglich, dass sich Samuel dann wie ein weidwundes Tier in die

Enge getrieben gefühlt hätte. Nein, korrigierte sich Marlon selbst, es war sogar wahrscheinlich, dass es so gekommen wäre.

Und dann? Was hätte Samuel gemacht? Wäre er zur Polizei gegangen und hätte sich gestellt? Oder hätte er alles abgestritten und sich aus dem Staub gemacht? Vielleicht wäre er auch komplett ausgerastet.

Wer konnte schon sagen, wie ein Mensch in einer solchen Situation reagierte?

Trotz all dieser Überlegungen, hatte sich Marlon nach einem weiteren Cognac schließlich doch dazu entschieden, mit Samuel zu sprechen und ihn darauf vorzubereiten, dass die Polizei ihm auf die Schliche gekommen war.

Im Nachhinein hätte er nicht mehr sagen können, wie er auf diese wohl schlechteste aller Ideen hatte kommen können und hatte sich einen verdammten Narren geschimpft.

Doch nun war das Kind in den Brunnen gefallen.

Samuel war alarmiert. Und vor allem: Samuel war gefährlich!

Marlon hatte es in seinen Augen gesehen, die ihn zunächst ungläubig, dann jedoch blitzend vor Wut angestarrt hatten. Ein eiskalter Schauer durchlief Marlons Körper, als er daran zurückdachte, wie Samuel nach dem kurzen Vortrag, den Marlon ihm in bester Absicht über unverarbeitete Traumata und Möglichkeiten der Therapie gehalten hatte, durchs Zimmer getigert war.

Doch das Erschreckendste an der Situation war gewesen, dass Samuel in seiner unbändigen Wut unverhohlene Drohungen gegen ihn ausgestoßen hatte. *Was bist du doch für ein Widerling!* hatte er ihm entgegengeschrien. *Wie konnte ich nur der Ansicht sein, dass du es nicht verdient hättest, wie ein Gockel auf deinem eigenen Holzfeuer gegrillt zu werden! Hätte ich gewusst, was du für ein armseliges Schwein bist, dann hätte ich das verdammte Feuer in der Schreinerei noch angefacht, anstatt es zu löschen!*

Mit spitzem Finger hatte Samuel auf ihn gezeigt und gerufen: „Pass nur auf, du Dreckschwein, dass die Männer nicht noch mal mit ihren Fackeln bei dir auftauchen, wenn ich ihnen von dem Scheiß erzähle, den du hier verzapfst! Genau wie mir wird allen sofort klar sein, dass du mit diesem Geschwalle von angeblichen Traumata nur von dir selbst ablenken willst. *Du* bist der Feuerteufel, Marlon! *Du* und kein anderer! Was muss ich bloß für ein Hornochse gewesen sein, dass ich das nicht sofort geschnallt habe. Und dann hast du auch noch die Frechheit, mich bei der Polizei zu verpetzen. *Mich*, der die ganzen Monate hinweg damit beschäftigt war, den Schaden, den du angerichtet hast, so klein wie möglich zu halten. Ein Feuer nach dem anderen haben meine Kollegen gelöscht, während du dich vermutlich über uns totgelacht hast und schon dabei warst, das nächste zu planen. Pass gut auf dich auf, Marlon, denn ab heute kann jeder Tag dein letzter sein, das schwöre ich dir!"

Nach diesem unschönen Zusammentreffen hatte Marlon die ganze Zeit versucht, sich einzureden, dass Samuel in seiner Wut lediglich leere Drohungen gegen ihn ausgestoßen hatte. Schließlich gab jeder in aufgeheizten Situationen mal Dinge von sich, die er hinterher bereute.

Und doch blieb da dieses mulmige Gefühl. Inzwischen hatte er die Groothuser gut genug kennen gelernt, um zu wissen, dass sie Problemlösungen gerne selbst in die Hand nahmen, wenn sie sich von anderen im Stich gelassen fühlten. Dabei war es ganz egal, ob man sich beim Nachbarn ein paar Eier lieh, weil der Supermarkt an diesem Tag wegen Inventur geschlossen hatte, oder ob die Ordnungshüter vermeintlich bei der Aufklärung eines Verbrechens versagten.

Die Groothuser hielten zusammen.

Für Marlon hieß das, dass dieses Gemeinschaftsgefühl, das ihm früher so gut gefallen hatte, ihm jetzt zum Verhängnis werden konnte.

Mit einem Glas Rotwein in seinem Fernsehsessel sitzend bemühte er sich, sich nicht von diesen furchtbaren Gedanken und seiner Angst auffressen zu lassen. In den Stunden, in denen es noch hell gewesen war, hatte es ihm kaum Probleme bereitet, sich abzulenken.

Nun jedoch lauschte er auf jedes Geräusch, obwohl er sich selber schon mehrmals einen Idioten geschimpft hatte. Nie im Leben würden es die Männer des Dorfes doch riskieren, sich noch einmal wegen des gleichen Verbrechens vor der Polizei verantworten zu müssen, nachdem sie erst vor wenigen Tagen aktenkundig geworden waren.

Oder?

Marlons Blick fiel auf Caruso, der völlig entspannt in seinem Korb lag und leise Schnarchgeräusche von sich gab. Wenigstens konnte er sicher sein, dass sein Hund Alarm schlagen würde, wenn draußen etwas Außergewöhnliches vor sich ging.

Beruhigt lehnte er sich in seinem Sessel zurück und schloss die Augen. Er sollte sich nicht so verrückt machen, war sein letzter Gedanke, bevor er nach einem anstrengenden Tag endlich einschlief.

Doch währte seine Ruhe nicht lange.

Er meinte, das Geräusch eines Fahrzeugs gehört zu haben, dicht gefolgt von einem zweiten. Das Licht ihrer Scheinwerfer war ihm für einen kurzen Augenblick über das Gesicht gestreift, kurz darauf war das Motorengeräusch verstummt.

Er warf einen Blick auf die Uhr. Es war bereits nach drei, draußen war es stockdunkel. Obwohl es ganz gewiss nicht außergewöhnlich war, dass mitten in der Nacht Autos durch seine Straße fuhren, so verspürte Marlon nun ein zerrendes Gefühl in der Magengegend. Schließlich passten in zwei Wagen jede Menge Leute hinein.

Konnte es sein, dass die Groothuser Männer wieder auf dem Weg zu ihm waren?

Mit klopfendem Herzen griff Marlon im Flur nach seiner Jacke und zog sie über. Er hatte nicht vor, im Haus zu warten, bis irgendein Irrer eine Fackel durch sein Fenster warf. Wenn Samuel seine Drohung tatsächlich wahrgemacht und seine Freunde zu einem erneuten Anschlag aufgestachelt hatte, dann würde er sich ihnen stellen.

Dabei setzte er darauf, dass es schwieriger war, einem Gegner Auge in Auge gegenüber zu stehen und ihm Gewalt anzutun, als ihm auf Distanz zum Beispiel einen Molotowcocktail ins Haus zu schleudern und sich dann im Schutze der Nacht aus dem Staub zu machen.

Marlon überlegte kurz, ob er Caruso mit nach draußen nehmen sollte, entschied sich dann jedoch dagegen. Nach wie vor lag der Hund regungslos in seinem Korb, und er wollte es nicht riskieren, dass frühzeitig jemand auf sie aufmerksam wurde. Doch hätte er genau das ganz sicher nicht verhindern können, wenn Caruso nachts auf einen ihm fremden Menschen traf.

Nachdem er vor der geschlossenen Haustür kurz stehen geblieben war, ihm aber keine ungewöhnlichen Geräusche aufgefallen waren, öffnete er die Tür, zog sie geräuschlos wieder ins Schloss und lauschte in die Nacht hinaus.

Zu hören war außer einem entfernten Rascheln im Gebüsch nichts. Im Schein einer Straßenlaterne sah er einen Wagen stehen, der vor dem alten Schuppen geparkt hatte, in dem Marlon seine Holzvorräte gelagert hatte. Rund fünfzig Meter dahinter stand das zweite Fahrzeug.

Menschen waren jedoch keine zu sehen.

Marlon pirschte sich im Schutze einer Hecke an den Schuppen heran. Kurz linste er über sie rüber und bemerkte zwei Personen, die im hinteren Fahrzeug saßen und offensichtlich das Geschehen rund um den Schuppen beobachteten. Ganz sicher war er sich dessen jedoch nicht, da die beiden sich einen Platz gewählt hatten, den das Licht der Straßenlaterne kaum erreichte. Entsprechend konnte er auch die Gesichter der Personen nicht erkennen.

In gebückter Haltung schlich er weiter die Hecke entlang, bis es nur noch wenige Meter bis zum Schuppen waren. Er hielt abrupt inne. Was war das für ein Geräusch?

Marlon hielt den Atem an und schaute mit zusammengekniffenen Augen zum Schuppen hinüber. In der Dunkelheit konnte er lediglich die Konturen des verfallenen, aus Holzplanken zusammengezimmerten Schuppens erkennen.

Als er jedoch meinte, zwischen den Balken das kurze Aufglimmen einer Flamme gesehen zu haben, stockte ihm der Atem. Machte sich da etwa jemand mit einem Feuerzeug oder einem Streichholz an seinen Holzvorräten zu schaffen?

Mit einem schnellen Blick über die Schulter vergewisserte er sich, dass bei den beiden Personen im Auto alles ruhig blieb, dann spurtete er zum Eingang des Schuppens. Kaum angekommen, fiel ihm auf, dass er völlig unbewaffnet und damit wehrlos war. Schnell tastete er die Wände ab und fand eine vielleicht zwanzig Zentimeter breite Holzlatte, die schwer in der Hand wog und deren Hieb seinen Gegner bei Bedarf zumindest für kurze Zeit schachmatt setzen würde.

Gerade wollte sich Marlon zu einem größeren Loch in der Wand hinunterbücken, um zu sehen, ob im Schuppen tatsächlich jemand mit dem Feuer spielte, als er plötzlich ein Zischen hörte, gefolgt von einem schnell lauter werdenden Knistern.

Und noch ehe er sich's versah, erleuchtete der Schuppen von innen heraus plötzlich taghell, und schon im nächsten Moment schlug eine Stichflamme durchs löchrige Dach empor.

„Verdammte Scheiße, der Feuerteufel!", fluchte er und setzte zum Sprung an, um sich in Sicherheit zu bringen. Doch gerade, als er einen Schritt von der Holzwand weggetreten war, öffnete sich die Tür des Schuppens und eine Person stürzte ins Freie.

„Nein! Tun Sie das nicht!", hörte er noch eine Stimme rufen – doch es war zu spät.

Wie ein Geschoss fuhr seine Holzlatte auf den Kopf des Feuerteufels nieder.

34

„Das hab ich nicht gewollt! Oh, mein Gott, das hab ich doch nicht gewollt!"

Anton Rieken war der Einzige, der sich in diesen Minuten im Kommissariat zu Wort meldete. Selbst die beiden Polizisten David Büttner und Sebastian Hasenkrug waren von dem vor rund zweieinhalb Stunden Erlebten derart erschüttert, dass sie sich erstmal wieder sammeln und einen starken Kaffee trinken mussten, bevor sie in eine Vernehmung einsteigen konnten.

Auch Marlon Hufschmied saß nur mit wachsbleichem Gesicht da und starrte mit unnatürlich großen Augen Löcher in die Luft, während ein Notarzt, der schnell herbeigerufen worden war, als kurzzeitig Marlons Kreislauf zu versagen drohte, mit sanfter Stimme auf ihn einredete und ihm eine Spritze setzte.

„Sie haben die ganze Zeit gewusst, dass Ihre Enkelin die Feuer legt, nicht wahr?", wandte sich Büttner an Anton Rieken, nachdem er zu seinem Kaffee auch noch zwei Schokoriegel verzehrt hatte.

„Aber das hab ich nicht gewollt! Ich hab doch nicht gewollt, dass es so endet!", wiederholte der alte Mann, während ihm die Tränen in Strömen die Wangen hinunterliefen.

„Trotzdem haben Sie sie machen lassen. Und wie Sie

beide dann auch noch ihren gänzlich unschuldigen Bruder Samuel in den Fokus der Ermittlungen bugsiert haben – Respekt!"

„Ich hab nie gesagt, dass Samuel der Täter ist. Ich hab nur erzählt, wie es damals gewesen ist, bei dem Brand."

„Sie haben eine Geschichte erzählt, die allenfalls zur Hälfte der Wahrheit entsprach. Und dabei haben Sie Samuel in den Fokus gestellt. Von Ihrer Enkelin aber haben Sie nichts gesagt. Vielleicht wollten Sie von ihr ablenken?", vermutete Büttner.

„So ein Quatsch!" Anton Rieken stütze sich mit den Ellenbogen auf seinen Oberschenkeln ab und vergrub den Kopf in seinen Händen. „Ich wollte es beenden. Ich hab gedacht, wenn ich Marlon diese Geschichte erzähle, dann geht er damit zur Polizei. Ich wusste, dass Sie dann in der Vergangenheit wühlen und herausfinden würden, was wirklich passiert ist, in jener schrecklichen Nacht."

Er hob den Blick und schaute Büttner von unten herauf flehend an. „Ich wusste, Sie würden auf Imke kommen. Aber Sie müssen verstehen, dass ich sie unmöglich selbst verraten konnte. Niemals im Leben hätte ich das übers Herz gebracht."

„Sie bestreiten also nicht, dass Sie gewusst haben, was Imke tat."

„Nein. Ich wollte … es musste doch nun mal ein Ende haben, nach dem, was mit Johannette passiert war."

„Ich muss schon sagen, Ihre Enkelin ist eine begabte Schauspielerin. Sie hat ihre Rolle des Unschuldslamms und der Unwissenden wirklich hervorragend gespielt", stellte Büttner fest.

„Aber sie hat es doch nicht mit Absicht getan!", rief Anton Rieken verzweifelt aus und richtete sich wieder auf. „Sie hat es nicht mal gemerkt. Verstehen Sie!? Imke weiß gar nicht, dass sie die Feuer gelegt hat. Fragen Sie sie doch, sie wird …" Anton Rieken stockte und sackte erneut wie ein nasser Sack in sich zusammen. Für einen kurzen Moment hatte er wohl vergessen, dass seine Enkelin mit schweren Schädelverletzungen im künstlichen Koma lag und derzeit niemand sagen konnte, ob sie jemals wieder genesen würde.

„Jetzt erzählen Sie doch keinen Müll!", schimpfte Büttner. „Sie wollen mir doch nicht weismachen, dass irgendwer in dieser Welt einfach loszieht und Dinge tut, von denen er nichts mitbekommt. Das klingt ja, als hätten Sie zu viele Science-Fiction-Filme gesehen, in denen Menschen mit eingebautem Chip wie ferngesteuerte Roboter funktionieren und nach vollbrachtem Auftrag wieder in ihren ursprünglichen Modus zurückgeschaltet werden. Ich bitte Sie, Herr Rieken! Solche wirren Geschichten zu dieser Tageszeit versetzen mich wirklich in schlechte Stimmung."

„Aber wenn ich es Ihnen doch sage!", jammerte der alte Mann. „Bei Imke ist es, als wenn sie gar nicht da wäre, als wenn sie …"

„Ach, hören Sie doch auf mit dem Mist!", donnerte nun auch Hasenkrug ungewohnt heftig los. „Sie haben Ihre Enkelin schon viel zu lange in Schutz genommen. Nun schauen Sie sich doch mal an, wie viel Leid Sie beide in der Zwischenzeit produziert haben!"

„Ich habe von Anfang an gewusst, dass mir keiner glauben würde", erwiderte Anton Rieken matt und rieb sich über die müden Augen. „Aber es war doch schon damals so, als die vielen Brände in Osnabrück …"

„Das genau ist der Grund, warum wir Ihre Enkelin heute Nacht observiert haben", unterbrach ihn Büttner mit einer harschen Handbewegung. „Unsere Recherchen haben ergeben, dass es auch dort, wo Sie vorher gelebt haben, zu nicht geklärten Brandfällen kam. Nachdem Sie weggezogen waren, war es auch mit den Feuerteufeleien vorbei. Wir mussten nur noch eins und eins zusammenzählen."

„Auf jeden Fall dürfte all das zusammen ausreichen, um Ihre Enkelin für eine Weile wegzusperren", stellte Hasenkrug fest. „Was wirklich schade ist", fügte er dann bedauernd hinzu, „angesichts ihres schweren Schicksals. Und ihres heilerischen Könnens natürlich."

„Wie auch immer", knurrte Büttner, „wer die Öffentlichkeit und die Polizei so lange Zeit auf unverantwortlich gefährliche Weise an der Nase herumführt, der hat es auch nicht anders verdient, als dass …"

Der Notarzt unterbrach ihn mit einem vernehmlichen Räuspern. „Also, ich will Ihnen ja nicht in Ihre Ermittlungen reinquatschen, aber …"

„Dann lassen Sie es auch!", bellte Büttner ungehalten.

„Nein, in diesem Fall lasse ich es nicht!", fauchte der Arzt zurück und funkelte Büttner böse an. „In diesem Fall könnte das, was ich zu sagen habe, nämlich von entscheidender Bedeutung sein. Wenn Sie es allerdings nicht hören wollen, dann kann ich auch gleich damit zum Staatsanwalt gehen."

„Nun mal langsam", hob Büttner beschwichtigend die Hand und atmete tief durch. „Dann legen Sie schon los, um Himmels Willen. Ich bin sehr gespannt auf Ihre Expertise."

Der Arzt zögerte einen Moment. Mit Blick auf den völlig am Boden zerstörten Großvater aber sagte er: „Es ist sehr gut möglich, dass sich manche Menschen an ihre Taten im Nachhinein nicht mehr erinnern. Zum einen kann es sein, dass sie Meister im Verdrängen sind und sich ganz einfach ihr Leben so lange schönreden oder -saufen oder -kiffen, bis es in ihre Weltsicht passt."

„Klingt mir zu banal", brummte Büttner.

„Ja. Das ist mir in diesem Fall auch zu banal", nickte der Arzt. „Mich erinnern die Schilderungen des Großvaters an eine Patientin, die ich vor zig Jahren mal behandelt habe. Sie behauptete auch stur und fest, bestimmte Dinge, die man ihr vorwarf, nie getan zu haben. Es ging sogar soweit, dass sie behauptete, Menschen, mit denen sie nachweislich wenige Stunden zuvor noch gesprochen hatte, nie in ihrem Leben getroffen zu haben. Ein wirklich interessantes Phänomen, das ich in dieser Ausprägung zuvor noch nie erlebt hatte. Ich habe dann einen Psychiater zu Rate gezogen, der sie lange und eingehend untersucht hat."

„Jetzt bin ich aber gespannt", heuchelte Büttner. Er hatte keine Lust auf lange Vorträge und schaute provokativ auf die Uhr. Ihm stand der Sinn nach Rührei mit Speck und einem anschließenden Nickerchen.

Doch der Arzt ließ sich durch das destruktive Verhalten des Kommissars nicht aus dem Konzept bringen. „Ich rate Ihnen, Ihre Verdächtige nach ihrer Genesung – so denn damit zu rechnen ist – von einem Experten untersuchen zu lassen. Womöglich leidet sie unter einer dissoziativen Identitätsstörung."

„Nun sagen Sie bloß. Fast so was dachte ich mir schon", ätzte Büttner.

„Wenn ich Ihre Gespräche seit meinem Eintreffen richtig verstanden habe, dann wurde die Patientin in ihrer frühen Kindheit einer traumatischen Situation ausgesetzt. Im Nachhinein aber bekam sie nie die Chance, dieses Trauma aufzuarbeiten."

Der Arzt warf einen schnellen Blick auf Anton Rieken, der bei seinen letzten Worten die Hände vors Gesicht geschlagen hatte, laute Schluchzer von sich gab und jammerte: „Ich habe alles falsch gemacht. Oh, mein Gott, was hab ich nur an dem Kind verbrochen!"

Der Arzt beachtete ihn nicht weiter und sagte: „Im überwiegenden Teil der Fälle tritt eine dissoziative Identitätsstörung, die man auch als multiple Persönlichkeitsspaltung bezeichnet, bei Frauen auf, die in ihrer frühen Kindheit sexuell missbraucht wurden. Ursache können allerdings auch andere traumatische Erlebnisse sein, die nie aufgearbeitet wurden."

„Sie meinen, der Wohnungsbrand, bei dem ihre Eltern ums Leben kamen, könnte solch eine Persönlichkeitsstörung nach sich ziehen?", hakte Hasenkrug nach.

„Es wäre zumindest vorstellbar, ja."

„Und was heißt das für das Verhalten der Patientin im Einzelnen?"

„Wenn Sie so wollen, haben Sie es in einem solchen Fall der totalen Verdrängung praktisch mit zwei Patientinnen zu tun." Der Arzt zeigte ein schiefes Lächeln. „Um bestimmte Bereiche ihres Lebens auszuklammern, bilden die Patientinnen unterschiedliche Persönlichkeiten aus, die abwechselnd die Kontrolle über ihr Verhalten übernehmen. Das heißt in der Folge, dass sie sich an das Handeln der anderen Person im Nachhinein nicht mehr erinnern können. Manchmal erleben sie ihre zweite Rolle sogar als das Handeln einer fremden Person. Klingt unglaublich, ist aber gar nicht so selten. Vor allem die Dunkelziffer solcher parallel gelebter Identitäten dürfte hoch sein. Meistens verkörpert ein und derselbe Mensch sogar mehr als zwei Persönlichkeiten. Genau genommen können es beinahe unendlich viele sein. Ein sehr anstrengendes Leben, wenn Sie mich fragen."

„Klingt nach Dr. Jekyll und Mr. Hyde", meinte Hasenkrug.

„Ja, nur dass der meines Wissens kein Trauma mit sich herumtrug, sondern bewusstseinsverändernde Substanzen zu sich nahm."

„Ihre Ausführungen würden erklären, warum sich Imke an ihren Einsatz in dem brennenden Haus der Jansens nicht mehr erinnern kann", stellte Marlon mit belegter Stimme fest. Als der Arzt ihn fragend ansah, erläuterte er ihm kurz, was in der Brandnacht passiert war.

„Ja. Wenn es sich bei der Krankheit Frau Riekens um eine multiple Persönlichkeitsspaltung handelt, dann wird sie tatsächlich jederzeit behaupten, dass sie sich an nichts erinnern kann. Und das nicht aus bösem Willen, sondern weil es subjektiv gesehen wirklich so ist. Sie kann sich definitiv an nichts erinnern. Sie war ja in dieser Situation nicht sie selbst. Es steht sogar zu vermuten, dass sie in den beiden Kindern, die zu verbrennen drohten, sich und ihren Bruder gesehen hat. Sie wollte also praktisch sich selbst retten."

„Aber in welchen Situationen passiert so was?", wollte Marlon wissen. „Ich meine, wann genau verwandelt sie sich in diese zweite Person?"

„Normalerweise sind dafür so genannte Trigger, also Auslöser verantwortlich. Es kann ein Geräusch sein oder ein Duft, etwas, was sie sieht oder fühlt. Möglich ist da fast alles. Das muss im Einzelfall herausgefunden werden. Bei Frau Rieken könnte es zum Beispiel der Geruch von Rauch sein, der in ihrem Gehirn irgendwelche Synapsen aktiviert und sie zu einem anderen Menschen werden lässt. Aber das ist pure Spekulation. Hat Frau Rieken im normalen Leben irgendwelche Auffälligkeiten gezeigt? Ist sie vielleicht depressiv, leidet sie unter Angst- oder Essstörungen?"

„Sie lebte stets sehr zurückgezogen, der Kontakt zu anderen Menschen ist ihr meist zuwider", antwortete Marlon.

„Beziehungsstörungen also. Das könnte ein Hinweis sein."

„Was es alles gibt!" Hasenkrug schob die Unterlippe vor und nickte beeindruckt. „Das hieße aber auch, dass Frau Rieken für den Feuerteufel, den sie in sich trägt, nicht verantwortlich und damit im Sinne des Strafrechts nicht schuldig ist."

„Genauso ist es. Sie sollten sie dahingehend auf jeden Fall untersuchen lassen, wenn sie sich wieder erholt hat." Der Arzt erhob sich, nickte einmal in die Runde und verschwand zur Tür hinaus.

Im Büro von Büttner und Hasenkrug herrschte daraufhin betretenes Schweigen. Solch eine schwere Kost wollte erstmal verdaut werden.

„Puh." Büttner durchbrach schließlich mit einem tiefen Seufzer die Stille. „Da bin ich jetzt aber gespannt. Nun hoffen wir mal, dass sich Frau Rieken schnell wieder von ihren Verletzungen erholt und ein Psychologe uns sagen kann, ob der Doktor mit seinen Vermutungen recht hat. Es klang zumindest plausibel und würde einiges erklären."

Marlon klappte auf diese Worte hin ein paarmal den Mund auf und zu, doch außer ein paar undefinierbaren Lauten kam nichts aus ihm heraus. Es war nicht zu übersehen, dass er sich die bittersten Vorwürfe machte. Doch sah sich momentan keiner der Anwesenden in der Lage, Trost und Aufmunterung zu spenden.

„Jetzt fehlt uns nur noch der Mörder von Suntke Mennen, dann können wir das Kaff Groothusen und seine verschrobenen Einwohner endlich ad acta legen", redete Büttner weiter. „Hat einer der Herren eine Idee, wen wir jetzt auf die Schnelle mal verhaften könnten?"

Für eine Weile erwiderte keiner etwas, bis schließlich Anton Rieken seinen Kopf hob, dem Kommissar lange in die Augen schaute und sagte: „Er wollte mich erpressen. Dieses Schwein hat Imke gesehen, wie sie Feuer legte, und wollte mich erpressen."

„War das etwa ein Geständnis?", fragte Büttner und schlug sich amüsiert auf die Schenkel. „Nun müssen Sie aber wirklich nicht die Schuld der ganzen Welt auf sich nehmen, Herr Rieken, das wäre ein bisschen viel verlangt, und so habe ich es gewiss auch nicht gemeint. Natürlich haben Sie ein schlechtes Gewissen und lechzen nach Wiedergutmachung, aber dennoch sollten wir die Kirche im Dorf lassen und ..."

„Ich hab ihn an dem Abend angerufen und gesagt, dass ich mit ihm sprechen will." Anton Rieken tat, als hätte er Büttner gar nicht gehört. „Er hat geantwortet, dass ich nach Mitternacht vorbeikommen soll, wenn alle schlafen. Ich hab so getan, als würde ich auf sein Angebot eingehen."

„Welches Angebot?", fragte Büttner heiser. Er schaute beunruhigt von einem zum anderen, doch Marlon Hufschmied und Sebastian Hasenkrug wichen seinem Blick aus und blickten starr in eine undefinierte Richtung.

„Er wollte, dass wir aus Groothusen verschwinden, Imke und ich."

„Warum denn das?"

„Er hat Imke immer wieder Avancen gemacht und rumgesäuselt, dass er scharf auf ihr Hexengetue und ihre roten Haare sei. Sie hat ihm eine Abfuhr nach der anderen erteilt, aber er hat sie nicht in Ruhe gelassen. Er war ein Widerling. Und genau so hat es Imke ihm auch gesagt, vor versammelter Mannschaft, als sie mal für mich zum Bäcker gegangen war und ihn dort traf. Außerdem hat sie ihm gesagt, dass er sich seine potenzfördernden Mittel das nächste Mal woanders besorgen soll."

„Ups." Hasenkrug prustete reflexartig los, kaschierte es jedoch schnell durch ein fingiertes Niesen. Die Situation war nun wirklich alles andere als zum Lachen.

„Und als Sie in besagter Nacht bei ihm waren, haben Sie ihm die K.o.-Tropfen in den Wein geschüttet?", fragte Büttner.

„Ja. Ich hab versucht, noch mal mit ihm zu reden, aber er hat mich nur ausgelacht. Also hab ich ihn und sein Schandmaul ruhiggestellt. Für immer."

„Und das Insulin, haben Sie ihm das auch verabreicht? Ich meine, an den K.o.-Tropfen ist er ja nicht gestorben und – oh." Büttner schluckte, als der alte Mann nun den Ärmel seines Oberhemds hochschob. Seine Armbeuge war übersät mit Einstichen. Anton Rieken war offensichtlich Diabetiker. „Ich hab mein Insulin immer bei mir", sagte er leise, zog das entsprechende Zubehör aus seiner Manteltasche und legte es auf den Tisch.

„Oh. Mein. Gott." Marlon Hufschmied stieß einen entsetzten Laut hervor und rannte, die Hand auf den Mund gepresst, zur Tür hinaus.

Büttner konnte es ihm nicht verdenken. Auch ihm war angesichts dieser unerwarteten Entwicklung ganz flau im Magen. „Wie haben Sie ihn in den Sarg gewuchtet?", presste er zwischen den Zähnen hervor. „Ich meine, alleine sind Sie doch gar nicht dazu in der Lage …"

„Ich hatte Hilfe. Aber auch wenn Sie mich foltern und vierteilen: Ich werde Ihnen nicht verraten, wer mir geholfen hat." Anton Rieken seufzte schwer und sah Büttner aus unendlich traurigen, aber zugleich auch entschlossenen Augen an und sagte: „Mein ganzes Leben habe ich versucht, Imke zu beschützen. Sie hatte so viel durchgemacht, und das alles durch meine Schuld. Durch meine Schuld wurde sie zur Vollwaisen, durch meine Schuld hat sie mit dem Trauma leben müssen, durch meine Schuld wusste sie zeitlebens nicht, dass sie nicht nur mich, sondern auch noch einen Bruder hat, durch meine Schuld war sie nie in der Lage, mit Menschen in eine enge Beziehung zu treten. Ich musste es wieder gutmachen. Keiner durfte erfahren, dass sie nicht anders konnte, als immer wieder Gebäude in Brand zu stecken. Keiner sollte sie für verrückt erklären und in die Klapse oder gar ins Gefängnis stecken."

Er holte ein paarmal tief Luft und fügte dann mit erstaunlich kräftiger Stimme hinzu: „Ich musste Suntke töten, er hätte sonst Imkes Leben zerstört. Ihr Haus, ihren Garten, ihre Zuversicht, die sie in Groothusen endlich gefunden hatte. Und wissen Sie was? Ich würde es jederzeit wieder tun. Eine Kakerlake muss man zerquetschen. Sie richtet sonst nur Schaden an."

„Sie sind zum Mörder geworden, um Ihre Enkelin zu schützen. Nun aber haben Sie praktisch selbst dafür gesorgt, dass wir sie überführen. Der Mord war also völlig umsonst", stellte Büttner fest.

Anton Rieken stöhnte kaum hörbar auf. „Manchmal kommt es eben anders, als man denkt. Es war doch auch alles nicht so schlimm, bis Johannette ums Leben kam. Ab da hatte ich keine ruhige Nacht mehr. Ich wusste, dass ich was unternehmen muss, aber ich … ich konnte es einfach nicht. Meine Aufgabe war es doch, auf Imke aufzupassen, nachdem Samuel ein gutes Zuhause gefunden hatte. Ich hab am Grab meiner Tochter geschworen, dass ich alles dafür tun werde, damit es Imke gut geht. Und genau das hab ich getan. Jeden Tag und jede Stunde."

Er schluckte schwer, bevor er kaum hörbar hinzufügte: „Nur heute, da kam ich zu spät."

35

Sieben Wochen später

„Moin, Frau Rieken. Moin, die Herren." Hauptkommissar
David Büttner näherte sich – dicht gefolgt von seiner Frau
und Hund Heinrich – der kleinen Gruppe, die sich in
Imkes Garten unter einem schattenspendenden Baum versammelt hatte. Als Heinrich seine beiden Artgenossen entdeckte, die sich hinter einem Gartenhäuschen damit ver-
gnügten, sich gegenseitig einen Ball abzujagen, gab es für
ihn kein Halten mehr, und er stürzte sich freudig kläffend
ins Gewühl.

„Ich hoffe, es geht in Ordnung, dass wir Heinrich mitgebracht haben", sagte Büttner und reichte Imke, Marlon
und Samuel die Hand.

„Gar kein Problem", antwortete Imke mit einem ver-
haltenen Lächeln. „Ein Rabauke mehr oder weniger spielt
hier keine Rolle."

„Darf ich Ihnen meine Frau vorstellen?"

Susanne begrüßte die Anwesenden nun ihrerseits. „Mein
Mann hatte mir ja erzählt, in was für einem Paradies Sie
hier leben." Sie schenkte Imke ein Lächeln und machte
eine raumgreifende Armbewegung. „Aber das hier über-
trifft dennoch all meine Erwartungen."

„Damit stehen Sie nicht alleine", nickte Marlon. „Ich bin heute noch jedesmal überrascht, wenn ich diesen Garten Eden betrete. Er sieht an jedem Tag anders aus. Neue Blüten, neue Insekten, neue Düfte. Der helle Wahnsinn."

„Und neue Fensterläden", grinste Samuel und deutete auf das Haus. „Marlon hat sich an ihnen vergriffen, als Imke im Krankenhaus war. Hätte er auf ihre Zustimmung gewartet, würden sie heute noch aussehen wie Sperrmüll. Manche Menschen muss man zu ihrem Glück zwingen."

„Ihr Mann sagte am Telefon, dass Sie Probleme mit Ihrem Fuß haben, seit der Gips ab ist", wandte sich Imke an Susanne, ohne auf die Sticheleien ihres Bruders einzugehen. „Wir können gleich mal reingehen, dann bereite ich Ihnen eine Salbe frisch zu. Sie wird Ihre Beschwerden rasch lindern." Imke musterte Susanne für einen Augenblick und fügte hinzu: „Und eine Teemischung zur Unterstützung des Heilungsprozesses kann sicherlich auch nicht schaden. Sie wirken ein wenig erschöpft."

„Ach ja", seufzte Susanne, „so kurz vor Schuljahresende geht's bei uns drunter und drüber."

„Sie sind Lehrerin?"

„Ja."

„Oha", sagten Marlon und Samuel wie aus einem Munde.

„Was soll denn das jetzt heißen?", fragte Susanne in gespielter Empörung.

„Och, nichts. Cooler Job. Ehrlich", grinste Samuel und Marlon nickte. „Fast so cool wie der Ihres Mannes."

„Sie hingegen sehen schon recht gut erholt aus", lenkte Büttner schnell vom Thema ab, als Imke sich nun aus ihrem Liegestuhl erhob. Ganz bestimmt würde er an diesem herrlichen Tag nicht über seine Arbeit diskutieren. „Als ich Sie nach dem … ähm … also, als ich Sie das erste Mal im Krankenhaus sah, hätte ich nicht gedacht, dass Sie sich so schnell wieder berappeln würden. Aber der Arzt sagte mir damals schon, dass Sie eine Kämpferin sind und vermutlich schnell wieder auf die Beine kommen würden. Ich freue mich, dass er recht behalten hat."

„Ja, ich fühle mich schon viel besser", nickte Imke. „Körperlich wenigstens. Psychisch hingegen – na ja, es ist ein langer und anstrengender Prozess. Ich bin von den Therapiesitzungen schon ganz erschöpft, dabei hatte ich erst drei. Es wird ein Gang durch die Hölle, das ist mal sicher. Aber Gott sei Dank habe ich ja Menschen, die mir mit viel Geduld beiseite stehen und meine Launen heldenhaft ertragen." Sie schenkte Marlon einen liebevollen Blick.

„Wie geht es ihr wirklich?", fragte Büttner, als Imke und Susanne im Haus verschwunden waren. „Sie wirkt noch ein bisschen blass."

„Es geht ihr ganz gut. In der Psychiatrie hat man Gott sei Dank gleich verstanden, dass sie ihren Garten braucht, um zu genesen. Deshalb darf sie tagsüber hier sein, wenn jemand auf sie achtet." Marlon, der alles andere als putzmunter wirkte, ließ seinen Blick über den Tisch schweifen, auf dem köstlich angerichtete Salate und knuspriges Baguette standen. „Es ist noch ein weiter Weg, aber ich denke, dass sie es schaffen wird."

„Und ihr Großvater?", wollte Büttner wissen.

Marlon zuckte die Schultern. „Wir hoffen, dass er einen milden Richter bekommt. Zurzeit ist er im Krankenhaus, weil er diverse Schwächeanfälle hatte. Aber das wissen Sie ja sicherlich. Die Ereignisse sind natürlich nicht spurlos an ihm vorübergegangen. Ab und zu darf er Besuch bekommen. Noch heute bricht er jedes Mal in Tränen aus, wenn er Imke und Samuel zusammen sieht, so schön er es auch findet, dass sie wieder zueinander gefunden haben. Hoffen wir mal, dass er über kurz oder lang wieder zu sich selbst findet und vor allem auf seine alten Tage nicht mehr dauerhaft ins Gefängnis muss."

„Und die Mennen-Frauen? Haben sie sich mit Lisa einigen können?" Büttner bemerkte aus dem Augenwinkel, dass Samuel bei dieser Frage das Gesicht verzog, als hätte er Zahnschmerzen.

„Lisa hat sich einen Spaß daraus gemacht, Rufus Häming das Geschäft zu verkaufen. Antje ist nun bei ihm angestellt." Marlon grinste breit. „Da muss sie sich erstmal dran gewöhnen, wie manchmal nicht zu überhören ist. Den neuesten Klatsch dazu gibt's morgens bei Bäcker Kleen, falls Sie dran interessiert sind."

„Ich denk drüber nach", brummte Büttner.

„Tja, und Jurine und Ulfert haben inzwischen geheiratet, während Lisa mit ihrem ganzen Geld nach Berlin ist."

Für eine Weile hingen die Männer ihren Gedanken nach, dann aber schlug sich Samuel wie zur Aufmunterung auf die Schenkel und sagte: „Ich hatte ja vorgeschlagen, dass wir heute ein paar Steaks grillen, wenn wir solch hohen Besuch bekommen. Aber das kam bei der Herrin des Hauses nicht so gut an. Imke war kurz davor, mir mit nacktem Ar... – na, Sie wissen schon. Wir haben uns dann auf ein vegetarisches Menü geeinigt. Drinnen im Haus brutzeln ein paar unterschiedlich belegte Flammkuchen im Backofen. Ich hoffe, das ist okay für Sie und Ihre Frau."

„An mir soll's nicht scheitern", antwortete Büttner sichtlich erfreut, räusperte sich jedoch im nächsten Moment verlegen, als sein Bauch ein unanständig lautes Knurren von sich gab.

ENDE

DANKE!

Ein ganz besonderes Dankeschön geht an Volker Behnecke, der mich in der Schaffensphase regelmäßig davon überzeugt hat a) mal eine Pause zu machen b) den Plot noch mal durchzudiskutieren, nachdem meine Protas mal wieder ein nicht vorhersehbares Eigenleben entwickelt haben, und der mir c) bis zum Schreiben des Wörtchens „ENDE" stets als Ansprechpartner zur Seite stand.

Als besonders aufmerksame Testleser/innen haben sich erneut Ira Podewin, Katrin Fritzsching, Helge Herr sowie Sabine Kern erwiesen. Musste ich auch manchmal bei ihren Anmerkungen tief schlucken, so empfinde ich diese doch stets als besonders wertvoll, weil sie mich zum erneuten Nachdenken anregen und mich in meiner „Betriebsblindheit" auf den richtigen Weg führen. Ohne ihre Geduld, ihre Ausdauer und ihr stets konstruktives Mitdenken würde so mancher Lapsus in Handlung und Orthografie unentdeckt bleiben. Was wäre ich ohne Euch!

Ein herzliches Danke sage ich meinem Lektor und Korrektor Michael Mogel, der es tatsächlich schafft, auch nach diversen Korrekturen noch Fehler in Ausdruck und Rechtschreibung aufspüren.

Ein besonderes Dankeschön geht an meine Grafikerin Susanne Elsen (www.mohnrot.com), die bei der Coverentwicklung wieder einmal das richtige Gespür aber auch eine Engelsgeduld bewiesen hat. Fühl Dich gedrückt, liebe Susanne!

Neu im Gespann der helfenden Hände war diesmal Corinna Rindlisbacher (www.ebokks.de), die meine Textdatei in die richtigen Formate brachte. Schön, dass wir uns in Münster kennen gelernt haben, liebe Corinna!

Liebe Leserin, lieber Leser,

ich freue mich sehr, dass Sie „Brandwunden" als Lektüre ausgewählt haben und hoffe, dass ich Ihnen mit dieser Geschichte ein paar angenehme Stunden bereiten konnte. In diesem Fall würde ich mich über eine Rezension in den Online-Shops oder ein Feedback auf meiner Homepage (www.elke-bergsma.de) oder per E-Mail (mail@elke-bergsma.de) sehr freuen. Sollten Sie Lust haben, mehr von Büttner und Hasenkrug zu lesen, darf ich Ihnen an dieser Stelle meine weiteren Ostfrieslandkrimis ans Herz legen, die in dieser Reihenfolge erschienen sind:

„Windbruch"
„Das Teekomplott"
„Lustakkorde"
„Tödliche Saat"
„Dat witte Lücht" (Kurzkrimi)
„Puppenblut"
„Stumme Tränen"
„Schweigende Schuld"
„Fluchträume"
„Brandwunden"
„Strandboten"
„Maskenmord"
„Eisige Spuren"
„Seelenrausch"
„Scheinwelten"
„Dunstkreise"
„Zornesbrut"
„Sippenverfall"

„Todesgruft"
„Bitteres Erbe"
„Lodernde Wut"
„Dünennebel"
„Meeresklagen"
„Herbstzeittode"
„Schwarze Lettern"
„Hetzjagd"
„Platzverweis"
„Abschiedsklänge"
„Lebensfesseln"
„Klosterchoräle"
„Späte Reue"
„Innerer Dämon"
„Tummelplatz"
„Wellenschlag"
„Froststarre"
„Siedepunkt"

Vielleicht haben Sie Lust, auch in meine historisch-zeit-genössische Ostfrieslandkrimireihe „Wibben und Weerts ermitteln" reinzuschnuppern? In dieser Reihe sind bisher erschienen:
„Moorsmaragd"
„Flutrubin"
„Inselsaphir"

Im Sommer 2018 erschien zudem der erste Band meiner ost-friesisch-niederländischen Krimireihe „Grenzfälle". Schauen Sie doch mal rein in: „Wie Mauern so kalt"

Im Herbst 2019 erschien mein Arktis-Thriller: „Verloren im Eis."

Mit meiner Kollegin Anna Johannsen veröffentlichte ich 2019 zudem den Ostfrieslandkrimi „Juister Mohn" sowie 2024 die Ostfrieslandkrimi-Trilogie mit den Bänden „Die Stille der Flut", „Die Gewalt des Sturms" und „Die Kraft der Ebbe".

Völlig neu erfunden habe ich mich 2022/2023 mit meiner historischen Trilogie „Wege in eine neue Zeit", die in der Weimarer Republik angesiedelt ist.
Band 1: „Die Bürde der Freiheit"
Band 2: „Die Kraft der Entbehrung"
Band 3: „Der Makel der Hoffnung"

Möchten Sie regelmäßig und unkompliziert über alles, was rund um meine Bücher herum passiert, informiert werden, dann abonnieren Sie doch einfach meinen Newsletter unter www.elke-bergsma.de/newsletter oder folgen Sie mir auf Facebook und Instagram.

Herzliche Grüße
Elke Bergsma

www.elke-bergsma.de
www.facebook.com/elkebergsmaautorin
www.instagram.com/bergsmaautorin